ULLSTEIN

Das Buch

Als Goldy Schulz angeboten wird, als Gastgeberin in einer TV-Kochshow aufzutreten, greift sie zu. Die Publicity und das Honorar kommen ihr gerade recht. Außerdem soll in einem Skiort gedreht werden und Goldy freut sich auf ein bisschen Vergnügen neben der Arbeit. Doch dann bringen ein Blizzard, diverse Katastrophen beim Live-Kochen und ein unverhofftes Wiedersehen mit Exfreund Doug alles durcheinander. Nichts wird besser, als sie Doug wenig später tot auf der Skipiste findet. Und dann steht plötzlich auch ihr eigenes Leben auf dem Spiel ... Wird es der Hobbydetektivin gelingen, lebend an den Kochtopf zurückzukehren?

Die Autorin

Diane Mott Davidson lebt mit ihrer Familie in Colorado. Mit ihren kulinarischen Krimis um Goldy Schulz und ihren Partyservice erobert sie regelmäßig die Bestsellerlisten der USA.

Von Diane Mott Davidson sind in unserem Hause bereits erschienen:

Darf's ein bisschen Mord sein?
Ein Mann zum Dessert
Ein todsicheres Rezept
Hochzeitsschmaus mit Todesfall
Man nehme: eine Leiche
Müsli für den Mörder
Stichtag

diane mott davidson

HARTE NUSS

roman

Aus dem Englischen von
Ursula Walther

Ullstein

Besuchen Sie uns im Internet:
www.ullstein-taschenbuch.de

Umwelthinweis:
Dieses Buch wurde auf chlor- und säurefreiem Papier gedruckt.

Ullstein Verlag
Ullstein ist ein Verlag der Ullstein Buchverlage GmbH.
Juni 2004

Titel der amerikanischen Originalausgabe: *Tough Cookie*
(Bantam Books, New York. Translation rights arranged by Sandra Dijkstra Literary Agency. All rights reserved.)
Übersetzung: Ursula Walther
Redaktion: Martina Sahler
Umschlaggestaltung: Sabine Wimmer, München
Titelabbildung: Getty Images/Taxi
Druck und Bindearbeiten: Ebner & Spiegel, Ulm
Printed in Germany
ISBN 3-548-25932-4

Für Triena Harper
Chief Deputy Coroner, Jefferson County, Colorado,
die den Bürgern unseres Staates mit Hingabe dient,
schwer arbeitet und Mitgefühl beweist.
Danke.

Danksagung

Die Autorin möchte folgenden Personen für ihre Unterstützung danken:

Jim, J. Z., Joe Davidson; Jeff und Rosa Davidson; Kate Miciak, einer brillanten Lektorin; Sandra Dijkstra, der tatkräftigsten Agentin in der Branche; Susan Corcoran, einer phänomenalen Verlegerin, und Jessica Bellucci, die ebenfalls fabelhaft in diesem Geschäft ist; Lee Karr und der Gruppe, die sich in ihrem Haus trifft; meiner Schwester Lucy Mott Faison, weil sie die Rezepte immer und immer wieder getestet hat; John William Schenk, JKS, und Karen Johnson, Raves Catering, für ihre ständige Bereitschaft, meine Fragen zu beantworten; Monica Koziol, der Front Range Chefin, für ihre Hilfe, Leitung und Unterstützung; den außergewöhnlichen Weinkennern Wayne Belding und Jeff Mathews; Katherine Goodwin Saideman, die das Manuskript kritisch gelesen hat; Emyl Jenkins; Commander Debra Grainger, Arvada Police Department; Richard Staller, D. O.; Triena Harper, Chief Deputy Coroner, und Jon Cline, Coroner's Investigator, Jefferson County; John Lauck, Criminal Investigator, District Attorney's Office, First Judicial of Colorado; Linda Gustafson, Vail; Greg Morrison, Chief of Police, Vail; Allan Stanley, Mitglied des Colorado State Parole Board; Carol Devine Rusley; Julie Wallin Kaewert; Kevin Devine, Lake

Tahoe Ski Patrol Lawinenkontrolle; Nicole Mains, Trainerin im Boulder Country Club; Jim Gray und Shirley Carnahan, Boulder Renaissance Consort; Elaine Mongeau, King Soopers Pharmacy, Evergreen; Janine Jones, Chris Wyant und Mark Kimball, The Alpenglow Stube, Keystone Resort; Nate Klatt und Tiffany Tyson, Public Relations, und Sally Reed, Regisseurin. KRMA-TV, Denver; Jim Buchanan, Keith Abbott; Bob Egizi, Sicherheitsmanager, Vail Associates; Suzanne Jarvis, Village Security, Beaver Creek Resort; Tim Batdorff, Toscanini, Beaver Creek; Alan Henceroth, Mountan Manager, und Jim Gentling, Arapahoe Basin Ski Area; Meg Kendal, Denver-Evergreen Ob-Gyn; Russell Wiltse, Department of Film Studies, University of Colorado, Boulder; und wie immer Sergeant Richard Millsapps vom Jefferson County Sheriff's Department, Golden, Colorado, für sein Fachwissen, seine Geduld und seine Vorschläge.

Begierig aß sie; ach, sie wusste nicht,
Dass sie den Tod sich aß!

John Milton, *Verlorenes Paradies,* Buch IX, 791, 792

NATE BULLOCK MEMORIAL SPENDENAKTION

FRONT RANGE PUBLIC BROADCASTING SYSTEM

»Kochen auf dem Gipfel!«

GEFILMT IM

SUMMIT-BISTRO

Killdeer Ski-Resort, Killdeer, Colorado
17. Dezember

Mexikanische Frühlingsrolle mit würziger Guacamole-Sauce
1996 Cline Ancient Vine Zinfandel

◆

Chèvre, Eiertomaten und pochierter Spargel auf Frisée
mit Schalotten-Vinaigrette Sancerre

◆

Chesapeake Krabbentörtchen mit Sauce Gribiche
1997 Les Monts Damnés Sancerre Sauvignon Blanc – Chavignol

◆

Knusprige italienische Brotstangen

◆

Ingwerplätzchen mit Eiskappen
1983 Château Suduiraut Sauternes

Kapitel 1

Showbusiness und Tod passen nicht zusammen. Unglücklicherweise musste ich das erfahren, als ich eine TV-Kochsendung moderierte.

Bis dahin hatte es mir Spaß gemacht, eine Fernsehköchin zu sein. Ich verdiente nicht viel bei dem Job, dafür wurde ich von einem breiten Publikum gesehen. Arthur Wakefield, der Aufnahmeleiter, hatte mir erklärt, dass die meisten Köche überhaupt nichts für Gastauftritte bekamen und schon gar keine fünftausend Dollar für sechs Shows. Er hätte noch hinzufügen können: *Und die Küchen dieser Meister sind nicht von der Gesundheitsbehörde geschlossen worden!* Aber Arthur sagte nichts dergleichen. Wie die meisten anderen Menschen wusste er nicht, dass ich meine Catering-Küche zu Hause von Amts wegen »bis auf weiteres« nicht mehr benützen durfte.

Also konnte ich mich, ungeachtet der schlechten Bezahlung, glücklich schätzen, den Fernsehjob bekommen zu haben. Genau genommen musste ich dankbar sein, überhaupt noch mit Lebensmitteln arbeiten zu dürfen. Und ich wollte sicherlich nicht, dass außer meiner Familie und einigen Freunden noch mehr Leute erfuhren, warum das so war.

Meinen gesellschaftlich hoch stehenden Kunden, die *Goldilocks' Catering* zum ersten Partyservice von Aspen Meadow, Colorado, gemacht hatten, konnte ich nicht erzählen, dass unsere Installationen in der Küche unzureichend waren und nicht den gesetzlichen Vorschriften entsprachen. Und selbstverständlich durfte ich niemals bekannt werden lassen, dass mein lieber Mann Tom das Haus nach Wertsachen durchsuchte, die er verkaufen konnte, um Geld für Rohre und Ähnliches zu haben und so dafür sorgen zu können, dass mein Unternehmen wieder eröffnet werden durfte. Keine anständigen Installationen? Keine Rohre? Das klang hässlich. Sogar schmutzig und unappetitlich.

Im September waren die Dinge schlecht gelaufen. Der Gesundheitsinspektor, der sich köstlich über den Schock, den sein unerwarteter Besuch auslöste, amüsierte, legte meinen Betrieb still. Das hektische Treiben in unserer Küche erlahmte augenblicklich. Bestellungen für Catering-Dienste wurden nicht mehr angenommen. Lieferanten schickten Briefe, in denen sie sich erkundigten, ob ich meine Konten nicht allmählich aufs Laufende bringen wollte. *Ja, ja,* antwortete ich jedesmal forsch, *ich erwarte, mein Unternehmen bald wieder eröffnen zu können.* Bald. Ha!

Ohne meinen Betrieb, den ich liebevoll in zehn Jahren aufgebaut hatte, versank ich seelisch in einen trüben Dunst, der so dicht war wie der graue Herbstnebel, der tief in den Bergen von Colorado hing. Ich gab meine Yoga-Übungen auf. Trank Kräutertee, während ich die letzten Ausgaben von *Gourmet* las. Verbrachte die Tage damit, aus den neuen Fenstern unserer wunderschön, aber unvorschriftsmäßig renovierten Küche zu schauen. Und immer wieder versicherte ich Tom, wie umwerfend die neue Küche aussah, auch wenn ich nicht darin arbeiten durfte ...

Es stimmte, die Küche *sah* toll aus. Und was spielte es schon für eine Rolle, dass der Abfluss meiner Spüle nicht, wie es die Regeln der County-Gesundheitsbehörde für kommerziell genutzte Küchen vorschrieben, mit einem Rückstau-Schutz ausgestattet war? Monate zuvor hatte Tom die Renovierungsarbeiten vollendet, nachdem uns ein betrügerischer Handwerker das Leben zur Hölle gemacht hatte. In der Zeit, als er vom Dienst als Ermittler des Morddezernats des Furman County Sheriff's Department suspendiert gewesen war, hatte er eine Marmor-Arbeitsplatte, Kirschholzschränke, teure Fenster, einen soliden Eichenholzboden und die falschen Rohre eingebaut.

Um das Problem zu beheben, riss Tom damals die Innereien meiner drei neuen Spülbecken heraus und stocherte im Boden darunter herum. Er bestand darauf, unsere vorübergehende Finanzschwäche durch den Verkauf eines Paars historischer Skier zu beseitigen, die er vor Jahren auf einem Trödelmarkt für historische Militaria erstanden hatte. Im Oktober begann er, sich mit Antiquitätenhändlern in Verbindung zu setzen, während ich mir überlegte, wie ich in der längeren Betriebspause meine Finger im Catering-Geschäft behalten konnte.

Es gab keine Interessenten für die Skier. Wo sollten wir sonst Geld herbekommen? Ich zermarterte mir das Gehirn, welche Möglichkeiten es noch gab, als Köchin zu arbeiten: Sollte ich mich in der Schul-Cafeteria bewerben? Einen Burrito-Stand durch Aspen Meadows Hauptstraße rollen?

Schließlich bot mir meine alte Freundin Eileen Druckman einen Job an. Eileen besaß Unmengen Geld, war vor knapp zwei Jahren geschieden worden und hatte gerade das Summit-Bistro im vornehmen Skiort Killdeer gekauft. Eileen – eine Frau in den Vierzigern, hübsch, blond, mit kornblumenblauen Augen und vollen Lippen, die gerade wieder zu lächeln gelernt hatten – hatte einen gut aussehenden jungen Koch namens Jack Gilkey angeheuert, dessen Kochkünste legendär in Killdeer waren. Zu Eileens Freude kamen sie und

Jack sich rasch nicht nur beruflich, sondern auch persönlich näher. Als ich Eileen von meiner geschäftlichen Misere erzählte, boten Jack und sie mir den Job als Koküchenchefin im Bistro an. Aber ich konnte nicht zu den üblichen Restaurantzeiten arbeiten – von sieben Uhr morgens bis Mitternacht –, weil das Bistro fünfzig Meilen von meinem Zuhause entfernt lag. Mir war aufgefallen, dass die Sterblichkeitsrate unter Restaurantangestellten ziemlich hoch war, oder diese Leute hatten überhaupt kein Privatleben (ziemlich oft traf beides zu).

Eileen, immer großzügig, hatte prompt reagiert und dem Front Range Public Broadcasting System ein Konzept für eine Kochsendung vorgelegt. Der Sender erklärte sich bereit, eine Serie zu drehen. Ich zögerte. Eileen argumentierte, dass es eine ausgezeichnete Werbung für ihr Geschäft wäre, wenn ich in ihrem Bistro eine Kochsendung moderieren würde, und zudem hatte sie die Möglichkeit, alle Unkosten von der Steuer abzusetzen. Außerdem konnte ich meine Fernsehauftritte dazu nutzen, die neue kulinarische Idee bekannt zu machen, die mir schließlich doch noch eingefallen war: Ich wollte mich als persönliche Köchin für besondere Gelegenheiten anbieten. Dabei brauchte ich keine *eigene* Küche (musste demzufolge keine gesundheitsbehördlichen Vorschriften erfüllen), sondern würde die Küchen meiner wohlhabenden Kunden benutzen. Das war die Lösung!

Also nahm ich den Job als Fernsehköchin an. Die Killdeer Corporation hatte mir und meinem vierzehnjährigen Sohn Arch einen kostenlosen Skipass für die ganze Saison angeboten. Mit neuem Enthusiasmus erfüllt, konnte ich es kaum erwarten, zu kochen und Ski zu fahren. Ich gab den Kräutertee zu Gunsten von starkem Espresso mit geschlagener Sahne auf. Im November stürzte ich mich eifrig in meine neue Arbeit.

Jeden Freitagmorgen erschien ich in Killdeers Summit-Bistro, um meine Vorstellung vor der Kamera zu geben. Anfangs war ich sehr nervös, und es passierten kleine Missgeschicke. Zum Glück wurde *Kochen auf dem Gipfel!* vor der Ausstrahlung aufgezeichnet. Die Zuschauer sahen nicht, wie ich mir in die Hand schnitt – genauer: eine kleine Arterie aufschlitzte –, während ich für die erste Folge einen Truthahn entbeinte. Die Blutspritzer auf der Arbeitsfläche waren überaus unappetitlich. In der folgenden Woche produzierte ich eine Meringue, die vollkommen in sich zusammenfiel. Ich ließ zwei Braten fallen – einer davon war gefüllt – und bekleckerte mich mit Sauce béarnaise. Aber diese Pannen wurden aus den Aufzeichnungen geschnitten und selbst ich musste zugeben, dass das, was am Samstagmorgen gesendet wurde, ziemlich gelungen war.

Wenn alles glatt ging, trieb ich meine Scherze vor der Kamera, während ich Sahne unter den Knoblauch-Kartoffelbrei hob. Ich plauderte über die regenerierenden, verjüngenden Eigenschaften knusprig gerösteter Mandeln, während ich zerlassene Butter in den Mandelkuchenteig rührte. Ich ließ mich über die Tücken und Freuden des Skifahrens aus, als ich zartbittere Schokolade rieb, und versicherte den Zuschauern, dass man mit meinem Rezept die dunkelsten, köstlichsten, sündhaftesten Plätzchen backen konnte, die je auf einer Piste angeboten wurden. Ich befolgte sogar beim Probieren der Speisen unverdrossen Arthurs Instruktionen: *Nimm einen Bissen. Stöhne. Beweg deine Hüften und verdreh die Augen. Sag: Hmmm, aaah, oooh! Ja! Ja!* Als Tom die Sendung sah, bemerkte er spöttelnd, dass die Serie eigentlich *Koch-Sex-Show* heißen müsste.

Alles in allem verliefen die Aufzeichnungen in den ersten vier Wochen ohne Zwischenfälle. Allerdings hatte ich als »persönliche Köchin für besondere Gelegenheiten« auch in der vierten Woche noch keine Erfolge zu verzeichnen. Lediglich einen einzigen Auftrag hatte ich an Land gezogen: Arthur Wakefield brauchte in der folgenden Woche meine fachkundige Unterstützung. Ich sollte bei einer Weinprobe in seinem Haus für die Verpflegung der Gäste sorgen. Arthur besserte sein Einkommen als Aufnahmeleiter auf, indem er Wein importierte. Er brauchte einen würdigen Rahmen – und ein Gourmet-Menu –, um wohlhabenden Kunden und interessierten Wiederverkäufern die neuen Weine vorzustellen. Also sahen die Dinge sogar, was mein Betätigungsfeld als persönliche Köchin in den Häusern der Kunden betraf, nicht mehr ganz so düster aus.

Unglücklicherweise traten in der fünften Woche Schwierigkeiten auf, die *Kochen auf dem Gipfel!* gefährdeten, und zwar durch eine in Colorado keineswegs ungewöhnliche Krise: Schneesturm.

»Werd jetzt nicht hysterisch, Goldy!«, schrie Arthur am sechzehnten Dezember, also am Abend vor dem festgesetzten Drehtermin für die fünfte Folge der Serie, ins Telefon. Ich hielt den Hörer ein Stück vom Ohr weg und stellte mir Arthur vor: klein, schlank, mit hübschem Gesicht und drahtigem, schwarzem Haar. Als alleinstehender Mann mit doppeltem Einkommen war er relativ gut situiert. Leider strahlte er, egal ob er sich um die Show oder um seine kostbaren Weine kümmerte, eine gewisse Niedergeschlagenheit und Trübsinn aus. Er trug immer ein schwarzes Hemd mit Stehkragen, eine schwarze Hose und braune Schuhe mit Gummisohlen, und er ging stets gebeugt, als trüge er eine große Sorgenlast mit sich herum. *Dieser Bursche hat mit einem Dopplereffekt zu kämpfen,* stellte mein Sohn fest, der gegenwärtig viel für seinen Physik-Unterricht in der neunten Klasse lernte. Als Arthur an diesem Abend ins Telefon schnatterte, malte ich mir aus, dass er sich weit vorbeugte, um vollkommen fassungslos aus dem Fenster seiner Wohnung zu spähen und das dichte Schneetreiben zu beobachten.

Ohne sich die Zeit zu einer Begrüßung zu nehmen, eröffnete er die spätabendliche Unterhaltung mit einer düsteren Prognose des Unwetters, das über uns hereingebrochen war. Der Wetterdienst sagte einen Meter zwanzig Neuschnee voraus. Dennoch – informierte mich Arthur nervös –, trotz der Probleme, die es beim Transport und den Vorbereitungen geben würde, *musste* Front Range PBS die Sendung am nächsten Morgen aufzeichnen. Ich sagte ihm, dass ich eine Stunde brauchen würde, nur um die Zutaten für die Gerichte vorzubereiten. Arthur wollte nichts davon hören.

»Dann fahr eine Stunde früher los, damit du mit den Straßen zurecht kommst!«, fauchte er. So viel zu seinem Mitgefühl mit den Sorgen anderer.

Ich nahm den Telefonapparat und schaute aus dem Erkerfenster, das Tom bei der Renovierung eingebaut hatte. Eine altmodische Straßenlaterne beleuchtete die wirbelnden Schneeflocken, die vom schwarzen Himmel fielen. Im Wohnzimmer heulte der Wind unheimlich im Kamin. Ich seufzte.

»Tut mir Leid, dass ich dich angeschnauzt habe.« Arthur seufzte. »Ich muss mit einem Blizzard und einer rebellierenden Crew fertig werden. Außerdem sagt mein Boss, dass wir in unserer Show um Spenden bitten müssen. Die alljährliche Wohltätigkeitsveranstaltung ist abgesagt, also sind wir dran – live.« Er seufzte wieder jämmerlich. Ich hörte, wie eine Flasche klirrend gegen ein Glas stieß. »Einer unserer PBS-Kollegen wurde vor einiger Zeit getötet. Diese Spendensammlung findet zum Andenken an ihn statt. Wir *müssen* das machen.«

Ich murmelte ein paar tröstende Worte. Ich fragte nicht, ob es sinnvoll war, dass wir unser Leben aufs Spiel setzten, nur um an jemanden zu erinnern, der bereits tot war.

»Killdeer bekommt das meiste ab«, berichtete Arthur mürrisch. »Wir haben jetzt schon über achtzig Zentimeter Neuschnee. Ich konnte heute früh nicht mal meine Haustür öffnen.« Er machte eine Pause, um etwas zu trinken. »Habt ihr welchen?«

In Colorado bezieht sich eine solche Frage immer auf Schnee, nicht auf Sex. »Heute ungefähr dreißig Zentimeter«, antwortete ich. Unsere Bergstadt liegt fünfundvierzig Meilen östlich der Continental Divide und vierzig Meilen westlich von Denver. Im Laufe eines sechs Monate dauernden Winters sind eineinhalb bis zwei Meter Schnee nichts Ungewöhnliches. In Vail, Keystone, Breckenridge und Killdeer – alles Skiorte westlich der Divide – fällt wesentlich mehr Schnee.

Arthur stöhnte. »Die Snowborder und Skifahrer sind begeistert. Sie haben in den Dezemberferien zwei Meter Schnee unter den Brettern, aber ich habe keine Ahnung, wie ich unseren Van über eine Straße, die unter mindestens zwanzig Zentimetern von dem weißen Zeug versinkt, manövrieren soll. Meine Crew feiert heute Abend eine Party, als wollten sie den Abschied von der Sendung begießen.« Ich hörte, wie er wieder einen Schluck trank, und nahm an, dass er sich an Wein gütlich tat. »Weißt du, was die Crew denkt, Goldy? Ich sag's dir. Sie denken: *Das Unwetter zieht vorbei.*«

Ich klemmte den Hörer zwischen Schulter und Ohr und machte mir Milch warm: Dies war eindeutig ein Abend für eine heiße Schokolade. »Arthur«, sagte ich ruhig, »warum muss die Show morgen gedreht werden? Wieso verschiebst du den Aufnahmetermin nicht einfach?« Ich drehte die Flamme unter dem Milchtopf auf. »Am liebsten wäre es mir, du würdest mir ganz genau sagen, was vor sich geht.«

»Sieh mal.« Ich hörte ihn wieder schlucken. »Das Bistro wurde heute Abend wegen des Sturms geschlossen. Sobald die Böen heftiger als vierzig Meilen in der Stunde wehen, stellt die Killdeer Corp den Liftbetrieb ein. Deshalb wurde der Spenden-Marathon, der normalerweise live übertragen wird, heute Abend abgesagt. Und das ist auch der Grund, warum die Küchenhilfen deine Sachen für morgen nicht vorbereiten konnten.«

Ich trommelte mit den Fingern auf die glänzende neue Marmorplatte und sah auf die Uhr: halb elf. »Also müssen wir in unserer Sendung um *Spenden bitten*?«

Er räusperte sich. »Der Marathon findet jedes Jahr statt. Er bringt jedes Mal ungefähr zehntausend Dollar, mit denen der Sender neues Equipment kaufen kann. Als die Sache heute Abend abgesagt wurde, gab mein Boss den Zuschauern eine Erklärung ab und sagte, dass sie unsere Sendung statt am Samstagvormittag schon morgen sehen können – eine Live-Version von *Kochen auf dem Gipfel!*« Er trank. »Wir *müssen* es morgen machen, Goldy. Die professionellen Spendensammler sagen, dass die Leute ihre Scheckbücher wieder einstecken, wenn man sie zu lange hinhält. Keine Angst, ich hab' Freiwillige an den Telefonen.«

»Du hast gesagt, es ist eine Gedenkveranstaltung«, erinnerte ich ihn.

»Hast du dir die Sendung in den letzten Jahren nie angesehen?«

»Nie. Ich kann diese Marathon-Sendungen und Spendenaufrufe nicht leiden. Zu viel Spannung.«

»Es ist zum Andenken an Nate Bullock. *High Country Hallmarks,* wenigstens *das* wirst du schon mal gesehen haben.« Arthur nahm noch einen verzweifelten Schluck. *Nate Bullock,* dachte ich. Und ein Stich des Bedauerns durchfuhr meine Brust. Ja, ich hatte *High Country Hallmarks* gesehen. Und ich hatte Nate gekannt. Mit seiner Frau Rorry war ich früher befreundet gewesen.

»Warte eine Minute«, sagte Arthur. »Das andere Telefon

klingelt. Wahrscheinlich ein Lieferant, der mir erzählen will, dass er mit einer Wagenladung Champagner im Graben oder in einer Schneewehe fest steckt. Kannst du dran bleiben?«

Ich sagte ja, spielte mit der Telefonschnur, betrachtete das Schneetreiben und dachte zurück. Vor elf Jahren waren Nate und Rorry Bullock meine Nachbarn in Aspen Meadow gewesen. *Rorry.* Sie und ich hatten viel Spaß gehabt, als wir in der Sonntagsschule in der St. Luke's Episcopal Church unterrichteten. Aber unsere Zusammenarbeit und unsere Freundschaft endeten, als die Bullocks nach Killdeer zogen. In *High Country Landmarks,* Nates sehr populärer, örtlich produzierter PBS-Show, wurden aufregende Aspekte von Colorado gezeigt – von den umherziehenden Pumas bis zu den Vorbereitungen vor zu erwartenden Überschwemmungen. Sicher zu Hause, in warme Decken gehüllt und mit einer Tasse heißer Schokolade in den Händen hatten Arch und ich die Sendung oft zusammen gesehen, als er noch klein gewesen war.

Tragischerweise kam Nate vor drei Jahren in einer Lawine ums Leben – Berichten zufolge war er für seine Sendereihe Luchsen auf der Spur gewesen, obwohl der Sender abstritt, von einem derart gefährlichen Projekt gewusst zu haben. In den Zeitungen stand, dass die Ursache für die Lawine und der Grund für Nates Anwesenheit gerade an diesem Hang ein Rätsel war. Polizeiliche Ermittlungen brachten keine Ergebnisse und Nates Tod blieb mit ungelösten Fragen und großem Schmerz behaftet. Arme Rorry. Der Gedanke an meine verwitwete Freundin machte mich traurig. Ich hatte ihr nach Nates Tod geschrieben, aber nie eine Antwort erhalten.

Arthur kam wieder an den Apparat und erzählte, dass er gerade einen seiner Kameramänner beruhigt hatte. Er versuchte ohne Erfolg, einen Rülpser zu unterdrücken, und fuhr fort: »Gut. Um sechs Uhr fahren zwei Kameramänner, eine Hand voll Helfer und ich mit unserem Equipment-Lieferwagen auf der – *geräumten,* wie sie mir versprochen haben – Nebenstraße hinauf. Hat dein Van Vierradantrieb?«

»Nein. Und meine Reifen sind ziemlich abgefahren.« Noch ein Nebeneffekt meiner finanziellen Probleme.

»Dann nimm die Gondel auf den Berg. Da das Bistro-Personal die Vorbereitungen nicht treffen konnte, haben sich die Besitzerin und ihr Chefkoch –« hier seufzte er – »bereit erklärt, dir zu helfen. Jetzt hör zu, *live* auf Sendung zu gehen ist nur ein klein bisschen anders. Die Leute erwarten Pannen. Keine Sorge, das ist ein Teil vom Spaß.«

»O Mann, Arthur. Das hört sich aber gar nicht nach Spaß an.« Eine enge Freundin, die keine Ahnung von Essenszubereitung hatte, und ihren Koch und Freund beim Zwiebelschneiden zu beaufsichtigen und dafür zu sorgen, dass alles rechtzeitig für eine live ausgestrahlte Sendung fertig war? *Spaß*? Eine leichte Übelkeit stieg in mir auf.

»Sei einfach um sieben Uhr da, Goldy«, sagte Arthur, ohne auf meinen Einwand einzugehen. »Komm nicht zu früh. Ich habe alle Hände voll zu tun und du würdest nur im Weg stehen. Wenn du da bist, kannst du Eileen und Jack sagen, was du brauchst, und ich führe dich dann durch die Sendung. Drehbeginn um acht Uhr. *Ciao*!«

Er legte auf. Der Wind pfiff ums Haus. Ich schlug Kaffeesahne und Zucker mit ausreichend Kakaopulver schaumig, rührte die heiße Milch dazu und löffelte großzügig Schlagsahne über den Kakao. Bedenken und Angst vor dem nächsten Morgen beschlichen mich, als ich zwei duftende, mit Haselnüssen verzierte Fondant-Plätzchen auf einen Teller legte. Ich biss von einem Plätzchen ab und geriet in Verzükkung bei der Lebensgeister weckenden Kombination von dunkler Schokolade und gerösteten Nüssen. *Vergiss die Show! Genieße die Schokolade! Oh, und sieh zu, dass du ein wenig Schlaf bekommst,* befahl ich mir. *Sonst werden die*

Leute beim Sender anrufen und sich beschweren, weil die Köchin wie eine Halbtote aussieht.

Das Telefon klingelte wieder.

»Hey, Goldy, Schätzchen, wie geht's?« Doug Portmans verhasste Begrüßung jagte mir einen eisigen Schauer über den Rücken. »Kommst du morgen rauf nach Killdeer?«

»Ja, Doug.« Was für eigenartige Bettgenossen sich nach Fehlschlägen zusammentun, dachte ich und nippte an meinem Kakao. Doug Portman und ich konnten auf eine gemeinsame Geschichte zurückblicken. Wir hatten ein paar unglückliche Begegnungen, nachdem ich den Blödmann, meinen auf Abwege geratenen Exehemann, losgeworden war. Aber der protzige Pfennigfuchser Doug war ein bekannter Sammler von Militaria und unser Installationsproblem hatte ihn wieder in unseren Orbit katapultiert.

»Wollt ihr immer noch die Skier aus dem Zweiten Weltkrieg verkaufen?«, erkundigte sich Doug in seinem üblichen schroffen Ton. »Die Bretter, die Ike signiert hat?«

»Wenn die Bezahlung stimmt.« Toms historische Skier hatten einem Veteranen gehört, einem Mitglied der 10th Mountain Division. Der Soldat hatte die Namen jeder Stadt in die Skier geritzt, in der er gekämpft hatte. Aber noch bedeutsamer war, dass es dem Gebirgsschützen gelungen war, Eisenhower höchstpersönlich irgendwie dazu zu überreden, *Ike* in den linken Ski einzukratzen. Ein Antiquitätenhändler hatte Tom gesagt, dass er selbst das Skipaar für mindestens zehntausend Dollar verkaufen könnte, von denen wir dann allerdings nur *die Hälfte* bekommen würden. Ich hatte mich an Doug und seine ungeheuerliche Leidenschaft für Militaria erinnert, an das Vermögen gedacht, das uns die neuen Installationen kosten würden, und Doug vor zwei Wochen angerufen, um ihm die Skier für neuntausend Dollar anzubieten. Er hatte abgelehnt.

»Ich hab meine Meinung geändert. Achttausend. In bar«, sagte Doug triumphierend. »Schlag ein oder lass es bleiben.«

»Abgemacht«, erwiderte ich überrascht und erfreut.

»Wir sehen uns dann bei deiner Kochshow.« Doug lebte in Killdeer. »Und, hey, wenn ich dir die Bretter abkaufe, möchte ich ein paar von deinen Plätzchen haben.« Er machte eine Pause. »Ich hab gehört, sie verlangen neun Bucks Eintritt. Ich denke, du kannst mir eine Freikarte am Empfang des Restaurants hinterlegen, oder? Nachher fahren wir gemeinsam mit den Skiern ab. Das wird ein Spaß.«

Alle Welt versprach mir Spaß. Ich seufzte und sagte ihm, dass ich mit seinen Vorschlägen keine Probleme hätte. Eine Freikarte? Doug gab achttausend Dollar für die Skier aus und konnte keine *neun* Dollar für eine Eintrittskarte zur Sendung springen lassen? Das war typisch. Doug bezahlte nie für Dinge, die er abstauben konnte. Ich sagte: »Also, dann bis morgen« und legte auf.

Mit meinem hoffentlich einschläfernden Getränk in einer und dem zweiten übergroßen Plätzchen in der anderen Hand schlenderte ich zur anderen Wand der Küche. Windböen fegten eisige Flocken an unsere neuen Fenster. Ich stellte den Kakao ab und legte eine Handfläche an die kalte Scheibe. Der harte Schnee trommelte unablässig an das Glas, *tat-tat-tat-tat*. Ein wirbelnder Schneevorhang umhüllte unsere Terrassenlaterne. Die Terrasse selbst lag unter einer mindestens vierzig Zentimeter dicken weißen Schicht begraben. Ich betete um Toms Sicherheit. Er arbeitete in Denver an einem Betrugsfall. Die Winterreifen seines Chryslers waren noch in ziemlich gutem Zustand. Die Fahrt mit meinem Rückrad angetriebenem Van nach Killdeer am nächsten Morgen war eine ganz andere Geschichte.

Ich wollte diese Sendung machen. Ich zog die Hand zurück

und trank meinen sahnigen Kakao. Solange mein Catering-Unternehmen still gelegt war, bot mir die Serie ein breites Feld, Werbung für meine Geschäftsidee »persönliche Köchin für besondere Gelegenheiten« zu machen – noch hatte ich die Hoffnung auf Erfolg nicht aufgegeben. Wenigstens konnte ich die Skier verkaufen, und da ich wusste, dass die Show dem Andenken an Rorry Bullocks Mann gewidmet war, *musste* ich am Morgen irgendwie nach Killdeer kommen.

Ich biss in das Plätzchen und beobachtete das Schneetreiben. Nur noch acht Tage bis Weihnachten, aber dieses Jahr war ich kein bisschen in vorweihnachtlicher Stimmung. Ich hatte ein Snowboard für Arch gekauft – sein Herzenswunsch – und einen neuen Revolver für Tom. Ich war weit davon entfernt, eine Waffenliebhaberin zu sein, aber ich hatte eine Menge von Tom über Handfeuerwaffen gelernt. Die Gefahren und Risiken bei seiner Arbeit hatten mich davon überzeugt, dass er noch einen Revolver brauchte, auch wenn er ihn nur bei Schießübungen benutzte. Also hatten wir wenigstens ein paar Geschenke. Unser Christbaum funkelte im Wohnzimmer. Wir hatten vor, gemeinsam Weihnachtsplätzchen zu backen – als eine Familie. Aber ohne Job nach Neujahr hatte ich das Gefühl, kein Ziel zu haben, und Weihnachten war für mich lediglich ein Ereignis von mehreren, denen ich mich im Moment nicht gewachsen fühlte.

Die Dinge könnten schlechter stehen, tröstete ich mich, als ich den Kakao genoss. *Ich könnte jetzt bei diesem Wetter da draußen sein. Ich könnte ohne Mann – wie Rorry Bullock – die Feiertage verbringen müssen.* Sie tat mir Leid.

Nate Bullock, ein gut aussehender, temperamentvoller Mann, hatte immer mit den Gefahren des Berglebens geliebäugelt und war ihnen bis auf dieses eine Mal immer wundersamerweise entkommen. Hatte er heimlich den kanadischen Luchs verfolgt, den man in unseren Bergen ausgewildert hatte, nachdem die einheimischen Luchsbestände durch die Landerschließungen ausgerottet worden waren? Wer weiß? In einem waren sich alle einig: Nate Bullock war im Killdeer Valley herumgestreunt – oder hatte es mit einer bestimmten Absicht durchwandert – und dieses Gebiet war für alle, nicht nur für Skifahrer, wegen Lawinengefahr gesperrt gewesen. Lawinen, die tödlichen Schneefluten, die Ahnungslose unter sich begraben und ersticken, sind in den winterlichen Bergen von Colorado sehr gefürchtet.

Deshalb ist der Zutritt zum Valley strikt untersagt, hatten die Behörden von Killdeer feierlich betont, die darauf achteten, dass sie bei Unfällen dieser Art nicht haftbar gemacht werden konnten oder ihre Versicherung bemühen mussten. *Lawinen entstehen im Hochland ohne jede Vorwarnung.* Natürlich hatte das die Killdeer Corporation nicht davon abgehalten, das Skigebiet erst kürzlich auf die Hänge des angrenzenden Tals auszuweiten. In der nächsten Saison würde ein neuer Lift die Skifahrer und Snowboarder in ein Gebiet bringen, das direkt über der Stelle lag, an der Nate Bullock ums Leben gekommen war. *Arme Rorry*, dachte ich wieder mit schlechtem Gewissen. Würde sie morgen bei der Veranstaltung anwesend sein? Würde sie mit mir reden wollen, nachdem ich nicht mehr getan hatte, als ihr ein kurzes Beileidsschreiben zu schicken? Warum hatte ich mich nach Nates Tod nicht mehr um sie gekümmert?

Ich aß das Plätzchen auf und trank den Kakao aus. Spät am Abend türmten sich die Probleme immer höher auf, als sie bei Tageslicht erschienen. Ich sollte ins Bett kriechen und mir einen Schönheitsschlaf gönnen. Oder korrigierte ich mich in Gedanken, als ich mein molliges, blondlockiges Spiegelbild in der eisigen Fensterscheibe sah, einfach nur ein wenig Schlaf. Punkt.

Am nächsten Morgen lud ich in der undurchdringlichen, windigen Dunkelheit vor Anbruch des Tages die historischen Skier in meinen Van. Es schneite noch immer heftig. Wirbelnde Flocken vereisten mein Gesicht, als ich wieder ins Haus stapfte. Ich hinterließ eine Nachricht für Tom, dessen großer, warmer Körper sich so gegen zwei Uhr nachts an meinen geschmiegt hatte. Ich nahm meine Skistiefel und die Skier, trottete wieder zum Wagen, inspizierte den Zustand der Reifen – die kaum für dieses Wetter geeignet waren – und machte mich auf den Weg nach Killdeer.

Als mein Van durch die verschneite Main Street rollte, fegte der Wind Schnee gegen meine Windschutzscheibe. Ich blieb stehen, um die Scheibe frei zu machen, und ein mit einer Lichterkette geschmückter Weihnachtszweig schlug mir ins Gesicht. Der Sturm hatte die Dekorationen eines Geschäfts losgerissen. Zitternd vor Kälte kletterte ich wieder auf den Fahrersitz und trat die langsame Fahrt zum Highway an.

Sobald der Van auf der Interstate 70 in Richtung Westen fuhr, stellte ich den Scheibenwischer auf die schnellste Stufe, um der ständig fallenden Flocken Herr zu werden. Es herrschte kaum Verkehr. Neben der Straße drängte sich eine Herde Bighorn-Schafe um ein neonbeleuchtetes Schild, das vor vereisten Straßen auf beiden Seiten des Eisenhower-Tunnels warnte. Als ich Idaho Springs passierte, verbreitete eine Radiodurchsage die Nachricht, dass am Spätnachmittag des vergangenen Tages eine Lawine im Loveland Skigebiet niedergegangen war. Die Autos, die langsamer fuhren, um den Räumungsarbeiten zuzusehen, verstopften die Straße, berichtete der Nachrichtensprecher ernst.

»Na prima«, brummte ich.

Zwanzig Minuten später bremste ich am Ende einer Wagenschlange ab. Durch das dichte Schneetreiben konnte ich schemenhaft große Fahrzeuge ausmachen, die am Loveland-Parkplatz fuhrwerkten und Schneeberge in der Höhe eines dreistöckigen Gebäudes, Felsbrocken und abgeknickte Bäume wegräumten. Unter dem Haufen befanden sich die Reste eines Bergwachthäuschens. Der Radiosprecher verkündete empört, dass Gerüchten zufolge ein leichtsinniger Skifahrer unter dem Absperrungsseil hindurch gefahren war und die Lawine ausgelöst hatte, die dann die Fichten eines Wäldchens umgeknickt hatte wie Streichhölzer und über das leere Bergwachthaus hinweggerollt war. Leute, die mit dem Lift auf den Berg transportiert worden waren, hatten beobachtet, wie der Skifahrer im Schuss losgefahren war und sich vor den Schneemassen in Sicherheit hatte bringen können.

Konzentriere dich aufs Fahren, ermahnte ich mich, als ich in den mit Neonröhren beleuchteten Tunnel fuhr, der durch die Continental Divide getrieben worden war. Nach ein paar Minuten sah ich die Ausfahrt des Tunnels im ersten grauen Licht des Tages vor mir. Als ich ins Freie kam, rüttelte eine heftige Bö den Van durch. Schnee bedeckte die Windschutzscheibe.

Ich dachte: *Wie ist es wohl, in einer Lawine zu sterben*?

Kapitel 2

Um zwanzig nach sechs knirschte mein Van über den verschneiten Parkplatz des Killdeer Resort. Meine Finger taten weh, weil ich das Steuer so fest umklammert hatte. Ich stieg aus und versank im Schnee. Eine eisige Brise biss sich durch meine Ski-Jacke, ich stolperte und rutschte. Sobald ich wieder aufrecht stand, zog ich die Kapuze hoch, zurrte die Schnur unter dem Kinn fest und nahm gefütterte Fäustlinge aus der Jackentasche.

Ich hatte Schwierigkeiten, mich zu orientieren. Durch die wirbelnden Flocken machte ich die Digitalanzeige auf dem Parkplatz aus, die unbekümmert die Temperaturen verkündete: *–1 Grad, Windabkühlung –19 Grad. Willkommen in unserem Skigebiet.*

Flutlicht hüllte das imposante Profil des Killdeer Mountain in fahlen Dunst. Schneesäulen schraubten sich an den Laternenpfählen in die Höhe. Eine bleifarbene Wolke verschleierte die Pisten. Die Digitalanzeige sprang um und verkündete jetzt, dass die feste Schneedecke *215 cm* dick und *85 cm Neuschnee!!!* hinzugekommen war – *das* Skifahrer-Gespräch: *Wir hatten ja soooo viel Schnee!*

Ich holte meine Rossignols aus dem Wagen, die ich vor langer Zeit im Ausverkauf erstanden hatte. Ich würde sie brauchen, wenn ich nach der Show mit Doug abfahren wollte.

Die anderen Skier, das wertvolle Paar, würde ich ihm in knapp drei Stunden verkaufen. Ich steckte die Stöcke in den Schnee und holte meine Stiefel aus dem Auto. Eine weitere Schneebö nahm mir die Sicht. Die Anzeige jubilierte: *Noch mehr Schneefall zu erwarten!*, gefolgt von einem grinsenden Gesicht und den Worten: *Vorsicht beim Abfahren mit Skiern!*

Ich breitete drei Decken über die Ladefläche des Van, um die kostbaren Skier zu verstecken. Mein Blick fiel auf einige der eingeritzten Namen: *Abetone, Della Vedetta, Corona.* Die Bretter waren ein einzigartiger Fund und ich hätte mich gefreut, wenn sie in Toms Besitz bleiben könnten. Arch, der geradezu besessen davon war, möglichst viel vom Zweiten Weltkrieg zu erfahren, war sehr unzufrieden mit uns, weil wir sie verhökern wollten.

Ich sollte Arch nach der Show abholen. Da seine Lehrer gestern und heute Konferenz hatten, war er über Nacht bei seinem besten Freund Todd Druckman, Eileens Sohn, in ihrer Wohnung in Killdeer geblieben. Die Jungs waren begeisterte Snowboardfahrer. Ich fürchtete einen Wutausbruch, wenn er erfuhr, dass die Kriegsskier tatsächlich den Besitzer gewechselt hatten.

Ich wollte lieber gar nicht daran denken. Ich zupfte die Decken zurecht, warf mein Ölzeug darüber und sperrte den Wagen ab.

Ich konnte das gedämpfte Klimpern und Klirren der Gondel hören, die eine halbe Meile entfernt auf den Berg schwebte. Offenbar war der Wind heute Morgen nicht stark genug, um die erste Fahrt um sechs Uhr, wenn die Bergwachtleute hinauf mussten, zu verschieben. Gottergeben nahm ich den Rucksack auf den Rücken, schulterte die Skier und die Stökke und überquerte mit knirschenden Schritten den riesigen Parkplatz. *Kopf hoch!* munterte ich mich auf. *Mach diese*

Show und verkauf die Skier, dann rückt die Wiedereröffnung näher. Ich atmete den scharfen Geruch von Holzfeuer ein und zwinkerte die Schneeflocken von meinen Wimpern. Meine Stiefel knarrten und rutschten über den hart gestampften Schnee. Ich schleppte mich entschlossen, dem kalten Wind zu entfliehen, der auf dem offenen Platz besonders heftig wehte, durch das Halbdunkel. Trotz meines Vorsatzes, fröhlich zu bleiben, fragte ich mich, warum die Leute glaubten, die Hölle sei *nicht* zugefroren.

Ich keuchte, als ich endlich mit tauben Schenkeln und Zehen das kunstvoll geschnitzte Holzschild erreichte, das die Besucher in Killdeer willkommen hieß. Ich lehnte Skier und Stöcke gegen den Pfosten. Ich spürte den Schweiß unter den dicken Kleiderschichten. Jetzt tanzten die Schneeflocken stetig um die golden leuchtenden Laternen, die den Weg zur Gondel markierten. Ich holte ein Papiertaschentuch aus der Tasche, wischte mir die Augen aus und blinzelte zu den hell erleuchteten Geschäften im viktorianischen und bayerischen Stil. Die Straßenlampen brannten, wie ich erfahren hatte, so lange, bis die Sonne ganz aufgegangen war. In dem Monat, in dem ich die Kochsendung bisher gemacht hatte, waren die Tage kürzer geworden; die blasse Sonne hatte sich jedes Mal später gezeigt. Scherzhaft hatte ich Arthur prophezeit, dass wir am Ende des Jahres unsere Aufzeichnung im Stockdunkeln machen würden. Arthur hatte niedergeschlagen geseufzt und dann vorgeschlagen, wir könnten in einer Sendung ein Sektfrühstück zubereiten – den Sekt würde wie alle Weine auch *Wakefield Wines* liefern. Jetzt dachte ich an meine vereisten Fingerspitzen und fragte mich, ob Arthur einen Schnaps im Bistro hatte. Wenn ja, würde ich mir einen genehmigen, bevor ich »live auf Sendung ging«?

Genau genommen wollte ich weder einen Schnaps noch Champagner, sondern *Kaffee.* Mich kümmerte die Ermahnung, dass Koffein die Bewegungsfähigkeit von Skifahrern einschränkte und die Körpertemperatur senkte, keinen Deut. Wenn ich wach genug sein wollte, um fachgerecht zu kochen und Spendenaufrufe zu machen, dann brauchte ich eine gute Dosis von dem Stoff.

Zum Glück wusste ich, dass um diese Zeit ein Café geöffnet war. Meine Stimmung hellte sich auf, als ich meine Last über die kurze, zauberhafte Avenue schleppte. In den Schaufenstern funkelten Tausende von Weihnachtslichtern, die fünfzig Meilen entfernt in Aspen Meadows Hauptstraße angefertigt worden waren. In ein paar Stunden würde in diesen strahlend dekorierten Boutiquen hektische Aktivität herrschen. *Ich* würde mir die gepfefferten Preise in diesen Geschäften nicht bieten lassen, aber bitte ...

Ich schnupperte das Aroma von dem schwarzen Gebräu schon, als ich das *Geöffnet*-Schild von »Cindas Cinnamon Stop« erspähte. Ich ließ meine Ausrüstung in den überdachten Ski-Abstellplatz fallen, die es vor allen Läden gab, und stapfte die Holztreppe hinauf.

»Hey, Goldy!«, rief Cinda Caldwell, die neben dem beschlagenen Schaufenster stand. Cindas Haar, in verschiedenen Schattierungen von Rot und Pink gefärbt, leuchtete mir durch die dicken weißen Flocken entgegen. »Komm rein, komm rein, ich muss mit dir sprechen.«

Ich hatte Cinda Caldwell, eine große, sportliche, endlos enthusiastische und energiegeladene Person, bei meiner ersten Sendung hier kennen gelernt. »Du siehst schlimmer aus als sonst!«, rief sie vergnügt. »Machst du immer noch die Show?«

»Ja, aber ich brauche deinen Kaffee, um mich in eine muntere Fernseh-Moderatorin zu verwandeln – in eine Fernseh-Moderatorin, die nicht bis ins Mark friert.«

Sie lachte schallend. »Willst du einen Drei- oder einen Vierfachen? Brauchst du Gebäck zu deinem Espresso? Geht alles aufs Haus! Jetzt sag schon«, polterte sie ungeduldig. »Ich muss dir wirklich unbedingt etwas erzählen.«

»Okay, okay, einen Dreifachen, danke«, rief ich pflichtbewusst zurück. »Und ein Zimtbrötchen wäre wunderbar.« Ich beglückwünschte mich, dass ich zu früh angekommen war, um mich im Bistro sehen zu lassen. Wie konnte ich die Wartezeit, bis Arthurs Team das Set hergerichtet hatte, besser nutzen als mit Cindas Köstlichkeiten, für die ich nicht einmal etwas bezahlen musste?

Das »Cinnamon Stop« war mit einer kurzen Theke und acht runden Holztischen eingerichtet, die mit Snowboard-Stickern beklebt waren. Ein kunterbuntes Sammelsurium von Holz- und Plastikstühlen stand zwischen den Tischen und darum herum. Der riesige Bildschirm, auf dem während des Cafébetriebes Snowboard-Videos zu sehen waren, war jetzt dunkel. Cinda war unerwarteterweise als erster weiblicher Snowboarder im Staat zu Ruhm gelangt. Jetzt huschte sie hinter der Theke hin und her. Sie trug einen gelben Rollkragenpullover und weinrote Skihosen. Ein fluoreszierendes gelb-rotes Stirnband hielt ihr pinkfarbenes Haar zurück. An der Wand hinter ihr hing ein Poster von einem Snowboarder neben einem neonfarbenen Snowboard, um das eine altmodische weihnachtliche Lichterkette drapiert war. Außerdem hatte Cinda alle Trophäen ausgestellt, die sie im Freestyle ergattert hatte. »Bin gleich bei dir«, versprach sie. Sie wirkte so schwungvoll und optimistisch, dass ihr kein Mensch anmerkte, welch schwere Knieverletzungen sie sich vor einigen Jahren in der Killdeer-Halfpipe – der halben Röhre, in der Snowboarder ihre Kunststücke zeigen – zugezogen hatte. Seither hatte sie nie wieder auf dem Brett gestanden.

»Trink!« Cindy drückte mir einen Pappbecher mit dampfendem Espresso in die eine und einen Pappteller mit einem

Brötchen, auf dem eine Zimt-Zucker-Glasur glänzte, in die andere Hand. »Hör zu. Bevor ich zu den ernsten Dingen komme, möchte ich dir eine Frage stellen.« Ihre braunen Augen blitzten in dem elfenhaften, sommersprossigen Gesicht. »Muss ich unbedingt Grand Marnier für deine Schokoladentrüffel verwenden? Ich hab ein Sonderangebot für Brandy bekommen und hatte gehofft, den stattdessen nehmen zu können.« Sie lächelte mich breit an.

Ich nahm eine gesunde Menge Koffein zu mir und überlegte, ob man einen Espresso trinken, ein Brötchen verschlingen, höflich lügen und trotzdem die stärkende Wirkung des Koffeins und des Zuckers genießen konnte. Wahrscheinlich nicht. »Die Trüffel schmecken besser, wenn du qualitativ hochwertige Zutaten verwendest. Cognac ja, Brandy nein.«

Sie neigte sich zu mir. Sie roch nach Vanille. »Wie wär's dann mit dieser Frage: Hab ich nicht in der Zeitung gelesen, dass du mit einem Cop verheiratet bist? Stimmt es, dass er fürs Furman County Sheriff's Department arbeitet?«

»Ja.« Ungeachtet der Kälte war mein Gehirn noch nicht eingefroren genug, um nicht zu begreifen, dass der Kaffee, das Brötchen und die Trüffel-Frage nur die Einleitung für etwas ganz anderes war. Ich setzte eine unschuldige Miene auf. »Brauchst du Hilfe?«

Sie fummelte an ihrem leuchtenden Stirnband herum. »Wahrscheinlich ist es nichts Wichtiges. Aber ein besoffener Kerl kam vor ein paar Tagen abends in meinen Laden und wollte einen Kaffee. Mein Kellner Davey gab ihm Kona. Ich kannte den Betrunkenen von früher. Er heißt Barton Reed. Er war Snowboarder, bis er irgendwie in Schwierigkeiten geriet und für einige Zeit weg musste. Er ist ein ziemlicher Schläger-Typ mit zwanzig Ohrringen in jedem Ohr – lauter kleine Kreuze und Heiligensymbole. Dabei ist er gar nicht religiös, zumindest hab ich gehört, dass er *das* schon vor langer Zeit aufgegeben hat. Jedenfalls gab Barton damit an, dass er ein Gift hat, das jeden umbringt, der es auch nur berührt.«

Ich betrachtete nachdenklich den Espresso im Becher, bevor ich antwortete: »Hat er gesagt, dass er es anwenden will?«

»Er erzählte, dass er etwas von dem Gift in einen Brief getan hat. Ist das zu glauben? Du machst einen Brief auf und bist tot.«

»Hat er Davey den Brief gezeigt?«

Sie schwieg und sah sich vorsichtig in dem leeren Laden um. »Nein. Das ist ja das Schlimme, Goldy. Barton sagte, er würde den vergifteten Brief bald abschicken. An einen Cop.«

Meine Haut prickelte. Ich hörte selbst, dass meine Stimme sehr scharf klang. »Weißt du, wo dieser Barton wohnt? Hast du gemeldet, was er gesagt hat?« Sie schüttelte den Kopf. »Was ist mit diesem Cop? Kennst du seinen Namen?«

Cinda nahm einen Lappen und wischte die Theke um meinen Pappteller herum ab. »Nee, ich hielt das für einen blöden Scherz. Davey auch. Außerdem – wem hätte ich das melden sollen? Der Bergwacht? Den Waldhütern? Ich konnte mir nicht vorstellen, dass jemand vom Sheriff's Department den ganzen Weg hierher kommt, nur um sich anzuhören, dass ein Besoffener gedroht hat, eine vergiftete Weihnachtskarte an einen Cop zu schicken.« Sie zuckte mit den Schultern. »Deshalb hielt ich es für das Beste, *dir* davon zu erzählen, wenn du heute deinen Kaffee hier trinkst, und erst mal zu hören, wie du darüber denkst.«

Es war schon kurz vor sieben. Aber diese Geschichte beunruhigte mich und ich musste Tom anrufen. Unglücklicherweise hatte ich mein Handy im Van liegen gelassen. Ich fragte Cinda, ob ich ihr Telefon benutzen durfte, und sie stellte den

Apparat auf die Theke. Ich drückte hastig auf den Knopf für ein Amt und wählte erst unsere Privat-, dann unsere Geschäftsnummer. Offenbar war Tom früh aus dem Haus gegangen – auf beiden Leitungen sprang der Anrufbeantworter an. Ich tippte die Nummer des Sheriff's Department und hinterließ Tom eine Voice-Mail; ich bat ihn, Cinda Caldwell wegen einer Drohung gegen einen Polizisten anzurufen. Ich legte auf und kramte in meinem Rucksack, in dem ich etliche Kochutensilien transportierte, nach meiner zerknautschten Brieftasche. Ich nahm eine von Toms Visitenkarten heraus und reichte sie Cinda. »Ruf diese Nummer in dreißig Minuten an, Cinda. Erzähl Tom alles, was du mir gerade erzählt hast. In dreißig Minuten, versprochen?«

Sie sah mich zweifelnd an und tastete vorsichtig die Karte ab. Ich konnte mir vorstellen, wie sie zu Tom sagte: *Goldy hat mich gebeten, Sie anzurufen – es ist wahrscheinlich gar nichts, aber sie dachte, es könnte irgendwie wichtig*...

Ich zog wieder meine Fäustlinge an. »Muss mich beeilen. Sie senden unsere Show heute *live*. Wir sammeln im Angedenken an Nate Bullock Spenden – erinnerst du dich an ihn?«

Sie starrte noch immer auf die Karte und nickte. »Klar. Der superschicke Filmemacher.«

»Ich mache heute mexikanische Frühlingsrollen. Krabbenkuchen. Ingwerplätzchen.«

Jetzt starrte sie mich perplex an. »Ich werde versuchen, mir das anzuschauen. Aber du weißt ja, dass meine Gäste lieber tolle Skivideos als eine Kochsendung sehen.«

Ich aß das Brötchen auf – locker und würzig-süß – und spülte mit zwei gierigen Schlucken Kaffee nach. Ich bedankte mich noch einmal.

Als ich aus dem warmen Laden trat, fegte der kalte heftige Wind von der Seite. Ich kämpfte mich an der hell erleuchteten Killdeer Kunstgalerie vorbei. In dem weihnachtlich geschmückten Schaufenster waren Schwarzweißfotos von im Gegenlicht aufgenommenen Snowboardern, die waghalsig von Felsen sprangen, zu sehen; in dem daneben standen grelle, romantische, indianische Ölgemälde; das dritte Fenster war Aquarellen von Bergvillen gewidmet. Dahinter sah man eine Collage aus verschiedenen Gegenständen einer Skiausrüstung. Wenn die Bewohner von Colorado von westlicher Kunst schwärmten, dann sprachen sie nicht von Michelangelo.

Das letzte Geschäft in der Reihe war »Furs for the Famous« – Pelze für die Berühmten. Ah, Ruhm – das war etwas, was sich die breite Masse ersehnte, was die Prominenten verabscheuten und die Berüchtigten mieden. Als ich, beflügelt durch Cindas starken Kaffee, die Treppen zur Gondel hinuntersprang, überlegte ich, dass ich mit meinem Ruhm nichts anfangen konnte. Meine Feinschmeckersendung hatte mir weder wichtige Kontakte zu Gourmets verschafft noch glühende Fans beschert. Aber Meckerer und Nörgler gab es genug – Leute, die Briefe schrieben und anriefen und mich im Lebensmittelladen ansprachen, nur um zu fragen, ob sie statt Butter auch Margarine, ekelhaft trockenes, pudriges Zeug statt frisch importierten Parmesan oder scheußliche Blockschokolade statt teurer edelbitterer Schokolade für irgendein Rezept verwenden konnten. Tom hatte mir ein verfrühtes Weihnachtsgschenk gemacht – ein T-Shirt, auf dem stand: *Nicht fragen. Nichts ersetzen.*

Apropos Tom – ich hatte auch einen gewissen Bekanntheitsgrad erreicht, weil ich mit einem Polizeiermittler verheiratet war, das bewies Cindas Frage. Manchmal kam ich mir vor wie eine Pfarrersfrau, der man vom Inzest in einer Familie von Kirchenmitgliedern erzählte. Niemand will den Pfarrer mit so etwas belästigen, richtig? Jemand hat vor, einen vergifteten Brief an einen Cop zu schicken? *Belästige den Cop nicht damit! Soll Goldy das doch regeln.*

Ich ging den verschneiten Pfad entlang und über einen Fußgängersteg. Etwa anderthalb Meter unter dem Steg gurgelte der Killdeer Creek zwischen den Eisschollen. Weihnachten und das Versprechen auf mehr Schnee bedeuteten einen baldigen Ansturm von Skifahrern. Ich stapfte unermüdlich weiter – ich wollte nicht an die Feiertage und all die Partys denken, bei denen ich *nicht* für die Verpflegung sorgte.

Verkauf die alten Skier und beschaff dir die neuen Rohre, sagte ich mir. *Mach Werbung für deine »persönliche Köchin«-Schiene und bring dein Unternehmen in Schwung. Und hör auf, dich verrückt zu machen!*

Ich überwand den vereisten Weg zur Gondel. Der Liftmann mit der orangefarbenen Mütze und dem von Wetter und Sonne zerfurchten Gesicht hielt eine Gondel für mich an. Ich hievte meinen Rucksack und die Stöcke in die Kabine für sechs Fahrgäste, während der Mann ein Weihnachtslied pfiff und meine Skier in dem Gestell an der Außenwand befestigte. Die Gondel fuhr los.

Immer höher hinauf, dem Bistro entgegen. Obwohl es noch immer schneite, hatte sich der Himmel aufgehellt und sah jetzt aus wie blank poliertes Aluminium. Das gedämpfte Knirschen der Seile war der einzige Laut, als ich an schneebedeckten Baumwipfeln und jungfräulich weißen Pisten vorbei schwebte. Es dauerte noch anderthalb Stunden, bis der Skibetrieb offiziell eröffnet wurde, und daher saß ich ganz allein in der Kabine. Unser kleines Studiopublikum fuhr gewöhnlich gegen Viertel vor acht hinauf. Frühaufsteher, die sich noch gegen die Kälte wappnen wollten, würden sich bei Cinda oder im Karaoke-Café noch mit einem Kakao stärken. Oder sie brüteten über Landkarten und suchten nach den steilen Tiefschnee-Hängen, an die sich nur die ganz Mutigen heranwagten. Manche ließen auch ihre Bindungen in der Reparaturwerkstatt überprüfen oder betrachteten einfach nur die verschneiten Berge. Mit anderen Worten, *sie* konnten sich auf *echten* Spaß freuen.

Ich rutschte auf dem eiskalten Sitz hin und her und spähte nach unten. Die neu vom Wind verwehte Schneedecke war wellenförmig gefroren. Die Pistenraupen würden den Neuschnee wegschieben, die Hügel einebnen und den Schnee für die Skifahrer glätten müssen. Wenn ich um neun Uhr abfuhr, war der Neuschnee platt gefahren, und die Piste würde wie für einen Hindernislauf mit lauter Buckeln durchsetzt sein, die die Skifahrer bei ihren Schwüngen geformt hatten. So gern ich auch Ski fuhr – ob das Spaß machte, wusste ich nicht so recht.

Auf halbem Wege zum Bistro blieb die Gondel stehen. Das passierte gelegentlich, wenn Kinder nicht rechtzeitig in die Kabine kamen und die Eltern bereits drin saßen. Aber um diese Zeit sollte so etwas nicht vorkommen. Ich schaute zurück zur Station, aber sie war außer Sicht. Die Gondel schwang in einer heftigen Windbö hin und her. Ich schauderte und blickte hinunter zur Piste. Wie hoch war ich über dem Boden?

Denk an etwas anderes, Goldy. An das, was du später zu tun hast. An den Verkauf von Toms Skiern. Ich klammerte mich fester an den eisigen Griff und verdrängte den Gedanken an die Tiefe.

Toms Skier, rief ich mir ins Gedächtnis. Ja. Der Käufer war Doug Portman. Das machte mich nicht gerade glücklich, aber es spielte im Grunde keine Rolle.

Doug Portman war ein Emporkömmling, ein ehemaliger Buchhalter, dem es irgendwie gelungen war, ein ziemlich großes Tier in der staatspolitischen Maschinerie zu werden. Immer adrett in Leinen oder Cord gekleidet, tauchte er bei allen Festivitäten der Polizeibehörden und anderen Ereignissen auf und gab sich äußerst jovial. Ich wusste nicht, womit er sich heute seinen Lebensunterhalt verdiente, und ich wollte es auch gar nicht wissen. Das Einzige, was ich wusste, war, dass er Geld geheiratet hatte und sich die Sammelleidenschaft jetzt leisten konnte. Dennoch hatte ich ein schlechtes Gewissen, weil ich Toms Skier verkaufte, denn ich hatte Tom nicht erzählt, an wen. Man kann nicht so einfach sagen: »He, Liebling, ich verkaufe deinen wertvollsten Besitz an einen Kerl, mit dem ich früher mal was hatte... o ja, ich habe immer noch seine Telefonnummer...«

Das Schneetreiben draußen wurde heftiger. Ich ließ für einen Moment die eiserne Stange los, um meine Kapuze fester zuzuziehen. Die Vorweihnachtszeit sollte eine Zeit des Lachens, der Partys, der Einkäufe, des Schmückens, des Backens und der Familie sein. Warum musste ich mich dann mit dem Verlust meines geliebten Unternehmens abfinden, in einer Live-Sendung Spendenaufrufe im Angedenken eines netten Burschen starten, der in einer Lawine ums Leben gekommen war, und mir – wie vor zwanzig Minuten – Gedanken über einen verrückten, mit Ohrringen gespickten Kerl machen, der einen vergifteten Liebesbrief an einen Cop schicken will? Ganz zu schweigen von dem Verkauf eines kostbaren Sammlerstücks an Doug Portman, einen Mann, den ich nie wieder sehen wollte, wie ich mir seinerzeit geschworen hatte.

Aber ich sah ihn wieder. So viel zu dem Wort »nie«.

Kapitel 3

Die Gondel fuhr aus unerklärlichen Gründen plötzlich wieder an und ich atmete erleichtert auf. Oben sprang ich hinaus, schulterte den Rucksack und die Skier und ging auf den abgeflachten Berggipfel zu. Ein schneidender Windstoß fegte mich in den Schnee, bevor ich meine Skier anschnallen konnte. Ich schnappte nach Luft, als ich auf die harte Schneedecke aufschlug und der Schmerz in meinen Knien explodierte. *Arme Cinda,* dachte ich, als mir eine rot gekleidete Frau von der Pistenwache sanft beim Aufstehen half. *Hat es auch so weh getan, als sie sich die Knie verletzte?*

»Sind Sie in Ordnung?«, erkundigte sich die sonnengebräunte Frau besorgt. »Brauchen Sie Hilfe, um zu der Show zu kommen?«

»Nein, danke, alles in Ordnung.« Ich kämpfte mich auf die Füße, schwang mir den Rucksack auf den Rücken und stellte gewissenhaft die Stiefel in die Bindungen. *Irgendwann ist die heutige Show vorbei,* tröstete ich mich, als ich nach den Stöcken fasste.

Ich rutschte vorsichtig bis zu dem Skigestell vor dem Summit Bistro. Das Restaurant nahm das östliche Drittel eines riesigen, im Blockhüttenstil errichteten Gebäudes namens Chapparal Lodge ein. Es stand in einem Fichtenhain, und rundherum verlief eine breite Holzveranda. Die Lodge beherbergte das Restaurant, die Küche, eine Cafeteria und das Hauptquartier der Berg- und Pistenwacht. Im unteren Stockwerk befanden sich Vorratskeller, Ruheräume und Telefonzellen. Ich stellte meine Skier ab und dachte daran, dass ich bis vor ein paar Monaten nichts mit der Pistenwacht zu tun gehabt hatte, die immer gerufen wurde, wenn es Probleme auf den Hängen gab. Die Pistenwachleute waren erfahrene Skifahrer und trugen rote Uniformen mit einem weißen Kreuz als Abzeichen. Sie brachten verletzte Skifahrer mit Ackjas ins Tal, sperrten gefährliche Pisten ab und konfiszierten die Skipässe von rücksichtslosen Pistenbenutzern. Offenbar fühlten sie sich auch verpflichtet, einer Frau Mitte dreißig auf die Beine zu helfen, wenn sie mit dem Gesicht zuerst in den Schnee gefallen war.

Ich seufzte und hoffte, dass es irgendjemandem in der Lodge eingefallen war, eine Kaffeemaschine einzuschalten.

Die schwere Holztür zum Bistro war verschlossen. Ich hämmerte mit den eiskalten Knöcheln dagegen, das rief Schmerz hervor, ansonsten aber keine Reaktion. Schwarze Vorhänge, die das Licht abschirmen sollten, hingen vor den Fenstern. Die Filmcrew war wahrscheinlich so beschäftigt, dass sie mein Klopfen überhörten. Vielleicht hatten sie es auch nicht über die Nebenstraße bis hierher geschafft. Darüber wollte ich lieber gar nicht erst nachdenken.

Wie sollte ich reinkommen? Eileen hatte mir erzählt, dass im hinteren Teil des Souterrains die Abfallcontainer standen und Vorräte gelagert wurden, und von dort führten Gleise bis zur Gondel. Die Gondelkabinen wurden über Nacht entfernt, so dass die Abfallbehälter ins Tal gebracht und die Vorräte, die heraufgeschafft wurden, entladen werden konnten. Ich ging die Veranda entlang und schaute nach unten: Der TV-Van parkte mit Schneeketten an den Reifen und einer Schneehaube auf dem Dach neben dem Hintereingang. Also *war* die Crew da. Das war gut.

Schmelzende Schneeflocken rannen mir über die Wangen und Lippen. Ich würde noch einmal zehn Minuten brauchen, um den Berg hinunter zum unteren Eingang zu gelangen. Ich ging denselben Weg zurück an der Bistro-Tür vorbei zur Cafeteria und rüttelte an allen sechs Türen. Eine war offen. *Heureka!*

Die dunkle Cafeteria war menschenleer. Aber wenigstens befand ich mich schon mal im Gebäude und machte mich auf den Weg zur Küche. Bei all den verschlossenen Türen und den Liftkarten-Scannern und roten Flaggen, die schrien *Gefahr! Piste geschlossen!*, könnte man Killdeer für einen Außenposten des Pentagon halten. Andererseits hatte ich in den vergangenen fünf Wochen oft heruntergerissene Absperrungsbänder, umgeknickte Schilder, offene Bürotüren und Leute gesehen, die sich an den Scannern vorbeimogelten. Außerdem ließ man die unbeaufsichtigten Küchenräume offen.

Ich stürmte durch die Tür und sah mich hoffnungsvoll um.

»Hallo?«, rief ich in die Düsternis. Keine Antwort. Keine Eileen Druckman und kein Jack Gilkey, die die Zutaten für die Frühlingsrollen schnitten. Eine einzelne Glühbirne tauchte den Raum in trübes Licht. Auf den stählernen Arbeitsflächen lagen und standen Besteck, Pfannen, Töpfe und Schüsseln. In den Regalen wurden Lebensmittel aufbewahrt. Meine Schritte hallten von den Metallflächen wider.

Durch die Schwingtüren hörte ich geschäftiges Treiben und laute Stimmen. Ich zog meine Jacke und die Skistiefel aus, öffnete den Rucksack und schlüpfte in die Turnschuhe, die ich bei den Dreharbeiten trug. Dann marschierte ich an den Kühlräumen und den tiefen Spülbecken vorbei und stieß die Schwingtüren zum Restaurant auf.

Die grellen Scheinwerfer blendeten mich, doch wundersamerweise taten die Lichter der intimen Atmosphäre des Speisesaals keinen Abbruch. Falsche, zu Lampen gestylte Hirschgeweihe hingen an den Decken, auf Stuckwände waren Efeuranken aufgemalt, ein waldgrüner, dicker Teppich bedeckte den Boden, in dem Kamin aus bemoosten Natursteinen glühte ein künstliches Feuer – all das gab dem Bistro das Flair eines Edelrestaurants für Prominente. Vasen mit Seidenrosen und unangezündete Kerzen standen auf den mit schneeweißen Damasttüchern gedeckten Tischen. Eine blonde Frau hängte gerade Gemälde an eine Wand. *Ein elegantes Gourmet-Restaurant in dreitausenddreihundertsechzig Meter Höhe? Kein Problem.*

Der etwa einsachtundsechzig große, wie immer mit einem schwarzen Hemd und einer schwarzen Skihose bekleidete Arthur Wakefield klemmte sich das Clipboard und die unvermeidliche Bepto-Bismol-Flasche unter den Arm, walzte in meine Richtung und beugte sich im spitzen Winkel vor. Seine angespannte, nüchterne Art ließ ihn älter aussehen als neunundzwanzig – ich hatte erfahren, dass er tatsächlich erst neunundzwanzig Jahre alt war. Der Regisseurin Lina – einer paraplegischen Frau, die nur selten den Übertragungswagen verließ – war ich nur ein einziges Mal begegnet. Sie gab ihre Instruktionen an die beiden Kameramänner und an Arthur über Headset weiter. Ich hatte genug damit zu tun, mit Arthur selbst zu Rande zu kommen: Er störte und meckerte genug für drei.

Arthur war glatt rasiert bis zu dem tiefen Grübchen im Kinn und hatte sein extrem gelocktes Haar nach vorn gekämmt – im römischen Imperator-Stil. Die dunklen Ringe unter seinen Augen ließen Spekulationen darüber zu, wie oft er morgens mit einem Kater aufwachte. Ich stählte mich innerlich, um mir anzuhören, welche Katastrophen bisher passiert waren und welche uns noch bevorstanden.

»Da bist du ja. Vier Minuten zu spät.« Er schnalzte missbilligend mit der Zunge, dann fügte er hinzu: »Rorry Bullock sollte um sieben Uhr hier sein. Kein Mensch hat sie gesehen. Auf Eileen Druckman und ihren Küchenchef warten wir auch noch. Wir sitzen in der Patsche.«

»Sag mir einfach, was ich wissen muss, damit ich mich vorbereiten kann.« Ich zögerte. »Rorry ist nicht gekommen?« Wieder meldete sich das schlechte Gewissen. Ich hätte sie anrufen und ihr vielleicht anbieten sollen, sie abzuholen ...

»Kennst du sie?«

»Sie und Nate waren einmal unsere Nachbarn. Rorry und ich unterrichteten gemeinsam in der Sonntagsschule.« Ich sah mir das Chaos im Speisesaal an – plötzlich erinnerte ich mich daran, wie viel Spaß Rorry und ich mit unserer vierten Klasse hatten, als wir die Geschichte von der Verwüstung Edoms aufführten und wie die Irren im Kirchenvestibül herumsprangen, als der Junge, der den Hesekiel spielte, seine Prophezeiung aussprach ...

Arthur fragte: »Wusstest du, dass sie schwanger war, als das Lawinenunglück passierte? Sie hatten schon Ewigkeiten probiert, ein Kind zu bekommen. Kurz nach Nates Tod verlor sie das Baby.« Er seufzte, und ich fragte mich, ob die Fehlgeburt und all die damit zusammenhängenden körperlichen und seelischen Schmerzen der Grund dafür waren, dass Rorry nie auf meinen Brief geantwortet hatte. Wieso war ich der Sache nicht nachgegangen?

»Nate war beim Sender ungeheuer beliebt, und seine Sendungen waren sehr populär.« Arthur suchte vergeblich in seinen Taschen nach einer Kautablette gegen die Überproduktion von Magensäure. »Deshalb machen wir jedes Jahr eine Sendung, in der wir an ihn erinnern und zu Spenden aufrufen. Die Federal Communication Commission gestattet uns, nur Geld für uns selbst zu sammeln. Traurig, weil Rorry auch dringend Geld braucht.« Er zog eine Augenbraue hoch. »Ich hatte gehofft, du könntest Rorry unseren Zuschauern vorstellen, Goldy. Ich wollte eigentlich, dass sie zu Beginn der Sendung ein paar Worte sagt. Mir hat sie die Bitte abgeschlagen.«

»Ich habe sie schon lange nicht mehr gesehen ...«

Er strich sich über die Haare. »Frag sie einfach noch mal, ja? Hast du dein Skript?« Ich nickte; er starrte düster auf sein Klemmbrett. »Eine Live-Sendung unterscheidet sich nicht so sehr von einer Aufzeichnung. Reiß einfach einen Witz, wenn irgendwas schiefgeht. Am wichtigsten ist: Was passiert, wenn die Telefone aufhören zu klingeln? Dann schwenkt die Kamera auf die ruhige Telefonkonsole. Ich gebe dir ein Zeichen. Behalt deinen Monitor im Auge. Sei um Viertel vor acht hier draußen, dann fangen wir an. Alles kapiert?«

Ich nickte artig. Arthur zog noch einmal sein Klemmbrett zu Rate. Ich sah mich auf der Suche nach der schlanken, dunkelhaarigen Rorry im Speisesaal um. Was sollte ich zu ihr sagen? Warum hatte ich nie etwas von dem Baby erfahren?

Arthur deutete mit der Hand auf den Grill und die Herde auf der Rückseite des Restaurants. Sie nannten das »Hot Line« und dort machte ich meine Arbeit vor der Kamera. Dann zeigte er auf eine Reihe leerer Stühle an der gegenüberliegenden Wand. »Dort werden die Telefone installiert. Du bekommst einen Ohrstöpsel vor der Sendung.«

Ich war nervös, als ich auf die Hot Line zuging. Vor fünf Wochen hatte Arthur ungehalten erklärt, dass sich viel zu viele technische Probleme ergeben würden, wenn man die Sendungen von Killdeer sechs Wochen lang live ausstrahlen würde. Aber heute strahlten wir live aus. Obwohl die Bezeichnung für meine Person auf der Kamera »Talent« war, hatte dieses Talent fürchterliche Angst, einen Schnitzer nach dem anderen zu machen. Ich nahm an, dass das auch der

Grund dafür war, dass Arthur von Rolaids zu einer extra großen Flasche Pepto-Bismol übergewechselt hatte. Ich überlegte, ob das die Geschmacksknospen beeinträchtigte.

Als ich die Platten und Teller an der Hot Line arrangiert hatte, rannte ich zurück in die Küche. Gott sei Dank waren Eileen und Jack mittlerweile eingetroffen.

»Goldy!«, rief Eileen Druckman und eilte auf mich zu, um mich zu umarmen. »Du hast es hier herauf geschafft!« Ihr Haar war frisch geschnitten und blondiert und sie trug einen engen königsblauen Rollkragenpullover und eine schwarze Skihose. Sie sah umwerfend aus. »Glaubst du, die Jungs können heute Snowboard fahren bei diesem Mistwetter?«

»Wann hat Schnee einen Vierzehnjährigen schon mal aufgehalten?«

Jack Gilkey, der Schalotten schnitt, schaute auf und lächelte schüchtern. Jack war blass und dünn, sah auf markante Weise gut aus – irgendwie wie ein Cro-Magnon-Mensch. Seine dunklen Augen blickten ernst und das lange mahagonifarbene Haar war zu Hunderten von kleinen Zöpfchen geflochten, die zu einem Pferdeschwanz zusammengebunden waren.

»Danke für die Hilfe, Jack«, sagte ich aus vollstem Herzen. Er nickte, und ich wunderte mich wieder darüber, dass Arthur so eisern darauf bestanden hatte, dass ich die Show allein und nicht zusammen mit dem exzellenten Chefkoch des Bistros machte. Jack hatte ein umwerfendes Diner für Eileen, Arch und mich in Eileens Wohnung zubereitet, deshalb wusste ich, dass er ein ausgezeichneter Koch war. Außerdem sah er viel attraktiver aus als ich.

Ach, wieso sollte ausgerechnet ich die wundersamen Entscheidungen von PBS hinterfragen? Wir drei machten uns an die Arbeit, füllten schwarze Bohnen in Glasschalen, schnitten gekochte Hühnerbrüstchen in kleine Streifen, rieben

Cheddar-Käse und legten den Teig für die Frühlingsrollen bereit. Ich holte mein Skript hervor, spähte in die größere der beiden Kühlkammern und nahm einen Endiviensalat und einen Kopf Radicchio heraus. Da ich pro Show immer nur zwei kompliziertere oder drei einfachere Rezepte kochte, würde ich heute wahrscheinlich gar keinen Salat machen, aber darüber reden wollte ich auf jeden Fall. Arthur hatte mir aufgetragen, den Zuschauern einzuschärfen, dass sie Weinessig statt Zitronensaft oder anderen Essig für das Dressing verwenden sollten. Die Krabbenkuchen, die ich Arthur geradezu aufgedrängt hatte, waren einfach zuzubereiten – man verwendete Krabben aus der Konserve – und schmeckten meinen Kunden himmlisch. Hatten meinen *früheren* Kunden himmlisch geschmeckt.

»Gibt's was Neues – kannst du dein Geschäft bald wieder eröffnen?«, wollte Eileen wissen, als wir die Zutaten so aufgestellt hatten, dass sie den großen, tragbaren Monitor nicht verdeckten, in dem ich die Kamerabewegungen verfolgen konnte. Das Stimmengewirr an der Telefonkonsole übertönte sie beinahe.

Ich murmelte: »Noch nicht« und schaute zu den Stühlen, die hinter den beiden Kameras aufgereiht waren. Ich erschrak, als ich das Gesicht und die Schultern von Rorry Bullock hinter dem Monitor entdeckte. Ich wusste immer noch nicht, was ich zu ihr sagen sollte.

Ich seufzte und widmete meine Aufmerksamkeit wieder der Arbeit. Fünfzehn Minuten bis zur Showtime. Ich musste noch verkabelt werden. Panik stieg in mir auf. Arthur nickte mir zu, dann deutete er mit dem Kinn in Rorrys Richtung. Während Jack und Eileen das Skript durchblätterten, um sicherzugehen, dass alle Zutaten vorhanden waren, huschte ich zum Monitor.

»Rorry?«, fragte ich aufgeregt. »Erinnerst du dich an mich?

Ich bin Goldy. Deine ehemalige Kollegin von der Sonntagsschule. Wir haben gemeinsam die Kinder beaufsichtigt, als sie aus Ton die Tafeln der Zehn Gebote formten.« Das war eines von mehreren denkwürdigen Projekten, das nur von den Trompetenklängen, die die Mauern von Jericho zum Einsturz brachten, übertroffen worden war.

Rorry drehte sich um und schaute mich an. Sie trug ein weites graues Sweatshirt, wirkte fehl am Platze und machte den Eindruck, als würde sie sich ganz und gar nicht wohl in ihrer Haut fühlen. Sie tauchte einen Teebeutel in einen Becher mit heißem Wasser. Ihr Blick war unerwartet trotzig.

»Es tut mir Leid«, stammelte ich weiter und wünschte, ich hätte nicht versucht, witzig zu sein. »Dieser Tag erinnert dich bestimmt an Nate ...«

»Wir haben uns lange nicht gesehen, Goldy.« Rorrys Miene war nicht zu deuten, aber ihr Ton klang bitter. Sie schlürfte ihren Tee. »Du brauchst kein Mitleid mit mir zu haben.«

»Es tut mir Leid«, wiederholte ich trotz ihres Einwandes. »Ich wollte dich nicht aufregen ...«

»Ich bin nicht aufgeregt«, unterbrach sie mich. »Nur verwirrt.«

»Weswegen?« Meine Frage klang dämlich, selbst in meinen eigenen Ohren. Ich befestigte mit bebenden Händen das verdrahtete Mikrofon, das mir Arthur reichte, an meiner Kochjacke so, dass man das Kabel nicht sah.

»Noch zwei Minuten«, verkündete er. »Mrs Bullock, ich nehme an, wir können Sie nicht dazu überreden, ein paar Worte zu sagen ...«

»Nein!« Rorrys Antwort war fast ein Schrei. Die Hand, die den Plastikbecher festhielt, zitterte; blassgrüner Tee schwappte über. Arthur hastete davon.

»Rorry«, murmelte ich, »ich habe gerade erst von deinem

anderen Verlust erfahren. Ich wusste nichts von dem Baby und ich weiß, wie sehr du Nate geliebt hast …«

»Nate ist der einzige Mann, den ich *jemals* geliebt habe«, schnitt sie mir vehement das Wort ab.

Was sollte diese Grobheit? Ich verstand das nicht. Hitze stieg mir in die Wangen. Wieso machte ich immer alles noch schlimmer, wenn ich nervös war? »Ich weiß, du …«

Rorry reckte ihr Kinn vor. »Du hast von *nichts* auch nur die geringste Ahnung, Goldy.«

Sie drehte sich um, ging zu den Plätzen der Zuschauer und setzte sich schwerfällig hin. Ich schnappte erstaunt nach Luft. Während meiner Ehe mit meinem ersten Mann, Doktor John Richard Korman, alias der Blödmann, hatte ich viele seiner gynäkologischen Patientinnen gesehen. Ich konnte sie ganz gut einschätzen. Warum hatte mir niemand von Rorry erzählt?

Drei Jahre nach dem Tod des einzigen Mannes, den sie, wie sie selbst gerade beteuert hatte, jemals geliebt hatte, war Rorry Bullock im neunten Monat schwanger.

Ich hatte keine Zeit, über Rorry und ihren Zustand nachzudenken. Arthur flitzte zu mir und befahl mir streng, mein Mikro zu testen. Ich nickte, schluckte und krächzte: »Eins, zwei, sechs.« Meine Zunge war trocken. Als sich Arthur wieder aus dem Staub machte, füllte ich am Spülbecken hinter der Hot Line ein Glas mit Wasser. Hatte Rorry wieder geheiratet? Hatte sie einen Liebhaber? Was war mit ihr los?

Lass dich durch nichts von deiner Show ablenken; jeder Zuschauer wird sofort merken, dass etwas nicht stimmt, hatte mich Arthur vor der allerersten Aufzeichnung gewarnt. Nachdem der Truthahn auf den Boden gefallen und die Sauce auf mich gespritzt war, hatte ich mich stärker auf meine Arbeit konzentriert. Jetzt brummte Arthur, der sich an seinem Pepto und dem Clipboard festhielt, etwas über die Reihenfolge der Einstellungen in sein Headset. Er checkte noch einmal den Ton der Telefonkonsole, an der sechs Personen Platz hatten. Dann trottete er zu mir und gab seine letzten Instruktionen: »Gib nie zu, dass etwas falsch läuft. Wir machen nach der Hälfte der Sendezeit eine Pause und zeigen den Clip einer Sendung von Nate. Beobachte den Monitor, achte auf die Zeit, aber mach das bloß nicht zu auffällig. Ich gebe dir zusätzlich Zeichen.«

Schließlich zog er sich zurück. Ich blinzelte in die grellen Lichter, versuchte, alle Gedanken beiseite zu schieben, und sah noch einmal meine Notizen durch. *Zuerst die Frühlingsrollen.* Auf der Arbeitsplatte lagen die köstlichen ausgerollten und zugeschnittenen Teigstücke neben den Glasschalen mit den Zutaten für die Füllung. *Ganz kurz die Krabbenkuchen. Hinweis darauf, wie gut ein heißes, saftiges Schellfischgericht nach dem Skifahren schmeckt.*

Auf der vorderen Herdplatte standen ein paar fertige Krabbenkuchen für die letzte Kameraeinstellung bereit. *Als letztes der Nachtisch.* Ich hätte ein Schokoladen-Dessert bevorzugt, aber Arthur meinte, Schokolade sei zu mächtig für einen Dessertwein. Deshalb machte ich Ingwerplätzchen. Der Wein, den Arthur dazu ausgewählt hatte, kostete fünfundsiebzig Dollar pro Flasche.

Arthur bat verdrießlich um Ruhe, dann zählte er laut von fünf bis eins zurück. Das rote Licht an Kamera eins ging an. Ich holte bebend Luft.

»Ich begrüße Sie aus Killdeer«, begann ich und hoffte, dass ich die Einzige war, die das Schwanken in meiner Stimme wahrnahm. »Dies ist eine ganz spezielle Sendung, die an den Tod eines lieben Freundes von Front Range Public Broadcasting System erinnert ...« Und ich redete darüber, wie wir an Nate dachten und dass diese spezielle Show bestimmt etwas ganz Besonderes für diejenigen unter uns war, die Nates Sendungen regelmäßig gesehen hatten. Dann nannte ich die Telefonnummer, unter der die Zuschauer anrufen konnten, und kündigte fröhlich die Gerichte an, die heute in der Show zubereitet wurden.

Auf meinem Monitor war die Zutatenliste für die Frühlingsrollen eingeblendet. Als die Kamera wieder mich erfasste, verrührte ich den Käse mit allen anderen Ingredienzien und rollte sie behende in den Teig. Ich ließ die Frühlingsrollen in die Friteuse gleiten, die Jack, der jetzt im Hintergrund lauerte, auf die richtige Temperatur gebracht hatte. Alles lief prächtig. *Wenn ich ignorieren könnte, dass die beiden Kameras auf mich gerichtet sind*, dachte ich, *ginge es mir richtig gut. Wenn ich koche, bin ich glücklich wie nie.*

Ich schwatzte über den Kauf von Krabben und mischte dabei die überall erhältlichen Zutaten für die Kuchen. Ich lächelte in die Kamera, dann verrührte ich die Sauce und klopfte zerkrümelte Club Cracker auf beiden Seiten der weichen, flachen, leckeren Kuchen fest. Dann legte ich sie in das heiße Fett in der Pfanne. Es zischte und brutzelte zufriedenstellend. Die Telefone klingelten; ich plauderte darüber, dass gutes Essen und die Liebe zusammengehörten.

Eileen, die neben Jack Gilkey stand, grinste von einem Ohr zum anderen, als ich bemerkte, dass das Summit Bistro ein gemütlicher, romantischer Ort war, an dem man ein ausgezeichnetes Mittagessen während eines Skitages genießen konnte. Arthur bedachte Jack mit einem finsteren Blick und nahm einen Schluck Pepto-Bismol. Ich redete weiter.

»Sie können zu der Vorspeise einen trockenen Wein alter Lagen anbieten und einen Sauvignon blanc zum Hauptgang«, empfahl ich munter. Dabei verzog sich endlich auch Arthurs Mund zu einem Lächeln. Gleich darauf schluckte er noch mehr Pepto. Die Kamera schwenkte zu den Telefonen –

drei der freiwilligen Helfer redeten mit Spendern. Da ich für einen Moment nicht im Bild war, überblickte ich das Publikum und verkniff mir ein zweites Luftschnappen an diesem Morgen.

Doug Portman, der Käufer von Toms historischen Skiern, war da. Er sah älter, feister und kahler aus als bei unserer letzten Begegnung und grüßte mich mit erhobenem Zeigefinger – ich hatte vergessen, ihm eine Eintrittskarte beiseite legen zu lassen. In diesem Moment klingelten alle Telefone gleichzeitig. Ich machte Rorry Bullocks Gesicht in der Menge aus. Ihre Augen waren zusammengekniffen, ihr Gesicht wirkte gequält. Warum? Der Spendenaufruf war erfolgreich. Wieso wirkte sie so verstört? Arthur kritzelte auf sein Klemmbrett: *10 Sekunden bis zur Pause!* Ich brachte die Pfanne mit den Kuchen schnell zur Spüle und kündigte den Clip von Nates Sendung an.

Sobald der Fünf-Minuten-Spot anlief, setzte ich mich, trank mehr Wasser und überflog mein Skript. *Eine Live-Show.* Während die Zuschauer auf ihren Plätzen herumrutschten, wurden meine Handflächen feucht und mein Herz raste. Trotzdem glaubte ich allmählich, dass ich diese Tortur überleben würde. Ich hatte gerade die Zutatenliste für den Nachtisch durchgelesen, als Arthur mit seinem Klemmbrett herumfuchtelte. *30 Sekunden!*

Ich konnte hören, wie sich meine Stimme überschlug, als ich erklärte: »Die aphrodisische Wirkung von Ingwer, Zimt und Muskatnuss in diesen Ingwerplätzchen wird Ihr Liebesleben würzen, keine Frage! Besonders, wenn Sie dazu einen guten Dessertwein trinken.« Ich zog keck die Augenbrauen hoch und grinste in die Kamera, während ich den Handmixer einschaltete. Steinharte Butterstücke blockierten den Motor des Mixers. *Hnnh,* brummte die Maschine. Ich drückte noch mal auf den Knopf und wieder und wieder. Die

Quirle rührten sich nicht. Ich schaute auf: Dies war das Live-Show-Desaster, das ich gefürchtet hatte. Mich überkam das Gefühl, dass mir die Zuschauer auf die Pelle rückten – Eileen und Jack, die beiden Kameramänner und Arthur Wakefield glotzten mich entgeistert an. Ich kam mir vor wie der Pilot der *Hindenburg*.

Es dröhnte in meinen Ohren und ich hörte Rorry wieder sagen: *Du hast von nichts auch nur die geringste Ahnung, Goldy.* Die Sekunden tickten dahin; die Kameraobjektive funkelten mich an. Ich presste den Finger, so fest ich konnte, auf den Knopf, *hnnh, hnnh!* An der Telefonkonsole wurde es ganz still.

Ich grinste zum roten Licht an der Kamera eins, zog rasch den Stecker des Mixers aus der Dose und steckte ihn wieder hinein, dann drückte ich verzweifelt noch einmal auf Start. Die Quirle brummten und ächzten, als würden sie Zement mischen. Hatten Jack oder Eileen die Butter denn nicht weich werden lassen? Hieß »Zimmertemperatur« in 3360 Meter Höhe zehn Grad? Die Butterstücke waren härter als Ziegelsteine.

Arthurs finstere Visage lauerte hinter der Kamera. Er sah aus, als wäre sein bester Freund mit der *Hindenburg* abgestürzt.

Der Mixer knirschte, stotterte und gab noch einen leisen knirschenden Laut von sich, bevor er mir eine dunkle Rauchwolke ins Gesicht spuckte. Was hatte Arthur gesagt, was in einem solchen Fall zu tun war? *Erzähl einen Witz.* Irgendwo in meinem Gehirn hatte ich sicherlich ein halbes Dutzend lustige Geschichten von kleinen Malheuren in der Küche gespeichert. Unglücklicherweise fiel mir im Moment keine einzige ein.

Ich wedelte den Rauch weg und blinzelte in die Scheinwerfer. Arthur kritzelte vehement einen Befehl, dann hielt er sein Clipboard hoch: *Kochen!!!*

Ich befestigte die Rührschüssel unter dem großen, feststehenden Mixer. Die kräftigeren Quirle arbeiteten sich röhrend durch die Butterklumpen und den braunen Zucker. Durch diesen Erfolg ermutigt, schlug ich vorsichtig ein Ei am Schüsselrand auf. Obwohl ich eine Katastrophe erwartete, fielen Eigelb und Eiweiß problemlos in die quirlige Masse.

»So leicht diese Plätzchen auch herzustellen sind«, erklärte ich nonchalant, »werden einige Skifahrer ihre Zeit doch lieber auf den Pisten verbringen wollen als in der Küche – in diesem Fall sollten Sie es Ihrer persönlichen Köchin überlassen, den Nachtisch und alles andere zuzubereiten!«, fügte ich mit einem 200-Watt-Lächeln hinzu. Arthur verhinderte mehr Eigenwerbung, indem er das Klemmbrett schwenkte, auf dem stand: *Schneller!!!*

Das zweite Ei war weniger kooperativ. Als ich es aufschlug, zerbrach die ganze Schale und bröckelte in den Teig. Arthur ordnete eine Nahaufnahme der Schüssel an, gerade als die Splitter der Eierschale zügig in die Masse gequirlt wurden. Ich konnte mir verblüffte Zuschauer vorstellen, die beim Sender anriefen und fragten: *Gehören tatsächlich Eierschalen in den Teig? Wie lange ist diese Frau schon Köchin?*

Ich fluchte im Stillen, während ich Melasse in den Teig rührte und einen Schuss Essig hinzufügte. Ich schwenkte eine flache Reibe und erklärte, wie entscheidend es war, Muskat immer frisch zu reiben und kein fertiges Pulver zu verwenden. Während ich demonstrierte, wie das ging, rieb ich unseligerweise gleich drei meiner Fingerknöchel mit, und Blut tropfte auf die Muskatkrümel. Ohne mir die Mühe zu machen, das Mehl durchzusieben oder es zuerst mit den Gewürzen zu mischen, schüttete ich die Zutaten achtlos in die Rührschüssel und stellte den Mixer ein. Die Maschine ächzte und wirbelte eine Wolke von gewürztem Mehl auf. Ich schnappte mir ein Küchentuch, um mir das Puder vom Gesicht zu wischen. Mein Mikrofon quietschte.

Ich fragte mich, ob Arthur den Dessertwein entkorkt hatte und ob er mir erlaubte, nach der Show die ganze Flasche in mich hineinzuschütten.

Ich murmelte irgendwas, während ich den Teig zu Ping-Pong-Ball großen Kugeln formte. Die Telefonisten wechselten bedeutsame Blicke: *Was ist das für eine Köchin?* Ich schob die rohen Plätzchen mit einem schwungvollen Ruck in das, was Arch den »Möchtegern-Ofen« nannte, und rang um Fassung, damit ich einen letzten flammenden Aufruf zu spenden loswerden konnte.

Zwei Lichter über der Telefonkonsole blinkten, als die Anrufe wieder halbherzig eingingen. Ich wusch mir die Hände und wischte sie am Handtuch ab. Die Telefonisten sprachen murmelnd mit den Spendern. *Wie lange noch?* Vor meiner Uhr stand der Ingwerteig. Ich stürzte mich in einen Monolog und forderte die Zuschauer auf, Krabbenkuchen einzupacken, ehe sie zu einem Skiausflug aufbrachen.

Kamera eins schwenkte zu den fertigen Gerichten, die auf der Hot Line bereitstanden. Danach kam die Telefonkonsole mit den Freiwilligen ins Bild – die Telefone, der Teufel sollte sie holen, standen wieder still. Arthur war aschfahl vor Panik und ließ die Telefonnummer einblenden, unter der die Spender anrufen konnten. Danach lief die vorbereitete MAZ mit den Sicherheitstipps bei Lawinengefahr ab. *Meiden Sie steile, vom Wind abgekehrte Hänge. Hören Sie regelmäßig die Radiodurchsagen ab, die die Lawinenberichte durchgeben. Falls Sie in ungefestigten Schnee geraten, suchen Sie Schutz bei einem Baum und halten Sie sich an ihm fest. Und bleiben Sie auf jeden Fall immer auf den offiziellen Pisten!*

Zu schade, dass Arthur keine Sicherheitstipps für Küchenarbeiten parat hatte. Ich wand mich vor Verlegenheit. *Du hast von nichts auch nur die geringste Ahnung, Goldy.* Stimmt!

Ich hielt nach Rorry Bullock Ausschau.

Sie war weg.

Mexikanische Frühlingsrollen mit pikanter Guacamole-Sauce

2 Esslöffel Pflanzenöl, und Öl für die Fritteuse

1½ Pfund Hühnerbrüstchen, ohne Fett und fein geschnitten (in etwa 1 cm große Würfel)

2½ Tassen kleingeschnittene Zwiebeln

1 oder 2 Esslöffel Chilipulver (je nach Geschmack)

1 Tasse schwarze Bohnen aus der Dose (gut abtropfen lassen)

100 g klein geschnittene grüne Chilischoten (aus der Dose)

1 Tasse geriebener Cheddar-Käse

1 Tasse geriebener Monterey-Jack-Käse

½ Tasse fein geschnittener Cilantro

½ Jalapeño-Chili, von Samen befreit und klein geschnitten

3 Esslöffel pikante Sauce

1 Teelöffel Salz

1 Pfund Frühlingsrollenteig (in einem Paket sind 16 Stücke)

2 Esslöffel Öl bei mittlerer Hitze in einer Pfanne erhitzen. Das Hühnerfleisch und die Zwiebeln zugeben, gut verrühren, das Chilipulver darüber-

streuen und mit dem Fleisch vermischen. Rühren, bis die Zwiebeln glasig werden und das Fleisch gar ist. Die Pfanne vom Herd nehmen, Bohnen, Chilischoten, Käse, Cilantro, Jalapeño, die pikante Sauce und Salz untermengen. Die Füllung beiseite stellen. Jeweils immer ein Teigstück auf ein mit Mehl bestäubtes Brett legen, 1/4 Tasse der Füllung darauf verteilen und zu einer Frühlingsrolle zusammenrollen.

Das Öl in der Fritteuse oder in einer tiefen Pfanne erhitzen und jeweils drei Frühlingsrollen etwa drei Minuten auf jeder Seite braten ober in der Fritteuse lassen, bis sie goldbraun sind. Auf Küchenkrepp abtropfen lassen. Mit Sauce servieren.

Rezept für 16 Frühlingsrollen

Guacamole-Sauce

1 geschälte, entkernte und klein geschnittene Avocado
Saft einer Limone
1 Tasse saure Sahne
1/2 Tasse mittelscharfe pikante Sauce
1/3 Tasse fein geschnittener Cilantro
1 Esslöffel geriebene Zwiebel

1/2 sehr fein gehackte Jalapeño-Chili (am besten püriert)

Alle Zutaten verrühren (mit der Hand oder mit dem Mixer), bis sie eine glatte Sauce ergeben. Kalt stellen und zu den Frühlingsrollen servieren.

Krabbenkuchen mit Sauce Gribiche

1 Esslöffel Pflanzenöl
1/2 Tasse fein geschnittener Sellerie
1/2 Tasse fein geschnittene Zwiebel
1 zerdrückte Knoblauchzehe
2/3 Tasse fettarme Majonäse
3/4 Teelöffel Senfpulver
1/2 Teelöffel Paprikapulver
1 Teelöffel Salz
1/8 bis 1/4 Teelöffel Cayenne-Pfeffer (je nach Geschmack)
1 Pfund Krabbenfleisch (tiefgefroren oder aus der Dose)
1 1/3 Tassen zerbröselte Club-Cracker
2 zusätzliche Esslöffel Pflanzenöl und Öl für die Pfanne

1 Esslöffel Öl bei mittlerer Hitze in einer Pfanne erhitzen, Sellerie und Zwiebeln zugeben, die Hitze herunter drehen und den Knoblauch hinzufügen. Alles auf mittlerer Flamme etwa 3 bis 5 Minuten schmoren lassen und häufig rühren. Die Zwiebeln sollen glasig, aber nicht braun sein. Die Pfanne vom Herd nehmen und beiseite stellen.

In einer großen Schüssel die Majonäse mit den Gewürzen vermischen. Krabben, die Hälfte der Cracker-Brösel und die Mischung aus der Pfanne hinzufügen und alles gut verrühren. Aus der Masse 6 Kuchen von etwa 10 bis 12 cm Durchmesser formen.

Die Kuchen in den restlichen Cracker-Bröseln wälzen.

1 Esslöffel Öl in einer großen Pfanne zum Sieden bringen. Drei der Kuchen hineinlegen und auf beiden Seiten etwa 4 Minuten backen lassen, bis sie goldbraun sind. Bevor Sie die anderen drei Kuchen ausbacken, den letzten Esslöffel Öl heiß werden lassen. Die Kuchen während der Zubereitung der Sauce in der Backröhre warm halten.

Rezept für 6 Kuchen

Sauce Gribiche:

1½ Teelöffel fein gehackte Schalotten
2 Essiggurken, ganz klein geschnitten
1½ Teelöffel gut abgetropfte Kapern
1 Esslöffel gehackte Petersilie
1½ Teelöffel frischer Estragon, fein gehackt

1 Teelöffel Limonensaft
1/2 Teelöffel Worcestersauce
1/4 Teelöffel Senfpulver
1/2 Teelöffel Salz
1/4 Teelöffel Zucker
frisch gemahlener schwarzer Pfeffer
zum Abschmecken
1 Tasse fettarme Majonäse
1 hartgekochtes, klein geschnittenes Ei

Mit einem Pürierstab Schalotten, Gurken, Kapern, Petersilie und Estragon zerkleinern, bis sich eine glatte Masse ergibt. Beiseite stellen. Den Limonensaft, Worcestersauce, Senf, Salz, Zucker und schwarzen Pfeffer vermischen, die Majonäse mit dem Ei sowie die pürierte Masse unterrühren. Die Sauce zu den Krabbenkuchen servieren.

Glasierte Ingwerplätzchen

1/2 Pfund weiche Butter
1 1/2 Tassen brauner Zucker
2 Eier
1/2 Tasse dunkle Melasse
2 Teelöffel Apfelessig
4 Tassen Mehl
4 Teelöffel gemahlener Ingwer
1 Teelöffel Zimtpulver
1/4 Teelöffel frisch geriebene Muskatnuss
1/4 Teelöffel Piment
1/2 Teelöffel Natriumbikarbonat
1 Teelöffel Backpulver
1/2 Teelöffel Salz
Glasur (Rezept siehe unten)

Das Backrohr auf 200 Grad vorheizen. Zwei Kuchenbleche mit Butter bestreichen.

Die Butter schaumig schlagen, den braunen Zucker sowie die Eier hinzufügen und rühren, bis ein glatter Teig entsteht. Melasse und Essig zugeben und die Masse gut schlagen. Das Mehl und die restlichen Zutaten in den Teig sieben und alles gut verrühren.

Kleine Bällchen formen (aus einer Menge von etwa 1 1/2 Eßlöffeln Teig) und im Abstand von etwa 5 cm auf die Bleche setzen. 10 bis 12 Minuten backen, bis die Plätzchen aufgegangen und flach geworden sind und leicht trocken aussehen. Etwa eine Minute auf dem Blech abkühlen lassen, dann die Plätzchen auf ein Gitter legen und ganz auskühlen lassen.

Glasur:

1 1/2 Tassen Zucker
2 Esslöffel Schlagsahne
2 Esslöffel Milch
1/4 Teelöffel Vanilleextrakt

Alle Zutaten in einer flachen Schüssel gut verrühren. Die Plätzchen an den Rändern festhalten, die Oberfläche in die Glasur tauchen und die Plätzchen auf dem Gitter trocknen lassen, bis die Glasur hart ist. Zwischen Lagen von Wachspapier in einem luftdichten Behälter aufbewahren.

Rezept für 60 Plätzchen

Kapitel 4

Als der Nachspann lief, sah ich mich im Bistro um. Arthur sprach aufgeregt in sein Headset-Mikrofon, Jack reichte Eileen ein Champagnerglas mit Orangensaft – vielleicht war es auch Champagner mit einem Schuss Orangensaft. Eileen nahm das Glas und strahlte Jack dankbar an. Kein Mensch eilte herbei, um mich zu beglückwünschen oder mir zu sagen, wie viel Geld wir eingenommen hatten. Natürlich, die Show war durch mein Koch-Desaster verdorben worden und hatte keine Unterstützung von der schwangeren Witwe gehabt. Aber es müsste doch wenigstens *einige* gute Nachrichten geben. Ging es bei derartigen Ausstrahlungen nicht nur um so was?

Unglücklicherweise war der Einzige, der auf mich zukam, der feiste, selbstherrliche Doug Portman. Seine Glatze glänzte in dem hellen Licht, als er mir winkte und sich durch die aufbrechenden Zuschauer zum Set drängte. Ich schluckte schwer. Wie begrüßte man jemanden, mit dem man vor acht Jahren drei Verabredungen gehabt hatte?

»Hey, Goldy!«, rief Doug. »Du hast meine Eintrittskarte vergessen!«

»Tut mir Leid, ich ...«

»Bereit zur Abfahrt?«, polterte er weiter. »Da draußen kommt's wirklich vom Himmel runter!« Alle Leute drehten sich nach ihm um.

»Ja, okay, ich bin gleich so weit.« Ich riss mir das Mikro von der Jacke und betrachtete das Durcheinander auf der Arbeitsfläche. Gott sei Dank räumte das Bistropersonal nach jeder Show auf.

»Arch und Todd haben beschlossen, sich einem Snowboardkurs anzuschließen«, sagte Eileen, die plötzlich neben mir stand. »Willst du eine Mimosa, bevor du aufbrichst? Jack hat sie gemacht.«

»Nein, danke, ich muss was Geschäftliches erledigen und muss nüchtern sein. Fährst du mit Skiern ab?«

Eileen erklärte, dass sie noch bliebe, um mit den PBS-Leuten zu sprechen.

In der Küche tummelten sich viel zu viele Menschen, also konnte ich mich dort nicht umziehen. Ich schnappte mir meine Klamotten und ging zusammen mit Eileen den Flur entlang zur Damentoilette. Während ich meine Kochkluft auszog und in meine Skisachen schlüpfte, sagte Eileen zerknirscht: »Tut mir Leid wegen der Butter. Sie ist in der Kühlkammer fast gefroren. Unsere Mikrowelle funktioniert nicht und ich wollte sie nicht zerstückeln, um sie weich werden zu lassen, das hätte nämlich nicht sehr gut ausgesehen.«

»Mach dir deswegen keine Gedanken. Fährt Jack jetzt ab? Er war schrecklich nett und ich möchte, dass er weiß, wie sehr ich seine Hilfe schätze.«

»Er muss das Mittagessen vorbereiten, sorry.« Sie musterte mich besorgt. »Goldy, bist du wirklich in Ordnung?«

»Ja, und danke.« Wir verließen die Toilette, blieben kurz vor dem »Fundbüro« stehen und schauten hinaus.

Die Färbung des Himmels hatte jetzt einen hellen Grauton angenommen. Wirbelnder Schnee überzuckerte die Widowmaker-Piste. Plötzlich musste ich an die arme Rorry denken und verspürte einen Stich.

»Du kannst jederzeit bei uns bleiben, wenn das Wetter wirklich schlimm wird«, sagte Eileen vergnügt. »Wir haben Arch für eine weitere Nacht eingeladen.«

»Danke. Aber ich hab Tom versprochen, am Nachmittag zurück zu sein. Ich kann Arch morgen abholen, wenn ich mit Arthur bespreche, was ich für seine Weinprobe vorbereiten soll und ihm einiges zum Kosten bringe – er ist mein einziger Persönliche-Köchin-Kunde.«

»Schätzchen, wenn du die Rundreise nach Aspen Meadow und morgen wieder zurück machst, wirst du eine müde Köchin sein.«

»Das wird schon gehen.« Impulsiv umarmte ich sie. Eileen war immer eine umsichtige Freundin, die beste Sorte, die es gab. »Noch mal vielen Dank.«

Draußen konnte ich Doug Portmans metallisch schimmernden schwarzen Skianzug und den ledernen Cowboyhut gerade noch ausmachen. Er stapfte zu dem schneebedeckten Skigestell. Ehe er seine Skier herunternahm, schaute er zur Lodge. Zweifellos suchte er mich. Er nahm den verschneiten Cowboyhut ab und schlug ihn gegen seinen Schenkel. Wirklich sehr lässig. Ob es der Hut bis ins Tal schaffte? Oder gesellte er sich letzten Endes zu den anderen fünfzig Cowboyhüten, die ich gerade im »Fundbüro« gesehen hatte?

»Ich muss los«, sagte ich zu Eileen. Ich zog den Reißverschluß meiner dicken Daunenjacke zu und verknotete das Band der wasserfesten Kapuze. Eileen trank ihr Glas aus und reichte mir den Schal. Ich schielte auf ihr Champagnerglas und hoffte, dass *sie* nicht so schnell mit den Skiern ins Tal fuhr.

Im Speisesaal des Bistros räumten die Angestellten die Überreste der Show weg. Die freiwilligen Telefonisten verschlangen das Essen, ohne Messer, Gabel oder Löffel zu benutzen. Hey, *Spenden eintreiben regt den Appetit an*. Eine der Freiwilligen, eine Frau, die Mitglied im Killdeer Jagdclub war – sie schießen auf Elks und Rehe und jagen keine Füchse –, stopfte sich eine mexikanische Frühlingsrolle in den Mund und rief, dass wir sechstausend Dollar in einer halben Stunde gesammelt hätten. »Das ist ziemlich gut«, fügte sie hinzu. Ich wusste nicht, ob sie die Frühlingsrolle meinte oder das Geld. Sie krallte sich zwei weitere Frühlingsrollen und schrie mir zu: »Und das trotz alldem!«

Doug Portman war ins Bistro zurückgekommen und sah sich ungeduldig um. Ich ärgerte mich, dass er mich zur Eile drängte. Aber ich zog die Skistiefel an und steckte meine Hände in die neuen gefütterten Fäustlinge – ein Geschenk von Tom. Dann ging ich so anmutig, wie es mir unter diesen Umständen möglich war, zur Tür. Natürlich war »anmutig gehen« in Skistiefeln so wie Walzer tanzen auf einer Kanonenkugel.

»Es schneit heftiger«, informierte mich Doug, der ewige Wetterberichterstatter. »Wir nehmen die Widowmaker-Piste zum Doe's Valley, dann fahren wir vom Hot Rodder zur Talstation. Ich warte auf dich am Big Map.«

»Big Map«, ein bekanntes Wahrzeichen an der Basis des Killdeer Mountain, war eine riesige, mit Plastik bezogene Landkarte des gesamten Skigebiets. Die Karte würde ich ohne Probleme finden, aber als ich die Pisten, die Doug vorschlug, an meinem inneren Auge vorbeiziehen ließ (ein »schwarzer« Buckelhang – »schwarz«, das bedeutet steiles Gelände und nur für sehr geübte Skifahrer geeignet –, danach kam eine »blaue«, also eine mittelschwere Piste, die zweifellos sehr eisig war, und zum Schluss wieder ein tückischer schwarzer Hang), dachte ich: Niemals!

»Fahr du schon vor«, sagte ich freundlich zu Doug. »Ich nehme eine einfachere Route und brauche wahrscheinlich fünf Minuten länger als du.«

Er verzog ärgerlich das Gesicht und trat von einem Bein aufs andere. »Ich hab keine Zeit, auf dich zu warten. Ich will, dass du mit mir kommst«, beharrte er – er war noch immer der große Macho, den ich gekannt hatte. »Ich bin sowieso schon zu spät dran.« Er zögerte kurz. »Weiß Tom, dass wir uns heute treffen?«

»Ja, klar«, log ich.

»Gut. Ich hab etwas für ihn in meinem Auto. Erinnere mich daran, dass ich es dir mitgebe.« Er drückte vielsagend meinen Ellbogen. »Es ist toll, dich nach all der Zeit wiederzusehen, Goldy.«

Ich zog meinen Arm weg und stiefelte wortlos zur Tür. Wenn es Tom nicht so viel bedeutet hätte, die alten Skier zu verkaufen, um für die Kosten der Installationen aufkommen zu können, hätte ich diese Zusammenkunft vermutlich sofort abgebrochen. *Toll, mich wiederzusehen,* ja, klar. Ich würde die Pisten fahren, die Doug vorgegeben hatte, aber *sehr* langsam. Wenn ihm das nicht passte, hatte er Pech gehabt.

Vom Dach der Lodge hingen riesige Eiszapfen, deren Basis so dick wie Baumstämme waren. Mittlerweile fiel der Schnee wie ein Vorhang vom Himmel. Doug nahm seine Skier aus dem Gestell, schnallte sie an und fuhr ohne einen Blick zurück los. Schon nach wenigen Metern hüllte ihn der Schnee vollkommen ein.

Ich fuhr mit mehr Vorsicht an der weniger steilen und hügeligen Seite der Widowmaker. *Talski belasten, Knie beugen,* hatte mir mein erster Skilehrer beigebracht. Ich wollte mein Bestes versuchen.

Der Neuschnee im Hang, der fallende Schnee, meine grau getönte Skibrille – all das erschwerte die Sicht.

Andere Skifahrer fegten an mir vorbei, aber ich konzentrierte mich pflichtbewusst auf das Gelände etwa drei Meter vor meinen Skispitzen. Normalerweise war Skifahren für mich ein erholsamer Ausgleich zum Alltag. Allerdings traf das nicht zu, wenn die Piste zu schwierig war. Die dicht fallenden Schneeflocken umtanzten mich. Ich hörte meine schweren Atemzüge und spürte, wie meine Knochen knirschten.

Die meisten Pisten sahen aus wie schief geneigte Hochzeitstorten. Lange, abschüssige Abschnitte wechselten mit schmalen, flachen Stücken ab. Auf den Flachstücken konnte man auf Freunde warten, die hinter einem fuhren, sich neu orientieren oder einfach eine kurze Verschnaufpause einlegen. Bei der ersten Gelegenheit schwang ich neben einem Hinweisschild, das den Beginn zweier blauer Pisten markierte, auf einem dieser Flachstücke ab. Die eine Piste war Doe's Valley, die Doug nehmen wollte und die zu schwarzem Gelände führte. Gleich daneben ging es zu einer Abfahrt, die einen harmloseren Namen trug. Teddy-Bear-Piste. Von dort aus konnte ich Doug am Hot Rodder wieder treffen.

Teddy Bear war glatt und traumhaft, trotzdem steil genug, um eine Herausforderung darzustellen. Ich war mutiger geworden und ließ die Skier laufen. Nach dem Stress bei der Sendung empfand ich die Fahrt als richtig erfrischend. Ich raste den Hang hinunter und kam mir vor, als würde ich fliegen.

Ich bremste auf dem letzten flachen Stück, atemlos von der aufregenden Fahrt, mit einem dramatischen Schwung ab. Neongelbe Seile, die zwischen Bambusstöcke gespannt waren, sperrten die Zufahrt zum Hot Rodder ab. Ein Schild *Geschlossen! Gefährliche Abfahrt!* hing in der Mitte des Seils. Welchen Weg hatte Doug eingeschlagen? Nach dem Hot Rodder kam eine doppelschwarze Abfahrt mit dem aufbauenden Namen Coffin Builder, das schwierigste und riskanteste, was es in diesem Gebiet gab. Nur wenige Skifahrer waren beherzt genug, sich dort hinunterzustürzen. Diejenigen, die es wagten, beugten sich weit vor und rasten wie die Teufel; sie hingen kurz in der Luft, ehe es beinahe senkrecht in die Tiefe ging und sie außer Sicht verschwanden. Wahrscheinlich war Doug dort abgefahren, aber ich würde diese Route auf keinen Fall nehmen.

Zu meiner Linken lockte eine blaue Strecke namens Jitterbug. Bevor ich mich endgültig entschied, wartete ich auf eine Gruppe von Snowboardfahrern, die lärmend die Teddy-Bear-Piste herunterkamen. Der Lehrer in der hellblauen Skischul-Uniform, der die Gruppe anführte, schwang kunstvoll den Hang herunter. Die Kids balancierten mit ausgebreiteten Armen auf ihren Brettern, passten sich dem Gelände an und neigten den Oberkörper zum Hang – alle sahen so elegant und schnell aus wie Surfer. Ich glaubte, Arch in seinem neuen burgunderfarbenen Anorak zu erkennen, aber er reagierte nicht, als ich seinen Namen in den wirbelnden Schnee rief. Ohne einen Blick in meine Richtung glitten die jungen Snowboarder zischend an mir vorbei.

Mir war kalt. Eisige Schneeflocken trafen wie Nadelstiche auf meine Wangen und Lippen. Ich schauderte unter meiner wattierten Jacke und fuhr zur Einfahrt des Jitterbug, der, wie ich wusste, ein kurviger Ziehweg ohne große Überraschungen war. Unten erwartete mich ein ordentlicher Anschiss von Doug. Aber trotzdem würde ich nicht die Coffin-Builder-Piste nehmen.

Die langgezogenen Strecken des Jitterbug waren links von Bäumen gesäumt, rechts bildete eine gelbes Band die Grenze. Nach einer Weile blieb ich am rechten Rand stehen, um mich kurz auszuruhen. Das Schneetreiben verhinderte den Blick auf die entfernteren Berge, aber der Ausblick nach unten war atemberaubend. Die gelbe Absperrung markierte die Grenze zu einem Niemandsland mit Felsen und Bäumen, an dessen

Fuß die Buckelpisten begannen – Hot Rodder war am nächsten, Coffin Builder dahinter. Auf dem Coffin Builder wedelten ein paar ausgezeichnete Skifahrer und Snowboarder über die Buckel. Ich hoffte von Herzen, dass ich Arch wirklich am Jitterbug gesehen hatte. Ich würde wahrscheinlich einen Herzanfall bekommen, wenn ich wüsste, dass er eine schwarze Piste hinunterfuhr.

Ich überwand rasch den nächsten Abschnitt des Jitterbug. Als ich um eine Kurve fuhr, entdeckte ich eine kleine Menschenmenge ein Stück vor mir. Bei meinem letzten Schwung stäubte ich eine Menge Schnee auf und blieb abrupt stehen.

Warum machten sie alle hier Halt?

Etwas kratzte mich an der Wange und ich zuckte zurück. Es war ein großes Stück angesengtes Papier oder ein Teil von einer Landkarte. Ohne nachzudenken versuchte ich, es einzufangen. Es war tatsächlich Papier. Erst jetzt fiel mir auf, dass zusammen mit den Schneeflocken überall Papierfetzen vom Himmel fielen, als hätte jemand eine Zeitung zerrissen und den Abfall aus der Gondel geworfen.

»Abfall?«

»Mom, hey, Momm«, ertönte Archs Stimme. »Hier!«

Ich drehte mich um, konnte meinen Sohn aber nicht finden. Um mich herum schnatterten die Leute aufgeregt und schnappten nach den umherflatternden Papierstücken. »Arch!«, schrie ich. »Wo bist du?«

»Hier, Mom!« Im nächsten Moment rutschte sein Snowbord neben meine Skier. Er war dick eingepackt in seinen dunkelroten Anorak und in eine warme Skimaske, die ihn aussehen ließ, als wäre er gerade einem Horrorfilm entsprungen. Arch hatte eine Hand voll mit dem Papier. Seine Skibrille war auf den Kopf geschoben und ich konnte in dem Schlitz der Skimaske seine fröhlich blitzenden Augen sehen.

»Geld!«, verkündete er. »Hundert-Dollar-Scheine! Es fällt vom Himmel wie Schnee. Hier«, quietschte er, als er mir die Hand voll Geldscheine hinstreckte. »Steck das in deine Tasche, ja?« Bevor ich protestieren konnte, rutschte er schon auf seinem Brett weiter, um noch mehr von dem Geldregen einzufangen.

Jetzt kreischten und schrien alle Skifahrer, weil eine Bö die Scheine erfasst hatte und wieder gen Himmel blies, wo sie sich unter die dicken Schneeflocken mischten. Ein Mitglied der Pistenwache tauchte auf und verlangte lautstark, aber vergeblich nach Disziplin.

Ich verstand noch immer gar nichts und starrte die Geldscheine an, die Arch mir in die Hand gedrückt hatte, dann stopfte ich sie in die Tasche. Ich steckte die Stöcke in den Schnee und rutschte langsam auf die rechte Seite des Hangs. Ein plötzlicher Windwechsel brachte einen neuen Geldsturm. Die Scheine schlugen gegen meine Skibrille und nahmen mir momentan die Sicht. Ich wischte sie weg und hielt nach der Quelle des Segens Ausschau. Die Scheine wurden offenbar von einer Stelle unter mir aufgewirbelt.

Zu meiner Rechten war das gelbe Seil von einem Pfosten gerissen, lag in einer Schlinge da und verlor sich dann im Schnee. Jenseits der durchbrochenen Absperrung verdeckten Felsen den Blick auf den Abhang dahinter. Ich zögerte einen Moment, dann fuhr ich langsam zu dem zerrissenen Seil. Mit äußerster Vorsicht glitt ich zum Rand der Felsblöcke, die sich zwischen der Jitterbug-Abfahrt und dem steilen Abhang von Hot Rodder befanden.

Die Sicht auf die untere Piste war durch weitere Felsen und Fichten versperrt. Etliche Skispuren führten zwischen die Bäume, noch mehr umrundeten die Felsen. Noch immer regnete es Geld. *Verdammt.* Ich hatte eine böse Vorahnung trotz der Jubelschreie der Skifahrer. Ich stieg wieder auf und umrundete behutsam die Felsen.

Weiter unten auf der anderen Seite der großen Steinblöcke lag ein Cowboyhut neben einer kleinen kahlen Espe. Ein eisiger Schauer lief mir über den Rücken. Ich ging in die Hocke und rutschte Stück für Stück weiter. Neben einem Hügel lag Doug Portman reglos im Schnee. Seine Beine schienen irgendwie ineinander verschlungen zu sein. Der Arm neben dem abgebrochenen Stock war seltsam verdreht. Ein rasch größer werdender Blutfleck breitete sich im Schnee aus.

»Pistenwache«, flüsterte ich, als ich mich umdrehte und den Aufstieg zum Jitterbug in Angriff nahm. »Ich – wir – brauchen Hilfe.«

Die Skifahrer grabschten immer noch nach den fliegenden Geldscheinen. »Hilfe!«, schrie ich laut. Kein Mensch achtete auf mich. Die Scheine flatterten durch die Luft und landeten auf dem Hang, auf den Buckeln, auf den Felsen, in den Fichtenästen. Gierige Hände streckten sich nach ihnen aus.

Ich löste meine Bindung, hob meine Skier auf und rammte sie in der Form eines X in den Schnee – das Notfall-Zeichen für die Pistenwacht. Wenn sie gekreuzte Skier sahen, blieben sie stehen und leisteten Hilfe. Dann lief ich durch den Schnee zurück zum Rand der Piste und an dem zerrissenen gelben Seil und den Felsen vorbei. Sicher konnte Dougs Leben gerettet werden ... Sie würden einen Hubschrauber mit Sanitätern schicken und ihn in Sicherheit bringen.

»Mom!« Ich sah Arch auf mich zukommen. Er rutschte mit einem Fuß auf dem Snowboard vorwärts. »Mom, was ist los? Wo sind deine Skier, Mom?«

Ich streckte abwehrend beide Hände vor mir aus, um meinen Sohn zum Stehenbleiben zu zwingen. Ein Stein formte sich in meiner Brust und ich warf einen ängstlichen Blick zu den Felsen. Von meinem Standort aus konnte ich Doug Portman sehen. Er hatte sich nicht bewegt. Ich wollte nicht, dass Arch ihn sah. Ich wusste, dass Doug Portman tot war.

Kapitel 5

»Mom!«, rief Arch verzweifelt. »Warum sind deine Skier gekreuzt? Mom? Bist du verletzt?«

Ich schüttelte den Kopf. Noch mehr beunruhigt durch mein Schweigen und die erhobenen Hände blieb Arch schließlich stehen.

Wo waren die Pistenwachleute? Ein neuer Banknotenregen wirbelte vom unteren Hang auf. Noch mehr jubelnde Skifahrer gesellten sich zu denen, die sich bereits eingefunden hatten. Sie streckten und bückten sich, fielen und kugelten im Schnee herum, um möglichst viel von dem Geld an sich zu bringen.

»Iiihhh!«, kreischte eine Frauenstimme – ich konnte nicht ausmachen, wer diesen Schrei ausgestoßen hatte. »Das ist ja ekelhaft!« rief eine andere Frau aus und warf die Geldscheine in den Schnee. »Blut! Da ist Blut dran!« Ihr Blick huschte über den Abhang. Sie entdeckte mich, meine gekreuzten Skier und meinen Sohn, der bewegungslos auf dem Snowboard stand. Sie kam den Hang herunter.

Die Skifahrer, die das Geld einhamsterten, hielten inne. Sie senkten die Köpfe, um das Geld zu inspizieren. Plötzlich warfen in Fäustlingen steckende Hände Geldbündel weg. Mehr blutbefleckte Scheine flatterten auf, wirbelten mit den Schneeflocken durch die Luft, landeten auf dem Hang und hinterließen rötliche Spuren. Die Skifahrer brachen überhastet auf – auf einmal konnten sie nicht schnell genug von hier fortkommen.

»Mom! Was ist los?«

»Was geht da vor sich?«, schrie ein Mann, der neben Arch abschwang. Er war groß und schlank, trug eine schicke Sonnenbrille und eine Uniform. Die Pistenwache, dachte ich ganz benommen vor Erleichterung. Ein breites rotes Stirnband hielt seine grauen Haare zurück. »Ist mit dir alles in Ordnung?«, fragte er meinen Sohn. »Wessen Skier sind das?«

Arch deutete auf mich und ich schwenkte die Arme. Ein anderer Skifahrer blieb abrupt ganz dicht neben mir stehen und fegte mir eine Schneewolke ins Gesicht. Auch er wollte wissen, was passiert war. Der Mann von der Pistenwache schob den Störenfried beiseite und versicherte ihm, dass er die Situation vollkommen unter Kontrolle hatte. Der Skifahrer trollte sich und der Pistenwächter erkundigte sich bei mir: »Können Sie sprechen? Wo sind Sie verletzt?« Die hellblauen Augen, die grauen Augenbrauen und die gebräunte, zerfurchte Haut vermittelten eine Seriosität, der ich vertrauen konnte.

»Schicken Sie meinen Sohn weg«, stieß ich hervor, als wüsste *ich* ganz genau, wie die Situation in den Griff zu bekommen war – was natürlich nicht stimmte. »Bitte. Ich muss Ihnen etwas zeigen. Mein Sohn soll das nicht sehen.«

Der Pistenwächter musterte mich kurz aus leicht zusammengekniffenen Augen, dann wandte er sich Arch zu. »Junger Mann, könntest du bitte zum Büro der Pistenwacht im Tal fahren?«, rief er. »Warte dort. Ich werde deine Mutter hinunterbringen.«

Arch warf mir einen besorgten Blick zu. Ich nickte, um ihm zu zeigen, dass alles in Ordnung war. Erst dann fuhr er widerstrebend los.

»Sind Sie verletzt? Können Sie mir sagen, wer Sie sind?«, wollte der Mann wissen.

Ich nannte ihm meinen Namen, erzählte, was ich hinter den Felsen gesehen hatte, und deutete zu dem Platz, an dem ich vorhin gestanden hatte. Ich stapfte mit meinen Skistiefeln unbeholfen los, und der Pistenwächter, ein geschickter Skifahrer, fuhr flink im Schlittschuhschritt zu der Stelle. Er spähte um die Felsen, stieß einen überraschten Pfiff aus, ehe er sein Walkie-Talkie aus der Tasche nahm und schnell hineinsprach.

Einen Moment später schaltete er das Funkgerät aus. »Mrs Schulz, Goldy Schulz«, sagte er, als ich bei ihm ankam. Meine Füße waren so kalt, dass ich kein Gefühl mehr darin hatte. Er berührte meine Schulter. »Haben Sie gesehen, wie der Mann gestürzt ist?« Ich schüttelte den Kopf. »Haben Sie beobachtet, dass ihn jemand gestoßen oder geschlagen hat?« Wieder verneinte ich. »Da unten auf der Hot-Rodder-Piste ist niemand.«

Ich schluckte. »Sie ist gesperrt.«

»Haben Sie mit anderen Pistenwächtern gesprochen? Wann wurde die Piste gesperrt?«

»Ich habe weder mit jemandem gesprochen noch jemanden gesehen.« Meine Stimme schien jemand anderem zu gehören. »Ich habe keine Ahnung, wann diese Abfahrt gesperrt wurde.«

»Wie lange sind Sie schon hier?«

»Ungefähr fünfzehn Minuten. Hören Sie, ich friere. Ich muss zu meinem Sohn. Und ...« Ich zögerte, dann setzte ich hinzu: »Ich sollte Ihnen sagen, dass ich diesen ... diesen Mann da unten kenne. Wir ... sind oben zusammen losgefahren, und ich sollte ihn unten treffen, aber er fuhr schneller als ich ...«

»Es wird gleich Hilfe für ihn kommen. Wie heißt er?« Ich

sagte es ihm und er nickte grimmig. »Mrs Schulz, ich muss Sie bitten, noch einmal hinzusehen. Sie müssen mir sagen, ob er noch *genauso* daliegt wie zu dem Zeitpunkt, als Sie ihn gefunden haben.« Snowmobile röhrten über den unteren Teil der Hot-Rodder-Piste herauf. »Bitte, schauen Sie noch einmal hin. Versuchen Sie, sich *exakt* zu erinnern, was Sie beim ersten Mal gesehen haben. Es ist wichtig.«

Er verstummte, als ich mich über den Felsen beugte. Ich konnte mir nicht vorstellen, welch schrecklichen Sturz Doug Portman hinter sich hatte. Sein großer Körper lag eigenartig da wie eine dickbäuchige Vogelscheuche, der man das Haltegestell weggenommen hatte. Er lag halb auf dem Rücken, halb auf der Seite. Schneeflocken hatten sein Gesicht noch nicht vollkommen bedeckt, aber sein schimmernder Skianzug war fast schon nicht mehr zu sehen. Seine Skier befanden sich etwa fünf Meter von ihm entfernt. Einer seiner Stöcke war auf der anderen Seite der Piste gelandet. Etwas, was wie seine Skibrille aussah, ragte aus einem Schneehügel. Seltsam. Zwei Dinge hatten sich tatsächlich verändert, seit ich ihn entdeckt hatte. Mehr Geldscheine lagen auf dem Hang. Und der Blutfleck neben Dougs linker Schulter hatte sich vergrößert. Ich sprach mit dem Pistenwächter darüber.

Eine seiner Fragen ging mir im Kopf herum: *Wann wurde die Piste geschlossen*? Ich starrte auf den unteren Hang der Hot Rodder und auf die Buckel. Hatte Doug das Absperrungsseil ignoriert? Wie schnell war er gefahren? Was für ein Manöver hatte er versucht?

Drei Snowmobile blieben in seiner Nähe stehen. Geschriene Befehle drangen durch das Schneetreiben bis zu uns. *Hol die... Fahr das... Vorsicht...* Ohne Probleme und ziemlich behände huschte das Rettungsteam durch den Schnee und klappte eine Trage auf. *Aber*, ging es mir durch den Sinn, *da ist so viel Blut... überall Geld...*

Wer hat die Piste abgesperrt? Wann?

Wusste jemand, dass Doug so viel Geld bei sich hatte?

Ich beobachtete stumm, wie die Retter den schlaffen, bewusstlosen Doug auf die Trage hoben. Vielleicht hatte mich das Zusammenleben mit einem Ermittler des Morddezernats bereits paranoid gemacht. Dennoch fragte ich mich, ob Doug einen Schlag abbekommen hatte. Wenn ja, absichtlich oder nicht, würde die herumtrampelnde Rettungsmannschaft alle Spuren verwischen, und man konnte niemals mehr rekonstruieren, was wirklich geschehen war.

»Können Sie ins Tal abfahren, Mrs Schulz?« Der Pistenwächter musterte mich skeptisch. »Soll ich Sie begleiten?«

»Warten Sie eine Sekunde. Doug Portman, der Mann im Schnee – warum transportieren sie ihn hinunter? Ich meine, ohne dass sie auf... einen Arzt... oder die Polizei warten?«

»Sie folgen der üblichen Prozedur.« Seine ruhigen blauen Augen betrachteten mich forschend. »Machen Sie sich keine Sorgen um Mr Portman, wir haben die Situation unter Kontrolle. Machen wir uns auf den Weg, ja?« Ich nickte. Er murmelte etwas in sein Walkie-Talkie und bewegte sich beneidenswert geschickt zur Jitterbug-Piste und wartete geduldig, während ich zu meinen Skiern stapfte und sie sorgfältig anschnallte.

Zehn Minuten später erreichten wir halb erfroren das Büro der Pistenwache, einer mit Tannengrün dekorierten Blockhütte. Daneben befand sich der Skiverleih. Arch, der aus dem großen Fenster geschaut hatte, riss die Tür auf.

»Mom.« Seine Stimme war heiser vor Angst. »Bist du okay?«

»Ruf Tom an«, bat ich. »Liebes, bitte Tom, nach Killdeer zu kommen. Kannst du das für mich tun? Sag ihm, dass mit uns alles in Ordnung ist, aber dass dies ein Notfall ist.«

Arch nickte und ging durch das geschäftige Büro zum Telefon am Empfangspult. An einer Wand hingen mit bunten Nadeln bespickte Landkarten und verliehen dem Raum das Flair eines Militärhauptquartiers. Ein paar Mitglieder der Berg- und Pistenwacht standen in einer Ecke zusammen und beäugten mich, bevor sie sich wieder ihrer Unterhaltung widmeten.

»Hier entlang, Mrs Schulz«, sagte mein Begleiter.

Ich folgte dem silberhaarigen Mann durch eine Tür in ein kleineres Büro. Er bat mich, Platz zu nehmen und eine Minute zu warten, er würde gleich zurückkommen.

Ich hatte mich gerade aus meinen Skiklamotten gequält, als Arch den Kopf durch die Tür streckte. Seine Haare waren auf einer Seite platt gedrückt und standen auf der anderen Seite weit ab. Seine Wangen waren gerötet.

»Ich hab Tom erreicht. Ich habe ihm gesagt, dass dir nichts fehlt, aber dass du in einen Skiunfall verwickelt warst. Er wollte wissen, was passiert ist, und ich meinte, du könntest vielleicht an den Apparat gehen und selbst mit ihm reden.« Er verzog das Gesicht. »Diese Pistenwächter am Telefon behaupteten, du könntest jetzt nicht telefonieren. Tom fragte: ›Warum nicht?‹ Ich antwortete, ich hätte keine Ahnung, und Tom sagte, er würde sofort losfahren und dich abholen. Er ist in anderthalb Stunden hier.« Mein Sohn schob die Brille höher auf die Nase und sah mich neugierig an. »*Bist* du verletzt?«

»Nein, Schätzchen. Danke.«

»Was ist passiert? Jemand mit einem Haufen Geld hatte einen Unfall?«

»Ich glaube schon.« Ich runzelte die Stirn. Angst durchfuhr wie ein Nadelstich meine Brust … armer Arch. »Jemand ist beim Skifahren schwer gestürzt.«

Er warf einen Blick in das vordere Büro, dann drehte er

sich wieder zu mir und flüsterte: »Die da draußen streiten ziemlich. Ich muss weg.«

Einen Augenblick später kam mein Begleiter zurück und mit ihm ein größerer, kräftig gebauter, grimmiger Bursche, der einen Plastikbecher mit Deckel in der Hand hielt. Der große Kerl – Anfang, Mitte Vierzig, schütteres dunkles Haar, grobes Gesicht – trug einen braunen Skianzug mit Gürtel, das Killdeer-Logo war auf die Brust gedruckt. Er stellte sich als Joe Magill von der Killdeer-Security vor, dann schob er den Becher vor mich auf den Schreibtisch.

»Ihr Sohn sagte, Sie trinken gern Kaffee, deshalb haben wir einen mitgebracht.«

»Danke.« Ich betrachtete den Becher, rührte ihn aber nicht an.

Magill wirkte irgendwie schüchtern, aber er erklärte, der Chef vom Dienst zu sein und die Leitung in diesem Fall zu haben. Er deutete auf den silberhaarigen Mann, sagte, ich würde den Pistenwächter Ted Hoskins ja bereits kennen, und kündigte an, dass Ted und er mir einige Fragen stellen wollten, falls ich keine Einwände hätte. Ich schwieg, während sich die beiden Männer setzten. Aber ich kannte das Procedere: Falls Ermittlungen angestellt wurden, übernahm das das Furman County Sheriff's Department und bekam Unterstützung vom Forstdienst, der Land an die Ski-Resorts verpachtete, und von der Pistenwacht, die aus geschulten Freiwilligen bestand. Wenn es also um *die Leitung in diesem Fall* ging, dann stand die Killdeer-Security an vierter Stelle.

»Also, Mrs Schulz«, begann Joe Magill, »wir würden gern von Ihnen hören, wie Ihr heutiger Tag verlaufen ist – fangen Sie damit an, wann Sie aufgestanden ...«

»Entschuldigen Sie«, fiel ich ihm ins Wort und atmete bebend durch. »Mr Magill? Sie sind vom Sicherheitsdienst?«

»Ja, Mrs Schulz. Wenn ein Unfall auf den Pisten passiert, sind wir für die Ermittlungen verantwortlich. Haben Sie den Unfall beobachtet?«

»Können Sie mir sagen, wo Doug Portman jetzt ist?«

Magill sog ungehalten die Luft ein. Als er sich auf seinem Stuhl zurücklehnte, machte sein Anzug ein Geräusch, als würde man Seidenstoffe aneinander reiben. Seine dunklen Augen weiteten sich. »Portman ist im Krankenwagen verstorben, tut mir Leid.«

»Ich verstehe ...«

»Ihr Sohn hat uns erzählt, dass Ihr Mann Police Officer ist«, sagte Magill.

»Ja, das stimmt. Er ist auf dem Weg hierher.«

»Dies hier ist keine offizielle Vernehmung, Mrs Schulz. Aber wir brauchen Ihre Hilfe. Das Sheriff's Department und die Pistenwacht werden ein offizielles Verhör durchführen, sobald ein Deputy eintrifft. Wir müssen nur wissen, ob Sie Zeugin des Unfalls waren.«

»Warum müssen Sie das wissen?«

Magill räusperte sich. »In einem Fall wie diesem, wenn ein prominenter Bürger von Killdeer ums Leben kommt, müssen wir möglicherweise mit einem Prozess rechnen. Wir müssen genau wissen, was passiert ist.«

»Mmm.« Wahrscheinlich sollte ich ein wenig Kaffee trinken, aber ich hielt mich zurück. Hätte ich ein Getränk von Magill angenommen, hätte ich das Gefühl gehabt, einem Mann nachzugeben, den ich nicht gut genug kannte, um ihm zu vertrauen. Außerdem hatte ich schon ausreichend Kriminalfälle miterlebt, um zu wissen, dass man abwarten sollte, bevor man Fragen beantwortete. Nicht, dass es sich hier um ein Verbrechen handelte, aber ... Ich war überzeugt, dass es Tom lieber wäre, wenn ich auf die Ankunft eines Sheriff's Deputy wartete.

»Mr Magill«, sagte ich schließlich, »haben Sie Kontakt zu Mrs Portman aufgenommen?« Ich starrte auf das mit Zetteln übersäte schwarze Brett und versuchte, ein Bild von Dougs Frau vor meinem geistigen Auge heraufzubeschwören. Ich hatte Elva Portman vor einigen Jahren bei einer Feier der Polizei getroffen und hatte bei einer Galerieeröffnung in Killdeer, bei der ich für Speisen und Getränke gesorgt hatte, die Gelegenheit, ein paar Worte mit ihr zu wechseln. Sie war weltgewandt und wohlhabend, hatte glänzendes schwarzes Haar und porzellanweiße Haut – eine junge Rose Kennedy. Sie liebte Gemälde mit großzügigen Pinselstrichen und sie vertrug kein Paprika.

Wieder erntete ich einen Blick von Magill und sein Anzug knisterte, als er auf dem Stuhl herumrutschte. »Elva und Doug Portman sind seit zwei Jahren geschieden. Elva lebt jetzt in Italien. Sie kannten Portman also, aber sie standen seit einiger Zeit nicht mit ihm in Verbindung? Pistenwachmann Hoskins sagte, dass sie zusammen mit ihm Ski gefahren sind. Stimmt das?«

Ich richtete den Blick auf die fleckige Decke. Dieser Typ musste meine Geschichte nicht erfahren. Ich hatte nicht einmal *Tom* erzählt, dass ich Portman die Skier verkaufen wollte. Mir wurde plötzlich bewusst, wie schlimm Portmans Tod von den Medien ausgeschlachtet werden würde. *Prominenter Bürger kommt auf dem Weg zu einem Rendezvous mit der Frau eines Polizisten ums Leben.* Ich wünschte verzweifelt, ich hätte ihn niemals wegen der verdammten Skier angerufen.

Magill sog geräuschvoll die Luft durch die Zähne ein – ein Zeichen von Ungeduld. »Pistenwächter Hoskins sagt, Sie hätten behauptet, mit Portman bekannt zu sein. Aber Ihr Sohn meinte, *er* würde ihn *nicht* kennen ...«

»Mein Sohn? Mein *Sohn*?« Ich wurde hellhörig und wütend. »Sie sollten wissen, dass Sie einen Minderjährigen nicht befragen dürfen, wenn kein Elternteil anwesend ist.«

Magills Anzug knirschte, als er sich vorbeugte. »Ich bin nicht hier, um Ihnen Schaden zuzufügen, Mrs Schulz. Ich weiß, dass Sie ein Catering-Unternehmen haben, ich weiß, dass Sie die Kochsendung moderieren.« Er kaute auf der Innenseite seiner Wange, dann erkundigte er sich in erstauntem Tonfall: »Bedeutet Ihre Weigerung, mit uns zu reden, dass Sie im offiziellen Auftrag Ihres Mannes hier sind?«

»In offiziellem Auftrag meines *Mannes*?«, echote ich verwirrt. Ich erinnerte mich an Doug Portmans Worte: *Ich hab etwas für ihn in meinem Auto. Erinnere mich daran, dass ich es dir mitgebe.* Ich nahm an, es handele sich um ein Buch über die 10th Mountain Division oder eine Zeitschrift, die sich mit Militaria befasst. Aber was meinte Magill mit »offiziellem Auftrag«? Er wusste, dass ich die Sendung gemacht hatte. Ich wünschte, Magill würde auch zur Kenntnis nehmen, dass ich durch einen Schneesturm gefahren war, eine TV-Show, die wohl als eine der pannenreichsten Live-Sendungen in die Geschichte eingehen würde, überstanden und einen tödlich Verunglückten gefunden hatte. Die inoffizielle und unpassende Vernehmung dieses Sicherheitsmannes gefiel mir ganz und gar nicht. Wo war die Polizei?

In diesem Augenblick eilte wie auf ein Stichwort ein kleiner, dunkler Mann mit Schnurrbart und der grünen Uniform des Sheriff's Departments in das winzige, vollgestopfte Büro.

»Mrs Schulz, verzeihen Sie, dass ich so lange auf mich warten ließ«, sagte der Deputy, dessen Namensschild ihn als Sergeant Bancock auswies. »Ich war in der Nähe des Eisenhower Tunnels, als die Meldung durchkam, und ich bin hergefahren, so schnell ich konnte.« Er nickte Magill zu und entließ ihn mit einem gleichgültigen: »Ich rufe Sie an. Hoskins, Sie bleiben.«

Magill knallte, ärgerlich über diese Verbannung, die Tür mit mehr Wucht zu, als nötig gewesen wäre. Sergeant Bancock setzte sich, nahm ein Notizbuch aus der Tasche und fing mit Routinefragen an: Name und Adresse, was ich in Killdeer getan hatte, und so weiter. Wie Magill forderte er mich auf, meinen Tag zu schildern. Diesmal kam ich der Bitte nach. Ich war gerade bei dem Punkt angelangt, wie ich den Abhang hinunterschaute, als mein Mann hereinmarschierte. *Gott sei Dank.*

Tom, ein gut aussehender, bärenhafter Mann mit sanften grünen Augen und dichtem, sandbraunem Haar, schien nicht betonen zu müssen, dass er das Sagen hatte. Er hatte es einfach. Ich war dankbar dafür.

Bancock stand auf und schüttelte Tom die Hand. »Schulz. Wir sind gerade erst hier angekommen.«

»Das ist Pistenwachmann Hoskins«, sagte ich, während auch ich mich erhob. Tom nickte Hoskins zu und umarmte mich, dann sah er mir forschend ins Gesicht.

»Mit dir alles okay, Miss G.? Willst du ein bisschen nach draußen gehen?«

»Danke«, flüsterte ich. »Ich will das Ganze schnell hinter mich bringen. Ist ...«

»Arch ist wieder bei Eileen Druckman«, beruhigte mich Tom, der meine Frage erahnte. »Er bleibt über Nacht. Ich bringe dich heim, wenn du willst. Wir können den Van hier stehen lassen.«

Ich musste mir auf die Zunge beißen, um nicht auszurufen: »O ja, bring mich bitte nach Hause!« Statt dessen versicherte ich ihm, dass es mir gut ging. Tom lächelte zärtlich, dann legte er mit einem Blick auf Pistenwächter Hoskins den Kopf schief und nahm Platz. Sergeant Bancock schlug eine neue Seite in seinem Notizbuch auf.

»Es dauert nicht mehr lange, Mrs Schulz«, sagte er.

»Natürlich hat der Coroner später vielleicht mehr Fragen an Sie. Es liegt an Ihnen, ob Sie mit der Killdeer-Security sprechen möchten.« Bancock überflog die Notizen, die er sich bisher gemacht hatte. »Sie haben Pistenwachmann Hoskins erzählt, dass Sie Doug Portman an diesem Vormittag getroffen haben. Ist das richtig?«

Ich blickte Tom reumütig an. Wenn er sah, dass es mir Leid tat – von Herzen Leid –, dass ich ihm nicht gesagt hatte, wer der Käufer seiner Skier war, konnte er mir vielleicht verzeihen.

Aber Tom wirkte gar nicht ärgerlich, sondern eher verblüfft. »Du hast Doug Portman getroffen? Du hast *Portman* meine Skier verkauft?«

»Ich wusste, dass Doug Portman solche Sachen sammelt, und ...«

»Woher kannten Sie Portman?«, fiel ihm Bancock scharf ins Wort und bedachte Tom mit einem warnenden Blick.

»Sergeant Bancock, Tom und ich sind noch keine zwei Jahre verheiratet. Davor war ich eine allein erziehende Mutter. Hin und wieder bin ich ausgegangen. Hatte eine Verabredung. Ich verbrachte zwei, drei Abende mit Doug Portman und erfuhr dabei, dass er Militaria sammelte. Und ich wusste, dass er mit Politik zu tun hatte. Er hat irgendwas im juristischen Bereich zu tun, stimmt's?« Ich machte eine Pause, Bancock, Hoskins und Tom warteten. »Als ich mit Portman ausging, war er Buchhalter bei Gericht. Ich hatte ihn beauftragt, die finanziellen Angelegenheiten bei der Scheidung von meinem ersten Mann zu überprüfen. Ich habe seit Jahren nicht mehr mit ihm gesprochen«, fuhr ich fort. »Ich wusste, dass er geheiratet hatte, aber jetzt ist er offenbar wieder geschieden. Als Tom sagte, dass er die Skier aus dem Zweiten Weltkrieg verkaufen will, rief ich Doug Portman an. Wir haben uns für heute nach meiner Sendung verabredet.«

Bancock kritzelte etwas in sein Buch. Sein Gesichtsausdruck war nicht zu deuten. »Und haben Sie ihn gesehen?«

»Ja. Er kam ins Bistro, in dem die Show gedreht wird. Danach schneite es heftig. Wir kamen überein, mit den Skiern abzufahren und uns an der Big Map wieder zu treffen.« Ich stockte. »Daher wusste ich, was er anhatte ... einen schwarzen Skianzug und einen Cowboyhut. Daran habe ich ihn erkannt, als er im Schnee lag, nach seinem ... Sturz.«

Bancock hörte auf zu schreiben. »Haben Sie beobachtet, dass er in dem Bistro alkoholische Getränke zu sich genommen hat?«

»Nein«, antwortete ich ohne Zögern. »Ich habe auch nicht gesehen, dass er etwas aß.«

»Hat er über Kopfschmerzen, Übelkeit, Schmerzen in der Brust oder etwas in der Art geklagt?«

»Nein.«

Hoskins schaltete sich ein: »Aber ... machte er einen angetrunkenen Eindruck?« Als ich den Kopf schüttelte, fuhr er fort: »Kam er Ihnen müde oder erschöpft vor?« Nein. »Sind Sie schon einmal mit ihm Ski gefahren?«

»Nie.«

Bancock schrieb wieder. »Ist er schon Ski gefahren, bevor er ins Bistro kam?«

Ich dachte nach. Hatte Doug ein gerötetes Gesicht gehabt oder schwer geatmet? Schweißperlen im Gesicht? »Ich glaube nicht. Warum?«

»War die Hot-Rodder-Piste die Strecke, die Sie beide abfahren wollten?«

»Ja, aber sie war geschlossen.«

»Sie *war* gesperrt«, erwiderte Bancock brüsk. »Bambusstäbe mit Seilen und roten Flaggen befanden sich an der Einfahrt. Aber wir konnten keinen Pistenwachmann ausfindig machen, der die Seile gespannt hat.«

Pistenwächter Hoskins sah Bancock an; Bancock forderte Hoskins mit einem Nicken auf, fortzufahren. »Was war mit seiner Ausrüstung?«, fragte Hoskins. »Ist Ihnen etwas Ungewöhnliches an seinen Skiern oder seinen Stiefeln aufgefallen? Vielleicht stimmte auch etwas mit den Stöcken oder den Bindungen nicht. Hat er irgendeine Bemerkung gemacht, dass etwas nicht funktioniert oder defekt ist?«

Als ich den Kopf schüttelte, übernahm Bancock wieder das Verhör. »Gut. Jetzt schildern Sie doch bitte noch einmal in allen Einzelheiten, was geschah, nachdem Sie das Bistro verlassen haben. Wir brauchen jedes Detail, an das Sie sich erinnern.«

Ich erzählte alles, auch wie Doug im Schneetreiben verschwand, dass ich ihm viel langsamer folgte und auf Leute traf, die Geldscheine einfingen. Plötzlich erinnerte ich mich an das Bündel in meiner Tasche. Ich nahm die blutverschmierten Scheine heraus und steckte sie in eine Papiertüte, die mir Hoskins hinhielt. Dann berichtete ich, wie ich nach der Quelle des Geldregens Ausschau gehalten und Doug am unteren Hang entdeckt hatte ... Von der Abfahrt vom Bistro bis zu diesem Fund waren nicht mehr als fünfundzwanzig Minuten vergangen.

»Bitte beschreiben Sie genau, wie Sie das Opfer vorgefunden haben«, forderte mich Bancock in eisig-sachlichem Tonfall auf.

Das tat ich: Skianzug, Hut, die gebrochenen Skier ein paar Meter weit weg, ein Stock etwas weiter unten am Berg. Doug, mit Schnee bedeckt, wie nach einem spektakulären Sturz verrenkt und reglos wie eine Stoffpuppe. Das Blut ... Ich schauderte.

»Und was ging Ihnen durch den Kopf, als Sie ihn entdeckten, Mrs Schulz?«

»Dass er sich den Kopf angeschlagen hat.«

»Das Geld«, sagte Bancock nachdenklich und tippte mit dem Stift auf sein Notizbuch. »Haben Sie von ihm verlangt, dass er die Skier bar bezahlt statt mit Scheck?«

»Er sagte selbst, dass er bar zahlt, und ich habe ihn nicht gefragt, warum. Achttausend Dollar.« Ich dachte wieder an den Geldsturm auf dem Berg und schluckte schwer.

Tom verdrehte die Augen, und Bancock schnaubte.

Letzterer fuhr fort: »Wusste jemand außer Ihnen, dass er das Geld für die Skier bei sich hatte?«

»Keine Ahnung.« Wie viel von den achttausend Dollar würde man jemals wiederfinden? Ich sah Tom wieder zerknirscht an. Die Miene meines Mannes war ausdruckslos. Ich fragte: »Was ist los?« Ein schrecklicher Verdacht keimte auf. Ich wandte mich an Tom. »Wusstest *du,* dass Doug Portman offizielle Aufgaben erfüllt? Was hat er genau gemacht?«

Tom atmete hörbar aus, ehe er antwortete: »Er war im Ausschuss für Strafaussetzung. Und ja, ich wusste davon.« Er musterte Hoskins' Gesicht, das nichts verriet, dann Bancocks. Der Sergeant nickte.

»Doug Portman war Vorsitzender des Ausschusses«, erklärte Tom. »Wusstest du das nicht?«

»Nein.« Woher auch? Erst jetzt fiel mir Cinda Caldwell und ihr Kunde wieder ein, der gedroht hatte, einem Cop einen vergifteten Brief zu schicken. Galt der Vorsitzende des Ausschusses für Strafaussetzung als Cop? »Moment mal, da ist noch etwas ...« Ich erzählte ihnen von meinem morgendlichen Wortwechsel mit Cinda. »Tom, hast du die Nachricht, die ich dir hinterlassen habe, nicht erhalten?« Er schüttelte den Kopf und erklärte, er hätte seine Nachrichten noch nicht abgehört. Bancock notierte sich den Namen von Cindas Café. Er erkundigte sich bei Hoskins, ob er mir noch mehr Fragen stellen wollte; Hoskins verneinte. Der junge Sergeant sah seine Notizen noch einmal durch, dann fragte er nach unserer Telefonnummer. Während Tom sie ihm diktierte, ging ich ins größere Büro, um nach dem Wetter zu sehen. Es schneite nach wie vor heftig.

Weiß dein Mann, dass wir uns treffen?

Ich habe etwas für Tom in meinem Auto ...

Verdammt. Ich raste zurück. »Sergeant Bancock, es gibt noch etwas, was ich vergessen habe. Kurz bevor wir das Bistro verließen, hat Doug mir gesagt, er hätte etwas für Tom in seinem Auto.«

Bancock bedachte erst mich, dann Tom mit einem merkwürdigen Blick. »Er hatte etwas für Ihren Mann?«, fragte er nach. »Was?«

»Ich habe keinen blassen Schimmer. Er hat nur gesagt, dass es in seinem Wagen liegt.«

»Wissen Sie, was für ein Auto er fuhr?«, wollte Bancock wissen.

Ich wusste es nicht. Hoskins und Bancock gingen hinaus, um mit Portmans Büro zu telefonieren und in Erfahrung zu bringen, welchen Wagen er fuhr.

Tom fragte: »Hast du in letzter Zeit Post vom Ausschuss für Strafaussetzung bekommen?«

»Nein. Warum?«

»Der Ausschuss verschickt Benachrichtigungen an die Opfer und Verwandten von verurteilten Straftätern, bevor sie über den Antrag für Freilassung auf Bewährung entscheiden. Der Vorstand hält eine Anhörung ab, ehe er über den Antrag berät, sodass die Opfer ihre Meinung kundtun können, ob der Täter freigelassen werden soll oder nicht.« Er schüttelte den Kopf. »Wenn dir der Ausschuss eine Benachrichtigung wegen John Richard schickt, bedeutet das Ärger für dich. Das ist dir doch klar, oder?«

»Wieso? Was für Ärger? Was hat das alles mit dem Blödmann zu tun? Hör mal, Tom, ich habe nichts getan, außer mit Doug Portman vor acht Jahren ein paarmal *auszugehen*. Heute wollte ich ihm nur ein Paar Skier verkaufen. Was davon ist ein Verbrechen? Was soll das alles mit meinem Exmann zu tun haben?«

Tom kaute auf der Unterlippe. »Wie lange sitzt John Richard jetzt schon im Furman-County-Gefängnis – vier Monate?«

Blut stieg mir in die Wangen. *Nein. Keine Bewährung für den Blödmann. Noch nicht. Bitte.* Ich rechnete nach. Im September war John Richard endlich wegen Körperverletzung verurteilt worden – nicht wegen einer Gewalttat an mir, sondern an einer anderen Frau. Da das Staatsgefängnis überbelegt war, saß er derzeit im Furman-County-Gefängnis seine zweijährige Haftstrafe ab. »Fast vier Monate.« Ich forschte in Toms Gesicht. »Es *muss* zu früh sein für eine Freilassung.«

»Tut mir Leid, Miss G. Ich habe nicht alle Gesetzesvorschriften und Bestimmungen im Kopf.«

»Er darf noch nicht raus. Aber egal, was mit John Richard ist, Doug Portman ist beim *Skifahren* ums Leben gekommen. Das hat nichts mit John Richard zu tun. Ende der Geschichte.«

Aber wir alle wussten nur zu gut, dass es nicht das Ende der Geschichte war. Warum hatte Doug darauf bestanden, Toms Skier bar zu bezahlen statt mit einem Scheck? War das nicht ziemlich riskant? Und wenn die Piste gesperrt gewesen war, warum war Doug Portman dann überhaupt dort Ski gefahren? Leute, die auf der Piste starben, hatten gewöhnlich während der Abfahrt eine Herzattacke. Oder sie kollidierten mit einem Hindernis und erlagen inneren Verletzungen. Falls Doug *innere* Verletzungen hatte, woher stammte dann das viele Blut?

Ich wusste auch, dass bei einem Todesfall mit zweifelhafter Ursache zuerst die Person vernommen wurde, die die Leiche gefunden hatte. Angenommen, eine Frau findet den Leichnam eines Mitglieds des Ausschusses für Strafaussetzung, angenommen, diese Frau hat einen Exmann, der gerade eine Gefängnisstrafe absitzt... Der Exmann ist keine Bedrohung, *bis er auf Bewährung freigelassen wird.* Was passiert, wenn er Bewährung bekommt und erfährt, dass seine früher misshandelte ehemalige Frau gegen die Entscheidung des Ausschusses stimmte?

Mein Körper wurde taub. Diesmal allerdings nicht wegen der Kälte.

Kapitel 6

Hoskins und Bancock kehrten zurück und erklärten, dass sie ein Beschreibung von Portmans BMW hatten und sich jetzt auf die Suche danach machen würden. Als sie die Tür hinter sich schlossen, rutschte Tom mit seinem Stuhl näher zu mir, umfasste meinen Ellbogen und sagte sanft: »Hör mal, ich hätte lieber gar nichts sagen sollen.«

»Es waren *deine* Skier. Ich hätte dir vorher davon erzählen müssen ...«

»Goldy, bitte. Da ist eine Menge im Gange, was nicht in Ordnung ist.«

»Allerdings.« Ich trank schließlich doch von dem Kaffee. Er war kalt.

»Zum einen«, fuhr Tom ruhig fort, »warum wollte Portman dir etwas für mich mitgeben?«

»Ich weiß es nicht. Vielleicht ging es um einen Artikel über den steigenden Wert von alten Skiern. Hätte er nicht direkt im Sheriff's Department angerufen, wenn es sich um etwas Berufliches gehandelt hätte?«

Er wedelte mit der Hand. »Das werden wir bald erfahren. Wenn es etwas ist, was mit der Polizei oder einem Fall zu tun hat, dann hättest du nicht als Kurier fungieren dürfen.«

»Wenn diese Sache mit einem deiner Fälle zu tun hat, hätte das dann nicht bis Montag warten können?«

Tom zog die Augenbrauen hoch. »Portman war ein Wichtigtuer, sehr selbstherrlich. Natürlich hat er dir bei euren *Verabredungen* diesen Eindruck nicht vermittelt...« Er grinste.

»Das ist nicht lustig«, sagte ich.

»Wenn einer der Burschen, die *ich* hinter Gitter gebracht habe und die *er* freigelassen hat, Unruhe stiftet, dann haben wir ein Problem.« Tom legte die Hand auf meine Schulter. »Ich weiß, du willst das nicht, aber es wäre gut, wenn ab jetzt immer jemand in deiner Nähe bliebe.«

»Ich muss nicht gehätschelt werden, Tom. Mir geht's gut.«

»Wo ist eigentlich Julian?«, fragte er freundlich, als hätte er mich gar nicht gehört.

»Julian ist...« Ja, wo war Julian? In diesem Herbst war unser einundzwanzig Jahre alter Freund und »Kostgänger« von Cornell zur Universität von Colorado übergewechselt. Julian Teller hatte ein Lebensziel, das allerdings vorübergehend durch den Wechsel etwas aus dem Blickpunkt gerutscht war, und das war, ein vegetarischer Küchenchef zu werden. Bis dahin war er entschlossen, seinen B. A. nicht mehr als eine Stunde von uns – seiner adoptierten Familie – entfernt zu machen. »Julian ist... warte... es ist Freitag.« Julian half an den Dienstagen, Donnerstagen und Samstagen in einem Restaurant aus, und seine Kurse... »Am Freitagnachmittag ist er im Filmseminar. Am Abend sehen sie sich dann alte Kinofilme an. Danach verbringt er das Wochenende bei einem Freund.«

»Das bedeutet, er kommt nicht nach Hause.«

»Hör auf, Tom«, erwiderte ich ungehalten. »Bitte. Ich komme gut allein zurecht. Ich bin heute Abend, wenn du heimkommst, wahrscheinlich noch auf und koche.« Ich hatte eine Menge Arbeit zu Hause zu erledigen, keine davon erforderte eine den Vorschriften entsprechende Küche. Ich musste Vorbereitungen für das Probeessen mit Arthur treffen und Plätzchen für eine Party in der Bibliothek backen. Die Bibliothek wollte eine zwanglose Weihnachtsfeier für alle Gönner und Förderer veranstalten. Ich hatte angeboten, Weihnachtsplätzchen mitzubringen. Ich machte das freiwillig, damit die Leute merkten, dass ich noch da war, und nicht auf die Idee kamen, ich hätte mein Geschäft ganz aufgegeben. Und ich bezahlte einen hohen Preis für den Sonntagsempfang: Ich verpasste das Spiel Broncos gegen die Kansas City Chiefs! Aber ich war entschlossen, ein Caterer zu sein, der sich die vorweihnachtliche Stimmung verinnerlichte. Und mit etwas Glück hatte ich alle gefüttert und meine Sachen aufgeräumt, ehe die zweite Halbzeit anfing.

Tom nahm sein Handy und rief Marla an. Meine beste Freundin war nicht zu Hause. Tom schaute auf seine Uhr und forderte Marla via Anrufbeantworter auf, ihre Pläne für den Rest des Tages aufzugeben, zu unserem Haus zu fahren und dort zu warten. »Goldy braucht dich«, schloss er.

Trotz all der Ereignisse an diesem Tag lächelte ich bei dem Gedanken daran, wie die so sehr mit dem Leben beschäftigte, wohlhabende Marla Korman ihren Mercedes vor unser Haus manövrierte und dort auf meine Ankunft aus Killdeer wartete. Vermutlich würde sie es tun; Toms Nachricht stellte sicher, dass sie es kaum erwarten konnte, die schlechten Neuigkeiten zu erfahren. Ich andererseits musste unbedingt mit Arch sprechen, das ganze Wochenende schuften, ohne etwas dafür bezahlt zu bekommen, und mich mit Fragen nach meiner ehemaligen Beziehung zu einem tödlich verunglückten Mitglied des Ausschusses für Strafaussetzung auseinander setzen.

Als Nächstes rief Tom in Eileen Druckmans Wohnung an und bat, Arch zu sprechen. Er reichte mir das Telefon.

»Mom?« Die zaghafte, besorgte Stimme meines Sohnes krächzte durch den Hörer. »Kannst du mir jetzt sagen, was passiert ist?«

Ich erzählte ihm, dass ein Mann, der die Hot-Rodder-Piste abgefahren war, einen Unfall hatte und dass ich mit dem Pistenwachmann sprechen musste. Dann fragte ich eindringlich, ob ich ihn abholen sollte.

»Ich denke, ich komme hier ganz gut klar.« Er schien nicht ganz überzeugt davon zu sein. Halbwüchsige Jungs wollen mit ihren Müttern zusammensein, hassen es aber, bemuttert zu werden; sie wollen sichergehen, dass mit ihrer Mutter alles in Ordnung ist, aber gleichzeitig nicht zu ängstlich erscheinen. »Was ist mit dem verunglückten Typen? Woher kam das viele Geld? Hat jemand versucht, ihn auszurauben?«

»Keine Ahnung, Schätzchen. Er ist gestorben ...«

»Er ist *tot*? Ist er gegen einen Felsen gefahren, oder was?«

»Das weiß kein Mensch. Und ja, er hatte eine Menge Bargeld bei sich; er wollte Toms Weltkrieg-Skier kaufen. Hör mal, Schätzchen, ich komme morgen wieder nach Killdeer, um mich mit einem Klienten zu treffen. Wir könnten am Nachmittag zusammen Ski fahren, wenn du willst.«

»Oh, nein danke.« Wie uncool, mit der eigenen Mutter Ski zu fahren. »Mom, Mrs Druckman will mit dir reden. Ich hab ihr erzählt, dass du Zeugin eines Unfalls warst.«

Ich seufzte, als Sergeant Bancock an der Tür auftauchte und Tom ins andere Büro rief. Toms Lippen strichen über meine Wange, dann ging er.

»Goldy, was ist los?«, fragte Eileen mit heiserer Stimme. »Arch hat sich furchtbare Sorgen um dich gemacht – und ich auch. Ein Unfall auf der Piste? Jemand ist ums Leben gekommen? War es in der Nähe des Bistros oder weiter unten?«

»Nein, es war weiter unten, fast an der Talstation«, antwortete ich. »Und mir geht es gut, danke, kein Grund zur Sorge. Ich glaube, ein Skifahrer war zu schnell auf einer gesperrten Piste. Er ist gestürzt.«

»Arch sagte, da wäre überall Geld herumgeflogen.«

»Der Mann hatte viel Bargeld bei sich. Es war widerlich. Die Leute haben sich wie die Verrückten aufgeführt, als sie versuchten, sich die Scheine zu grabschen.«

Eileen murmelte etwas von betrunkenen Skifahrern, dann beteuerte sie, dass sie und Jack sich freuten, Arch noch eine Nacht bei sich zu beherbergen. Nach der Hektik des Mittagessens würde Jack nach Hause kommen und für den Abend Spinatravioli mit Pistazienfüllung und einer Dijon-Senf-Sahne-Sauce machen.

Mein Magen knurrte. Ich verabschiedete mich und legte auf. Bewährung für den Blödmann. Wie sollte ich darüber Nachforschungen anstellen? Nicht im Killdeer Resort, das war klar. Tom war noch nicht zurück und im vorderen Büro wurde es laut. Was war jetzt schon wieder los? Ich ging hinaus, um mir Klarheit zu verschaffen.

Mein Mann stand umringt von Pistenwachleuten und uniformierten Sheriff's Deputies an einem zerkratzten Schreibtisch. Alle schienen gleichzeitig zu reden.

»Hallo?«, rief ich freundlich. »Kann ich jetzt gehen?«

Tom raunte einem Deputy etwas zu und der Deputy nickte. Mein Mann drehte sich zu mir um und winkte mich zu sich. Als ich neben ihm stand, sagte Tom: »Sieh dir das an, aber bitte nichts berühren.«

Ich starrte erstaunt auf den Schreibtisch. Da lagen Broschüren, Karten, Memos, Briefe. Nichts davon erschien mir irgendwie ungewöhnlich.

»Was soll ich mir ansehen?«, fragte ich Tom.

Tom schob vorsichtig mit der Fingerspitze Papiere beiseite und legte eine offene Weihnachtskarte frei. Alle Deputies und Pistenwachleute verrenkten sich die Hälse, um das Ding genauer inspizieren zu können. Demzufolge konnte ich kaum etwas sehen.

»Warte.« Toms ozeangrüne Augen betrachteten mich ernst. »Schau's dir noch nicht an, Miss G. Ich muss ganz präzise wissen, was Doug Portman über das, was er für mich hatte, gesagt hat. Wort für Wort.«

»Also«, begann ich und trat unbehaglich von einem Bein aufs andere. »Es war nicht gerade denkwürdig. Er sagte: ›Ich hab etwas für Tom in meinem Auto.‹ Das ist alles. Warum?«

Tom winkte mich vor. Die anderen wichen zurück. Als ich mich über die aufgeschlagene Karte beugte, warnte Tom: »Du darfst nicht mal richtig *einatmen,* wenn du so nah dran bist.«

»Was steht auf der Außenseite?«

»Es ist eine Glückwunschkarte. Da steht: ›Gute Arbeit!‹«

Auf der Innenseite der Karte waren Unmengen von gelben Sternen abgebildet und darunter stand der eigentliche Gruß: *Du bist ein Star!* Neben den gelben Sternen, wo man mit den Daumen die Karte aufklappte, befand sich etwas Bedrohlicheres.

Auf beide Kartenränder waren zwei kreisrunde mit einer blauen, gelatineartigen Substanz gefüllte Plastikstücke geklebt. Ich wusste, dass man diese Art Pflaster benutzte, um Wirkstoffe gegen Schmerzen oder Übelkeit durch die Haut zu verabreichen, wenn der Patient nicht in der Lage war, Tabletten zu schlucken oder sich selbst eine Spritze zu geben. Ich schaute noch genauer hin und entdeckte eine kleine handgeschriebene Nachricht.

Danke für gar nichts, Arschloch! Du bist tot!!! Ohne Unterschrift.

»Was soll das bedeuten?«, fragte ich verwirrt. »Steckte die Karte in einem Umschlag? War sie an jemanden adressiert?«

»Sie steckte in einem Umschlag, in einem offenen, aber es stand kein Name darauf«, erklärte Tom grimmig. »Vielleicht steht das hier in Zusammenhang mit der Geschichte von deiner Café-Lady Cinda. Vielleicht ist das der vergiftete Brief, mit dem dieser Kerl geprahlt hat. Drohungen gegen einen Cop? Drohungen gegen ein Mitglied des Ausschusses für Strafaussetzung? Wie auch immer – ich bleibe hier und spreche mit diesen Leuten. Dann bringe ich die Karte ins Labor.« Er schüttelte den Kopf. »Wenn dieses blaue Gelee zum Beispiel Anthrax enthält, haben wir es mit etwas wirklich Hässlichem zu tun. Ich habe bereits den Coroner informiert, damit er veranlasst, Doug Portman bei der Obduktion auch auf Drogen und chemische Stoffe zu untersuchen.«

»Du glaubst also, er...« Ich war nicht imstande, den Gedanken zu Ende zu führen.

»Dass er eventuell vergiftet wurde? Dass er schon dem Tode nahe gewesen sein könnte, ehe er auf ein Hindernis stieß und stürzte? Ich weiß es nicht.«

Meine Haut kribbelte. »Tom, bitte sag mir, dass du diese Pflaster nicht berührt hast.«

»Hab ich nicht. Aber ich habe daran geschnüffelt.« Alle außer mir lachten.

Verärgert sagte ich: »Cinda hat mir erzählt, dass ihr Kellner Davey mit Barton Reed gesprochen hat – das ist der Bursche, der die Drohung ausgesprochen hat. Gestern Abend.«

Tom kramte in dem Durcheinander auf dem Schreibtisch und beförderte ein leeres Blatt Papier zu Tage. »Könntest du mir aufzeichnen, wie ich zu Cindas Café komme?«

Während ich zeichnete, tauchten Hoskins und Bancock neben mir auf und erklärten, dass ich nicht mehr gebraucht wurde und gehen könnte, dass sie mich später aber vielleicht noch einmal anrufen würden. Als ich Tom meine grobe Zeichnung in die Hand drückte, rief Marla an. Sie kündigte Tom eilfertig an, dass sie um drei Uhr bei uns sein würde, und erkundigte sich, ob ich eine Flasche Cognac, Tranquilizer oder Schokoladenplätzchen und frisch gemahlene Espressobohnen brauchte. »Was du für richtig hältst«, entgegnete Tom lachend. Das hieß, sie würde mit allem auf meiner Schwelle erscheinen.

Eisige Schneeflocken bestürmten uns auf dem Weg zu meinem Van. Die Worte wurden aus unseren Mündern in das wirbelnde Schneetreiben verweht Als wir meinen Wagen unter den Schneemassen entdeckt hatten, nahmen wir Toms wertvolle Skier von der Ladefläche und suchten vergeblich nach den Schneeketten. Ich hatte sie in den letzten drei Wintern nicht benutzt und sie waren nirgendwo zu finden. Wir hievten meine Skier und die von Tom wieder in den Wagen und stellten meinen Rucksack hinter den Vordersitz. Tom umarmte mich fest und flüsterte mir ins Ohr, dass er so schnell wie möglich nach Hause kommen würde.

»Fahr langsam, dann geht alles gut«, versicherte er mir. »Ich rufe dich an. Und, Miss G. – halt dich bis dahin aus allen Schwierigkeiten raus, ja?«

Nichts flößt einem mehr Respekt vor den Naturgewalten ein als ein Winter in Colorado, dachte ich, als mein Van den langen Anstieg zur Continental Divide erklomm. Fahrzeuge aller Art – mit Nummernschildern aus Nebraska, Illinois, Texas und, ja, auch Colorado – standen neben den Schneewehen am Rand der Interstate. Die Fahrer, die Schnee schaufelten und sich mit Ketten abkämpften, waren rasch mit einer weißen Schicht bedeckt. Sie sahen aus wie scheußliche Schneemänner.

An einer Stelle war die Leitplanke durchbrochen. Ich schauderte bei dem Gedanken daran, dass hier jemand mit dem Wagen in den mindestens dreihundert Meter tiefen Abgrund gestürzt war. Weiter oben lag ein Mann halb unter seinem Kombi. Sein massiger Körper rief eine scheußliche Vision an Doug Portmans hingestreckten Leichnam wach. Mein Van rutschte leicht zur Seite weg und ich umklammerte das Steuerrad fester.

Es fiel mir schwer, mich aufs Fahren zu konzentrieren. Zuerst grübelte ich über den geplatzten Verkauf an Portman nach. Tom hatte gesagt: *Du weißt, was das bedeutet, oder?* In den nächsten Tagen würden eine Menge unerwünschte, peinliche Fragen auf mich einstürmen. *Warum haben Sie eine private Verabredung mit einem Mitglied des Ausschusses für Strafaussetzung getroffen? Wieso haben Sie Ihrem Mann dieses Treffen verheimlicht? Welche Verbindung haben Sie zu der großen Geldsumme, die der Tote bei sich hatte?*

Wie bin ich nur in dieses Chaos geraten? fragte ich mich.

Die Rücklichter des vor mir fahrenden Autos blinkten rot durch den Schneefall. Ich bremste. Meine Scheibenwischer winselten, als sie sich zusammen mit dem Heißluftgebläse mit wenig Erfolg anstrengten, die Windschutzscheibe sauber zu halten.

Die Erinnerung an den verwirrten Ausdruck in den Augen meines Mannes machte mir das Herz schwer. Ich konnte das Gefühl nicht abschütteln, dass ich Tom hintergangen hatte, auch wenn es sich nur um diesen berüchtigten Geizkragen Doug Portman handelte, der im Tod Geld verstreut hatte.

Ich trat vorsichtig aufs Gas. Weshalb hatte ich mich damals überhaupt mit Doug Portman eingelassen? Seinerzeit hatte er für Arch und mich mehrere tausend Dollar herausgeschlagen. Würde das auch ans Licht kommen? Ich stöhnte.

Es hatte alles so harmlos angefangen. Nachdem ich den

Blödmann endlich mit einem Tritt hinausbefördert hatte, heuerte ich Doug Portman an. Er versuchte, sich um Arch zu kümmern, aber mit den spärlichen Einkünften auszukommen war schwierig. Ich hatte damals keinen Job, mit dem ich Geld verdiente, sondern machte so etwas wie eine Lehre in einem Restaurant in Denver, das meinem verstorbenen Freund André Hibbard gehörte. Wenn ich Geld für Lebensmittel, für Archs Kleider oder Schuhe brauchte oder Arch die Teilnahme an einem Schulausflug ermöglichen wollte, behauptete John Richard jedes Mal, arm wie eine Kirchenmaus zu sein. Das war ein Witz, aber gleichgültig, mit welchen Mitteln mein Anwalt auch Kohle aus meinem Ex herauszuholen versuchte, wir wurden bei jedem neuen Vorstoß entweder mit Lügen oder Vernebelungstaktiken abgespeist. Schließlich empfahl mir mein Anwalt, mich ans Gericht zu wenden und den Antrag zu stellen, dass ein dort beschäftigter Buchhalter und Wirtschaftsprüfer feststellte, über welches Vermögen und Einkommen John Richard tatsächlich verfügte.

Als ich Doug Portman anrief, informierte er mich, dass er ein Künstler sei und die Buchhaltung und alles, was damit zusammenhing, an den Nagel gehängt habe. Ich sagte ihm, er könne meinetwegen seine Berichte illustrieren, solange er mir mit seinen Nachforschungen eine ordentliche Scheidungsvereinbarung und einen angemessenen Kindesunterhalt sicherte.

Er hatte schallend gelacht – sein unvergessliches Gelächter klang wie der Schrei einer Hyäne und es dauerte nicht lange, bis es mir gründlich zuwider war.

Ich verdrängte den Gedanken und konzentrierte mich auf die Straße. Ich sah nur noch weiß und glaubte, in der Nähe des Eisenhower-Tunnels zu sein, aber es war unmöglich, das genau zu erkennen. Ich bremste den Van zum Kriechtempo ab. Als das Schneetreiben kurzfristig lichter wurde, schlitterte ein Lieferwagen vor mir erst nach rechts, dann nach links. Ich blieb stehen und wartete, bis er wieder geradeaus fuhr. Als ich aufs Gaspedal trat, drehten meine Reifen auf dem Eis durch. Ich hielt den Atem an, setzte ein paar Meter zurück, schlug das Steuer ein wenig ein und gab sanft Gas. Zu meiner Erleichterung rollte der Van los.

Ich seufzte und dachte wieder an früher. Doug Portman hatte mir wöchentlich Bericht über seine Ermittlungen erstattet. John Richard, der eine Affäre mit einer Frau aus dem St.-Luke's-Chor hatte, hatte das Bankkonto der Miss Stimmband um hunderttausend Dollar bereichert und außerdem seine Wohnung im Keystone-Ski-Resort auf den Namen seines Vaters überschrieben. Doug hatte eine Akte auf meinen Küchentisch geworfen, in der sich Beweise dafür befanden, dass John Richard etliche hunderttausend Dollar *mehr* Steuern bezahlt hatte, als er meinem Anwalt als *Verdienst* angegeben hatte. *Solche Nachforschungen erfordern penible Kleinarbeit und man muss jedes Stückchen Beweis sammeln,* hatte Doug selbstgefällig verkündet, *und ich bin ein Meister in dieser Hinsicht.* Er lachte. *Jetzt kann ich genau belegen, dass sich diese Ratte keinen Deut darum schert, was aus Ihnen und Ihrem Sohn wird. Möchten Sie beim Chinesen essen?*

Ich dumme Kuh sagte ja. *Wenigstens ein Mensch kümmert sich um mich*, dachte ich damals. Als wir zum Essen ausgingen, brachte Doug seine Mappe mit Farbfotos von seinen Malereien mit. Bei chinesischen Pilzen und süß-saurem Schweinefleisch lobte ich höflich die Gemälde, auf denen große unförmige, düstere Farbflecke zu sehen waren. Er bot mir das Du an und erklärte, dass ihn seine Kunst zum reichen Mann machen würde. Es war ein annehmbarer harmloser Abend, der erst unangenehm wurde, als die Rechnung an den

Tisch gebracht wurde und Doug erklärte: *Dein Anteil beträgt fünfzehn Dollar.* Hatte ich nicht genug von seiner Kunst geschwärmt? Er wusste doch, wie pleite ich war. Behandelte er alle seine weiblichen Klienten so? Wie es schien, gönnte mir niemand wirklich etwas Gutes.

Beim nächsten Mal präsentierte mir Doug einen grässlichen Bericht über John Richards Vermögenswerte und fragte: *Lust auf was Italienisches?* Nach einem Moment des Zögerns, während ich nachdachte, was ich noch im Schrank hatte, bot ich ihm an, Fettuccine Alfredo zu kochen. Er verschlang sie und erkundigte sich sogar nach dem Rezept. Beim Kaffee war ich höflich begeistert, als er mir *wieder* eine Mappe mit vielen Fotos von seinen – diesmal gegenständlichen – Kunstwerken zeigte. Alle stellten historische Waffen dar: das Repetiergewehr, der Colt .45, das Bayonett. Er hoffte, in New York eine Ausstellung mit diesen Sachen machen zu können. Sammler würden Tausende für jedes einzelne Bild bezahlen! Ich gab mich beeindruckt.

Der entmutigende Bericht über den Blödmann in der folgenden Woche musste in Doug Schuldgefühle hervorgerufen haben. Er zog Eintrittskarten für eine Militaria-Ausstellung in Denver aus der Tasche. Arch, Doug und ich schlenderten an Samurai-Schwertern, blutbefleckten Karten von Schlachtfeldern und der neuesten Technik entsprechenden Granatwerfern vorbei. Ich fand es langweilig; der sechsjährige Arch war im siebten Himmel. Doug spendierte Hot Dogs aus einem Automaten vor der Currigan Hall. Er spritzte großzügig Ketschup auf seinen und quasselte von seiner freiwilligen Arbeit im Capitol Hill. Doug schien eine Kampagne für einen Freund zu leiten, der für den Senat kandidierte. Ich mag keine Waffen, ich mag keine Hot Dogs und ich finde den Senat langweilig. Arch spürte meine Stimmung, während er Senf auf sein Würstchen strich; auf dem Heimweg fragte er mich, ob meine Beziehung zu Doug Portman bald zu Ende sei.

Durch das Schneetreiben entdeckte ich endlich die gähnende Öffnung des Eisenhower-Tunnels. In der Spur neben mir fuhr ein anderes Auto viel zu schnell und schleuderte vor mir über die Mittellinie, aber der Fahrer bekam seinen Wagen wieder in den Griff.

Als Doug den Abschlussbericht auf meinen Küchentisch knallte, musterte er meine Töpfe und Pfannen im Regal und fragte: »Was wird heute gekocht?« Ich lächelte und meinte, heute stünde nichts auf der Karte außer einer Fahrt zu meinem Anwalt. Das markierte das Ende meiner Nichtromanze mit Doug Portman, gerichtlicher Buchhalter und Wirtschaftsprüfer, Künstler und ein lästiger, fader Typ. Mir wurde das Haus, eine Abfindung von sechzigtausend Dollar und ein ansehnlicher Kindesunterhalt zugesprochen. Doug mit seinem aufgeblasenen Ego, seinen Gemälden und Plänen war schlicht ein Mann auf meinem Weg nach oben gewesen und wieder aus meinem Leben verschwunden.

Als ich die letzten Meter auf den Tunnel zurollte, versuchte ich mich zu erinnern, was Marla mir über Dougs Werdegang erzählt hatte. Er hatte Elva geheiratet – sie war die vermögende Frau, die er brauchte. Er hatte seinen Job aufgegeben und war nach Killdeer gezogen, wo er sich in Elvas Kunstgalerie und mit seinen eigenen wachsenden politischen Verpflichtungen beschäftigte. Sein Freund war gewählt worden: Doug selbst hatte sich am Bau von Luxuswohnungen beteiligt und für eine regionale Zeitung über Kunst geschrieben. Von irgendjemandem muss ich erfahren haben, dass er eine Funktion im Sheriff's Department hatte, weil er mit dem Strafvollzug zu tun hatte. Aber ich wäre nie auf die Idee gekommen, dass ihn sein politischer Gönner zum *Boss* des Ausschusses für Strafaussetzung befördert hatte.

Wenn ich vermeiden wollte, dass noch mehr Verdacht auf mich als Geschäftsfrau oder Privatperson fiel, musste ich mehr herausfinden, entschied ich und trat aufs Gas. Und ich würde nicht nur alles über Doug Portman in Erfahrung bringen, sondern mich auch darüber kundig machen, ob John Richard einen Antrag auf Freilassung gestellt hatte und wie weit die Verhandlungen darüber gediehen waren.

Ohne Vorwarnung machte der Van einen Satz nach vorn. Wildes Gehupe von allen Seiten. Ein Auto war auf mich aufgefahren. Ich kreischte, als ein zweiter Schlag den Van und meine Zähne durchschüttelte. Noch mehr Autos hupten, aber in dem plötzlich wieder dichter gewordenen Schneefall konnte ich die Wagen um mich herum nicht sehen. Der Van rutschte über die linke Fahrbahn, wo die Stoßstange so vehement gegen die Leitplanke prallte, dass mein Kopf nach vorn flog und ich mir fast den Hals ausrenkte. Ich kurbelte am Lenkrad, aber abgefahrene Reifen entwickeln auf Eis ein Eigenleben. Es krachte wieder an der hinteren Stoßstange.

Eine *Massenkarambolage*, dachte ich hilflos. Ich war sozusagen der zweite Dominostein hinter dem Lieferwagen. Aber wo war der Truck? Metall knirschte über Metall, und ich wurde vorgeschleudert. Ich schnappte nach Luft, als der Van wieder über die Fahrspuren zurückschlitterte. Ich hörte noch einen Aufprall. Der Van rutschte auf die Leitplanke zu. Ich sah in meinem Rückspiegel flüchtig ein entsetztes Gesicht. Ich trat auf die Bremse. Es war hoffnungslos. Ein anderes Auto fuhr mir in die Seite. Der Van durchbrach die Leitplanke und ich war in der Luft.

Kapitel 7

Der Van flog den schneebedeckten Hügel hinunter, hinunter, hinunter. Ich war überzeugt, sterben zu müssen. Vor meinem inneren Auge zogen Bilder aus meinem Leben vorbei: Ich sah mich mit meiner Mutter an der Küste von Jersey, wie ich den neugeborenen Arch in den Armen hielt. Schmerz jagte durch meinen Rücken. Etwas Warmes floss mir über den Arm. Ich sah Tom vor mir, wie er mir den Ehering auf den Finger schob, und dachte: *Was wird er zu Abend essen?*

Dann krachte der Van in etwas Hartes, ich wurde nach vorn geschleudert. Eine weiße Welle bedeckte die Windschutzscheibe. Der Wagen prallte ab und stieß noch einmal auf – auf einen Felsen? – und bebte, dann kippte er nach vorn und zurück. Ich schrie. Mit einem entsetzlichen Knall prallte er wieder gegen einen Felsen. Die Windschutzscheibe zersplitterte und eine eisige Schneeflut fegte mir ins Gesicht.

Plötzlich war alles still. Ich dachte verwirrt: *Das Probeessen mit Arthur. Ich werde heute Nachmittag nicht kochen können.* Es erschien mir so furchtbar einfach, hier zu liegen und zu schlafen ... *Ich backe die Plätzchen für die Bibliothek morgen ...*

Ich weiß nicht, wie lange ich bewusstlos war. Irgendwann rief jemand von weither: »Hallo?« Meine Stimme gehorchte den Befehlen des Gehirns nicht. Ich schüttelte den Kopf;

Schnee rieselte aus meinen Haaren. Mir war scheußlich kalt.

Klopfen und Schaben war über mir zu hören. »Hallo?«, rief die Stimme wieder. Ich ächzte und schrie wie eine Ertrinkende zurück: »Ja!« Genau genommen *war* der Rest von mir unter Wasser, theoretisch gesprochen. Ich fragte mich, ob ich gefroren war. Ich lachte matt. Schmerz wogte durch meine Brust und meinen Arm. Ob noch jemand bei mir im Van saß, wollte die Stimme wissen.

»Nein«, versuchte ich zu brüllen, aber der Laut klang wie ein Schluchzer.

Ich solle mich nicht bewegen, warnte die Stimme. Ich wollte mich gar nicht bewegen. Mein Atem rasselte und war abgehackt; die Lunge tat mir weh. Blut sickerte über meinen Arm. Ich wand mich und noch mehr Schnee fiel mir vom Kopf. Plötzlich wollte ich unbedingt etwas tun. Ich hob die Arme, bis meine in Fäustlingen steckenden Hände frei waren, und fuchtelte wild durch die Luft. Ich rief, dass ich allein aussteigen könne. Doch ehe ich etwas dergleichen unternehmen konnte, fassten schon starke Hände nach mir und befreiten mich so sanft wie möglich aus meinem Gefängnis.

Der kalte Wind war ein entsetzlicher Schock. Etwas dröhnte mir in den Ohren; es brummte wie ein riesiger Moskito. Ich wurde auf eine schräg stehende Trage gehoben. In meinem Kopf drehte sich alles, meine Gedanken rasten. *Beim Backen immer nur ungesalzene Butter verwenden.* Die vom Himmel fallenden Schneeflocken brannten in meinen Augen. Ich lag auf einem Ackja, nicht auf einer Trage, und dieses Ackja war an ein tuckerndes, Abgase spuckendes Snowmobil gehängt. Das Ackja stand schräg, weil wir uns an einem Hang befanden. Ich hustete – mit Schmerzen – und blinzelte. Ich konnte meinen Van nicht sehen, aber ich erkannte drei Männer in Uniform. Einer von ihnen beugte sich über meinen Arm. Ich rutschte zur Seite, um zu sehen, was er machte, aber ich war festgeschnallt. Die neue Lage ermöglichte mir einen Blick auf mein Auto – es war zerquetscht wie eine Bierdose.

Die Männer fragten mich nach meinem Namen und der Adresse. Ich hätte fast gekichert, weil ich daran dachte, dass mir heute schon zum dritten Mal Uniformierte zu Hilfe kamen. Das musste ein Rekord sein. Ich hörte, wie meine krächzende Stimme antwortete und den Männern dankte. Ich erkundigte mich, was mit meinem Arm los war, und hörte: »Schnittwunden. Nicht allzu schlimm.« Sie meinten, ich müsste ins Krankenhaus nach Denver geschafft werden. Ich erwähnte die Klinik in Aspen Meadow. Dort gab es einen Röntgenapparat, einen diensthabenden Arzt und von hier aus brauchte man eine Stunde weniger bis dorthin. »Ich wohne dort«, fügte ich überflüssigerweise hinzu, weil ich das bereits angegeben hatte. »Mein Zuhause.« *Zuhause. Mein Heim. O Gott, wann wird Tom unsere Küche fertig haben?* Ich fing an zu schluchzen und die Männer beteuerten beunruhigt, dass ich von Glück sagen könne, überhaupt aus dem Wrack gekommen zu sein.

Lärm auf der Straße kündigte die Ankunft von zwei Krankenwagen an. Erschrocken fragte ich, ob noch andere in den Unfall verwickelt waren. Die Männer wechselten bedeutsame Blicke und rieten mir, mir keine Sorgen zu machen. Einer der Typen versuchte vorsichtig, meinen Kopf hin- und herzubewegen. Die Angst schnürte mir die Kehle zu, als ich den Hang hinunter spähte. Unterhalb meines Vans entdeckte ich einen zertrümmerten Lieferwagen. Die verbogene, mächtig eingedellte Fahrerkabine war halb im Schnee vergraben. Ich konnte nicht erkennen, ob jemand drin saß. Der Hang war mit Trümmern übersät und

Schneehaufen und Eisplatten waren bei der Kollision durcheinander gewirbelt worden.

Ein grauenvoller Gedanke schoss mir durch den Kopf: Hatte der Lieferwagen und nicht ein Felsen meinen Sturz abgefangen? Ich schickte ein stummes Stoßgebet für den Fahrer zum Himmel.

Zwei weitere Sanitäter untersuchten meine Knochen. In dem schnell fallenden Schnee war es schwer, sich zu orientieren, aber nach allem, was die Leute um mich herum erzählten, schienen der Lieferwagen und mein Van von einem Vorsprung im Abgrund aufgehalten worden zu sein. Der Hang unter uns war steil – mindestens vierzig Grad, und er mündete in die bewaldete Schlucht der Divide. Wer wusste schon, wie hoch der Schnee am Grund der tiefen Kluft zwischen zwei Böschungen lag? Drei, fünf, sechs Meter? Ich schauderte.

Stinkende Abgase und das Dröhnen des Snowmobils verrieten, dass wir bergauf fuhren. Es schneite so sehr, dass ich kaum atmen konnte. Als ich noch einmal zu meinem Van zurückblickte, dankte ich Gott, dass Arch nicht bei mir gewesen war.

Verdammt, dachte ich, als mich das Snowmobil den Hang hinauf transportierte. *Toms verdammte Skier befinden sich noch in dem Van.* Gleich darauf ging mir durch den Kopf: *Sollen sie doch bleiben. Sie haben schon genug Probleme verursacht.*

Die Sanitäter hoben mich in den Krankenwagen. Einer befasste sich mit mir und überwachte meine Körperfunktionen, der andere fragte mich, wie ich mich fühlte.

»Nicht sehr gut«, sagte ich. »Überhaupt nicht gut.«

In der Klinik untersuchte mich meine Ärztin auf innere Verletzungen und verband meinen Arm. Dann trug sie dem Krankenwagenfahrer auf, mich nach Hause zu bringen. Ich sollte sie anrufen, auch nachts, wenn es mir schlechter ging. Ich dachte oder sagte: *Willkommen in Aspen Meadow, einer altmodischen Stadt.*

Folgende Szene beobachtete Marla, wie sie mir später erzählte, vom Vordersitz ihres Mercedes aus: Ein Krankenwagen fuhr vor unserem Haus vor – sie hätte gewusst, dass ich da drin lag, behauptete sie steif und fest – und zwei Sanitäter stützten mich bis zur Haustür. Ich schrie, es ginge mir gut, nur damit sie meinen Arm nicht mehr anfassten. Laut Marla enthielten sich die Sanitäter klugerweise jeden Kommentars.

Unter ihrem Pelzmantel trug die wohlgenährte Marla eines ihrer vorweihnachtlichen Outfits: ein waldgrünes Hemdblusenkleid, mit Silber- und Goldfäden durchwirkt, und passende Wildlederstiefel. Sie schnalzte besorgt mit der Zunge, warf ihre braunen Locken zurück und erkundigte sich, wie ich mich *diesmal* verletzt hatte. Sie schüttelte den Kopf, als ich ihr berichtete, dass ich Killdeer heil und gesund verlassen hatte, aber dann in eine Massenkarambolage geraten war ...

Sie meinte, ich hätte nicht fahren dürfen. Mein Van würde schon stottern und keuchen, wenn er nur durch die Stadt fuhr – mit so einer Karre dürfte man gar nicht daran denken, von einem Skigebiet in den Bergen nach Hause zu fahren, schon gar nicht bei einem Schneesturm. Ich gab ihr recht – was hätte ich sonst tun sollen? –, während ich mir einen starken, köstlichen Tee aufbrühte. Als ich die Tasse English Breakfast trank, holte Marla einen Merlot aus unserer Speisekammer. Er war ein Geschenk von Arthur Wakefield, der mir aufgetragen hatte, ihn zu einem Roastbeef zu probieren. Marla durfte keinen Wein trinken, weil sie Medikamente wegen ihrer Herzprobleme einnahm, aber sie war überzeugt, dass *mir* ein paar Schlucke gut tun würden.

Nach meinem ersten nicht von Fleisch begleitetem Glas Wein rief Tom an. Ich berichtete ihm von meinem neuesten Unfall ohne allzu sehr ins Detail zu gehen und ignorierte Marlas Grinsen. Tom kündigte an, dass er Arch mit nach Hause bringen würde. Mein Sohn machte sich Sorgen um mich und er hatte seine Pläne geändert, er wollte jetzt doch zu Hause übernachten. Tom sagte auch, dass er Julian angerufen hatte. Julian würde den Kinoabend ausfallen lassen und zum Abendessen bei uns sein – zu einem Abendessen, das er selbst würde kochen müssen.

Marla befahl mir, ganz ruhig sitzen zu bleiben, während sie den Eichentisch in der Küche deckte. Sie beschwerte sich, weil heute ein Essen mit dem Bibliotheksvorstand angesetzt war und sie nicht bei uns bleiben konnte. Ich sah ihr bei der Arbeit zu. Keine Frage, der Merlot betäubte den Schmerz in meinem Arm. Ich würde Arthur vorschlagen, Tee statt Fleisch dazu zu empfehlen... Marla umarmte mich vorsichtig, versprach anzurufen und ging.

Zwei Stunden später saßen Tom, Julian, Arch und ich bei in Zitrone-Knoblauch-Öl gegarten Riesenshrimps – Julians köstliche Version von Scampis – mit Spinat-Fettuccine. Ich betrachtete Julian eingehend. Sein hübsches mageres Gesicht, die dunkel umringten Augen und das ohrlange braune Haar verliehen ihm das Aussehen eines typischen College-Studenten, dem der Schlaf fehlte.

Er erahnte meine Stimmungslage. »Schmecken dir meine Shrimps nicht?«, fragte er allen Ernstes.

»Sie sind göttlich«, erwiderte ich und meinte es auch so. Aber die Ereignisse des Tages hatten mir gründlich den Appetit verdorben. Arch und Tom machten mit vollen Mündern *hmmm*.

Julian legte seine Gabel weg. »Goldy, jetzt, da dein Van einen Totalschaden hat, möchte ich, dass du meinen Rover nimmst. Wenn ich in Boulder bleibe, brauche ich ihn nicht.« Julian hatte den weißen Luxus-Range-Rover von einem ehemaligen Arbeitgeber geschenkt bekommen. Ehe ich Protest erheben konnte, setzte er rasch hinzu: »Das Restaurant bezahlt mir inzwischen genug, dass ich mir mit ein paar Freunden eine Wohnung teilen kann. Und ich komme auch ohne Auto überall hin, du größte Glucke aller Glucken.«

»Julian«, murmelte ich, »mach das nicht. Was sind das für Freunde?«

Er lachte, und Tom musterte ihn zweifelnd. Arch rief erschrocken aus: »Dann ziehst du bei uns aus? Du verlässt uns?«

»Mann!«, schrie Julian. »Wenn ihr mich so sehr vermisst, komme ich jedes Wochenende her!«

Wir kamen überein, dass ich den Rover nehmen würde, und ich dankte Julian. Er strahlte über das ganze Gesicht. Ich wusste nicht, wie schwer dieses Fahrzeug für eine persönliche Köchin, die Lebensmittel transportierte, zu fahren sein würde – besonders mit einem bandagierten Arm. Aber der Rover war Luxus. Noch wichtiger: Er hatte Vierradantrieb. Julian verwöhnte uns noch mehr mit seinen in Wein und Zimt geschmorten Birnen und der goldenen Crème anglaise. Beim ersten Bissen von den saftigen, würzigen Birnen und der cremigen Sauce vergaß ich beinahe all meine Probleme. Trotzdem bekam ich nicht mehr als drei Löffel voll hinunter.

Als der Tisch abgeräumt war, suchte und fand ich ein Röhrchen Aspirin. Tom erklärte, dass er sich um den Abwasch kümmern würde – zur Zeit keine leichte Aufgabe, da die Installationen in der Küche fehlten und das Geschirr in der Badewanne im Parterre gespült werden musste. Ich sollte mich ausruhen, beharrte er eisern, und Arch und Julian sollten sich mit irgendetwas anderem amüsieren.

Julian öffnete seinen Rucksack und nahm ein in Folie verpacktes Paket heraus – darin befanden sich seine berühmten Fondants mit sonnengetrockneten Kirschen. Ich lehnte ab, aber Tom nahm sich gleich zwei davon, bevor er die Teller ins Bad brachte. Mit einem schalkhaften Lächeln bot Julian Arch eine Handvoll an. »Hey, Kumpel, wie wär's mit einem zweiten Dessert? Noch besser: Wie wär's, wenn ich ein paar Weihnachtsfondants für Lettie machen würde? Ich kann zerstoßene Pfefferminzdrops statt Kirschen hineintun.«

Arch warf ihm einen finsteren Blick zu. »Nein, danke.« Lettie war Archs Freundin, zumindest war er mit der hübschen, langbeinigen, blonden Vierzehnjährigen am Ende des letzten Sommers »gegangen« – in Wahrheit waren die beiden nie miteinander irgendwohin gegangen. Mich hielt Arch natürlich nicht über den Status seiner Beziehung auf dem Laufenden. Für mich waren die einzigen Hinweise darauf, dass er überhaupt ein Gesellschaftsleben in der Elk-Park-Schule hatte, zusammengefaltete Zettel, die ich in seinen Hosentaschen fand, wenn ich sie vor der Wäsche ausleerte. Aus Angst, diese Notizen könnten irgendwas mit seinen Hausaufgaben zu tun haben, las ich immer nur die erste Zeile und faltete sie wieder zusammen, um mir spätere Vorwürfe zu ersparen. Wenn ich in Archs kleiner, gerader Handschrift las: *Ist das langweilig!*, dann wusste ich, dass ich das Papier wegwerfen konnte. Zumindest kommunizierte er mit jemandem. Aber falls wir ein zusätzliches Weihnachtsgeschenk beschaffen mussten – Arch fiel so was immer in letzter Minute ein –, dann musste ich Bescheid wissen.

»Also steht Lettie noch immer hoch im Kurs?«, erkundigte ich mich beiläufig.

»Zerbrich dir deswegen nicht den Kopf, Mom.« Archs Augen blitzten hinter der Brille, als er Julian, der es offensichtlich bereute, Lettie zur Sprache gebracht zu haben, sagte, er müsse ihm was zeigen. Die Jungs verschwanden. Ich schluckte drei Aspirin und überlegte, ob sie möglicherweise über Archs Schullektüre – Elisabethanische Lyrik – oder über das Physikexperiment, das Arch zu Hause machen sollte, diskutieren würden. Wahrscheinlich nicht.

»Geht's dir einigermaßen?«, fragte Tom ruhig, nachdem er das Geschirr in der Badewanne eingeweicht hatte. »Du hast kaum einen Bissen gegessen.«

Die Aspirin wirkten nicht. »Nein, mir geht's nicht einigermaßen. Aber es wird bald wieder. Danke der Nachfrage.« Ich bewegte die gefühllosen Finger und rieb mir den blau angelaufenen Ellbogen, dann versuchte ich den Kopf von einer Seite zur anderen zu drehen – es ging nicht. Wenn ich mir nichts gebrochen hatte, wieso hatte ich dann solche Schmerzen? Tom kam zu mir und gab mir einen heilenden Kuss.

Kurz vor acht klopfte ein Streifenpolizist an unsere Tür. Tom führte den großen, korpulenten Mann in die Küche. Er hatte so kurzgeschorenes schwarzes Haar, dass es aussah, als hätte er sich Pfeffer auf den Schädel gestreut. Seine Name war Vance und er wollte, dass ich den Unfall, so weit ich mich erinnerte, schriftlich schilderte. Ich schrieb alle Ereignisse nieder, die mir nebulös im Gedächtnis geblieben waren: Autos, die in alle Richtungen schlitterten, dass ich nicht sehen konnte, was vor sich ging, dass jemand von hinten auf mich auffuhr, dass ich ins Schleudern geriet und wieder und wieder und wieder angefahren wurde. Ich prallte gegen ein anderes Fahrzeug, durchbrach die Leitplanke und flog die Böschung hinunter. Ich erkundigte mich nach dem Fahrer des Lieferwagens. Der Cop erklärte betreten, dass er ums Leben gekommen sei. Mir sank das Herz.

Officer Vance las, was ich geschrieben hatte, legte den Block weg und klopfte mit dem Stift auf die Tischplatte. »Erzählen Sie mir, was vor sich ging, als Sie zum Tunnel hinauffuhren. *Vor* dem Unfall.«

Geduldig versuchte ich erst die Abfolge zu visualisieren, dann in Worte zu fassen. Es hatte heftig geschneit, sodass man kaum etwas erkennen konnte. Die Fahrzeuge, die in meinem Blickfeld waren, rutschten gefährlich über das Eis. Dann prallte etwas auf meinen Van. Um mich herum hupten die Autos, gerieten ins Schleudern und fuhren ineinander. Ich raste bergab, krachte in den Lieferwagen und versank im tiefen Schnee. Ich sagte dem Officer, dass ich felsenfest davon überzeugt gewesen sei, lebendig unter dem weißen Zeug begraben zu werden.

Weder Tom noch Officer Vance unterbrachen mich, während ich meine Geschichte erzählte. Dann meinte Officer Vance nachdenklich: »Soweit Sie sehen konnten, befand sich also ein weißer Lieferwagen etwa zehn Meter vor Ihnen. Außerdem war ein Fahrzeug hinter Ihnen.«

»Und dahinter auch eins und wieder eins dahinter.« Ich wedelte mit der Hand, um anzudeuten, dass die Schlange endlos gewesen sein musste. Bei der Bewegung heulte mein Ellbogen auf vor Schmerz. »Das Geräusch bei dem Unfall klang so, als würden einem Bücher auf den Kopf fallen. Bumm, bumm, bumm, bumm.«

»Aber Sie konnten die Autos hinter Ihnen nicht gut sehen wegen des dichten Schneefalls?« fragte der Polizist. »Sind Sie sicher, dass sie das *Bumm, Bumm, Bumm* nicht zuerst gehört und dann den ersten Ruck gespürt haben?«

Ich runzelte die Stirn und überlegte. Ich wusste, dass der Cop auf irgendetwas hinauswollte. Direkt hinter mir war ein Fahrzeug gewesen. Und ja, dahinter noch eines. Mehr hatte ich meiner Erinnerung nach nicht gesehen. Als ich das laut sagte, schürzte Tom die Lippen. Officer Vance zuckte nicht mit der Wimper.

»Gut«, brummte Vance. Als Tom sich neben mich setzte, platzierte Officer Vance den Salzstreuer, die Pfeffermühle sowie drei unbenutzte Servierlöffel in einer Linie. Seine dicken, karottenartigen Finger schoben den Salzstreuer vor. »Das ist der weiße Lieferwagen.« Dann die Pfeffermühle: »Das sind Sie.« Der erste Löffel: »Das ist der Wagen hinter Ihnen, auch ein Van.« Der zweite Löffel: »Dies ist der Wagen hinter dem Van.« Er schob den letzten Löffel an die richtige Stelle. »Und dann ist da noch jemand ein ganzes Stück dahinter.«

Ich konzentrierte mich auf die Gegenstände, dann schob ich die ersten beiden noch ein wenig weiter, um die Abstände in die richtige Perspektive zu bringen. Aber ich hatte kein viertes Fahrzeug gesehen. Es hatte zu heftig geschneit.

Vance deutete auf den letzten Löffel. »Dies war ein Subaru-Kombi, der von einer Frau aus Idaho Springs gesteuert wurde. Sie ist in kein anderes Fahrzeug gerutscht. Sie befand sich hinter einem anderen Subaru-Kombi und die beiden fuhren etwa zehn Wagenlängen hinter Ihnen. Die Frau beschwört, dass der andere Subaru kurz vor dem Unfall kräftig beschleunigte und den Van hinter ihnen *rammte.«* Officer Vance schob den vorletzten Löffel dicht an den nächsten. »Dann hörte sie das Geräusch von kollidierenden Fahrzeugen. Sie bremste und geriet ins Schleudern. Der Subaru vor ihr wiederholte das Manöver und rammte den Van noch zweimal. Das Schneetreiben machte es ihr unmöglich, zu beobachten, was genau passierte. Nach dem Bruchteil einer Sekunde sah sie, wie erst der Lieferwagen, dann Ihr Van von der Fahrbahn abkamen und den Abgrund hinunterrasten.« Er seufzte. »Als wir an den Unfallort kamen, waren bei all dem Schnee und den vielen Fahrzeugen, die die Straße benutzen, alle Brems- und Schleuderspuren natürlich verwischt. Abgesehen von der Aussage dieser Frau haben wir keinerlei Hinweise auf die Autos, die hinter Ihnen fuhren.«

»Ich erinnere mich nicht an die Autos hinter mir. Van oder ein oder zwei Subarus – keine Ahnung.«

Vance zuckte ergeben mit den Schultern. »Sie wurden von hinten angefahren und prallten vorn gegen einen Lieferwagen.«

»Aber ... ich konnte den Lieferwagen wegen des Schneesturms nicht sehen. Zumindest habe ich nicht beobachtet, wie er von der Straße abkam.«

»Die Leitplanke war an zwei Stellen durchbrochen«, erklärte er, »doch abgesehen davon haben wir nicht viele handfeste Hinweise. Der Van, der hinter Ihnen war, hat sich aus dem Staub gemacht«, er richtete den Blick seiner gescheiten Augen auf mich, »und wir konnten den Subaru, den die Frau gesehen hat, nicht ausfindig machen.«

»Wollen Sie mit all dem sagen, dass dieser Unfall vorsätzlich herbeigeführt wurde und der Verursacher abgehauen ist?« Ich konnte es nicht glauben. »Dass jemand *absichtlich* den Wagen hinter mir gerammt hat? Und das gleich dreimal? Wieso sollte jemand so etwas Verrücktes tun?«

Officer Vance hob beide Hände. »Ich hatte eigentlich gehofft, dass Sie mir helfen könnten, das herauszufinden.«

Tom legte sanft seine Hand auf meine. »Du warst heute Morgen Zeugin eines Skiunfalls ...«

»Ich war keine *Zeugin* des Hergangs«, widersprach ich. »Ich habe ... ich habe nur gesehen, dass ein Mann am Hang lag. Er ist im Krankenwagen gestorben.«

»Was den Verkehrsunfall betrifft«, schaltete sich Vance wieder ein, »wir kennen die Identität des Lieferwagenfahrers noch nicht. Wir wissen nur, dass er tot ist. Das heißt, bei dem Unfall geht es zumindest um fahrlässige Tötung.« Ich stöhnte auf. »Bei dem Unwetter wird man frühestens morgen die Fahrzeuge bergen können.« Er machte eine kurze Pause, dann fuhr er fort: »Haben Sie irgendein Fahrzeug oder eine Person auf dem Weg von Killdeer zum Eisenhower-Tunnel gesehen, die sie kannten?«

»Nein. Tut mir Leid.«

»Ist Ihnen aggressives Fahrverhalten aufgefallen, bevor Sie gerammt wurden?« Wieder schüttelte ich den Kopf. Officer Vance seufzte. »Es könnte ein Betrunkener gewesen sein oder jemand, der mit dem Fahrer des Vans vor ihm ein Hühnchen zu rupfen hatte. Das würde erklären, warum der Van über alle Berge war, als wir an die Unfallstelle kamen.« Ich starrte ihn ungläubig an, und er nahm seinen Block an sich, legte eine Karte mit seinem Namen und seiner Nummer auf den Tisch und bedankte sich bei mir. Falls mir noch etwas einfiele ... ich nickte stumm. Tom führte ihn zur Tür.

»Glaubst du, jemand hat versucht, mich anzufahren?«, fragte ich Tom, als er in die Küche zurückkam und Milch und Zucker in einen Topf mit gekochtem Reis schüttete. »Was machst du da?« rief ich.

»Ich mache dir was zu essen. Ich weiß, dass du dickköpfig genug bist, um heute Abend noch zu kochen, aber das kannst du nicht, wenn du Aspirin schluckst und einen fast leeren Magen hast.«

Ich seufzte. »Du hast meine Frage wegen des Autounfalls nicht beantwortet.«

Er nickte und rührte in dem Topf, dem ein heimeliger Duft entströmte. »Ich weiß es nicht. Einen Van hinter einem anderen Van zu rammen ist nicht gerade eine zuverlässige Methode, jemanden auf der Straße zu töten. Trotzdem ist es eine gute Idee, wenn du ab jetzt Julians Rover fährst«, fügte er nachdenklich hinzu. »Soweit es die Straßen betrifft, ist das schlimmste Unwetter nun wohl vorbei. Aber ich bin auf jeden Fall beruhigter, wenn ich dich hinter dem Steuer eines Allradwagens weiß. Und da wir gerade von dem Rover sprechen – wusstest du, dass General Farquhar ganz dunkel getönte, kugelsichere Scheiben hatte?« Ich verdrehte die Augen, als ich diesen Namen hörte: ein superparanoider

Militärtyp und Julians Wohltäter. Tom holte zwei Frühstücksschalen, dann stellte er sich wieder an den Herd und rührte. »Ich möchte, dass du dein Handy ständig bei dir trägst. Achte darauf, wer sich in deinem Dunstkreis herumtreibt. Und bleib immer in der Nähe von jemandem, den du kennst, wenn's geht – besonders in Killdeer. Das sind reine Vorsichtsmaßnahmen, okay?«

»Ich kann mich ehrlich nicht mit der Idee abfinden, dass dieser Unfall vorsätzlich herbeigeführt war, Tom. Die Straße war vereist. Ich konnte den Lieferwagen vor mir kaum sehen. Und ich glaube, mir wäre aufgefallen, wenn mich jemand von Killdeer verfolgt hätte. Ich meine, ich bin dankbar, dass ich noch am Leben bin. Und jemand, der eine solche Tat ausführen wollte, hätte unter den Bedingungen sein eigenes Leben aufs Spiel gesetzt.«

»Miss G., bitte. Es ist nicht allzu schwierig, vorsichtig zu sein.«

»Klar – ja, okay. Ich werde aufpassen.« Was hatte ich zu verlieren? Meine Fernsehkarriere war bereits durch meine eigene Schuld ruiniert, ich hatte einen Berg Schulden und keine Aufträge, zudem waren zwei Männer in meiner Nähe auf mysteriöse Weise ums Leben gekommen: ein Mitglied des Ausschusses für Strafaussetzung und ein Lieferwagenfahrer. Apropos ... »Ich muss Arthur anrufen. Die Ärztin sagte, ich könne fahren, wenn mein Arm nicht zu sehr schmerzt. Ich möchte mich morgen mit Arthur treffen, um mit ihm zu besprechen, was ich als seine persönliche Köchin bei seiner Party zubereiten soll.«

»Ich hab's gewusst«, sagte Tom resigniert.

Um meine Unverwüstlicheit zu beweisen, stand ich auf und huschte zu meinem Küchencomputer, schaltete ihn ein und suchte nach meinen Notizen, die ich zu diesem Auftrag gemacht hatte.

Tom schüttelte den Kopf. »Hältst du das wirklich für eine gute Idee?«

Ich wählte bereits Arthurs Nummer. Er meldete sich nach dem ersten Klingeln.

»Gott sei Dank, dass du anrufst, Goldy.« Sein Tonfall war dramatisch und kummervoll wie gewöhnlich. »Ich brauche dich morgen früh um zehn Uhr hier. Ich werde dir erklären, was ich will, und dir die Küche zeigen, bevor du mit der Arbeit beginnst. Ich muss noch ein Dutzend Besuche machen wegen des Weins ...«

»Warte eine Sekunde«, unterbrach ich ihn so freundlich, wie es mir möglich war. »Bitte, Arthur. Ich bin nicht sicher, ob ich um zehn bei dir sein kann. Bestimmt ist viel Verkehr und ich muss meine Sachen zusammenpacken. Außerdem habe ich Probleme mit dem Wagen, weil ich heute unglücklicherweise in einen Autounfall verwickelt war ...«

»Aber es hat aufgehört zu schneien. Du hattest einen Unfall? Um Himmels willen! Es hat heute schon einen Unfall in den Bergen gegeben; ein Mann kam auf einer geschlossenen schwarzen Piste ums Leben. Der Forstdienst sperrt morgen Vormittag den Killdeer Mountain für einige Stunden, damit das Sheriff's Department Spuren sichern und Ermittlungen durchführen kann. Leider wird das die Skifahrer nicht davon abhalten, morgen hierher zu kommen«, sagte er betrübt. »Ein Tag für Unfälle. Was für ein Jammer.«

»Ja, tatsächlich.« Ich versuchte, mich zurückhaltend zu verhalten. »Vielleicht können wir jetzt schon alles am Telefon besprechen und du hinterlegst den Schlüssel für mich.« Ich holte tief Luft und wartete auf einen Wutausbruch. Mit Mitgefühl hatte ich ohnehin nicht gerechnet. Ich nahm das Aspirinröhrchen und schüttelte zwei Tabletten heraus. Im Club der Medizinerfrauen, dem ich früher einmal angehört hatte, versicherten wir uns oft gegenseitig, dass man durchaus sechs auf einmal einnehmen konnte. Das war medizinisch gesehen zwar nicht ratsam, aber die Frau eines Medizinstudenten zu sein war mindestens ebenso wenig ratsam.

»Ich kann das nicht«, erwiderte Arthur aufgebracht. »Ich wohne im Elk Path 602 in West Killdeer. Sei um zehn Uhr da. Ich will ... ich möchte, dass die Gerichte, die du servierst, so gut wie fertig sind. Dann werde ich selbst letzte Hand anlegen, damit meine Gäste denken, ich hätte den ganzen Tag für sie geschuftet.«

»Ah, na ja, ich habe nie ...«, fing ich an, aber er hatte schon eingehängt.

Ich legte auf und runzelte die Stirn. Die meisten meiner Kunden sind anfangs unsicher und aufgeregt, rief ich mir ins Gedächtnis. Sobald das Essen serviert ist, sind sie zufrieden. Aber Arthur wollte nicht, dass ich das Essen servierte. Er wollte nicht einmal, dass ich es ganz fertig zubereite. Selig sind diejenigen, die mühsam und beladen sind. Oder so ähnlich.

Tom reichte mir schwungvoll die Schale mit dampfendem Reisbrei. Er hatte Zimt darübergestreut und alles mit einem großen Klecks Schlagsahne gekrönt. Die Sahne schmolz durch die Wärme und rutschte auf die Seite. Ich steckte einen Löffel voll davon in den Mund – es war himmlisch wie ein selbst gemachtes, im Mund schmelzendes Porridge.

»Unglaublich«, sagte ich und aß mehr. »Mir geht's schon viel besser.«

»Deshalb habe ich das gemacht«, erklärte Tom triumphierend. »Meinst du, die Jungs wollen auch etwas davon?«

Wir lauschten. Das schwache Hämmern von Rockmusik war durch die Decke zu hören. Das war ein sicheres Anzeichen dafür, dass sich die beiden nicht mit Elisabethanischer Poesie beschäftigten.

»Besser, wir lassen sie in Ruhe«, sagte ich. »Außerdem schmeckt der Reispudding kalt auch wunderbar.«

Tom lächelte anerkennend und machte sich über seine eigene Portion her. »Julian scheint's wirklich gut zu gehen«, bemerkte er. »Aber er wirkt ein bisschen erschöpft.«

»Ich mache mir Sorgen um ihn.«

»Miss G., du machst dir ständig um alles und jeden Sorgen. Er ist froh, wieder in Colorado zu sein, und er liebt seinen Filmkurs, das hat er mir selbst gesagt. Vielleicht nimmt er nach dem Collegeabschluss Videos auf und zeigt den Leuten, wie man vegetarische Gerichte zubereitet.«

Ich lächelte und kratzte den Rest Reisbrei aus der Schale. »Danke für den Leckerbissen. Könntest du mir vielleicht an diesem Wochenende bei meiner Arbeit in der Küche helfen?«

»Mit dir zusammen zu kochen ist das *zweit*liebste, was ich mit dir tue.«

Ich lachte. Ich holte Butter und Eier aus dem kleinen Kühlraum und zartbittere Schokoladenstreusel und etliche Riegel Zartbitterschokolade aus der Speisekammer. Die Feier in der Bibliothek stand in zwei Tagen bevor und den morgigen Tag konnte ich nicht in meiner Küche verbringen. Ich bat Tom, die Schokolade zu schneiden; er lächelte und streckte mir die Hand entgegen.

Ich nahm das Schweinefilet aus der Marinade, in die ich es gestern gelegt hatte. In den einschlägigen Büchern wird Köchen und Köchinnen geraten, die erste Mahlzeit – ein wunderbares Dinner mit den besten Rezepten – *gratis* anzubieten. Damit zeigt man dem Kunden, dass man ein gutherziger großzügiger Mensch ist. Arthur wusste, wenn er überhaupt auf derlei Gesten achtete, möglicherweise bereits, was für ein gutherziger und großzügiger Mensch ich war. Vielleicht hielt er mich auch für ein Trampeltier. Aber seine Einschätzug könnte sich ändern, sobald er den ersten Bissen dieses zarten, mit Kräutern gewürzten Gratis-Schweinefleischs gegessen hatte.

»Erzähl mir etwas über den Ausschuss für Strafaussetzung«, drängte ich Tom, um mich von meinem Ärger auf Arthur abzulenken.

Er seufzte, arbeitete aber weiter. »Siehst du? Schon wieder machst du dir Sorgen.«

Ich gab den Dateinamen in meinen Computer ein, um das Rezept für die Schokoladenplätzchen abzurufen. »Komm schon«, sagte ich so sachlich wie möglich. »Ich will nur wissen, wie der Ausschuss vorgeht. Und ich finde deine Theorie sehr interessant. Ich möchte wissen, warum Doug Portman im Besitz einer anonymen Karte, die eine Drohung und vielleicht sogar ein Gift enthält, war und warum er sie ausgerechnet dir zukommen lassen wollte.«

Tom schnitt die Schokolade in dünne Scheiben. »Eins nach dem anderen. Der Ausschuss für Strafaussetzung besteht aus sechs Mitgliedern, alle unterstehen dem Gouverneur. Es ist Vorschrift, dass mindestens zwei von ihnen polizeiliche oder juristische Berufserfahrung haben. Portman hatte nichts dergleichen, aber ich weiß, dass er die Zeitungen sehr genau las. Alle Mitglieder des Ausschusses tun das, weil sie fürchten, dass einer der Jungs, die sie vorzeitig aus dem Gefängnis geholt haben, ein Kapitalverbrechen verübt. Die Ausschussmitglieder sind wirklich nicht erpicht darauf, dass ihnen jemand Vorwürfe wegen einer solchen Sache macht.« Tom nahm sich den zweiten Schokoladenriegel vor. »Ich glaube, Portman hat die Karte von jemandem bekommen, den *ich* hinter Gitter gebracht habe und den *er* herausgelassen hat. Aber wieso sollte jemand, den *er* frei gelassen hat, *ihn* bedrohen?«

Ich druckte das Rezept aus. »Vielleicht handelt es sich auch um jemanden, dessen Antrag auf Bewährung nicht stattgegeben wurde und der seine Strafe abgesessen hat und jetzt frei ist. Fällt dir zu dem Namen Barton Reed nichts ein? Das ist der Kerl, der bei Cinda war.«

Er schüttelte den Kopf. »Ich müsste ein Foto von ihm sehen.« Er war fertig mit der Schokolade und spülte das Messer im Badezimmer ab. Als er zurückkam, nahm er mich lange und behutsam in die Arme.

»Du musst dieses Rätsel nicht lösen, Goldy«, raunte er mir ins Ohr. »Am Dienstag bekommen wir die Ergebnisse aus dem Labor. Denken wir bis dahin nicht mehr an die ganze Sache, ja?«

»Wie du willst«, entgegnete ich leise. Wir wussten beide, dass ich keine Ruhe geben würde, aber der gute Tom entschied sich, im Augenblick nicht darauf hinzuweisen. Er flüsterte etwas Unverständliches, drückte mich an sich und sagte, er würde hinaufgehen und nach den Jungs sehen. Ich versprach, gleich nachzukommen.

In Wahrheit konnte ich nur eines tun, um der Lösung des Falls näher zu kommen: Kochen.

Kapitel 8

Das Schweinefilet musste vor dem Braten Zimmertemperatur haben, damit es innen und außen gleichzeitig gar wurde. Ich steckte das spitze Ende des Fleischthermometers hinein – dieses Utensil ist sehr nützlich, wenn man einen saftigen Braten haben will, aber bei einem Kunden, der eine Trichomonaden-Phobie hatte, ist es besser, das Bratrohr vorzuheizen. Ich wollte lieber keine Vermutungen anstellen, was für Phobien Arthur zu schaffen machten, aber nach unseren Gesprächen erschien es mir eher unwahrscheinlich, dass er, was das Essen betraf, keine Ängste hatte.

Sobald das Fleisch im Rohr brutzelte, schaltete ich den Mixer ein, um die Butter für die Plätzchen schaumig zu schlagen. Dann holte ich die Schüssel mit dem wilden Reis, den ich über Nacht eingeweicht hatte, aus der Speisekammer. Nach einer Sendung hatte Arthur mir anvertraut, dass er seine besten Kunden zu einer Weinpräsentation einladen musste und lieber eine Party zu Hause veranstalten als in ein überfülltes Restaurant gehen würde. Er kochte nicht gern, obwohl er es ganz gut konnte. Ob ich ihm wohl helfen könnte?

Ja. Und ich würde ihn füttern, um den Handel zu besiegeln. Ich würde einen Getreidebrei, das Schweinefilet, den in Rinderbrühe gegarten wilden Reis und einen großen Salat aus

Arugula und warmem Spargel mitnehmen, und um ihm meinen guten Willen zu zeigen, verlangte ich dafür keinen Cent von ihm.

Nach zehn Minuten wehte der verlockende Duft nach Kräutern und gebratenem Fleisch durch die Küche. Ich stellte die selbst gemachte Rinderbrühe mit dem wilden Reis auf den Herd und widmete mich wieder den Bibliotheksplätzchen. Als ich behutsam die trockenen Zutaten in den cremigen Teig rührte, meldete sich der Schmerz in meinem Arm wieder. Meine Gedanken schweiften wieder zu dem Van, der den verschneiten Abgrund hinunterpolterte. Es war wirklich ein Wunder, dass ich das überlebt hatte.

Ich mischte die klein geschnittene Schokolade, die getrockneten Kirschen, Schokoladenstreusel und Nüsse in den Teig. Ein Van hinter mir ... Ja, jetzt erinnerte ich mich vage – es war einer dieser Zubringer-Kleinbusse gewesen, die zwischen den Skigebieten und dem internationalen Flughafen in Denver hin- und herfuhren. Aber ein weiteres Fahrzeug hinter dem Van? Ich machte die Augen fest zu und versuchte, mir das Bild vor Augen zu führen. Nichts.

Als ich den mit Schokolade, Kirschen und Nüssen angereicherten Teig in kleinen Portionen auf die Kuchenbleche setzte, fiel mir ein, dass ich etliche Artikel darüber gelesen hatte, dass Autofahrer Unfallorte bei schlechtem Wetter rechtswidrig verließen. Herumstehen auf einer verschneiten, vereisten Straße bei miserabler Sicht könnte weitaus gefährlicher sein, als sich aus dem Staub zu machen.

Das Thermometer piepste. Ich nahm das brutzelnde Fleisch heraus, sah nach dem aromareichen wilden Reis und schob ein Kuchenblech in den Ofen. Eine Welle der Müdigkeit erfasste mich. Es war schon nach elf. Ich musste die Plätzchen backen und das Fleisch und den Reis kalt stellen. Dann konnte ich ins Bett gehen.

Aber irgendetwas nagte an mir – etwas, was nichts mit dem Tod von Doug Portman, der Giftdrohung und dem Verkehrsunfall zu tun hatte. Was war das? Ich erforschte meine Emotionen. Was fühlte ich? Taubheit.

Ich schaltete das Licht in der Backröhre ein. Die kugeligen Plätzchen liefen auseinander, der Teig blubberte und wurde langsam goldbraun. Ich schloss die Rezeptdatei im Computer und eröffnete eine neue, die ich mit *Unglücklicher Freitag* überschrieb. Dann setzte ich mich hin und starrte auf den leeren Bildschirm, bis die Zeituhr piepste.

Ich nahm das Backblech aus dem Ofen. Winzige Krümel geschmolzener Schokolade waren in den knusprigen goldenen Plätzchen zu sehen. Während sie abkühlten, schob ich das andere Blech ins Rohr, dann sah ich wieder nach dem Reis: noch etwa fünfzehn Minuten.

Als ich wieder am Computer saß, tippte ich:

1. *Gibt es einen Schnittpunkt zwischen Tom und dem Mitglied des Ausschusses für Strafaussetzung Doug Portman, der zu einer Morddrohung an Portman führen könnte? Hatte die Morddrohung etwas mit DPs Skiunfall zu tun? Welche Rolle spielt Barton Reed?*

2. *Warum war die Hot Rodder geschlossen? Wer hat sie gesperrt? Wusste Portman, als er da hinunterfuhr, dass es verboten war? Oder wurde die Piste abgesperrt, als er sich schon auf dem Hang befand? Wer wusste, dass er 8000 Dollar bei sich hatte? War sein Tod die Folge eines missglückten Raubüberfalls? Aus welchem Grund war er missglückt? Wie und woran ist Portman gestorben?*

3. *Wie war Doug Portmans Hintergrund in Killdeer? Wer waren seine Freunde und Nachbarn? Wer waren vor allem seine Feinde?*

4. *Wer hat meinen Van gerammt?*

Rücke jedem Rätsel mit Fragen und Schokolade zu Leibe, war mein Motto. Und dieses Rezept tat gewöhnlich seine Wirkung. Obwohl ich schon drei Desserts an diesem Abend genossen hatte, musste ich meine Plätzchen kosten, oder nicht? Ich schwelgte beim ersten Bissen – die Nüsse waren knackig geröstet, die Kirschen aromatisch, die Schokolade dunkel und warm und der Teig schön knusprig. Ich nahm noch einen Bissen und ich hatte das Gefühl, in ein Schokolade-Koma zu fallen. So würde ich die Plätzchen nennen: Schokolade-Koma-Plätzchen.

Moment mal. *Rücke jedem Rätsel mit* ... Ich aß auf, leckte mir die Fingerspitzen ab, schüttete den Reis auf eine große Platte und setzte die Plätzchen des zweiten Blechs zum Abkühlen auf ein Gitter. Was hatte ich vor all den Ereignissen gehört? Ich starrte auf den blinkenden Kursor. *Du brauchst kein Mitleid mit mir zu haben.* Ein unergründliches Gesicht. *Ich bin nicht aufgeregt* ... *nur verwirrt.* Ich tippte:

5. Was macht Rorry Bullock zu schaffen? Trauert sie noch immer um ihren Mann und rätselt über seinen mysteriösen Tod nach? Oder ist es ihr peinlich, sich drei Jahre nach dem Tod ihres Mannes schwanger und unverheiratet zu zeigen?

Ich runzelte die Stirn. Vielleicht hatte Rorry wieder geheiratet, und ich wusste nur nichts davon. Moment – es gab eine Person, die diese Frage beantworten konnte: Marla.

Ich warf einen Blick auf die Uhr: Viertel nach elf. Die vielen Jahre der Kirchenarbeit hatten mich gelehrt, dass sich die Zusammenkünfte bis zum Erbrechen in die Länge dehnen konnten, auch wenn es nur einen einzigen zwanghaften Redner gab. Falls Marla schon länger zu Hause und ins Bett gegangen war, hatte sie sicher den Ton des Telefons ab- und den Anrufbeantworter eingeschaltet. Also würde ich sie nicht wecken, wenn ich anrief, überlegte ich, als ich ihre Nummer eintippte.

»Goldy? Warum, um alles in der Welt, bist du noch wach?« Marla liebte es, Anrufer mit atemlosen Fragen zu begrüßen.

»Ich koche. Und was ist mit dir?«

Sie stöhnte. »Ich darf nichts trinken wegen der Herzmedikamente. Aber ich muss immerzu daran denken, dass ich nie wieder Karen Stephans, die stundenlang ohne Punkt und Komma redet, zuhören müsste, wenn ich trinken und tot umfallen würde.« Sie stöhnte noch einmal. »Das wäre die Sache wert.«

»Hör mal, ich habe Rorry Bullock heute gesehen. Oben in Killdeer.«

»Ach ja?«

»Ja. Ich schätze, sie hat nur noch eine Woche bis zur Niederkunft.« Ich machte eine kurze Pause. »Hat sie wieder geheiratet? Hat sie einen Freund? Warum hast du mir nie erzählt, dass sie schwanger ist?«

»Oh, diese *verdammte* Gebetsgruppe und ihre eingeschworene Verschwiegenheit«, nörgelte Marla. »Ja, sie ist schwanger und wir haben für sie gebetet, weil sie nicht mehr Geld hat als damals, als sie mit Nate in einem Apartment hier in Aspen Meadow wohnte.«

Ich fragte vorsichtig weiter: »Und der Vater ist ...?«

»Ha! Frag Rorry! Sie hat ganz bestimmt nicht noch einmal geheiratet, so viel kann ich sagen. Jedenfalls bin ich überzeugt, dass sie nie wieder in St. Luke's war, weil ihr sicherlich irgendjemand in den Ohren gelegen hätte, dass sie heiraten soll, ehe das Baby auf die Welt kommt.«

»Oh, bitte!«

»Wann wollen wir uns treffen? Wir könnten während der Woche zusammen Ski fahren.«

»Ich rufe dich wieder an. Aber zuerst solltest du ein bisschen Schlaf haben. Deine Müdigkeit macht dich zur Zynikerin.«

Ich legte auf und las noch einmal durch, was ich in den Computer geschrieben hatte – ich war zufrieden, dass ich die Frage, die mich beschäftigte, formulieren konnte. Ich verpackte das Fleisch in Folie, verstaute die Plätzchen in einer Dose und räumte alles zusammen mit dem Reis in die Speisekammer. Es war kurz vor Mitternacht. Ich konnte sechs Stunden schlafen, dann würde ich Arch wecken, damit er wieder etwas mit Todd unternehmen konnte, meine Sachen im Rover verstauen und um sieben Uhr auf dem Weg nach Killdeer sein. Ich schleppte mich die Treppe hinauf und rollte mich neben Toms warmem, wunderbar festem Körper zusammen. Ein neuer Schneesturm rüttelte an unseren Fenstern. Am Morgen würde Aspen Meadow unter einer dicken Schicht Neuschnee begraben sein und in einer Woche hätten wir richtig weiße Weihnachten.

Ich schmiegte mich enger an Tom. Ich hatte außer dem Revolver nur wenig, was ich für ihn unter den Weihnachtsbaum legen konnte. Ich beschloss, mich in Killdeer nach einem weiteren Geschenk umzusehen. Ein bisschen Shopping würde mich aufheitern, nachdem ich mit Arthur verhandelt hatte – oder davor. Natürlich musste ich erst den Rover ausgraben, um überhaupt nach Killdeer zu kommen.

Also: nur fünf Stunden Schlaf.

Als mein Wecker um fünf Uhr morgens schrillte, kam mir die Dunkelheit im Haus undurchdringlich vor. Die Tanne vor dem Fenster war verschwunden Wie viel hatte es geschneit? Ich schauderte und sah auf meinen neuen Radiowecker. Es war eine von diesen Digitaluhren mit zusätzlicher Batterie, die auch bei Stromausfall funktionierte; in diesem Fall blinkte eine Anzeige. Trotz meiner Verschlafenheit registrierte ich, dass genau das jetzt der Fall war. Ich schauderte, dann wurde mir klar, dass weder die Straßenlaternen noch die Nachtlichter ohne Strom brannten und, was noch schlimmer war, die Heizung war ausgegangen. Wenn der Stromausfall nicht mehrere Stunden dauerte, würde den Sachen im Kühlschrank und in der Gefriertruhe nichts passieren. Trotzdem überlegte ich, ob wir es uns leisten konnten, nach Arizona zu übersiedeln.

»Geh nicht weg«, murmelte Tom.

»Trainieren die Rockies nicht in der Nähe von Phoenix?«, fragte ich. »Wann fängt das Frühjahrstraining an?«

»Was?«

»Ich rede vom Baseball-Team, Tom.«

Er ächzte, drehte sich um und nahm mich zärtlich in die Arme. Die Steifheit – die Folge meines Unfalls – wich aus meinen Knochen. »Ende Februar. Wenn du dir um sportliche Belange Sorgen machen willst: Die Broncos spielen morgen gegen Kansas City.«

»Ich will einen Vorwand haben, nach Arizona zu ziehen und unserem Baseball-Team beim Training zuzuschauen, könnte genau die Entschuldigung sein, nach der ich suche. Aber im Moment muss ich erst einmal eine Menge Zeug zusammenpacken, damit ich meinen Job als persönliche Köchin erledigen kann.«

»Noch nicht«, raunte mir Tom ins Ohr. Er strich mir mit der Hand über den verlängerten Rücken. »Du bist ja ganz kalt, um Himmels willen. Komm, ich wärme dich.«

Nachdem ich vorsichtig meinen verletzten Arm platziert hatte, beugte ich mich bereitwillig seinen Wünschen. Was hätte mich davon abhalten sollen? Das Essen war fertig, und wenn der Rover Allradantrieb besaß, konnte ich mir das Freischaufeln sicher sparen, oder nicht? Außerdem, dachte ich, als ich Tom küsste und näher zu ihm rückte, war dies unsere gemeinsame Lieblingsbeschäftigung.

Zwanzig Minuten später war mir schon sehr viel wärmer und ich fühlte mich erfrischt und belebt. Nach einer kurzen Dusche – wir hatten zum Glück noch warmes Wasser im Boiler – trocknete ich meine drahtigen blonden Locken. Wahrscheinlich brachte mich der geisterhafte Effekt der beiden brennenden Kerzen im Badezimmer – unsere Taschenlampen waren irgendwie während der Renovierungsarbeiten in der Küche verschwunden – auf den Gedanken, dass wir es schön so hatten, wie es war. *Denk einfach dran,* nahm ich mir vor, während ich mir meine Kochuniform zuknöpfte, *dass es den mittelalterlichen Mönchen weitaus schlechter ging.* Sie mussten sich jeden Morgen vor Tagesanbruch im Kalten waschen und anziehen, aber sie hatten kein heißes Wasser und keinen heißen Sex – wie gut konnten sie sich gefühlt haben, als ihr Tag begann?

Zu meiner Überraschung wachte Arch sofort auf und kroch, ohne sich zu beklagen, aus dem Bett. Er fror nicht, weil er in seinen Skiklamotten geschlafen hatte. Das war eine Methode, mit dem Stromausfall fertig zu werden.

Ich gab ihm eine Kerze fürs Bad und machte mich auf den Weg nach unten. Jake, der Bluthund, und Scout, der Kater, streckten sich auf ihren Matten im Esszimmer. Außer den mangelhaften Installationen in der kommerziell genutzten Küche hatte den Gesundheitsinspektor die Tatsache, dass wir Hund und Katze im Haus hielten, in hellstes Entsetzen gestürzt. Tom hatte pflichtbewusst und den Vorschriften entsprechend in unserem Esszimmer einen eigenen Platz geschaffen und vom Rest des Raums abgeteilt. In diesen Haustierbereich hatte er eine Katzenklappe installiert. Das Esszimmer sah aus, als hätte man nachträglich einen Einbauschrank hineingepfercht, aber es war gut so. *Denken Sie daran, dass es neben Lebensmittelläden auch Zoogeschäfte gibt,* hatte ich dem Inspektor geraten, als ich ihn anrief, um ihm von der Veränderung zu berichten. Er hatte nur geschnaubt und aufgelegt.

Jetzt wollte Jake unbedingt hinaus und in der Dunkelheit bellen, aber ich würde ihn auf keinen Fall so früh am Morgen frei lassen. Scout, der Kater, öffnete verschlafen ein Auge, erhob sich, hüpfte aufs Fensterbrett und warf einen Blick hinaus in die verschneite finstere Nacht. Dann stellte er sich vor seinen Fressnapf und miaute herzzerreißend. Es gab keine Möglichkeit, Scout klar zu machen, dass es zu früh für alles war.

Mir tropfte heißes Kerzenwachs über die rechte Hand, während ich für Seine Majestät Katzenfutter aus der Dose in den Napf löffelte. Tom polterte die Treppe herunter. Er brachte noch eine Kerze, Stiefel, Fäustlinge und eine dicke Jacke mit. Er wolle Feuer im Kamin machen und Julians Auto vom Schnee befreien, verkündete er. Während ich mit hochgehaltener Kerze in der noch immer kalten Kühlkammer stand, pfiff Tom fröhlich vor sich hin, knüllte Zeitungen zusammen, zerbrach Reisig und Späne und schichtete Scheite im Kamin im Wohnzimmer auf. Als ich die Speisen in einer Styroporschachtel verstaut hatte, prasselte das Feuer bereits. Ich ging ins Wohnzimmer, um mir die gefühllosen Hände zu wärmen, und sah, dass mein lieber Mann auch den alten schwarzen Wasserkessel gefüllt und an den Haken gehängt hatte, den er im Zuge der Renovierungsarbeiten im Kamin befestigt hatte. Gekräuselter Dampf stieg aus dem Kessel auf.

»Hör zu«, sagte Tom. »Ich habe heute Vormittag eine Besprechung, die ich unmöglich ausfallen lassen kann. Aber ich bin um vier Uhr wieder hier und fahre Arch zu seinem Dad.«

Um Himmels willen. Ich hatte ganz vergessen, dass heute Samstag und somit Archs Besuchstag im Gefängnis war.

Arch zu seinen regelmäßigen Treffen mit dem Blödmann kutschieren zu müssen verdarb mir immer gründlich die Laune, deshalb fiel mir jedes Mal ein Stein vom Herzen, wenn jemand anbot, mir diese unangenehme Aufgabe abzunehmen.

»Danke, Tom. Das wäre mir eine große Hilfe.«

Er nickte und trottete mit Arch ins Freie. Kurze Zeit später flammte helles Scheinwerferlicht in unserer Einfahrt auf und der Motor des Rover erwachte zum Leben. Wind heulte im Rauchfang. Ich beobachtete, wie Tom und Arch etwa zwanzig bis dreißig Zentimeter Neuschnee vom Rover kehrten. Ich spitzte die Ohren und lauschte auf das entfernte Rumpeln, das das Näherkommen des Schneepflugs ankündigte.

»Bereit zum Aufbruch?« Tom, von oben bis unten voller Schnee, stand in der Haustür. »Hast du schon deine Kiste gepackt?«

»Ja, aber ich bringe sie selbst raus, danke.«

»Nicht mit deinem Arm – kommt gar nicht in Frage.« Er stapfte ins Haus, zog die Stiefel aus und warf sie auf die Fußmatte, dann marschierte er in Socken in die Küche. Sollte ich mit einem Cop streiten, noch dazu mit einem, der viel größer und stärker war als ich?

Eine Viertelstunde später saßen Arch und ich im Rover und hatten Becher mit heißer Schokolade zwischen uns stehen – Toms improvisierte Version aus Wasser, Kakao, Zucker, Sahnepulver und Milch. Das Zeug schmeckte gut, fast wie heiße Schokolade *gelato*. Wie hatte meine massige Lehrerin in der vierten Klasse immer gesagt? *Hunger ist der beste Koch. Die Lehrerin muss das wohl am besten wissen*, hatte meine Mutter dazu bemerkt.

Auf der Hauptstraße gab es Strom, die Lichter brannten, und das Thermometer an der Bank zeigte auf –15°. Schnee war an die Randsteine geweht und bildete dort einen scharfkantigen Grat. Lichterketten und Weihnachtsschmuck hatten sich losgerissen, wirbelten zusammen mit Schnee durch die Luft und schlugen gegen die Fensterscheiben von Darlenes Antiques & Collectibles und vom Grizzly Bear Saloon. Als ich Aspen Meadow Arts and Crafts sah, dachte ich an die Jahre zurück, in denen Arch und ich Stunden damit verbracht hatten, Geschenke für seine Lehrer zu kaufen. Arch hatte sehnsüchtig nach den gerahmten, vergoldeten Espenblättern und den bemalten Rindenstücken geschielt. Als ich ihn letzte Woche fragte, welche Plätzchen ich dieses Jahr für seine Lehrer backen sollte, erwiderte er knapp: *Die anderen bringen den Lehrern gar nichts mit.* Jetzt betrachtete ich die dekorierten Schaufenster und wünschte mir die alten Zeiten mit meinem Sohn zurück, in denen unser Leben nicht davon bestimmt wurde, *was die anderen machten.*

»Arch«, begann ich behutsam, während er an seinem Kakao nippte, »hat Lettie durchstochene Ohrläppchen?«

»O nein, Mom, fang jetzt bloß nicht damit an. Kauf bitte nichts für Lettie.«

»Ich hab doch nur gefragt...«

»Warum willst du das wissen? Willst du sie ihr durchstechen, wenn sie noch keine Löcher hat?«

»Ich dachte bloß...«

»Dass *du* ihr was zu Weihnachten kaufen könntest. So was machst du immer.«

»Arch! Ich habe nie einer deiner Freundinnen auch nur ein Geschenk zu Weihnachten gemacht!«

»Erinnerst du dich an die beiden Valentinstage, als du losgezogen bist und große Körbe mit Süßigkeiten und Stofftiere für Mädchen besorgt hast, weil du dachtest, ich würde mit ihnen gehen?«

»Aber du bist...«

Er drehte sich zu mir. »Ich bin *nicht* mit ihnen gegangen«, erklärte er vehement. »Ich wollte ihnen Tüten mit M & Ms schenken. Aber nein, die gute alte Mom musste die teuersten Körbe kaufen, die es gab.« Sein Ton war schneidend. »Und dann hast du dich aufgeregt, wenn du erfahren hast, dass ich gar nicht mit dem Mädchen gehe, für das du dich so verausgabt hattest. Mom, du kannst mir keine Freundin kaufen.«

Ich trank einen Schluck Kakao und ermahnte mich, geduldig zu bleiben. »Du hast selbst gesagt, dass Lettie deine Freundin ist.«

»Ja, aber ich wünschte, ich hätte dir überhaupt nichts erzählt.«

»Arch!«

»Kauf ihr bloß nichts!«

»Keine Angst!«, gab ich zurück.

Arch drehte das Gesicht zum Seitenfenster. Seine Daunenjacke raschelte. Ich bereute zutiefst, dass ich ihm angeboten hatte, ihn heute Morgen nach Killdeer zu fahren, besonders weil mir wieder einfiel, dass die Pisten heute für ein paar Stunden wegen der Ermittlungsarbeiten in Dougs Fall gesperrt sein würden. Ich seufzte und warf Arch einen Blick aus den Augenwinkeln zu. Wenn er sich gestern solche Sorgen um mich gemacht hatte, dass er nicht über Nacht bei Todd geblieben war, wieso benahm er sich dann heute Morgen nicht ein wenig netter? Oh, diese Pubertät! Jedenfalls hatte Lettie Pech, wenn sie gern kleine silberne Tannenbäume an ihre Ohrläppchen hängen würde.

Wir fuhren am See vorbei und ich versuchte, Lettie aus meinen Gedanken zu drängen. Die Straßenlaternen beleuchteten die verschneite Eisfläche, auf der ich einen einzelnen Fischer mit einer Lampe an der Mütze ausmachte. Da draußen musste es unvorstellbar kalt sein. Kein Fisch konnte *so* gut schmecken.

Ich schmiegte mich in meinen warmen Ledersitz. Der tolle Rover bot alle erdenklichen Annehmlichkeiten und fuhr reibungslos. Es war großartig von Julian, dass er mir sein Auto auslieh. Mir kam in den Sinn, dass *Julian* herausfinden könnte, was sich Lettie zu Weihnachten wünschte, aber ich schlug mir den Gedanken rasch wieder aus dem Kopf. Vielleicht hatte Arch Recht – vielleicht versuchte ich, ein Weihnachtsgeschenk, eine Freundin und Glück für meinen Sohn zu kaufen.

Damit war Schluss.

Snowboarder Schweinefilet

$2^{1}/_{2}$ Pfund Schweinefilet (2 Filets)
$^{1}/_{2}$ Tasse Dijonsenf
1 Esslöffel zerdrückter Knoblauch (4 große oder 6 kleine Zehen)
$^{1}/_{4}$ Tasse guter, trockener Rotwein
$^{1}/_{4}$ Tasse kalt gepresstes Olivenöl (aus erster Pressung)
1 Esslöffel getrockneter, zerkrümelter Thymian
$^{1}/_{2}$ Lorbeerblatt
$^{1}/_{4}$ Teelöffel frisch gemahlener schwarzer Pfeffer
$^{1}/_{2}$ Teelöffel Zucker

Die Filets von Fett und Flachsen befreien. Waschen und trocken tupfen. Die anderen Zutaten gut miteinander verrühren und in eine Glasschüssel geben. Die Filets darin einlegen, sodass sie ganz von der Marinade bedeckt sind. Die Schüssel mit Folie abdecken und für 6 Stunden oder über Nacht in den Kühlschrank stellen.

Das Fleisch eine halbe Stunde vor dem Braten aus dem Kühlschrank nehmen, damit es Zimmertemperatur bekommt. Das Bratrohr auf 220 Grad vorheizen. Eine Pfanne mit Rost benutzen und mit Alufolie auslegen. Die Filets auf den Rost legen und etwa 20 bis 25 Minuten braten. Achten Sie darauf, dass Sie das Schweinefleisch nicht zu lange im Ofen lassen, es sollte innen noch leicht rosa sein. In Scheiben geschnitten servieren.

Rezept für 10 Portionen

Schokolade-Koma-Plätzchen

1 Tasse geschälte Mandeln
100 g zartbittere Schokolade
1 Tasse getrocknete Kirschen
300 g mittelsüße Schokoladestreusel
2 Tassen Haferflocken
2 Tassen Mehl
1 Teelöffel Backpulver
1 Teelöffel Natriumbikarbonat
$^{1}/_{2}$ Teelöffel Salz
$^{1}/_{2}$ Pfund weiche Butter
1 Tasse brauner Zucker
2 Eier
$1^{1}/_{2}$ Teelöffel Vanilleextrakt

Den Backofen auf 180 Grad vorheizen. Zwei Kuchenbleche buttern.

Die Mandeln in einer beschichteten Pfanne bei mittlerer Hitze unter ständigem Rühren etwa 5 bis 10 Minuten anrösten, bis sie *gerade* anfangen, braun zu werden. Die Herdplatte ausschalten. Die Schokolade in kleine Stücke schneiden. Kirschen, Schokoladenstreusel und Haferflocken in einer großen Schüssel vermischen.

Mehl, Backpulver, Natriumbikarbonat und Salz durchsieben.

In einer ausreichend großen Rührschüssel die Butter schaumig schlagen, Zucker hinzufügen und alles noch etwa 4 Minuten rühren, danach die Eier sowie die Vanille untermischen, bis eine schöne, glatte Masse entstanden ist. Das durchgesiebte Mehl mit dem Backpulver, Salz und Natriumbikarbonat in den Teig einarbeiten. Zum Schluss die Mischung aus Kirschen, Schokoladenstreuseln, Haferflocken und Mandeln sowie die Schokoladenstücke mit einem Holzlöffel per Hand untermengen, bis alles gut im Teig verteilt ist. Mit einem Esslöffel kleine Häufchen formen und auf das gebutterte Backblech setzen (im Abstand von etwa 5 Zentimetern). 12 bis 14 Minuten backen, bis die Plätzchen flacher und hellbraun geworden sind. 2 Minuten auf dem Blech, dann auf einem Gitter vollständig abkühlen lassen.

Rezept für etwa 6 Dutzend Plätzchen

Kapitel 9

Als ich den Rover auf die Interstate manövrierte, floss der Ski-Verkehr stetig in Richtung Westen. Personenautos und Lieferwagen brummten durch den Eisenhower-Tunnel. Arch war eingeschlafen oder tat zumindest so, als würde er schlafen. Westlich der Divide hörte es plötzlich auf zu schneien. Dicke weiße Wolken hüllten die fernen Berggipfel ein. Der azurblaue Himmel darüber versprach Sonnenschein. Von den höheren Hängen, die die Straße säumten, blies der Wind Schnee über die Fahrbahn, der die weißen Linien verdeckte. Ich war zu ängstlich, um den Blick von der Straße zu wenden und nachzusehen, ob es noch irgendwelche Hinweise auf meinen Unfall gab. Auf gar keinen Fall wollte ich ein weiteres Auto zu Schrott fahren.

Tom hatte den Abschleppdienst angerufen, der sich um Unfälle in der Nähe des Tunnels kümmerte, und den Auftrag erteilt, meinen Van auf einen sicheren Schrottplatz in Dillon zu schleppen. Wenn ich in Killdeer fertig war, wollte ich auf dem Heimweg die historischen Skier holen. Wir würden nicht noch einmal versuchen, sie zu verkaufen – das war ganz sicher.

Als ich die Abzweigung nach Killdeer nahm, flog ein Bussard dicht vor dem Rover vorbei. Ich bremste und Arch wachte auf. Erst sah er sich orientierungslos um, dann deutete er auf eine Elk-Herde, die auf einem felsigen Gelände neben der Straße stand, von dem der Wind den Schnee größtenteils weggefegt hatte. Seit er vierzehn geworden war, entschuldigte er sich nach unschönen Vorfällen nicht mehr so ohne weiteres wie früher. Er fing schlicht irgendein anderes Gespräch an, als wäre gar nichts passiert. Mich störte das, aber es war immerhin besser, als sich anzuschweigen. Eileen Druckman hatte darüber geklagt, dass Todd sie täglich mit Schweigen bestrafte.

Ich bog in die Camp Robber Avenue ein, die nach einer Wildvogelart benannt worden war, die oft an den Anhöhen beobachtet wurde. Der Killdeer war ebenfalls ein Vogel, der in Colorado häufig vorkam und sogar von weniger gebildeten Vogelliebhabern, zu denen ich mich selbst auch zählte, an seinem Ruf *Kill-dy, kill-dy* erkannt werden konnte. Aber der gute Camp Rubber beherrschte die Hänge, hüpfte furchtlos auf Picknicktischen herum, pickte die Reste von Hamburgern auf und brachte seine Beute in die nächsten Baumwipfel.

Ich passierte eine Reihe grauer und weißer Häuser – eigentlich Doppelhaushälften, die als Eigentumswohnungen vermarktet worden waren. Natürlich eine irreführende Bezeichnung. Jedes Stockwerk der Haushälften hatte mehr Quadratmeter als mein Haus in Aspen Meadow.

Ich war überrascht, Eileen am Fenster zu sehen, als ich vor ihrem Haus vorfuhr. Sie trug ein Gewand, das derselbe Mann geschneidert haben könnte, der Elizabeth II. für ihre Krönung eingekleidet hatte. Ich schaute auf die Uhr: halb neun. Ich hatte noch genügend Zeit. Aber Eileens besorgter Gesichtsausdruck beunruhigte mich. Eine halbe Stunde konnte ich bleiben, bevor ich mich aufmachen musste, um Arthurs Haus ausfindig zu machen. Aber es war wichtig, nach Eileen zu sehen und sie, wenn nötig, zu trösten. Falls

Todd eine seiner Schweigephasen hatte und Jack in der Bistro-Küche arbeitete, sehnte sich meine Freundin vielleicht verzweifelt nach einer Aussprache mit einer erwachsenen Person. Mir selbst erging es ja auch nicht anders.

Aber Jack öffnete uns die Tür. Er war zweifellos ein gut aussehender Bursche und ich überlegte wieder – Eileen hatte ich natürlich nie danach gefragt –, was die beiden zusammengebracht hatte. Das zerzauste, halb geflochtene Haar umgab sein blasses, unrasiertes, schalkhaftes Gesicht. Die glänzenden dunklen Augen waren so groß wie die von Bambi. Sein gut gebauter, schmalhüftiger Körper steckte in einem eng anliegenden Rollkragenpullover und einer gemusterten Hose. Eine innere Stimme raunte mir zu, dass dieser Kerl Frauenherzen ebenso leicht zum Schmelzen bringen konnte wie Butter.

»Herein, o ruhmreiche kulinarische Göttin«, begrüßte er mich mit einem schelmischen Grinsen. »Ich habe Ihnen einen Sauerrahm-Kuchen mit Pekannüssen zum Kaffee gebacken.«

Ich grinste zurück. Tatsächlich, auch Köche und Köchinnen haben hin und wieder Hunger. Heißhunger, genau genommen. Arch stapfte ohne ein Wort des Abschieds die mit einem beige Wollteppich belegte Treppe hinauf zu Todds Zimmer.

»Willst du mit mir bei Cinda zu Mittag essen?«, rief ich ihm nach.

»Nein!«, tönte es von der Treppe.

»Dann treffen wir uns um zwei an der Big Map, Freundchen!«, schrie ich. Eine Tür schlug zu. Zu diesem Zeitpunkt war es mir eher gleichgültig, ob er mich gehört hatte oder nicht. Der Sauerrahm-Kuchen würde dem Bedürfnis, meinen emotionalen Schmerz mit Kalorien zu töten, sehr entgegenkommen.

Eileen kam aus dem Wohnzimmer – sie trug, wie ich jetzt sah, einen rosafarbenen Seidenmorgenrock.

»Goldy!«, rief sie aus, als sie mich fest an sich drückte. »Wir sind so besorgt.« Sie presste meinen verletzten Arm so sehr, dass ich aufheulte vor Schmerz. Sie wich erschrocken zurück. »O mein Gott, du bist verletzt!«

»Nur eine Schnittwunde.« Ich musste rechtzeitig zu Arthur, deshalb hielt ich es für besser, den Autounfall nicht ausführlich zu schildern.

»Eileen, warum bietest du Goldy nicht an, es sich bequem zu machen?« Jack sah sie forschend mit diesen ungeheuren Augen an.

»Das tue ich, das tue ich«, beteuerte Eileen. »Aber ich muss mit dir reden, Goldy.« Sie zögerte und betrachtete meinen Arm. Mitgefühl und ihre eigenen Wünsche standen offensichtlich miteinander im Konflikt. »Ich muss dich fragen, was wir tun sollen.« Was sie *tun* sollten? Ich folgte Eileen und Jack vom Foyer mit der hohen Decke in die in Mauve, Flieder und Limonengrün gehaltene Küche. Die Einrichtung entsprach der Vorstellung eines Designers vom südwestlichen Stil – mich erinnerte sie an ein gigantisches Osterei.

Jack schüttete kochendes Wasser über die frisch gemahlenen Kaffeebohnen in der Silber-und-Glas-Kanne und stellte die Zeituhr ein, damit das Kaffeepulver zum richtigen Zeitpunkt mit dem Sieb hinuntergedrückt werden konnte. An der Wand hing eine kleine, aber interessante gerahmte Collage aus Fotos von Skiern, orangegefärbten Skihängen und Sesselliften. Ich sah mir das Bild an, während Jack mir eine Tasse Kaffee einschenkte und sie neben einen Teller mit einem Kuchenstück stellte. Ich dankte ihm und aß einen Bissen. Der köstliche, buttrige Kuchen war mit Vanille gewürzt und die gerösteten Pekannüsse waren knackig.

»Hmm«, machte ich anerkennend und nahm einen Schluck von dem Kaffee. Wunderbar.

»Du hast davon gehört, dass die Pisten gesperrt sind, damit die Leute vom Sheriff's Department und die Waldhüter ungestört Nachforschungen über Doug Portmans Tod anstellen können?«, fragte Eileen ohne lange Vorreden.

Ich nickte. »Dann lungern die beiden Jungs also hier bei euch herum, bis man wieder Ski fahren kann?«

»Nein, ich habe sie für einen Snowboardkurs in Vail angemeldet«, erklärte Eileen. »Es ist ein halb privater Kurs nur für die zwei. Ich fahre sie hin und hole sie wieder ab.« Ich schluckte den Kaffee zu schnell. Eileen erriet meine Gedanken und winkte ab. »Das habe ich ihnen spendiert. Sie werden gegen Mittag wieder hier sein. Wir kommen zurück nach Killdeer, geben ihnen eine Kleinigkeit zu essen, und Arch kann um zwei an der Big Map sein, um dich zu treffen. Sie schließen unsere Pisten lediglich für ein paar Stunden. Das Bistro bleibt geöffnet, die Leute müssen eben mit der Gondel hinauf- und wieder hinunterfahren.«

Auf einmal machte mir meine alte Freundin, die gutherzige, großzügige Eileen, wirklich Sorgen. Sie musste ein ernstes Problem haben, wenn sie meinen Rat oder meine Hilfe suchte – oder was auch immer die Gegenleistung für den halb privaten Snowboard-Kurs sein sollte. Ich schob den Kuchenrest beiseite und wartete.

»Wir müssen mit dir sprechen …« Sie hielt inne, als Jack den Kopf schüttelte. Offensichtlich war er nicht einverstanden mit dem, was sie sagte. »*Ich* muss mit dir sprechen«, korrigierte sie sich. »Was wissen die Cops über den gestrigen Skiunfall, bei dem Doug Portman ums Leben kam?«

Diese Frage überraschte mich und ich richtete den Blick auf eine andere Collage. Ich war ziemlich sicher, dass sie vom selben Künstler stammte wie die andere, die über der Frühstücksbar hing. Fotos von großen und kleinen Teetassen in verschiedenen Winkeln. Das erinnerte mich an die große Collage, die ich gestern hinter den Aquarellen in der Killdeer Art Gallery gesehen hatte. Eileen räusperte sich.

Was wissen die Cops über den gestrigen Skiunfall, bei dem Doug Portman ums Leben kam?

»Ich habe ehrlich keine Ahnung«, antwortete ich lahm. »Sie weihen mich nicht in ihre Ermittlungen ein, weil ich...«

»Vergessen Sie's«, fiel mir Jack ins Wort und betrachtete traurig den halb gegessenen Kuchen.

Eileen wedelte mit der Hand. »Hör zu, Goldy... Jack ist seit sechs Monaten auf Bewährung frei.« Sie beugte sich vor; ihr Blick war ernst und voller Schmerz. »Portman war sein Bewährungshelfer, und...«

»*Was*?« Auf eine solche Eröffnung war ich nicht gefasst gewesen. Ich schaute verblüfft von Eileen zu Jack und wieder zurück. »Sie haben Bewährung? Weshalb wurden Sie verurteilt?«

»Wegen fahrlässiger Tötung. Aber ich war unschuldig«, erklärte Jack sachlich. Er schenkte sich selbst Kaffee ein. Eine Weile sagte niemand von uns etwas. Dann seufzte Jack. »Ich war verheiratet. Meine Frau Fiona fuhr genauso gern Ski wie ich. Halten Sie mich nicht für arrogant, wenn ich das selbst sage, Goldy, aber ich bin ein wirklich guter Skifahrer. Fiona war eher untere Mittelklasse. Eines Tages hatten wir zum Mittagessen zu viel getrunken. Sie wollte im Schuss zu einer nicht für Skifahrer ausgewiesenen Strecke neben einer schwarzen Piste fahren. Von dort aus hat man eine großartige Aussicht und sie war schon einmal mit ihrem Sohn dort gewesen.« Seine Stimme war vollkommen ausdruckslos, als würde er die Geschichte unter Hypnose erzählen.

»Jack, tu dir das nicht an«, flehte Eileen.

Jack hob eine Hand. »Bitte, Liebes, du wolltest einen Rat von Goldy. Also muss sie genau wissen, was passiert ist.« Er holte tief Luft. »Fiona und ich fuhren zu der Stelle mit dem Ausblick. Kurz darauf brach jemand durch die Bäume und griff uns an. Fiona stürzte auf mich, ich versuchte sie aufzufangen, aber sie entglitt mir irgendwie. Der Angreifer trug eine Skimaske. Wer immer es war, er war sehr kräftig und schnell. Er oder sie schlug mich mit einem Stein und ich verlor das Bewusstsein.« Er schwieg einen Moment. »Dann muss der Angreifer Fiona in den Abgrund gestoßen haben. Jedenfalls ... war meine Frau tot.«

»Und Sie wurden deswegen verurteilt?«, fragte ich ungläubig.

»Sie mussten jemanden zur Verantwortung ziehen. Der Staatsanwalt sagte, ich hätte nicht zulassen dürfen, dass Fiona betrunken Ski fährt und dass sie eine derart gefährliche Strecke benutzt. Sie hatte nach meiner Hand gefasst, als wir versuchten, uns gegen den Angreifer zu verteidigen, und mein Fäustling lag neben ihrer Leiche, als die Pistenwachleute eintrafen. Sie trampelten so viel im Schnee herum, dass die Spuren des Angreifers nicht mehr zu sehen waren.« Er seufzte wieder. »Die Schneedecke war an diesem Tag nicht sehr fest. Aber das spielte keine Rolle. Die Polizei fand keine ausreichenden Beweise dafür, dass eine dritte Person beteiligt war, und ich wurde zu drei Jahren Gefängnis verurteilt. Ich habe ein Jahr abgesessen und kam vor sechs Monaten auf Bewährung heraus ... wegen guter Führung.« Er schnaubte verächtlich.

Ich spürte ein unheilvolles Kribbeln im unteren Rückgrat. »Also Sie sind vor sechs Monaten freigekommen – was hat das mit Doug Portman zu tun?«

Eileen betrachtete mich aus leicht zusammengekniffenen Augen. »Dann hast du als ehemaliges Opfer die Freilassungs-

Prozedur für den Blödmann noch nicht über dich ergehen lassen müssen?«

»Nein. Warum?«

Jack grunzte, und Eileen sagte: »Es gab Leute, die gegen Jacks Freilassung stimmten.« Als ich sie verständnislos anschaute, fügte sie hinzu: »Jacks erste Frau besaß ziemlich viel Geld. Ihr Sohn war derjenige, der sie mit Wein abfüllte, bevor sie an diesem Tag zum Bighorn Overlook fuhr. Danach erzählte er immer und immer wieder davon, dass Jack und Fiona nicht miteinander ausgekommen sind. Alles Unsinn: Arthur wollte, dass mein Jack für Fionas Tod verantwortlich gemacht wird. Jetzt hat das Gericht Fionas Konten gesperrt. Aber Jack stellt keinen Antrag, dass das Geld freigegeben wird – er will es nicht haben, er wollte es nie. Nur der kleine Schreihals Arthur gibt sich nicht mit dem Treuhandkonto von einer Million Dollar, das ihm seine Mutter eingerichtet hat, zufrieden. Er will die neunzehn Millionen, die sie als Spende vorgesehen hat.«

»Mann!«, rief ich impulsiv, dann versuchte ich die ganze Geschichte zu verdauen. *Arthur*? »Du meinst, der Sohn hat Fiona abgefüllt, ehe sie mit den Skiern abfuhr? Wissen die Cops davon?«

Es herrschte eine Weile Schweigen. Schließlich sagte Jack: »Fiona trank den Wein, den ihr Sohn ihr zum Kosten anbot. Er lebt noch immer in Killdeer und ist Weinkenner. Sie arbeiten übrigens in der Show mit ihm zusammen. Arthur Wakefield. Vielleicht ist Ihnen gestern aufgefallen, dass er uns – Eileen und mir – die kalte Schulter zeigt.«

»Arthur *Wakefield*? Sie sind sein *Stiefvater*?« Ich war baff. Was, wenn ich in unmittelbarer Nähe eines Verwandten des Blödmanns arbeiten müsste? Und wenn der Verwandte mich hassen würde? Ich könnte bestimmt nicht kochen oder gar eine gute Küchenchefin sein.

Jack schüttelte den Kopf. »Vergessen Sie den Unsinn mit dem Stiefvater. Wir waren nicht einmal Freunde, bevor Fiona ums Leben kam. Arthur tauchte bei der Anhörung zu meiner Freilassung auf und behauptete, er könne seit dem Tod seiner Mutter nicht mehr schlafen und an nichts anderes mehr denken und so weiter. Das stimmt natürlich nicht. Er war damals nicht einmal bei unserer Hochzeit dabei und hat seine Mutter in dem Jahr vor ihrem Tod höchstens dreimal angerufen ...«

»O Goldy, ich hasse es, dich mit unseren Problemen zu belästigen«, warf Eileen ein. »Aber wir waren so durcheinander und aufgeregt ... Sieh dir das an.« Sie reichte mir einen fotokopierten Ausschnitt aus einer Zeitung von Denver. »Er ist lang. Du kannst den Anfang überspringen, wenn du willst.«

Aber ich übersprang nie den Anfang. Ich hatte zu viele Verträge unterschrieben, um die Gefahren dieser Methode nicht zu kennen. Ich stärkte mich mit einem Schluck Kaffee und las den Brief an den Herausgeber der Zeitung.

Känguru-Gericht oder schweinische Freilassung?

Wenn in den australischen Outbacks rücksichtslos Gerechtigkeit für ebenso rücksichtslose Verbrechen durchgesetzt wird, tritt das Gericht oft im Freien zusammen. Kängurus hüpfen herbei, um der Verhandlung zuzusehen. Die Beuteltiere hocken auf ihren Hinterbeinen und beobachten die Vorgänge wie ernste Juroren. Daher die Bezeichnung »Känguru-Gericht«.

Da die Strafgerichte in Colorado vielleicht langsam und ineffizient arbeiten, können die Familien von Verbrechensopfern nicht ruhig schlafen, sogar dann nicht, wenn der Täter hinter Schloss und Riegel sitzt. Man soll-

te meinen, eine Gefängnisstrafe von drei Jahren wäre viel zu gering für jemanden, der einen geliebten Menschen getötet hat. Man denkt: Wenigstens ist er verurteilt. Aber dabei bleibt es nicht.

Die Kängurus sind weg. Die Schweine sind im Vormarsch. Wenn der Mörder eines geliebten Menschen die richtigen Fäden zieht und mit dem Ausschuss für Strafaussetzung richtig umgeht, ist er nach lächerlichen sechs Monaten wieder auf freiem Fuß. Sie denken jetzt bestimmt, der Ausschuss für Strafaussetzung ist klug genug, ein solches Intrigenspiel zu durchschauen? Bauen Sie lieber nicht darauf.

Wussten Sie, dass ein Krimineller sich nur mit einem Mitglied des Ausschusses treffen muss, wenn sein Fall in die Revision geht? Wussten Sie, dass dieses eine Mitglied, das möglicherweise ein Zeitungskritiker ist, der sich sehr bei der Wahlkampagne des Gouverneurs engagiert, eine Empfehlung an den gesamten Ausschuss abgibt? Und dass die anderen Mitglieder des Ausschusses in neunzig Prozent der Fälle der Empfehlung folgen, ohne den Kriminellen jemals zu Gesicht bekommen oder auch nur seine Akte durchgelesen zu haben?

Wehr dich, Colorado! Setzen wir eine Änderung des Strafvollzugs und des Bewährungssystems durch! Und lasst uns dafür sorgen, dass keines der Ferkel im Ausschuss für Strafaussetzung den Verlockungen erliegt, die reiche Strafgefangene ihnen zu bieten haben. Noch besser: Schicken wir diese Mitglieder des Ausschusses für Strafaussetzung zum Teufel!

Der Brief war unterschrieben mit *Arthur Digby Wakefield.*

Dies war der Tag der Überraschungen. Ich trank. Man brauchte kein Psychologiestudium, um zu erkennen, dass

Arthur Wakefield eine Menge Wut mit sich herumschleppte.

»Darf ich das behalten?«, fragte ich. »Um es meinem Mann zu zeigen?«

Jack nickte. Seine schönen Augen durchbohrten mich förmlich. »Wissen Sie, was er mit ›den Verlockungen, die reiche Strafgefangene ihnen zu bieten haben‹ meint?«

»Nein«, erwiderte ich. »Sie?«

Sein Gesicht entspannte sich ein wenig. »Fast alle Häftlinge kennen die Geschichten über Portman. Als Portman mit mir sprach, hörte er sich lediglich an, was ich zu sagen hatte, und beschloss, mich rauszulassen. Es war sogar ein Protokollführer dabei. Aber was, wenn Doug Portman einen Verurteilten getroffen hat, ohne dass ein Protokollführer anwesend war?«

Ich schüttelte den Kopf. Wieder sah ich vor mir, wie Doug Portmans blutverschmiertes Geld über den Killdeer Mountain flatterte. Ich fragte: »Kennen Sie jemanden, der Doug wirklich bestochen hat? Oder es zumindest versucht hat?«

Jack biss von einem Stück Kuchen ab und kaute nachdenklich. »Ein Kerl, der wegen bewaffnetem Raubüberfall saß, bot Portman einen gebrauchten Porsche an, den er vor den Cops versteckt hatte. Der Mann schwor, dass Portman ihn abblitzen ließ. Portman hätte so getan, als wüsste er nicht einmal, wovon der Kerl überhaupt redete.« Jack presste die Lippen zusammen, dann fuhr er fort: »Ein anderer meinte, Portman hätte schon einen Porsche und dass man ihm schon was Größeres oder Fantasievolleres oder Witzigeres bei dem ersten Treffen anbieten müsste. Ansonsten würde er einen von der Liste der Leute streichen, denen er es überhaupt erlaubte, ihn zu schmieren.«

»Haben Sie ihm etwas angeboten?«, erkundigte ich mich beiläufig.

»Ich sagte ihm, dass ich meine Frau nicht getötet habe, dass die Beweise widersprüchlich und nicht stichhaltig seien und dass ich nie mehr Alkohol trinken würde. In meinem Bericht stand, dass ich mich im Gefängnis ausgezeichnet geführt habe, und ich hatte keine Vorstrafen.« Jack machte eine kurze Pause. »Außerdem bot ich ihm an, ihm ein Lebenlang kostenlos Gourmet-Mahlzeiten zuzubereiten, wenn er ein gutes Wort für mich einlegt.« Er lächelte säuerlich. »Ein Spaß? Der Kerl konnte einen zur Sau machen. Er sagte: ›Was sind Sie, ein Witzbold?‹ Dann blätterte er meine Akte durch. ›Sie kommen hier raus. Ich habe noch nie einem Gauner geglaubt, aber Ihnen glaube ich. Wenn ich jemals Wind davon bekomme, dass Sie in irgendeine Sauerei verwickelt sind oder wieder im Knast landen, statte ich Ihnen einen Besuch ab und bringe Sie eigenhändig um, klar?‹«

Eileen stieß aufgeregt den Atem aus und schüttelte den Kopf. »Jack führt sich tadellos. Er hat einen festen Job im Bistro. Alle mögen ihn. Abgesehen von Arthur natürlich. Arthur will seinen Wein im Bistro lagern, also kriecht er *mir* in den Hintern. Und ist hinter Jacks Rücken richtig gehässig.«

Ich runzelte die Stirn. »Hat er sich deshalb so sehr dagegen gewehrt, dass Jack die Sendung moderiert?«

Eileen seufzte. »Arthur und Jack können sich nicht ausstehen. Jack wollte sich im Hintergrund halten und ich wusste, dass du das Geld und die Werbung brauchst ...«

Ich wandte mich an Jack. »Wie fühlen Sie sich, wenn Arthur im Bistro arbeitet?«

»Wir sehen uns kaum, und wenn, dann ignorieren wir uns. Ihnen ist sicher aufgefallen, dass ich gewöhnlich am Freitag, wenn aufgezeichnet wird, gar nicht da bin. Wenn er zum Essen kommt, bleibe ich entweder in der Küche oder ich habe frei.«

Ich nickte und dachte nach. »Was ist aus den anderen Verurteilten geworden, von denen Sie erzählt haben? Dem Typen mit dem Porsche hat Doug Portman die Freilassung verwehrt, aber was ist mit dem, der sagte, dass man Doug etwas Außergewöhnliches anbieten musste?«

Jack zuckte mit den Schultern. »Portman lehnte seinen Antrag rundweg ab, aber dann erkrankte er an Krebs und kam deshalb raus. Er war natürlich stinksauer auf Portman. Der Kerl hatte nichts als Rache im Kopf und sogar im Herzen.«

»Krebs?« Ich dachte an die Pflaster in der anonymen Karte, die man in Portmans Wagen gefunden hatte. *Danke für gar nichts, Arschloch! Du bist tot!!!* Wenn diese Pflaster ein hochwirksames Schmerzmittel enthielten, wie sie von Onkologen verschrieben wurden, würden sie wohl kaum den Tod herbeiführen, wenn man sie berührte. Andererseits ... wenn man Krebs in einem so fortgeschrittenen Stadium hatte, dass man Schmerzpflaster mit einem starken Narkotikum bekam, konnte man dann noch mit Skiern eine schwarze Piste hinunterfahren und den Mann umbringen, der einem die Freilassung vermasselt hat?

Mehr Fragen für Tom.

»Wie hieß der Verurteilte mit Krebs?«, wollte ich wissen.

»Barton Reed. Er war früher Messdiener in der Kirche, aber er entwickelte sich zu einem üblen Kerl. Jetzt glaubt er, der Krebs wäre Gottes Strafe für seine Verbrechen.«

Gut, gut. Ich dachte an all das, was Tom mir über die Arbeit eines Ermittlers erzählt hatte, und verriet mit keinem Wort, dass mir Reeds Name nicht unbekannt war. Ich trank noch einen Kaffee und Eileen streifte ihren Morgenrock ab und hängte ihn über eine Stuhllehne. Darunter trug sie ein dünnes, tief ausgeschnittenes Top mit passender Pumphose. Sie sah sich in der Küche um, dann öffnete sie den Kühlschrank und nahm einen Orangensaft sowie eine Champagnerflasche heraus. Die Flasche war bereits geöffnet. Sie goss geschickt Champagner und Orangensaft in eine saubere Sektflöte und machte sich so eine Mimosa.

Ich entdeckte vier gebrauchte Sektflöten mit winzigen Resten Orangensaft auf dem Sideboard. Wenn Jack wirklich keinen Alkohol mehr trank, dann würde ich auf keinen Fall zulassen, dass Eileen Arch irgendwohin fuhr.

Jack erriet meine Gedanken. »Oh«, sagte er und begegnete meinem Blick, *»ich* werde Eileen und die Jungs nach Vail bringen.«

Er legte goldbraune Muffins auf einen Porzellanteller. Der Mann war wirklich ein sagenhaft guter Koch. Als Eileen und er mich und Arch eingeladen hatten, hier zu übernachten, hatte Jack uns ein spektakuläres Abendessen mit gegrillten Hühnchen, Spargel und Sauce hollandaise aufgetischt.

Ich biss in ein Muffin. Es war locker, schmeckte nach Butter und war mit Orangenmarmelade gefüllt. »Ausgezeichnet«, sagte ich zu Jack. »Geben Sie mir das Rezept?«

»Klar«, entgegnete er stolz. Er kramte in einem Karteikasten und gab mir eine gedruckte Karte: *Marmelade Mogul Muffins.*

»Ich backe sie für meine Kunden, sobald ich mein Geschäft wieder geöffnet habe«, versprach ich. »Und ich werde natürlich allen sagen, dass ich das Rezept von Ihnen habe.«

»Danke«, sagte er glücklich und strahlte Eileen an, die ihre Mimosa trank.

Es beunruhigte mich, dass Eileen trank. Ich fragte mich, wie sich Jack fühlte – zuerst hatte er eine ältere Frau gehabt, jetzt hatte er eine ältere Freundin, und beide waren dem Alkohol zugetan. Über Fiona wusste ich fast nichts, aber Eileen hatte früher nicht mehr getrunken als ein Glas Wein an einem Abend. Dann hatte sie ihren Mann, den sehr erfolgreichen Präsidenten eines Pharmazieunternehmens, erwischt, wie er sich zusammen mit seiner Freundin in der Bibliothek des Druckman-Hauses Heroin spritzte. Danach begann Eileen, Champagner in Kisten zu kaufen. Zuerst trank sie, um sich zu trösten, dann trank sie, um den Erhalt von zehneinhalb Millionen Dollar nach dem Verkauf der Firma ihres Mannes zu feiern. Er saß kurze Zeit wegen Drogenmissbrauchs hinter Gittern, durfte laut gerichtlichem Beschluss nicht mehr mit medizinischen Artikeln handeln und übersiedelte nach Florida.

Und dann lernte Eileen Jack kennen. Sie hatte mir erzählt, er mache sie so glücklich, dass sie keinen Alkohol mehr wollte. Aber Doug Portmans Tod schien sie aus der Bahn geworfen zu haben. Und jetzt trank sie mehr, als gut für sie war.

Ich fragte Eileen: »Was macht dir am meisten zu schaffen?«

»Arthur Wakefield«, antwortete sie prompt und deutete mit dem Glas auf den Zeitungsartikel. »Arthur hatte keinen offenen Konflikt mit Jack, weil Jack für mich arbeitet. Aber nach Portmans plötzlichem Tod fürchte ich, dass Arthur die Lokalzeitung nutzt, um die öffentliche Meinung zu beeinflussen. Vielleicht will er Jack von hier vertreiben und mein Restaurant schließen lassen. Wer weiß?« In bitterem Ton fuhr sie fort: »*Ich* glaube, Arthur hat Doug Portman umgebracht – aus Wut, weil er Jack freigelassen hat. Dougs Tod muss zwangsläufig negative Aufmerksamkeit auf Jacks neues Leben ziehen. Außerdem glaube ich«, setzte sie fast gehässig hinzu, »dass Arthur Jack damals bewusstlos geschlagen und seine eigene Mutter getötet hat, weil er ihre Millionen in seinen Besitz bringen wollte, bevor sie Jack als Alleinerben einsetzen konnte. Aber sie hatte ihr Testament bereits geändert, und darüber ist Arthur nie hinweggekommen.«

Ich sah Jack an. Er zuckte mit den Achseln und sagte: »Ich konnte an nichts anderes denken, als ich eingesperrt war: Wer hat mir den Stein auf den Kopf geschlagen? Wer hat Fiona in den Abgrund gestoßen? Und warum?«

Ich hatte heute Morgen eine Menge Theorien gehört, zu viele, um noch klar denken zu können. Andererseits hatte ich schon erlebt, dass Tom kaum nickte, wenn er eine Theorie über ein Verbrechen hörte, über zwei andere schallend lachte, die vierte frank und frei verwarf und sich eigene Notizen über eine fünfte machte.

»Was ich nicht verstehe«, fuhr Jack ruhig fort, »sind all die Geschichten, die ich von den Leuten in der Stadt gehört habe. Portman hatte einen Haufen Geld bei sich, als er verunglückte. Warum?«

Ich seufzte und zuckte mit den Schultern. Ich wollte ihnen nichts von meiner Verbindung zu Doug und von dem missglückten Skiverkauf erzählen. Ich trank meinen Kaffee aus und stellte die Tasse auf die Untertasse. »Danke für die Köstlichkeiten. Ich werde Tom alles berichten, was ich heute von euch erfahren habe.«

Ich nickte ihnen zu und sie lächelten. Aus Gewohnheit stellte ich mein Geschirr zu den Sektgläsern neben die Spüle. Als ich mich wieder umdrehte, hielt Eileen Jacks Hand.

Ich ging allein hinaus.

Kapitel 10

Kurz darauf verirrte ich mich im Doppelhaushälften-Labyrinth. Trotz der fantasievollen Straßennamen – Sweetheart's Summit, Lynx Lane, Mogul Avenue und Snowcone Court – waren alle Häuser monoton in Grau oder Weiß und in jedem Vorgarten befand sich derselbe hohe Schneeberg. Ich war durcheinander *und* frustriert, da mir wesentliche Funktionen des Rover noch fremd waren – ich wusste nicht einmal, wie man die Lichthupe einsetzte. Nach einer Viertelstunde des Herumkurvens auf der Suche nach Arthurs Behausung, schwenkte ich auf eine neue, namenlose Straße ein und versuchte, mich zu orientieren.

Arthur hatte gesagt, dass er im Elk Path wohnte. Ich holperte über die schneebedeckte Straße und entdeckte Schilder zum Elk Ridge Natural Trail und Picknickgelände. Ich folgte den Hinweisen zu einem Parkplatz. Ich wand mich durch die Gruppen der Tagesskifahrer, die ihre Ausrüstungen aus den Autos hievten, hindurch. Die begriffsstutzigen Parkwächter verstanden meine Frage nicht und behaupteten, dies hier *sei* der Elk-Pfad. *Vielleicht gibt sich der Elk damit zufrieden, aber ich habe meine Probleme,* hätte ich am liebsten geantwortet, tat es jedoch nicht.

Es war neun Uhr. Ich sollte erst um zehn bei Arthur sein. Eine Möglichkeit, eine Adresse in Killdeer ausfindig zu machen war, die Straße auf dem Stadtplan zu suchen. Eine kleinere Ausgabe der Big Map hing neben Cindas Cinnamon Stop. Wenn ich genauer darüber nachdachte, konnte ich mir dort auch noch einen vierfachen Espresso genehmigen. Ein belebender Umweg könnte helfen, besonders, da ich gerade erst alle möglichen Dinge über Arthur Wakefield erfahren hatte, die in den fünf Wochen Zusammenarbeit nicht ans Licht gekommen waren.

Ich stellte den Rover auf dem Parkplatz vor dem Lift ab, stapfte vorsichtig zum Stadtplan von Killdeer und fand den Elk Path sofort. Ich hatte eine Abzweigung verpasst, die ich für eine Einfahrt gehalten hatte; Arthurs Haus befand sich keine fünf Minuten von hier entfernt. Ich brummte unmutig und ging zu Cindas Café. Ich konnte mir gut vorstellen, welcher Ansturm die Laden- und Restaurantbesitzer erwartete, da heute niemand Ski fahren durfte, bis die Cops mit ihrer Arbeit fertig waren. Ein Kellner in Cindas Café erkannte mich und winkte mir durchs Fenster zu. Gleich darauf brachte er mir einen vierfachen Espresso heraus. »Die PBS-Lady, hab ich recht? Das geht aufs Haus.«

»Der Fernsehsender hat tolle Fans.« Ich dankte meinem Wohltäter, einem kleinen Mann mit grauen Augen in einem sommersprossigen Gesicht und mit lockigem roten Haar. Ich fragte mich, ob er Davey war – er trug nämlich kein Namensschildchen. Ich nippte an dem schwarzen, heißen, Lebensgeister weckenden Gebräu. Fantastisch. »Wie heißen Sie? Ich möchte Cinda schließlich sagen, wie nett Sie zu mir waren.«

»Ryan«, sagte er grinsend und zwinkerte mir zu.

»Gut, Ryan. Sagen Sie, ist Cinda da?«

»Nee, sie hat einen Termin beim Arzt wegen ihres Knies.«

»Macht es ihr wieder zu schaffen?«

»Ja. Alte Snowboardverletzungen heilen nie richtig aus. Sie lebt mit ziemlichen Schmerzen. Deshalb hat sie ja dieses Café aufgemacht«, setzte er hilfreich hinzu. »Sie kann die Schmerzpillen mit viel Espresso hinunterspülen und fühlt sich nach zwanzig Minuten wie ein normaler Mensch.«

Ich bedankte mich noch einmal bei Ryan und machte mich auf den Weg zur Killdeer Art Gallery. Die schwarz-weiße Schleife an der Tür fiel mir sofort ins Auge; daneben hing ein handschriftlicher Hinweis.

Wir haben zu Ehren des geschätzten Kunstkritikers Doug Portman geöffnet. Treten Sie ein und sehen Sie sich die Kunstwerke an, die er in den letzten fünf Jahren als »Beste Kunst von Killdeer« gelobt hat.

Ich spähte durchs Schaufenster und sah eine in Pelz gewandete Kundin und eine Verkäuferin. Ich stieß die Tür auf und bemühte mich, meiner neugierigen Caterer-Persönlichkeit die Ausstrahlung eines weiblichen Tycoons aufzuzwingen. Eine reiche Kunstliebhaberin, die gerade ihren Espresso schlürfte ...

Die Pelz-Lady verabschiedete sich. Mein wattierter Ersatz-Anorak (der bessere war bei meinem Flug in den Abgrund zerrissen) und die schwarze Skihose machten ziemlich deutlich, dass ich nichts mit einem Tycoon zu tun und höchstens einmal für einen gekocht hatte. Nachdem mich die Verkäuferin zehn Minuten ignoriert hatte, wanderte ich durch die Reihe mit der *vom verstorbenen Doug Portman ausgezeichneten Kunst.*

Ich betrachtete die zwanzig Kunstwerke, die hier ausgestellt waren. Vielleicht fehlte mir das Verständnis, aber mir gefiel das Zeug nicht. Aber was wusste ich schon? Ich starrte die Bilder an. Mein kritischer, aber gesunder Menschenverstand sagte mir, dass die Werke, die Doug Portman angepriesen hatte, von nachäffend über mittelmäßig bis scheußlich rangierten. Ich ging an einem schlechten Max-Peter-Verschnitt – mit Acrylfarbe auf Leinwand gemalt –, einem »monetartigen« Aquarell von einem regennassen Elk und einem Stillleben von einem Waffenschrank mit Gewehren nach niederländischer Art vorbei. Schließlich stand ich vor einem mit forschen Pinselstrichen gemalten Ölgemälde von einer bukolischen Hütte in einer mit Gänseblümchen übersäten Bergwiese. *Laaangweilig,* würde Arch sagen. Aber an der rechten unteren Ecke mancher Rahmen klebte ein blaues, zum Teil staubiges Band, das die Werke als *das Beste von Killdeer* – oder ein rotes mit der Aufschrift *lobend erwähnt* – auszeichnete.

Ich trank meinen Espresso aus und sehnte mich nach einem zweiten. *Und wenn das nicht möglich ist*, dachte ich, während ich die Bilder beäugte, *wäre ein Schuss von Arthur Wakefields Pepto-Bismol nicht schlecht.*

Ich gähnte und wanderte zum dritten Mal die preisgekrönte Reihe ab. Alle Werke bis auf drei *Erste Preise* und zwei *Lobende Erwähnungen* standen noch zum Verkauf, und zwar jedes für so etwa tausend Dollar. Kleine Schilder deuteten darauf hin, dass die anderen Leihgaben waren. Das brachte mich zu der Frage: *Wenn diese Preisgewinner so gut waren, wieso waren sie dann nicht längst verkauft?*

Aber das eigentliche Problem stellten die Ansprüche und Ambitionen des armen toten Doug dar. Seine eigenen Gemälde rangierten zwischen mittelmäßig und einfallslos und er hatte sich eingebildet, sie würden ihn reich machen. Wie konnte er beurteilen, was gut war? Er tat mir Leid, sogar noch im Tod.

Als weitere fünf Minuten verstrichen waren und man mich immer noch nicht gefragt hatte, ob man mir behilflich sein konnte, schlenderte ich in den hinteren Teil des Ladens und fand einen Abfalleimer, in dem ich meinen Plastikbecher deponieren konnte. Neben einem Wasserkühler hingen drei Collagen an der Wand, alle von demselben Künstler wie die Collagen, die ich schon im Bistro und in Eileens Haus gesehen hatte. Aus einem unerfindlichen Grund brachten mich diese Werke zum Lächeln. *Frühlingsschutt* zeigte zerrissene Fotos von schmelzendem weißem Schnee, Skistöcken, die im grünen Gras steckten, und einem schmutzig violetten Fäustling, der im Kettenprofil einer Schneekatze hängen geblieben war. *Schattenseiten* war eine Ansammlung von Bildern, auf denen Pisten im Schneesturm zu sehen waren, verschwommene Gestalten auf den Hängen, ein Snowmobil, das einen Ackja mit einem verletzten, gesichtslosen Skifahrer zog, und gekreuzte schwarze Skier – das Hilfezeichen.

Schließlich gab es noch *Bergprominente*: Horden muskulöser Bodyguards sprachen in Walkie-Talkies, Unmengen Standmikrofone glitzerten in der Sonne, darüber das halbe Gesicht des Vize-Präsidenten – die andere Hälfte lag unter einer Anzeige für eine Videokamera. Ich lachte laut los und das machte endlich die Verkäuferin auf mich aufmerksam.

»Gibt es ein Problem?«, fragte sie. Sie war klein, kompakt und schlank, hatte eine dicke Make-up-Schicht im Gesicht und schick geschnittenes jetschwarzes Haar. Ihre Kleidung – schwarzer Rollkragenpullover und schwarze Hose – war an den Rändern mit falschem Tigerfell eingefasst und wie auf ihren Leib geschneidert.

»Nein«, antwortete ich mit einem sehr dünnen Lächeln und einem viel sagenden Blick auf meine Uhr. Ich befand mich schon fast zwanzig Minuten in dieser Galerie. »Überhaupt kein Problem.«

Sie betrachtete die Collagen, dann schniefte sie. »Wenn ich die sehe, würde ich am liebsten kotzen.«

»Kotzen? Wenn das so ist, warum hängen sie dann hier in Ihrer Galerie? Ich finde sie wunderbar.«

Sie grinste höhnisch. »Sie sind so was wie Zuckerbäckerei. Ist Ihnen Dekoration lieber als Kunst?«

Ich sah die Collagen an. »Wie definieren Sie ›Dekoration‹?«

»Doug Portman, unser Kunstkritiker, pflegte zu sagen, dass Boots Faradays Werke reine Dekoration sind«, erklärte die Frau und zuckte mit den Schultern, als könne man von mir kein Urteilsvermögen erwarten. »Wir verkaufen Boots' Sachen, weil das die Hälfte unseres Umsatzes ausmacht. Die meisten Blätter gehen natürlich an Dekorateure...«

»Danach bestimmen Sie also, was Dekoration ist? Danach, wer die Sachen kauft? Oder nach dem, was der Kritiker sagt?«

Ihre Miene wurde hochmütig. Sie musterte mich und mein Outfit abschätzend von oben bis unten. »Diese Sache ist zu kompliziert, um Ihnen das verständlich zu machen.«

»Wie viel kostet *Frühlingsschutt*?«, erkundigte ich mich spontan. Die Verkäuferin wich erschrocken einen Schritt zurück. »Oh, zwei-fünfzig. Das heißt: zweihundertfünfzig Dollar. Sie wollen es kaufen? Heute? Jetzt?«

»Ja«, sagte ich. »Jetzt sofort«, setzte ich entschieden hinzu. Das war ein wundervolles Weihnachtsgeschenk für Tom – Schulden hin oder her.

Die Frau nahm die Collage von der Wand und stolzierte zur Ladentheke. Ich zückte meine Kreditkarte und bemerkte mit lauter Stimme: »Um die Wahrheit zu sagen, ich finde die Sachen, die Doug Portman als gut bezeichnet hat, ziemlich grauenvoll.«

»Sie sprechen von dem bekanntesten Kunstkritiker der Stadt...«

»Sie kannten ihn?«

»Selbstverständlich. Unglücklicherweise ist er gestern ums Leben gekommen. Bei einem Skiunfall.« Sie scannte meine Kreditkarte. »Sie werden Boots Faradays Blätter auf keinen Fall unter den von Doug ausgezeichneten Kunstwerken finden.«

»Tut mir Leid, dass Mr Portman gestorben ist«, murmelte ich. »Was ist passiert?«

»Das weiß ich selbst nicht genau«, erwiderte sie. Sie reichte mir die Quittung. »Vermutlich ist ein Snowboarder zu schnell gefahren und hat ihn mitgerissen. Deshalb untersuchen Ermittlungsbeamte den Fall.«

»Hmm.« Arch brachten die Vorurteile gegen die Snowboardfahrer auf die Palme. *Wenn irgendetwas schief geht und sie die Ursache nicht kennen, geben sie immer den Snowboardern die Schuld.*

»Wird es der Galerie schaden«, erkundigte ich mich freundlich, »wenn es keinen Kritiker mehr gibt, der die bei Ihnen ausgestellten Kunstwerke in der Zeitung würdigt?«

»Natürlich schadet das. Doug liebte es, über Kunst zu reden. Er kam hin und wieder her und erklärte den Kunden die Werke. Er war *brillant*. Und wir hatten einen großen, wirklich großen Kritiker aus New York hier, der in den höchsten Tönen von Dougs Auswahl schwärmte.«

»Tatsächlich? Und wer war dieser Mann?«

»Ich bin nicht befugt, Namen zu nennen«, entgegnete sie hochnäsig.

»Ah, na ja.« Ich versuchte, einen versöhnlichen Ton anzuschlagen. »Haben Sie eine Karte von dieser Collage-Künstlerin? Ich würde ihr gern einen kleinen Brief schreiben.«

»Falls Sie daran denken, die Werke von Boots Faraday bei ihr direkt zu kaufen und uns auszuschalten, dann möchte ich Ihnen von vornherein sagen, dass wir ihr Agent in dieser Stadt sind – *exklusiv*«, spuckte die Verkäuferin mir entgegen.

Als ich keine Antwort gab, kramte sie widerstrebend in einer Schublade und warf mir eine Visitenkarte hin.

Während die Frau die Collage verpackte, blickte ich verstohlen auf die Karte und schnappte nach Luft. Da stand Boots Faradays Adresse, Telefonnummer und E-Mail-Adresse und darunter befand sich ein kleines Foto von ihr. Boots war hübsch, hatte hohe Wangenknochen und zeigte blitzend weiße Zähne bei einem Lächeln. Und sie hatte eine ungeheuer dichte blonde Haarmähne.

Ich hatte sie schon irgendwo gesehen. Aber wo?

»Was ist jetzt wieder los?«, wollte die Verkäuferin ungehalten wissen, als sie wiederkam und mir das Paket übergab. »Ich nehme die Karte gern wieder zurück, wenn sie Ihnen so viel Schwierigkeiten macht wie unsere ausgezeichneten Bilder.«

Ich lächelte, klemmte mir Toms Collage unter den Arm und ging. Für heute Morgen hatte ich genug von Kunst und schnippischen Bemerkungen. Als ich zum Rover ging, blitzte unvermittelt ein Bild vor meinem geistigen Auge auf.

Ich *hatte* die Collage-Künstlerin Boots Faraday gesehen. Flüchtig, von weitem. Gestern Morgen, an dem Tag, an dem Doug Portman sein Leben auf der Piste verloren hatte, war sie in Eileens Bistro gewesen und hatte Bilder aufgehängt. Dann hatte sie sich hingesetzt und unserer Sendung zugesehen genau wie all die anderen Gäste.

Ich verstaute die Collage im Rover. Eileen Druckman besaß etliche Collagen von Boots Faraday. Kannte Eileen die Frau? Hatte sie sie zu der PBS-Show eingeladen? Und Arthur? Kannte er Boots Faraday?

Hör auf, ermahnte ich mich. Falls es nötig wurde, ein paar Worte mit Boots Faraday zu wechseln, dann hatte ich ihre Adresse und Telefonnummer. Und ihr Bild. Sie durfte nicht allzu schwer zu finden sein.

Ich fuhr zum Elk Path und dachte wieder an die blonde Frau auf der Leiter. Ein Mann, der kurz danach ums Leben gekommen war, hatte ihre Werke als »dekorativ« abgetan und nicht zu den »Besten von Killdeer« gezählt.

Tom hatte mir eingeschärft, immer auf das Ungewöhnliche zu achten. Boots Faraday war Künsterin, kein Fernseh-Freak und bestimmt nicht an Essen und Kochen interessiert. Was hatte sie also an dem Tag, an dem Doug Portman starb, im Bistro zu suchen? Abgesehen davon, dass sie dort Bilder aufgehängt hatte?

Kapitel 11

Um fünf vor zehn bog ich in Arthur Wakefields Einfahrt ein. Anders als die anderen Gebäude im Elk Path war sein Haus im dunkelsten Grau gestrichen, das ich an diesem Morgen gesehen hatte (sicher verstieß das gegen die Bestimmungen von Killdeer). Graphitgraue Flächen bildeten einen hübschen Kontrast zu den perlweißen Veranden und dem steilen Ziegeldach. Das Haus hatte einen Touch von einem Château aus dem Loire-Tal und das war sicher im Sinne des Weinexperten. Oder hatte seine Mutter das Haus ausgesucht und bezahlt, bevor sie starb?

Ich schaute durch die Windschutzscheibe und dachte trübsinnig über Arthurs Dasein nach. Wenn seine Mutter ihm einen Batzen Geld hinterlassen hatte, warum musste er dann für PBS arbeiten? War das Geschäft mit dem Weinimport so mühsam? Oder lebte Arthur aus anderen, mehr persönlichen Gründen in einem Haus in Killdeer? Sein Brief an die Zeitung zeigte, dass er eine Menge Wut im Bauch hatte. Wenigstens parkte kein Subaru-Kombi vor dem Haus.

Ich hievte die Kiste mit den Leckereien zur Haustür und stellte sie auf dem silbergrauen Geländer ab, während ich den glänzenden Türklopfer betätigte. Ich hätte Arthur beinahe nicht erkannt, als er die Tür öffnete. Die schwarzen Künstlerklamotten, die Pepto-Bismol-Flasche und die beängstigend gebeugte Haltung fehlten. Der Mann schien sogar glücklich zu sein, mich zu sehen. Sein schwarzes Haar war frisch gewaschen und aufgeplustert. Leider wirkten seine Wangen nach wie vor ausgemergelt und durchsichtig, und auch der gehetzte Blick war noch da. Arthur mochte einen etwas glücklicheren Eindruck machen, aber er war weder ausgeruht noch entspannt. Vielleicht hatte er eine neue Schimpftirade an die Zeitung formuliert.

»Arthur?« Ich hielt die Kiste auf dem Geländer im Gleichgewicht. »Darf ich reinkommen?«

»Ja«, krächzte er. »Ich bin froh, dass du hier bist. Ich war ... ich meine, ich konnte es kaum erwarten, dass du kommst.«

»Ist alles in Ordnung mit dir?« Als er den Kopf schüttelte, nahm ich meine Kiste, trat über die Schwelle und umrundete einen teuer aussehenden, kompliziert gemusterten orientalischen Teppich. *Auch ein Geschenk von Mom*? Das Wohnzimmer – Mahagonimöbel, helle Wände und Ölgemälde im Stil der alten Meister – war eigenartig unpersönlich. Im Flur zierten Prozellanfiguren einen Mahagonitisch. Nirgendwo waren Fotos oder Erinnerungsstücke zu sehen, die Aufschluss über Arthurs Hintergrund geben könnten.

Am erstaunlichsten fand ich die Bilder an den Wänden; mindestens ein Dutzend Collagen von Boots Faraday. Ich betrachtete eine mit schief geneigtem Kopf, eine Montage von hohem Gras, Büschen und immergrünen Sträuchern, alle verschneit. Ich trat näher heran und las den Titel: *Wintergarten*.

Arthur hinter mir schwärmte: »Boots ist eine meiner treuesten Kundinnen.« Ich hätte fast meine Kiste fallen gelassen vor Schreck. »Jetzt ist in ihrem Geschäft die beste Zeit«, fuhr Arthur lebhaft fort. »Weihnachten und so. Sie wird zig Kisten Wein bestellen für die Ausstellungen in ihrem Haus. Dabei verkauft sie tonnenweise von ihrer Kunst.«

»Mehr als in der örtlichen Galerie?«, fragte ich unschuldig. Vielleicht war die Verkäuferin nicht ganz aufrichtig gewesen.

»Oh, bitte. Diese Killdeer-Galerie-Leute denken, ›Western Art‹ ist nichts wert, wenn kein Pony auf den Bildern abgebildet ist. Komm mit in die Küche, bitte«, flehte er. »Und um deine Frage von vorhin zu beantworten: Nein, es geht mir heute nicht gut.« Ich bedachte ihn mit einem mitfühlenden Blick. Er wirkte gereizt. »Meine erste Weinlieferung sollte schon hier sein, aber sie ist nicht angekommen. Ich werde die Party auf Montag verschieben müssen und das macht einen sehr schlechten Eindruck. Ich hab mich die ganze Nacht im Bett gewälzt und überlegt, wie ich die Leute erst aus- und wieder einladen kann. Ich habe keinen Bissen gegessen.«

»Dagegen kann ich was tun!«, erklärte ich herzlich. Eine Verschiebung der Party war kein Problem für mich: Mein Terminkalender war deprimierend leer. Egal, welche Schwierigkeiten vorlagen, wenn Arthur Hunger hatte, gehörte er *mir.*

Er deutete auf eine Tür im Flur. Ich schleppte meine Kiste in einen fröhlichen Raum mit gelben Wänden, weiß gekachelten Arbeitsflächen und einem gelb-weißen Boden aus handgemachten Fliesen: Kennzeichen eines Menschen, der *nicht* kochte, weil man entsetzliche Rückenschmerzen bekam, wenn man zu lange auf Steinfliesen stand. An den Wänden hingen Touristenposter von Frankreich mit weiten Lavendelfeldern.

Arthur ließ sich auf einen Stuhl an seiner gekachelten Frühstücksbar fallen, auf der acht Flaschen Wein mit bunten Schleifen und handgeschriebenen Karten *Sie sind wieder eingeladen!* standen. »Zehn Kisten Wein stehen am Flughafen in Denver herum«, jammerte er. Er starrte erst die Flaschen an, dann die handgeschriebene Liste, die daneben lag.

Ich zog die Augenbrauen hoch. »Wo am Flughafen?«

»Beim Zoll«, antwortete er trübsinnig.

»Hast du einen mittelgroßen Topf?«

Er deutete matt auf die Unterschränke. Ich entdeckte eine Kasserolle und stellte die Hafermehlmixtur, die ich mitgebracht hatte, auf den Herd. Ich wollte von Arthur wissen, ob er neues über Doug Portmans mysteriösen Unfall gehört hatte. Aber wichtiger noch war mir, seine Reaktion zu beobachten, wenn ich ihm die entsprechende Frage stellte. Außerdem überlegte ich flüchtig, wie wir die Party besprechen wollten, wenn Arthur erstens etwas zu essen brauchte und zweitens auf dem Sprung war, kostbaren Wein vom Zoll zu holen. Ich rührte in der cremigen Hafermehlmischung, als sie anfing zu blubbern. Im Moment konnte ich keine Fragen stellen. Ich wusste, welche Gefahren lauerten, wenn man versuchte, mit einem Kunden, der einen zu niedrigen Blutzuckerspiegel hatte, über Geschäfte zu reden oder ihm Informationen zu entlocken. Ich hätte mit Reizbarkeit, Irrationalität und Unentschlossenheit zu kämpfen. Man konnte in meiner Branche nicht erfolgreich sein, wenn man die persönlichen Befindlichkeiten außer Acht ließ.

Nach fünf Minuten war das delikate, mit Orange und Zimt gewürzte Hafermehl heiß und bereit, mit zerlassener Butter und braunem Zucker verfeinert serviert zu werden. Arthur rührte die Butter mit dem Zucker unter den Brei und löffelte ihn gierig in seinen Mund. Das würde ihm nicht helfen, mit der Bürokratie fertig zu werden, aber mit dieser Grundlage überstand er sicher die nächsten Stunden besser. Ich setzte mich und nahm mein Notizbuch aus der Tasche.

»Mann, das schmeckt sagenhaft«, meinte er. »Das *musst* du bei unserer letzten Sendung machen.« Bekamen seine Wangen tatsächlich ein wenig Farbe oder war das reines Wunschdenken? Er blickte mich scheu an, dann kratzte er den Rest aus seiner Schüssel. »Mir ist mitten in der Nacht klar geworden, dass ich nicht sehr nett zu dir war, nachdem du den Unfall hattest. Tut mir Leid. Der gestrige Tag war verrückt und ich musste mir etwas ausdenken, wie ich diese Weinprobe am besten verschieben kann. Bist du okay?«

»Ja, danke. Der Autounfall war eigentlich das zweite schreckliche Erlebnis, das ich gestern hatte. Kurz nach unserer Sendung habe ich... ich war diejenige, die den Mann fand, der beim Skifahren ums Leben gekommen ist.« Arthur sah mich fragend an und ich sagte: »Ich kannte ihn von früher.«

Arthur sprang auf, um seine Schale auszuspülen. Er stand mit dem Rücken zu mir und fragte wachsam: »Woher kanntest du Doug Portman?«

»Durch meinen Mann. Er ist bei der Polizei, erinnerst du dich?«

»Ja. Kaffee?«, bot er an und fasste nach der Literflasche mit stillem Wasser

»Gern, danke. Kanntest du Portman auch?«

Als er sich zu mir umdrehte, war sein Gesicht noch röter, aber diesmal war ich sicher, dass es nicht an meinem Haferbrei lag. »Man kann sagen, dass ich ihn kannte. Er lebte hier in dieser Stadt. Aber hör mal«, fügte er mit unerwarteter Energie hinzu, »du hast mir noch nicht gesagt, *wie* es dir genau geht.« Er strahlte mich an. »Ich möchte das wirklich wissen. Ich kann nicht zulassen, dass mein Star bei der letzten Sendung Qualen leidet.«

Ich seufzte. »Mein Arm ist ein bisschen lädiert. Der Van hat Totalschaden. Aber ich habe mir ein Fahrzeug geliehen und ich lebe noch, also bin ich *sehr* dankbar.«

»Gut, das bin ich auch.« Er widmete sich wieder der Zubereitung des Kaffees. Zuerst schüttete er vorsichtig das Wasser aus der Flasche in die Espressomaschine. Er öffnete eine luftdichte Dose mit einem Knall und ich zuckte zusammen. Arthur kicherte, als er die Kaffeebohnen herauslöffelte. Als nächstes setzte er die elektrische Kaffeemühle in Gang – sie dröhnte wie ein Moped. Er schüttete das Pulver umständlich in die Maschine und setzte sie in Gang. Eine halbe Minute später stellte er zwei winzige Tassen mit heißem, schwarzem, schaumigem Espresso auf die Frühstücksbar. Ich trank einen Schluck, bezeichnete den Kaffee als wunderbar und verkniff mir die Bemerkung, dass ich noch nie erlebt hatte, dass jemand so geräuschvoll Kaffee kochte.

»Okay«, begann ich mit einem Blick auf die Küchenuhr, ehe ich in mein Notizbuch sah. »Wann musst du zum Flughafen losfahren?«

»In fünf Minuten.« Der Ausdruck in seinen Augen war besorgt. »Ich kann heute nicht mit dir besprechen, was es bei der Weinprobe zu essen geben soll. Es ist nur ...« Er schlürfte seinen Espresso und stieß ein Quietschen aus, als er ebenfalls auf die Uhr schaute. »Ich muss außerdem ... *verdammt*!«

»Was musst du? Kann ich dir irgendwie helfen?« bot ich an.

»Ich muss diese Flaschen mit den neuen Einladungen verteilen. Ich glaube nicht, dass du ... egal. Ich hole erst mal die Weinliste. Aber dann muss ich wirklich los. Wir können alles Weitere am Telefon besprechen.«

Sobald er aus der Küche gehuscht war, stellte ich die Sachen, die ich mitgebracht hatte, in den leeren Kühlschrank. Es sah so aus, als würde Arthur nie anständig essen. Ich spülte die Espressotassen ab und legte die Kochanweisungen für das Schweinefleisch und den Reis auf die Arbeitsplatte. Und ich warf einen Blick auf die Liste der Leute, die die neuen Flaschen-Einladungen bekommen sollten. Da stand auch Boots Faradays Name. Hmmm. Ich war gerade fertig mit dem Tischdecken fürs Abendessen – für eine Person –, als

Arthur zurückkehrte. Er hatte sein Haar mit Gel geglättet und trug einen schwarzen Rollkragenpullover, schwarze Hosen und ein schwarzes Sakko. Er gab mir ein Stück Papier, auf das er die Namen von Weinen und Essensvorschläge gekritzelt hatte. Ihm war die Unentschlossenheit vom Gesicht abzulesen. Ich hatte schon vor langer Zeit entdeckt, dass man von Menschen das am ehesten bekam, was man wollte, wenn man leichten Druck auf sie ausübte, solange sie in Eile waren. Ich lächelte ihn strahlend an.

»Kann ich noch was für dich tun, Arthur? Da wir unsere Besprechung ausfallen lassen, habe ich Zeit bis zwei Uhr. Da könnte ich dir doch helfen, oder?«

»Ich muss diese Flaschen an die Leute liefern, die zu meiner Weinprobe kommen.«

»Mal sehen.« Ich betrachtete stirnrunzelnd die Gästeliste. »Boots Faraday«, sagte ich nachdenklich.

»Boots ist *sehr* bekannt in der Kunstszene von Killdeer.«

»Klar, ich weiß.« Deshalb wollte ich mich ja in ihren Dunstkreis schleichen, fügte ich im Geiste hinzu – weil sie auf Du und Du mit den Kunst- und Kunstgewerbe-Typen stand. Wahrscheinlich wusste sie mehr über Doug Portman, als ich jemals von Arthur erfahren konnte. Zudem wollte ich herausfinden, was sie an Doug Portmans Todestag im Bistro getrieben hatte. »Boots Faraday«, wiederholte ich erfreut, als wären die Künstlerin und ich die dicksten Kumpel. »Ich habe eine ihrer Collagen für meinen Mann zu Weihnachten gekauft. Und ich hab sie im Bistro gesehen, bevor wir am Freitag mit der Sendung angefangen haben. Ich kam leider nicht dazu, ihr hallo zu sagen.«

»Ah.« Arthur entspannte sich sichtlich. »Dann kennst du Boots also.«

»Nicht sehr gut...«

Er winkte ab. »Also gut – kennst du Mountain Man Wine

in der Stadt?« Ich beteuerte, dass ich das finden würde. »Sie liefern frei Haus. Sag ihnen, sie sollen mir die Rechnung schicken.«

Ich nickte und fragte: »Was ist mit der Flasche für Boots? Kann ich sie ihr selbst bringen?«

Er zuckte mit den Schultern. »Sie isst gewöhnlich im Gorge-at-the-Gondola-Café zu Mittag, weißt du, wo das ist?«

»Ich finde es. Freut mich, dass ich dein Weinkurier sein kann, Arthur.«

»Großartig. Hier ist die Gästeliste und eine allgemeine Aufstellung von Speisen für die Weinprobe. Denk dran...«, er wurde rot, »ich... ich möchte, dass die Gäste denken, ich hätte das meiste selbst gekocht. Was immer du auch vorbereitest, es muss etwas sein, was *ich* fertig machen kann, wenn die Leute schon hier sind.« Ich sah ihn ernst an. »Ich will einfach, dass sie mich für einen tollen Koch halten, das ist alles. Ich werde schon erwähnen, dass du mir geholfen hast, keine Angst.«

»Das ist kein Problem, Arthur. Ich schreibe dir sogar Anweisungen auf einen winzigen Papierfetzen, den du sofort verschlucken kannst, wenn die Türglocke schellt.«

Er lächelte freudlos. »Gut, dass ich schon eine Weile mit dir zusammenarbeite. Ich habe mich an deinen Humor gewöhnt.« Ich unterdrückte einen Seufzer und dachte: *Dito, Bruder.* Ich steckte beide Listen in mein Notizbuch. »Mit etwas Glück«, fügte er lahm hinzu, »habe ich die Weine heute Nachmittag. Wir können morgen besprechen, was es zu essen geben soll. Das ist für dich doch nicht zu spät, oder?«

»Natürlich nicht.« Verrate den Kunden nie, welche Schwierigkeiten sie verursachen, auch wenn du sie am liebsten erwürgen würdest, wenn sie unvermittelt alle Pläne über den Haufen schmeißen. Als ich die Flaschen mit den Einladungen in die Kiste packte, sagte ich: »Im Kühlschrank steht ein Abendessen für dich, Arthur. Ein Geschenk von mir. Instruktionen, was du damit machen musst, liegen auf der Arbeitsplatte.«

»Okay, danke«, erwiderte er eher müde als dankbar. Er warf einen flüchtigen Blick auf den Zettel, dann musterte er mich neugierig. »Das hast du also gemacht, als ich mich umgezogen habe? Deine Anweisungen für die Zubereitung aufgeschrieben?«

»Ja ... Dachtest du, ich sitze tatenlos herum?«

»Hmm«, war sein einziger Kommentar dazu, als er sich mit unsteten Augen in der Küche umschaute. Ich hatte das deutliche Gefühl, dass er mich verdächtigte, in seiner Abwesenheit etwas gestohlen zu haben. Ohne mehr zu sagen, nahm er die Kiste mit den Flaschen und begleitete mich zur Haustür. Im Flur drehte er sich noch einmal unbeholfen um, um zu überprüfen, ob die Tür neben der Küche abgesperrt war, dann schielte er zu der Figurine auf dem Tisch.

Es war eine Meissener Schäferin. *Mann, Arthur,* dachte ich, *warum bringst du nicht ein Neonschild an, auf dem steht: Hier gibt's Wertgegenstände!* Wieso schloss er sonst Türen *im* Haus ab?

Weine? Lieber Himmel!

Ich setzte den Rover vorsichtig auf der verschneiten Einfahrt zurück, dann wartete ich, bis Arthur das Garagentor geöffnet hatte und herausfuhr. Er fuhr keinen Subaru, sondern einen riesigen schwarzen Escalade, den Cadillac unter den Allradautos. Er hatte den Kühlergrill mit einem buschig grünen Weihnachtskranz geschmückt. Auf seinem Nummernschild stand: *VinGeek*. Entweder hatte er doch mehr geerbt oder der Weinimport warf eine ganze Menge mehr ab, als er zugeben wollte. Aber wenn eines von beidem zutraf, weshalb arbeitete er dann bei PBS als Aufnahmeleiter? Arthur war mir ein Rätsel. Ich fuhr in den Ort, um das Gorge-at-the-Gondola-Café zu suchen.

Ich erkannte sie sofort, als ich das Restaurant betrat: die goldene Haarmähne, das ausdrucksstarke, schmale Gesicht. Boots Faraday *sah* sogar künstlerisch aus. Sie hatte den Kopf ein wenig zur Seite geneigt und schaute aus dem Fenster. Sie erwartete mich natürlich nicht, deshalb beobachtete ich sie eine Weile, während ich mir überlegte, wie ich mich vorstellen sollte.

Ein plötzlicher Krach ließ sie zusammenzucken und sie drehte sich um. Neben ihrem Tisch war ein pummeliges Kleinkind über seine Skistiefel gestolpert und auf den Boden gefallen. Es heulte vor Angst. Ohne eine Sekunde zu zögern, beugte sich Boots vor und half dem Jungen. Mit einer einzigen flüssigen Bewegung hob sie ihn hoch und reichte ihn seiner Mutter. Als die Mutter sich weigerte, ihn auf den Schoß zu nehmen, warf ihn Boots spielerisch in die Luft – er wog mit den schweren Skistiefeln sicher mehr als zwanzig Kilo – und fing ihn wieder auf. Beide quietschten vor Lachen.

Also: künstlerische Erscheinung und stark wie ein Ochse. Sie hatte das kantige Gesicht eines britischen Filmstars und einen geschmeidigen, muskulösen Körper. Als sie den Jungen auf den Boden stellte, richtete sie sich auf und entdeckte mich. Wenn man jemanden mit einem Blick zu Eis erstarren lassen kann, dann hätte ich in diesem Augenblick blitzgefrieren müssen.

Ich umklammerte die Weinflasche und durchquerte zielstrebig das Restaurant. Wenn das, was Tom gestern gesagt hatte, stimmte, dann könnten meine Motive, Doug Portman zu treffen, in Zweifel gezogen werden. Ich musste mich wirklich mit Boots unterhalten und herausfinden, was sie am gestrigen Vormittag gesehen hatte, und wenn ich Glück hatte, würde sie mir erzählen, was sie wusste. Aber kannte sie *mich*? Wieso hatte sie mich mit diesem eisigen Blick förmlich durchbohrt? Boots Faraday schien sich nicht gerade darauf zu freuen, einen Plausch mit mir zu halten. Mir rutschte das Herz in die Hosentasche.

»Sie sind die Künstlerin, richtig?«, platzte ich heraus, als ich vor ihrem Tisch stand. »Boots Faraday, die Frau, die die Collagen macht, ja? Diese Einladung zur Weinprobe ist für Sie. Arthur Wakefield schickt sie Ihnen – er selbst musste nach Denver. Ein kleines Problem mit dem Zoll.«

Tiefblaue Augen taxierten mich: War ich Freund oder Feind?

Ich stellte mich vor und sagte, dass ich ein Catering-Unternehmen betriebe und als persönliche Köchin Aufträge entgegennähme. Vielleicht hatte sie mich in *Kochen auf dem Gipfel!* gesehen? Sie nickte schwach und ich plapperte einfach weiter: »Ich liebe Ihre Arbeiten. Ich habe gerade eine Ihrer Collagen als Weihnachtsgeschenk für meinen Mann gekauft. Ich würde *sehr* gern ein bisschen mehr darüber erfahren, wie Sie Ihre Collagen zusammenstellen. Selbstverständlich bezahle ich selbst für meine Mahlzeit. Oder essen Sie nicht gern mit einem Ihrer Fans?«

Angesichts meiner Dreistigkeit senkte sie den Blick und strich mit der langfingrigen Hand über ihr Messer. Ihre Miene war nicht zu deuten.

»Es ist okay, wenn Sie nicht mit einer Fremden zu Mittag essen möchten«, sprudelte es weiter aus mir heraus. »Die Leute verlangen immer von mir, dass ich Rezepte verrate. Ehrlich gesagt, ich rede lieber gar nicht, als mir Geschichten darüber anzuhören, dass jemand statt Sherry trockenen Wein verwendet hat...«

Jetzt hob sie den Blick und lächelte wie Mona Lisa. »Sie sind diejenige, die die Eierschalen in den Plätzchenteig gerührt hat.« Ihre Stimme war tief und angenehm. »Ich habe die Show gesehen.« Sie schwieg einen Moment. »Mir liegt die jährliche Spendensammlung zum Andenken an Nate Bullock sehr am Herzen.«

Ich stellte die Flasche auf den Tisch. »Ach, tatsächlich? Wie kommt das?«

»Arthur hat Ihnen vielleicht erzählt, dass Nate Bullock und ich gute Freunde waren.«

»Dieser Arthur! Er hat kein Sterbenswort davon erwähnt.«

Boots sah wieder aus dem Fenster. Hielt sie nach jemandem Ausschau? »Ich dachte, meine alte Freundschaft zu Nate Bullock wäre der Grund dafür gewesen, dass mich Arthur gebeten hat, für das Set ein paar Collagen zur Verfügung zu stellen.« Sie wandte sich mir wieder zu und musterte mich. Ihre ungeheuer blauen Augen waren überschattet, unergründlich. »Nehmen Sie doch Platz.«

Von diesem Tisch aus hatte man einen Panoramablick auf den Fuß des Killdeer Mountain. Die Ermittler schienen ihre Arbeit am Hang beendet zu haben, da Skifahrer und Snowborder die Pisten hinabsausten. Als die Serviererin an den Tisch schlurfte, bestellte ich Hühnchen-Caesar-Salat, und Boots steckte die Flasche in ihre große Lederhandtasche. Sie sagte: »Ich möchte dasselbe.« Ich begann ein nichts sagendes Gespräch über Essen, Wein und das Leben in Killdeer.

Boots kam mir rätselhaft vor – fast so, als wäre sie sehr auf der Hut. Vielleicht traf das zu, schließlich war sie bekannt und begegnete ständig Bewunderern. Als wir den knackigen Salat mit dem gegrillten Hühnerfleisch, dem frisch geriebenen Parmesan und den in Butter gerösteten Croutons aßen, waren alle unverfänglichen Themen erschöpfend besprochen.

Ich schob meinen Teller beiseite. *Jetzt oder nie.* Wie konnte ich die Sprache auf Doug Portman bringen, ohne neugierig zu erscheinen? Andererseits hatte ich vielleicht schon Platz eins auf der Hitliste der Aufdringlichkeit erreicht, als ich mich zu ihr gesetzt hatte.

»Die Collage, die ich vorhin gekauft habe, heißt *Frühlingsschutt*«, begann ich. »Und ich sehe Ihre Arbeiten hier überall. War es sehr schwer für Sie, in einer so kleinen Stadt wie Killdeer als Künstlerin Fuß zu fassen?«

Ihr tiefes Lachen klang voll und verführerisch und brachte mich zum Lächeln. Dann kniff sie leicht diese erschreckend blauen Augen zusammen. »Sie müssen mich für ziemlich dumm halten.«

Mein Lächeln schwand. »Wie bitte?«

Der Blick wurde wieder eisig. »Worum geht's Ihnen wirklich?«

Ich fingerte am Rand meines Tellers herum. *Oho.* »Was soll das heißen?«

»Sagen Sie mir einfach, was Sie in Wahrheit von mir wissen wollen. Abgesehen davon,« sie erhob die Stimme, um meinen Tonfall nachzuäffen, »ob es schwer war, als Künstlerin Karriere zu machen.« Ihre Augen bekamen einen spöttischen Zug.

»Oh, ich bin nur eine Köchin, die gerade eine Ihrer Collagen gekauft ...«

»Hören Sie auf mit dem Unsinn.«

»Ich ...«

»Warum sind Sie hier?«

»Na ja, Arthur Wakefield hat mich tatsächlich als persönliche Köchin angeheuert, und er hat mich gebeten, Ihnen die Flasche Wein zu bringen. Ich habe eines Ihrer Kunstwerke erworben und *interessiere* mich für Ihren Werdegang. Und –« ich holte tief Luft – »da Sie in Killdeer leben, müssen Sie Doug Portman kennen, gekannt haben. Er war Kunstkritiker.«

Sie lehnte sich zurück und musterte mich aus schmalen Augen. »Sie wollen wissen, ob ich Doug Portman gekannt habe? Warum?«

»Ich ... war gestern nach der Show mit ihm verabredet«, gestand ich. »Zweifellos haben Sie gehört, dass er, als er vom Bistro mit den Skiern abfuhr, ums Leben kam – bevor wir uns treffen konnten.« Es war Zeit, die Wahrheit zu sagen. »Das Sheriff's Department untersucht diesen Todesfall. Deshalb haben sie heute den Skibetrieb so lange eingestellt.« Boots zog die Augenbrauen hoch. »Da ich offenbar die Einzige bin, die wusste, dass er viel Bargeld bei sich hatte, als er zu Tode kam, hat mir die Polizei eine Menge Fragen gestellt. Glauben Sie, es ist nicht gerade angenehm, verhört zu werden, wenn jemand unter ungeklärten Umständen zu Tode gekommen ist.«

»Was Sie nicht sagen.«

»Jedenfalls«, fuhr ich fort, »kam mir der Gedanke, dass Sie im Bistro etwas beobachtet haben könnten – etwas Ungewöhnliches, was mit Doug zusammenhängt, meine ich.«

»Nein, das habe ich nicht«, erwiderte sie prompt, dann blickte sie wieder aus dem Fenster.

»Nicht? Haben Sie Doug überhaupt gesehen? Hat er während der Show mit irgendjemandem geredet? Machte er einen nervösen oder aufgeregten Eindruck? Oder einen kranken? Können Sie mir *irgendwas* erzählen?«

Sie drehte mir das Gesicht zu. »Ich habe den Artikel über Sie gelesen, wissen Sie. Den Artikel, den Arthur im *Killdeer Courier* platziert hat, um die Öffentlichkeit auf Ihre Sendung aufmerksam zu machen.«

»Einen Artikel? Genau genommen ist die Werbung für die Sendung Arthurs Aufgabe ...«

»Sie hätten ihn lesen sollen«, fiel sie mir scharf ins Wort. »Da stand, dass Sie ein Catering-Unternehmen hatten und jetzt ein neues Geschäft als Köchin bei Privatfeiern eröffnen.« Ich riss die Augen auf, als wollte ich fragen: *Ja, und?*, und schüttelte ungläubig den Kopf. »Aber das war längst nicht alles«, fuhr sie ungerührt fort. »Mal überlegen ... ›Goldy Schulz ist außerdem bekannt dafür, dass sie ihrem Mann, einem Ermittler des Morddezernats von Furman County, gelegentlich und inoffiziell hilft, Verbrechen aufzuklären. Wenn sie sich also an Sie heranschleicht und Sie in ein Gespräch verwickelt, sollten Sie vorsichtshalber Ihren Anwalt benachrichtigen.‹«

»Und Sie meinen, ich hätte Ihnen Arthurs Wein gebracht, um mich an Sie heranzuschleichen?«

»Stimmt das denn nicht? Alle Welt weiß, dass ich keine Freundin von Doug Portman war. Doug Portman war ein beschissener Kunstkritiker, der sich einbildete, besonders schlau zu sein. Er hat die Leute mit seiner Ignoranz verletzt. Mich auch. Also – was ist der wahre Grund für Ihre Fragen nach Doug Portman?«

»Hören Sie. Ich liebe Ihre Arbeiten. Ich möchte wissen, woher Sie Ihre Ideen nehmen. Und es wäre hilfreich, wenn Sie mir erzählen könnten, ob Ihnen am Freitag etwas Verdächtiges aufgefallen ist. Das ist alles. Wenn Sie nicht mit mir reden wollen, sagen Sie es einfach.«

Sie schnaubte ungehalten. »Ich werde es Sie wissen lassen, wenn es mir was ausmacht, mit Ihnen zu sprechen. Was Ihre erste Frage betrifft – ich habe am Anfang versucht, mir als Malerin von großen abstrakten Ölbildern meinen Lebensunterhalt zu verdienen. Die Kritiker, inklusive Doug Portman, lobten meine Arbeiten, aber ich habe kein einziges Bild verkauft.«

»Zu schade ...«

Sie senkte die Stimme und hielt die Hände so, als würde sie eine Zeitschrift lesen. »›Miss Faradays bahnbrechende Gemälde stellen die Gewalt dar – die kräftigen Farben beweisen Leidenschaft und Ontologie.‹«

»Das hat Doug geschrieben?«

»Machen Sie Witze? Doug Portman hätte nicht gewusst, was Ontologie bedeutet. Nein, das hat ein Rezensent aus Denver geschrieben. Jedenfalls musste ich irgendwie meine Miete bezahlen, deshalb hab ich's mit den Collagen versucht. Einige Kritiker taten sie als ›Kunstgewerbe‹ ab. Die meisten ignorierten sie ganz. Doug Portman verabscheute sie, weil sie klein und irgendwie anheimelnd sind – das war nicht seine Sache; er liebte Großes und *Grandioses.*«

»Das tut mir Leid.«

Ihr Mund verzog sich zu einer schmalen Linie. »Das muss es nicht. Ich habe meine ersten Collagen *alle* verkauft. Es hat mir sogar richtig Spaß gemacht, keine Notiz von Doug Portman zu nehmen, als er meine Arbeiten« – wieder senkte sie die Stimme – »›Zuckerbäckerei und bürgerlich‹ nannte. Ich habe die Killdeer Künstlergesellschaft gegründet, damit die Künstler zusammenarbeiten, um Geld zu verdienen, statt aufeinander neidisch zu sein und sich wie erbitterte Konkurrenten zu benehmen. Schließlich veröffentlichten ein paar Zeitschriften kleine Artikel über meine Arbeiten und ich bekam eine ganze Menge Aufträge. Jetzt betreibe ich ein richtiges kleines Unternehmen und ich schere mich keinen Deut mehr um Leidenschaft und Ontologie.« Sie spießte ein Stück Hühnerfleisch auf die Gabel. »Bereit für die Antwort auf Frage Nummer zwei? Nein, mir ist am Freitagmorgen nichts aufgefallen.«

Vorsicht, warnte ich mich selbst. Ich trank von meinem Wasser, um Zeit zu gewinnen. Mir waren noch mehr Fragen eingefallen, Fragen, die sich auf Nate Bullock und seine schwangere Witwe bezogen. Falls sich Boots Faraday Nate Bullock so verbunden gefühlt hatte, dass sie zu der Spendenveranstaltung zu seinen Ehren gekommen war, wusste sie möglicherweise, was mit meiner alten Freundin Rorry los war.

»Ich bewundere Ihren Mut«, bemerkte ich mit einem freundlichen Lächeln, dann tat ich so, als würde ich nachdenken. »Die Bullocks haben früher in Aspen Meadow gewohnt – ich komme von dort. Sie erwähnten eine Künstlergesellschaft. Haben Sie Nate durch diese Gesellschaft kennen gelernt?«

»Ja«, antwortete sie knapp, als stünde sie bei einem Kreuzverhör vor Gericht. »Er war ein guter Kameramann, aber beim öffentlichen Fernsehen verdient man leider nicht sehr viel. Er trat der Künstlergesellschaft bei, als er versuchte, sein Einkommen etwas aufzubessern. Dann kam er ums Leben.«

»Nate wollte zusätzlich Geld verdienen? Womit?«

Ihre Miene wurde starr. »Das kann ich wirklich nicht sagen.«

»Aber ... er ist seit drei Jahren tot. Hören Sie, Boots, Rorry war meine Freundin. Vor langer Zeit haben wir gemeinsam in der Sonntagsschule unterrichtet. Sie erschien mir gestern so unglücklich ...«

Boots knurrte: »Fangen Sie jetzt bloß nicht mit Rorry an.« Aber sie schien die Worte sofort zu bedauern, denn sie fügte gemäßigter hinzu: »Ich verrate Ihnen, warum Nate mehr Geld verdienen wollte. Hat Ihnen Rorry jemals erzählt, dass sie sich Kinder wünschte, und darüber geklagt, dass sie es sich nicht leisten konnten?«

Ich überlegte. Hatte sie darüber gesprochen? Ich erinnerte mich nur daran, dass sie Arch, der damals noch sehr klein gewesen war, vergöttert hatte. »Nein ... aber das ist schon so lange her. Ich würde sehr gern wieder mit ihr in Kontakt kommen ...«

»Sie arbeitet für Killdeer Corp. Ich glaube, sie wohnt noch in demselben Wohnwagen wie damals mit Nate. Er dürfte nicht schwer zu finden sein.«

»Hat Nate an dem Tag, an dem er in der Lawine umkam, ein Projekt verfolgt, mit dem er zusätzlich Geld verdienen wollte?«

Boots sah der Gondel nach, die auf den schönen, heimtückischen Berg schwebte. »Noch einmal: Das kann ich Ihnen nicht genau sagen. Er hatte zumindest einige Ideen für Filme und er ging seiner Arbeit für PBS nach. Mehr weiß ich nicht.«

Das Gefühl, *dass* sie durchaus mehr wusste, ließ mich nicht los, aber laut sagte ich lediglich: »Rorry ist schwanger. Wissen Sie, ob sie mit einem Mann zusammen ist?«

»Sie geben nie auf, was? Ich weiß nicht das Geringste über Rorry Bullocks Privatleben. Sie vertraut sich mir nicht an.« Sie aß ein Salatblatt und beobachtete mich wachsam. »Die Verkäuferin von der Galerie rief mich an und erzählte mir, dass Sie heute Morgen dort waren. Sie sind hochnäsig an ihrer Ausstellung vorbeistolziert und direkt zu meinen Bildern gegangen. Ganz plötzlich sind Sie mein größter Fan und bombardieren mich mit Fragen nach meiner Karriere, Doug Portman und Nate und Rorry Bullock. Warum?«

Die Serviererin tauchte wieder auf. Ich bestellte einen doppelten Espresso und ein Brownie mit Vanilleeis. Boots wollte nichts mehr.

»Ich möchte nur mehr über Doug Portman erfahren, das ist alles. Die Fragen nach Rorry sind mir eingefallen, als Sie Nate erwähnten. Ehrlich.«

»Und warum wollen Sie mehr über Doug Portman wissen?«

Ich seufzte. »Das habe ich Ihnen bereits gesagt. Wenn Sie mir nicht glauben wollen, bitte.«

Wieder musterte sie mich abschätzend. »Wie gehen *Sie* mit Kritik um? Was halten Sie zum Beispiel von den ersten beiden Sätzen unter Ihrem Foto in der Killdeer-Zeitung: ›Manche nennen sie die korpulente Königin der Sahne. Aber sie ist eher eine harte Nuss mit Hang zur Hausmannskost.« Ihre Stimme war voller Gift.

Ich schüttelte den Kopf. Die Killdeer-Zeitung gehörte nicht zu meiner täglichen Lektüre. Und wahrscheinlich war das auch gut so. Ich antwortete zaghaft: »Ich würde sagen, ich bin eine *Spur* irritiert über ›korpulent‹ ...«

»Ich weiß, warum Sie mit mir essen wollten«, unterbrach mich Boots. »Meine Arbeiten sind Ihnen gleichgültig, genau wie die Künstlergesellschaft und Nate Bullock. Sie denken, ich hätte diesen Hurensohn, diesen ignoranten Möchtegern-Kritiker Doug Portman umgebracht.«

»Haben Sie es getan?«

»Nein, aber ich wünschte, ich hätte es getan. Bin ich eine Verdächtige?«

»Nein, Sie sind paranoid. *Ich* stehe auf der Liste der Verdächtigen viel weiter oben als Sie.«

»Waren Sie dort, als er starb, Goldy?«

»Nein.«

»Warum werden Sie dann vom Sheriff's Department vernommen?« Sie grinste boshaft. »Falls es Ihnen nichts ausmacht, dass *ich* Ihnen ein oder zwei Fragen stelle.«

»Mein Exmann sitzt im Gefängnis. Doug war Mitglied des Ausschusses für Strafaussetzung. Ich bin zusammen mit ihm vom Bistro abgefahren. Das alles macht einen eigentümlichen Eindruck.«

Mein Dessert wurde gebracht und wir verfielen in Schweigen. Als die Serviererin wieder weg war, wollte Boots wissen: »Wie kommen die Cops überhaupt darauf, dass an seinem Tod etwas verdächtig ist?«

Ich trank von meinem Espresso. Ich konnte ihr nichts von der Weihnachtskarte und der Morddrohung, der mysteriösen gesperrten Piste oder dem vielen Blut im Schnee erzählen. »Ich weiß es nicht genau.«

Boots spitzte ihre schönen Lippen, dann sagte sie: »Quatsch.«

Ich zuckte mit den Schultern. Ihr Ärger machte mich nervös.

Sie stand auf, schnappte sich ihre Jacke und warf das blonde Haar mit einem Ruck über ihre Schultern. »Fahren Sie zur Hölle, Sie harte Nuss!«

Kapitel 12

Prima – gehen wir doch wieder mal zusammen zum Mittagessen.

Ich aß mein Brownie auf, trank meinen Espresso und dachte darüber nach, dass meine Versuche, Kriminalfälle zu lösen, in der Lokalzeitung erwähnt worden waren. Warum war mir das entgangen? Die Serviererin eröffnete mir, dass ihr die blonde Lady einen Fünfzig-Dollar-Schein in die Hand gedrückt hatte. Ich sagte, sie solle das Wechselgeld behalten.

Ich erkundigte mich nach dem Weg zum Mountain Man Wines und dort erklärte mir der Geschäftsführer, dass er Arthurs Einladungsflaschen sehr gern ausliefern würde. Als ich mich auf den Weg zur Big Map machte, schneite es leicht. Skifahrer mit rosigen Wangen hasteten an mir vorbei, um sich nach einer flotten Abfahrt am Morgen ein Mittagessen zu Gemüte zu führen. Apropos Essen – ich musste mir eingestehen, dass nicht nur das Treffen mit Boots Faraday ein Fiasko, sondern auch mein erster Tag als »persönliche Köchin« ein ziemlicher Reinfall gewesen war. Arthur hatte mir weder einen Scheck gegeben noch einen Vertrag unterschrieben; nur einen Zettel konnte ich vorweisen, auf dem er wahllos irgendwelche Speisen aufgelistet hatte, die ich für seine Weinprobe zu einem Büfett zusammenstellen konnte. Aber er würde mich anrufen und er wollte, dass ich ihm am Montag das Büfett herrichtete. Na großartig.

Ich ging an der Schlange von Skifahrern vorbei, die an der Gondel anstanden, kletterte zu dem Ziehweg hinauf, an dem die Big Map stand – eine etwa vier Meter fünfzig lange und gut zwei Meter hohe Tafel mit einer mit Plastikfolie bezogenen Landkarte von dem gesamten Skigebiet. Arch war noch nicht da.

Ich bewegte die Zehen, um sie warm zu halten. Zu meiner Rechten wirbelten schreiende und kreischende Ski- und Snowboardfahrer auf dem Schlussstück der Piste Schnee auf, wenn sie abschwangen, bevor sie aus ihren Bindungen traten. Dick in bunte Daunenjacken eingehüllte Kinder suchten nach ihren Eltern, die sie auf dem Hang aus den Augen verloren hatten. Gelegentlich fiel ein Fahrer, der seine Skier oder das Snowboard nicht mehr unter Kontrolle hatte, hin, rutschte in eins der Kinder und riss es mit sich. Zwei Pistenwachleute standen in der Nähe der Big Map und riefen Warnungen, halfen den Kindern aufzustehen und konfiszierten die Liftkarten von besonders rücksichtslosen Fahrern.

Arch wusste, wo er mich finden konnte, also verschwendete ich meine Zeit nicht damit, nach ihm Ausschau zu halten. Ich wandte mich der Karte zu und fuhr mit dem Finger die Widowmaker und Jitterbug entlang. Mein Blick fiel unwillkürlich auf die Hot-Rodder-Piste, auf der Doug Portman sein Leben verloren hatte. Nachdem die Rettungsmannschaft bei der Bergung von Doug überall herumgetrampelt war, konnten nicht mehr viele Hinweise für die Spurensicherer übrig geblieben sein.

Ich suchte das Elk Valley, in dem Nate Bullock vor drei Jahren umgekommen war. *Nate wollte sein Einkommen aufbessern. Womit? Das kann ich wirklich nicht sagen*... Gestrichelte rote Linien zeigten an, dass die beiden Täler und die Hänge für Skifahrer verboten waren. Westlich vom Elk Valley lag ein grün gepunktetes Gebiet, das als *Area III Expansion* bezeichnet war. Ich verfolgte die Route, die ich heute Morgen gefahren war – die Hauptstraße entlang bis zum Parkplatz des Elk Ridge Nature Trail. Wenn ich beim ersten Mal auf der anderen Seite des Parkplatzes herausgekommen wäre, hätte ich Arthurs Haus problemlos gefunden.

In meiner Nähe schnallte eine Pistenwachfrau sorgfältig gelbe Riemen um einen Transportschlitten. Ich rief ihr einen Gruß zu und erntete ein Lächeln von der jungen Frau mit dem hageren, sonnengebräunten Gesicht.

»Ich möchte nicht stören«, begann ich.

»Das tun Sie nicht. Haben Sie jemanden verloren? Brauchen Sie Hilfe?«

Ich erklärte ihr, dass ich auf meinen Sohn wartete. »Aber ich habe ein paar Fragen, wenn es Ihnen nichts ausmacht.« Ich stellte mich vor und erzählte, dass ich gestern im Bistro die Spendenaktion zum Andenken an Nate Bullock moderiert hatte.

»Ja«, sagte die junge Frau betrübt. »Ich kannte Nate. Jeder kannte ihn.« Ihre aufrichtige Traurigkeit schien in krassem Gegensatz zu Rorrys bitteren Bemerkungen von gestern zu stehen: *Ich bin nicht aufgeregt. Nur verwirrt.*

Ich drehte mich zu der Karte um. »Ich kann mir einfach nicht vorstellen, warum ein bergerfahrener Mensch wie Nate überhaupt ein so gefährliches Gebiet betritt.«

Sie zuckte mit den Achseln. »Dort ist seit dreißig Jahren keine Lawine mehr heruntergegangen. Vielleicht dachte Nate, ihm könnte nichts passieren.«

»Rorry Bullock, Nates Witwe, ist eine alte Freundin von mir.«

Die Frau stützte die Hände auf die Knie, sprang behände auf und klopfte sich den Schnee von der Hose. Sie hatte in etwa meine Größe und dunkelblondes Haar spitzte unter ihrer roten Mütze hervor. Sie bewegte sich mit athletischer, unbewusster Anmut und wie so oft hier im Skiort kam ich mir schrecklich plump und ungelenkig vor. Aber nicht korpulent. Zumindest hoffte ich, dass ich das nicht war.

»Ja«, sagte sie, »bei Rorry ist es bald so weit. Ich war überrascht, dass sie gestern oben im Bistro war, wo das Baby doch jeden Moment kommen kann.«

»Ja, sie war da«, sagte ich. »Leider war ich viel zu beschäftigt, um mich ausführlicher mit ihr zu unterhalten. Ich weiß, dass sie Angestellte der Killdeer Corp ist und in einem Wohnwagen lebt, aber ich weiß nicht, wo genau sie arbeitet. Und ihre Adresse und Telefonnummer habe ich auch nicht mehr. Können Sie mir weiterhelfen?«

Die Pistenwachfrau legte sich die Riemen des Schlittens um die Schultern. »Das Letzte, was ich gehört habe, war, dass Rorry Nachtschicht im Container-Lagerhaus macht. Ihre Nummer steht sicher im Telefonbuch. Oh, und sie hat das einzige grünweiße Wohnmobil in Killdeer.« Sie stampfte sich den Schnee von den Stiefeln und deutete damit an, dass sie bereit war zu gehen,

Ich nickte zögerlich. »Meinen Sie, man kann mit Rorry über die Lawine reden? Sie machte auf mich gestern einen ziemlich seltsamen Eindruck.«

Die Frau von der Pistenwache hob die Schultern, dann deutete sie auf zwei ihrer Kolleginnen am Fuß des Hanges. »Fragen Sie Gail, das ist die Größere von den beiden. Sie kennt Rorry ziemlich gut. Außerdem gehörte sie dem Suchtrupp an, der Nate fand.«

Ich dankte ihr und stapfte zwischen Skifahrern und Snowboardern zu Gail, deren wettergegerbtes, ledriges Gesicht von langem, glänzend schwarzem Haar umrahmt wurde, das von einem roten Stirnband zurückgehalten wurde. Ich warf einen Blick zurück auf den Hang – noch immer keine Spur von Arch. Als ich Gail meinen Namen nannte, erkannte ich sie: Sie war die Frau, die mich am gestrigen Vormittag aus dem Schnee gezogen hatte, als ich nach dem Aussteigen aus der Gondel hingefallen war. Sie erkannte mich auch und meinte, ich hätte meinen Job bei der Spendenveranstaltung großartig gemacht. *Na, so was,* dachte ich. *Zur Abwechslung mal ein Kompliment!*

Ich erzählte ihr, dass ich Ausschau nach meinem Sohn und seinem Freund hielt, beide Snowboarder und beide zu spät. Gail bat um eine Beschreibung und sagte, sie hätte sie nicht gesehen, würde aber die Augen offen halten.

»Ich habe gerade Ihrer Kollegin erzählt, dass ich früher mit Rorry Bullock bekannt war, und sie erwähnte, dass Sie damals dem Suchtrupp angehörten, der Nate aus der Lawine barg.«

Gail nickte betrübt. »Ja, das stimmt.«

»Rorry und ich waren wirklich eng befreundet, bevor sie nach Killdeer zog. Ich würde die Verbindung gern wieder aufleben lassen, aber sie war in einer ziemlich schlechten Stimmung, als ich sie gestern traf...«

»Kein Wunder. Diese Gedenkveranstaltung ist immer sehr schwer für sie, glaube ich. Erst Nate und dann das Baby zu verlieren, das muss wirklich schrecklich für sie gewesen sein«

Ich bin nicht aufgeregt, Goldy. Nur verwirrt.

»Ihre Kollegin meinte, dass seit dreißig Jahren keine Lawine mehr vom Elk Ridge heruntergekommen war.«

Gail zuckte mit den Achseln. »Wenn die Schneeverhältnisse danach sind und der Hang steiler als dreißig Grad ist, dann genügt ein kleiner Auslöser. Deshalb sprengen wir ja an manchen Hängen den Schnee, so führen wir die Abgänge absichtlich herbei und verhindern Unglücksfälle.«

»Aber die Lawine, in der Nate umkam, wurde nicht von einer solchen Sprengung ausgelöst, oder?« Bevor sie antworten konnte, hörte ich eine vertraute Stimme rufen: »Mom!« Gleich darauf: »Goldy Schulz!« Für den Fall, dass Zweifel bestehen könnten, welche von den vielen Moms gemeint war.

Arch stand auf der anderen Seite der Piste und winkte mit beiden Armen. »Hey, Mom!« Er und Todd rutschten auf ihren Snowboards in unsere Richtung. Todds Mütze, Anorak und Handschuhe waren voller Schnee. Er ließ entmutigt und verlegen den Kopf hängen und ich hatte den Verdacht, dass er schwer gestürzt war und sich weh getan hatte.

»Sie haben Nates Leiche tatsächlich gefunden?« fragte ich Gail.

Sie warf ihr langes Haar über die Schulter und sah den Berg mit funkelnden Augen an. »Es gibt einen Bericht, der der Öffentlichkeit zugänglich ist... da können Sie alles nachlesen. Ich habe in der Zeitung gelesen, dass Sie eigene Nachforschungen anstellen wollen.«

Ich schüttelte den Kopf. »Ich möchte eigentlich nur wissen, was Rorry so sehr zu schaffen macht. Ich will keinen Fehler machen, indem ich irgendetwas zu ihr sage, was sie verletzen könnte...«

Gails Tonfall wurde sanfter. »Wir glauben, dass ein *Mensch* die Lawine ausgelöst hat. Daher wäre es am besten, Sie würden mit Rorry überhaupt nicht über das Unglück sprechen.«

»Was?«

Sie wandte sich ab. »Es steht alles in dem öffentlichen Bericht«, wiederholte sie. »Am Elk Ridge fand man an diesem Tag drei verschiedene Spuren. Im Sommer ist es ein gut ausgeschildertes Wandergebiet, aber es war Winter und wir hatten nur an diesem einen Tag fast zwanzig Zentimeter

Neuschnee. Zwei Stiefelspuren führten ein Stück bergauf – Nates und die von einer zweiten Person. Die Tiefe der Abdrücke im Schnee war beinahe identisch, also besteht Grund zu der Annahme, das Nate in Begleitung war. Aber man kann auch nicht ganz ausschließen, dass die andere Person nach Nate aufgestiegen ist. Es ist nur eher unwahrscheinlich ...«

»Warum ist es unwahrscheinlich?«

»Wenn man jemandem folgt, dann tritt man gewöhnlich in *seine* Fußstapfen. Das erleichtert das Gehen im Schnee. Aber die beiden Spuren verliefen parallel nebeneinander.«

»Wurde noch jemand von der Lawine erfaßt?«

»Nein«, widersprach Gail geduldig und sah mich mit ihren dunklen Augen an. Arch und Todd unterhielten sich ein paar Meter von uns entfernt. »Dieser andere lief nur ein Stück neben Nate, dann trennte er sich von ihm und stieg hinauf zum Elk Ridge. Nate ging ins Tal hinunter. Wir wissen nicht, warum er diese Route einschlug. Seine Spur führte direkt in den Bereich der Lawine. Wir fanden ihn erst nach fünf Stunden und bis dahin war er im Schnee erstickt.«

»Und die dritte Spur?«

Wieder musterten mich die dunklen Augen. »Nates Begleiter kam wieder herunter. Wir brachten nie in Erfahrung, wer er war. Oder sie. Ich weiß nicht, ob irgendjemand Rorry von dieser zweiten Person erzählt hat. Wahrscheinlich weiß sie längst davon. Aber, wie schon gesagt, es wäre vielleicht besser, wenn Sie dieses Thema nicht anschneiden würden.« Sie ging ein paar Schritte, um einen Skifahrer zu verwarnen, der eine ganze Familie umgefahren hatte.

Ich versuchte zu verdauen, was ich eben gehört hatte. Zwei Spuren nach oben? Eine nach unten? Wusste Rorry tatsächlich von diesem Begleiter? Und wer könnte an diesem verhängnisvollen Tag bei Nate gewesen sein? Warum hatte sich diese Person nie gemeldet?

»Mom!« Arch keuchte. Seine geröteten Wangen waren feucht vom geschmolzenen Schnee. »Todd ist von einer Frau umgefahren worden. Sie hat ihn umgeschmissen und ist in mich hineingerast und dann hat *sie uns* angeschrien, weil *wir ihr* im Weg gestanden hätten. Ich sagte: ›Vorfahrt haben die Skifahrer, die vor einem sind‹, und sie brüllte: ›Ihr seid keine Skifahrer!‹«

Ich tröstete ihn, während ich ihm die Schneeklumpen von den Schultern wischte und über die Vorurteile gegen Snowboarder schimpfte. Der arme Todd schlurfte auf uns zu und ich fragte ihn, ob mit ihm alles in Ordnung sei. Seinem zweideutigen »Ich denke schon« folgte die Bitte, ihn nach Hause zu fahren, und das tat ich.

Arch schlief innerhalb von fünf Minuten im Range Rover ein, nachdem wir Killdeer verlassen hatten. Als ich zu High Country Towing einbog, schnarchte er. Ein Mann im ölverschmierten Overall öffnete das Tor und ich rollte auf den mit Autos vollgestellten Platz – jedes von ihnen hatte schon bessere Tage gesehen. Als ich meinen demolierten Van entdeckte, schnürte sich mir die Kehle zu. Mein zuverlässiges Vehikel – die Aufschrift *Goldilocks' Catering*... war zerbeult und unlesbar – war jahrelang mein Kompagnon gewesen. Sein jämmerlicher Zustand erschien mir wie ein unheilvolles Omen für den Verlust meines Unternehmens. Ich tätschelte die Stoßstange und verabschiedete mich im Stillen. Bevor der Typ im Overall die Notaufnahme der Irrenanstalt anrufen konnte, schnappte ich mir Toms Skier – die wundersamerweise vollkommen unversehrt geblieben waren –, meine eigene Skiausrüstung und den Rucksack und brauste wieder los.

Arch wachte auf, als wir in unsere Einfahrt einbogen. Ich musste mit Tom über all das reden, was ich über Barton Reed, den an Krebs leidenden Verurteilten, über Jack Gilkey, den auf Bewährung freigelassenen Küchenchef, Arthur Wakefield, den Weinliebhaber und Anti-Bewährung-Aktivisten, und Boots Faraday, die extrem unfreundliche Künstlerin und Doug-Portman-Hasserin, erfahren hatte. Aber die Besuchszeit im Gefängnis war bald vorbei und Tom hatte versprochen, Arch zu seinem Vater zu bringen. Bevor sie losfuhren, kündigte Tom an, dass er mir bei der Zubereitung des Abendessens helfen wolle, also sollte ich auf ihn warten.

Ich dankte ihm, schleppte die wertvollen Skier hinauf und schrie wie am Spieß, als ich über etwas stolperte, was sich als Archs Physikexperiment herausstellte. Sobald ich die Skier verstaut hatte, polterte ich kochend vor Wut wieder auf den Flur. Ein furchtbares Durcheinander erwartete mich. Laut Etikett hatte Arch sorgfältig Bleichmittel auf schwarzen Stoff geträufelt, um zufällige Spritzmuster der Quantenmechanik zu demonstrieren. Ich hatte unglücklicherweise den Eimer mit dem Bleichmittel umgeschmissen und nicht nur den gelben Wollteppichboden, sondern auch einen Stapel Bluejeans, die zum Waschen bereitlagen, mit dem Zeug überschüttet. Ich tupfte mit Lappen das restliche Bleichmittel von dem ruinierten Teppich, dann stopfte ich die Jeans in die Waschmaschine – man konnte sie bestimmt noch bei der Gartenarbeit oder beim Malen tragen – und hängte den furchtbar fleckigen und bestimmt für das Experiment unbrauchbar gewordenen schwarzen Stoff ins Bad.

Ich bemühte mich verzweifelt, eine gute Mutter zu sein im Sinne von: »Bring deinen Kindern so viel wie möglich bei und unterstütze ihre Interessen«, aber meine Fehlerquote war beängstigend hoch. Ungeachtet der amerikanischen Sentimentalität Müttern gegenüber, würde ich gern einmal eine eigene Muttertagskarte kreieren mit der Aufschrift: *Du kannst niemals gewinnen.*

In der Küche tippte ich Archs Weinliste und die von ihm

vorgeschlagenen Speisen in den Computer. Dann dachte ich über meine nächsten, sehr spärlichen kulinarischen Unternehmungen nach. Ich überprüfte, wie viele Plätzchen ich schon für den Empfang in der Bibliothek am nächsten Tag fertig hatte, und beschloss, zu den Mandelmakronen und Schokoladenplätzchen noch Jacks köstliche Orangen-Muffins und die Ingwerplätzchen zu backen, die ich in der Fernsehshow verpatzt hatte.

Ich nahm die Butter aus dem Kühlschrank, damit sie weich wurde, und sah nach, ob ich eine ganze Muskatnuss hatte, dann suchte ich die Melasse und den Apfelessig. Als Tom, beladen mit Tüten, in denen sich Krabbendosen und Zutaten für ein Dutzend verschiedene Saucen befanden, nach Hause kam, verteilte ich gerade Häufchen von dem würzigen Teig auf dem Kuchenblech.

»Aha!«, rief er überschwänglich, als er mich in die Arme nahm. »Die Königin der Sahne nimmt noch mal die Ingwerplätzchen in Angriff.«

»Du hast den Artikel in der Killdeer Zeitung gelesen?«

»Ja, jemand hat ihn mir gefaxt«, antwortete er geistesabwesend. »Wie geht's dir? Übrigens, du bist *nicht* korpulent.«

»Danke.« Ich seufzte. »Was macht der Blödmann?«

»Er war wie immer. Arch tat mir Leid, deshalb hab ich für ihn mageres Hackfleisch und – bring mich nicht gleich um – Schmelzkäse gekauft, damit ich ihm Chile Con Queso machen kann. Wir können Maischips dazu essen und Gemüse. Das bestellt er doch immer im Restaurant, also dachte ich, ich versuch's mal selbst.«

Ich lachte. »Großartig. So viel zum Stichwort ›korpulent‹. Ich taue auch noch ein paar Heilbuttsteaks für uns auf. Das Queso ist gut. Ich brauche selbst ein bisschen Trostfutter, weil ich mich heute von meinem Van verabschieden musste. Es war scheußlich.«

»Wir werden dir einen anderen Van kaufen.«

»Du verstehst das nicht. Es war so traurig.«

Seine grünen Augen suchten meinen Blick. »Hey, Miss G., weißt du, wie viele Karren ich demoliert habe?« Der schwache Geruch seines Aftershaves verursachte mir eine Gänsehaut... Wessen Idee war es, zu Abend zu essen, *bevor* man ins Bett geht?

Ich sagte. »Ist das eine Statistik, die mich in Aufregung versetzt?«

»Sechs Unfälle – vier davon mit Totalschaden.«

»Ah.«

»Was machst du da, Königin der Sahne?«

»Marmelade-Muffins«, erklärte ich vergnügt. Das war das Gute an Tom: Man konnte ihm nicht lange böse sein, wenn er einen aufheitern wollte. Ich nahm die Heilbuttsteaks aus der Tiefkühltruhe, während Tom das Hackfleisch für seine mexikanische Vorspeise briet. Ich rieb Schalen von den Orangen und maß dicke Orangenmarmelade allerbester Qualität ab.

»Was dagegen, wenn wir Marla einladen?«, fragte ich. »Bei all dem Hin und Her nach Killdeer konnte ich heute gar nicht mit ihr sprechen. Sie liebt Heilbutt.«

»Okay«, sagte er, als er pikante Sauce in den schmelzenden Käse und das angebratene Fleisch rührte. »Sag ihr nur, dass sie nicht vor sechs Uhr kommen soll, ich muss vorher mit dir reden.«

»Klingt sexy. Ich muss auch mit dir reden. Wie wär's, wenn wir das woanders machen würden?«

Er grinste. »Später. Ruf Marla an...«

In diesem Moment brüllte Arch von oben herunter, dass er wissen wolle, wer sein Experiment verdorben habe! Ich rief zurück, ich sei das gewesen, weil er es so im Flur hatte stehen lassen, dass man darüber stolpern musste. Ich wurde mit

Türenschlagen belohnt und seufzte resigniert. Hoffentlich konnte Toms Queso die Laune meines Sohnes verbessern.

»Ruf Marla an«, wiederholte Tom seelenruhig, »dann erzähle ich dir von dieser Künstlerin, die heute Anzeige gegen dich erstattet hat.«

»*Wer* hat *was* getan?«

Tom riss schweigend eine Tüte Chips auf. Ich telefonierte mit Marla. Sie meinte, dass sie am Verhungern sei, und was für Wein sollte sie zum Heilbutt mitbringen? Sie konnte ja keinen trinken, aber Tom und ich sollten uns doch was Gutes gönnen. Ich zermarterte mir das Gehirn nach einem Rat von Arthur Wakefield, den ich gespeichert haben könnte, und sagte ihr, dass ein vollmundiger, würziger Wein am besten passen würde. Marla versprach, in zwanzig Minuten bei uns zu sein.

Tom fragte: »Miss G., du hast vorgegeben, ein Undercover-Cop zu sein und hast mit einer Frau namens Boots Faraday zu Mittag gegessen, um sie wegen des Portman-Falles auszuhorchen, ja?«

»Aber klar doch, Tom.« Die Zeituhr des Backrohrs piepste. Ich setzte vorsichtig die knusprigen Plätzchen zum Abkühlen auf das Gitter, dann schob ich die Muffin-Formen hinein. »Ich hab Boots Faraday zum Essen eingeladen und gesagt: ›Ich bin Undercover-Polizistin. Verraten Sie niemandem etwas davon. Aber ich habe eine ganze Menge Fragen an Sie. Erzählen Sie davon auch niemandem etwas.«

»Willst du Pasta zum Heilbutt machen?«, erkundigte sich Tom.

Ich nickte und schnitt ärgerlich Knoblauch und Zwiebeln, dann warf ich sie in eine Pfanne mit heißem Öl. »Ich habe im Gespräch mit dieser Frau *überhaupt nichts* vorgegeben.« Ich wollte Tom nichts von der Collage erzählen, die ich gekauft hatte, weil ich inzwischen schon darüber nachdachte, ob die

Galerie sie zurücknehmen und mir mein Geld wiedergeben würde.

»Du solltest vorsichtig sein, weil diese Frau wegen Körperverletzung gesessen hat.«

»Du machst Witze!« Ich setzte Wasser für Nudeln auf. Dann schnitt ich geräucherten Schinken in Streifen und ein paar Tomaten in Würfel, gab sie zu den Zwiebeln und rührte grobkörnigen Senf, Madeira, Weißwein, Majoran und Oregano hinein. Eine pikante Pasta passte wunderbar zum Heilbutt. Als die Sauce brodelte, fragte ich: »Boots Faraday hat jemanden angegriffen und verletzt?«

»Offenbar hat sie eine Serie von Kunstwerken für einen Kunden angefertigt. Dem Typen gehörte ein Snowboard-Laden, und er bot ihr ein Snowboard für ein halbes Dutzend ihrer Collagen an, auf denen Snowboarder zu sehen waren. Als Miss Faraday die Collagen ablieferte, erklärte der Typ, er hätte seine Meinung geändert, er wolle die Collagen nicht mehr, aber das Board könne sie behalten. Sie könne die Collagen in Restaurants von Killdeer aufhängen, schlug er ihr vor.«

»Um Himmels willen.«

»Vernünftige Leute würden klagen und vor Gericht gehen, aber unsere Miss Faraday entschied sich anders. Sie rammte mit ihrem Chevy Suburban den Lieferwagen des Ladenbesitzers. Er brach sich bei dem Unfall beide Beine und musste in diesem Winter aufs Snowboardfahren verzichten. Sie saß zehn Tage im Knast. Dann kam sie auf Bewährung raus.«

»Hmm.« Ich gab die Nudeln in das kochende Wasser und stellte die Zeituhr ein. »Hatte sie irgendwelche Auseinandersetzungen mit Doug Portman wegen ihrer Bewährung?«

Tom schüttelte den Kopf. »Aber er war Kunstkritiker und mindestens ein halbes Dutzend Leute haben uns erzählt, dass sie ihn nicht ausstehen konnte, weil er ihre Arbeiten in der

Zeitung verriss. Sie versuchte sogar durchzusetzen, dass man ihn aus der Redaktion feuert, aber die Typen von der Killdeer Zeitung ignorierten sie – wahrscheinlich, weil sie Doug Portman nicht viel für seine Rezensionen gezahlt haben.«

»Ich habe sie nicht befragt – das möchte ich festhalten.«

»Ich weiß«, erwiderte Tom mit einem breiten Lächeln. »Vermutlich warst du nur neugierig wie immer. Das war mir sofort klar, als ich von der Anzeige erfuhr.« Er rührte in der blubbernden Käsesauce. Mir knurrte der Magen.

»Boots Faraday war nicht die Einzige, die ich heute ausgehorcht habe.« Ich erzählte Tom von Jack Gilkey und seiner Rolle beim tödlichen Unfall von Arthurs Mutter, dass er deswegen im Gefängnis gewesen war, aber nach einem Jahr Bewährung bekommen hatte, und dass Arthur mit einem öffentlichen Brief Anstoß an Jacks Freilassung genommen hatte.

»Lass mich raten, wer Gilkey freigelassen hat«, sagte Tom.

»Ja. Und dann kannst du auch gleich raten, wen Portman *nicht* auf Bewährung rausgelassen hat.«

»Barton Reed«, gab Tom prompt zurück. Er erhitzte Wasser für die Wärmeplatte. »Ich weiß, ich habe ihn heute überprüft. Vor einiger Zeit habe ich ihn wegen Betruges verhaftet. Und John Richard hat übrigens beim Ausschuss für Strafaussetzung einen Antrag auf einen früheren Termin für seine Freilassung gestellt. Aber es dauert mindestens noch einen Monat, bevor sie überhaupt darüber nachdenken, ob sie ihn rauslassen.«

Ich seufzte. »Du glaubst also, Barton Reed könnte Portman umgebracht haben?«

»Bisher gibt es keine Hinweise darauf, Miss G.«

Ich deckte den Tisch, machte römischen Salat an und schnitt fünf Scheiben von dem selbstgebackenen Brot ab, das Julian mitgebracht hatte.

»Ich habe aber doch noch einige Fragen an dich«, sagte Tom nach kurzem Nachdenken. »Wie es scheint, hat Miss Faraday den Artikel über dich in der Zeitung gelesen, in dem von deinen mehr oder weniger erfolgreichen Versuchen als Amateurdetektivin die Rede war.«

»Fang jetzt bloß nicht *damit* an. Die Öffentlichkeitsarbeit ist, wie ich Boots Faraday auch schon sagte, einzig und allein Arthurs Sache.«

Tom rührte in den Nudeln. »Mhm. Aber eine Menge Leute haben den Artikel gelesen. Vielleicht hat einer dieser Leser beschlossen, deinen Van zu rammen, weil er befürchtete, du könntest deine Nase in Dinge stecken, die mit Doug Portmans Tod zu tun haben.« Ich stöhnte. »Nur eine Theorie«, fügte Tom hinzu. »Da wir gerade von Portman sprechen – wir haben ein vorläufiges Ergebnis aus der Pathologie: Er hat diese Pflaster berührt, aber sie waren bereits benutzt worden, daher wurde nur eine Spur des Opiats in seinem Organismus gefunden. Nicht genug, um ihn zu töten. Nein, *das* hat derjenige erledigt, der ihm mit dem großen Stein, der neben der Piste gefunden wurde, auf den Kopf geschlagen hat. Offensichtlich wurde Doug mehrmals getroffen. An dem Stein wurden Sachen gefunden, von denen du bestimmt lieber nichts hören willst, solange du das Abendessen zubereitest. Aber leider gab es keine Fingerabdrücke.«

»Also war es Mord.«

»Zweifelsfrei«, bestätigte Tom grimmig. »Sie glauben, dass jemand, der wusste, dass er diese Piste fahren würde, dort auf ihn gewartet, ihn gesehen und schnell die Absperrung angebracht hat. Dann fuhr der Täter ihm nach und schlug ihm den Stein über den Schädel.«

Ich hatte Doug Portman wirklich nicht gemocht, aber auf einmal war ich entsetzlich traurig. Tom nahm mich in die Arme.

Er schüttete die dampfende Queso in die Warmhalteschüssel und zündete das Rechaud darunter an. Ich hatte ihm diese Schüssel zum Vatertag geschenkt. Tom hatte Arch in zwei kurzen Jahren mehr Gutes angetan als der Blödmann in zwölf. Deshalb hatte er ein Vatertagsgeschenk verdient.

»Schnee, Schnee, Schnee!«, kreischte Marla, als sie hereinkam und einen fast bodenlangen Pelzmantel von sich schleuderte – sie beteuerte, dass es ein falsches Fell war, aber ich hatte meine Zweifel. Darunter trug sie ein weihnachtsrotes, mit rubinfarbenen Perlen besticktes Kleid. »Wo ist dein Sohn? Ich hab ihm ein paar Weihnachtsleckereien mitgebracht – dieses Zeug, das an einem Band aufgereiht ist. Sag ihm, ich will unbedingt wissen, welche Süßigkeiten seine Freundin am liebsten mag. Ich gebe nächste Woche eine große Bestellung auf. Hmm, in diesem Haus riecht es großartig.«

Ich beschloss, Marla nicht zu sagen, dass Weihnachtsgeschenke für Archs Freundin ein heißes Eisen waren, und rief ihn. Er polterte die Treppe herunter und nahm Marlas Geschenk mit mäßiger Begeisterung entgegen. Während sie sich damit beschäftigte, den Gewürztraminer zu öffnen, schielte er auf die dicken, bunten Bänder mit den Süßigkeiten und überlegte, was er davon vor anderen essen konnte, ohne allzu kindisch zu erscheinen. Ich achtete nicht auf ihn und grillte die Heilbuttsteaks. Gleich darauf tunkten wir Chips in Toms scharfe Käse-Hackfleisch-Sauce und stimmten überein, dass die pikanten Nudeln eine perfekte Ergänzung zum Heilbutt waren. Komisch, aber Kochen war viel einfacher, wenn man dabei nicht vor der Kamera stand.

»Wie viele Sendungen hast du noch?«, fragte Marla, als könnte sie meine Gedanken lesen.

»Noch eine vor Weihnachten.«

»Übrigens: Portmans mysteriöser Unfall wurde in den Nachrichten erwähnt«, bemerkte sie sachlich. »Allerdings bin ich sicher, dass Elva, die Exfrau, ihn nicht umgebracht hat. Sie hat einen neuen Freund, die beiden sind in Neuseeland. Er ist wirklich niedlich. Elva hat mir ein Foto von ihm geschickt.« Sie bedachte mich mit einem trübsinnigen Blick. »Ist an deiner Arbeit in Killdeer eigentlich *irgendetwas* gut?«

»Die Freifahrten mit den Liften«, erwiderten Arch und ich unisono. Wir lachten alle.

»Ich weiß, es ist ketzerisch, und ich fahre auch Ski, aber es macht nicht so viel Spaß, wie immer behauptet wird.« Tom gab eine weitere Portion von der Pasta auf ihren Teller. »Ich meine, es ist teuer, man friert und fällt hin. Wieso läßt man das Herumturnen auf der Piste nicht ganz sein und macht sofort Après-Ski – gutes Essen, Wein und eine heiße Badewanne?« Arch verdrehte die Augen und Marla fuhr fort: »Diese Spendenveranstaltung ... du hast deine Sache großartig gemacht, Goldy. Es war nicht deine Schuld, dass der Mixer den Geist aufgegeben hat. Ich habe selbst angerufen und etwas gespendet, und das nicht nur aus Mitleid mit Nate Bullock. Ich konnte seine Sendungen – *High Country Hallmarks* – nicht ausstehen. Das einzig Bemerkenswerte, was es im *High Country* in den letzten zehn Jahren gegeben hat, ist Neiman-Marcus.«

Ich lächelte.

Marla mümmelte den Salat und dachte nach. »Mir tut Rorry Bullock Leid. Wenn man in Killdeer lebt, kann man sich keine anständige Behausung leisten. In dieser Beziehung ist Killdeer wie Aspen. Die Reichen haben die Häuserpreise ins Unermessliche getrieben – ich habe gehört, dass einige Arbeiter sogar im Winter in Tipis im Wald wohnen müssen. Könnt ihr euch das vorstellen? Rorry lebt auf einem Campingplatz, aber ihr Wohnwagen ist auch nicht viel sicherer als ein Tipi. St. Luke's hat Geld gesammelt, damit sie sich einen neuen Wagen kaufen kann. Es ist kaum zu fassen, aber jemand hat sich ihr Auto ausgeliehen, ohne sie vorher zu fragen. Später stand es wieder neben dem Wohnwagen, war aber vollkommen verbeult. Eine Unverschämtheit!«

»Das ist ja schrecklich!«, rief ich und dachte an meinen eigenen Unfall. »Wann war das?«

Marla zuckte mit den Schultern. »Ich weiß nicht genau. Kürzlich. Ich bin froh, dass die Kirche sie beim Kauf eines neuen Autos finanziell unterstützt.«

»Woher weißt du das alles?«, fragte Tom.

»Ihr Name steht auf der Liste derer, für die die Kirche betet, und der Spendenaufruf ist nicht vertraulich«, antwortete Marla und leckte Salatdressing von ihrer Gabel. »Gott sei Dank! Ich habe es so satt, Geheimnisse für mich behalten zu müssen.«

Ich musste lachen, Tom auch. Arch grinste – vielleicht erinnerte er sich daran, wie Rorry ihn früher ständig umarmt hatte. Nach dem Essen verkündete er, dass er ein neues Experiment vorbereitete, und setzte kleinlaut hinzu, dass es ihm Leid tat, den Eimer im Flur stehengelassen zu haben. Zu meinem Erstaunen bot er uns allen Süßigkeiten von seinen Bändern an.

Chile Con Queso Dip

1 Pfund mageres Rinderhackfleisch
300 g Schmelzkäse
1/2 Tasse pikante Sauce
Maischips und Crudités

Das Hackfleisch in einer großen Pfanne bei mittlerer Hitze anbraten, bis es angebräunt, aber noch nicht trocken ist. Den Schmelzkäse zu dem Fleisch geben, die Hitze herunterstellen und das Ganze rühren, bis der Käse geschmolzen ist. Dann die pikante Sauce hinzufügen und erhitzen, bis sich Blasen bilden. Mit Chips und Crudités servieren.

Marmelade-Muffins

1/2 Pfund Butter
1 3/4 Tassen Zucker
4 große Eier
2 Tassen Buttermilch
4 3/4 Tassen Mehl
2 Teelöffel Natriumbikarbonat
2 Teelöffel Backpulver
1/2 Teelöffel Salz
2 Esslöffel abgeriebene Orangenschale
1 Tasse bittere Orangenmarmelade

Den Backofen auf 200 Grad vorheizen.

In einer großen Rührschüssel die Butter mit 1 1/2 Tassen Zucker schaumig schlagen und die Eier nach und nach zugeben. Die Buttermilch hinzufügen und gut untermischen.

In einer anderen Schüssel das Mehl mit dem Natriumbikarbonat, dem Backpulver und Salz vermischen, dann alles zusammen in die Butter-Ei-Mischung rühren und zum Schluss die Orangenschale und die Marmelade einarbeiten. Den ziemlich festen Teig auf 28 Muffin-Formen aufteilen. Auf jedes Muffin einen Teelöffel Zucker streuen. Etwa 15 bis 20 Minuten backen. (Machen Sie die Probe mit einem Zahnstocher: Stecken Sie ihn in ein Muffin, und wenn kein Teig mehr daran klebt, sind sie fertig.)

Rezept für 28 Muffins

Kapitel 13

Am nächsten Morgen stand ich in meiner wunderschönen, aber abflusslosen Küche und bewunderte die Plätzchen und Muffins, die ich auf Platten arrangiert hatte, um sie in die Bibliothek zu bringen. Wenn die Dinge nicht besonders gut laufen, tröstete ich mich, ist es immer das Beste, zu backen. Ich machte mir einen Espresso und bestückte kleine Vasen mit Stechpalmen- und Efeuzweigen für die Bibliothekstische. Tom kam herein, küsste mich und rührte anschließend einen Teig für einen Pfannkuchen, der so hoch aufging, dass sogar Arch grinsen musste. Um halb acht hatte ich alles in den Rover gepackt und wir waren bereit zum Aufbruch.

Als der Rover hinter Toms Chrysler hertuckerte, wirbelten Schneeflocken von einem unheilvollen kohlegrauen Himmel. Obwohl wir zu dem Frühgottesdienst in St. Luke's fuhren, machte Arch einen weniger mürrischen Eindruck als sonst. Das könnte bedeuten, dass Lettie auch den Gottesdienst besuchte, aber vielleicht lag es auch nur an dem Pfannkuchen.

Marla saß in einer der vorderen Bänke und winkte uns. Wir setzten uns neben sie und ich blickte sie erstaunt an. Normalerweise stand sie nicht so früh auf, um den Gottesdienst zu besuchen. Wahrscheinlich hatte sie sich aus dem Bett gequält, weil sie auf keinen Fall irgendwelche Gerüchte verpassen wollte. Es wäre furchtbar für Marla, wenn irgendjemand eine Krise hätte, ohne dass sie davon erfuhr.

Ich konzentrierte mich auf die Liturgie. Zumindest versuchte ich es. Eine unbestimmte Sorge nagte an mir. Ich hatte den Sonntagsschülern immer empfohlen, ihre Probleme in die Hände des Allmächtigen zu legen. Jetzt versuchte ich, meinen eigenen Rat zu befolgen.

Am Anfang der Fürsprechgebete reichte einer der Messdiener dem Priester einen Zettel, der daraufhin feierlich verkündete, dass wir für ein ehemaliges Gemeindemitglied beten müssten, das mit einer Schwangerschaft zu kämpfen habe. Zudem sei der weit entfernt lebenden armen Seele der Wagen gestohlen und zerstört wiedergebracht worden.

»Siehst du«, flüsterte Marla. »Ich hab's dir doch gesagt.«

Rorry. Ihr Verhalten hatte mir Rätsel aufgegeben. Und jetzt das. *Wann,* fragte ich mich, *wann hatte man ihr den Wagen gestohlen und zu Schrott gefahren.* Ich wollte sie anrufen, sobald ich in der Bibliothek fertig war, und ihr offiziell anbieten, ein paar vorgekochte Gerichte zum Einfrieren vorbeizubringen, bis das Baby kam. Vielleicht verhielt sie sich dann ein wenig aufgeschlossener und erzählte mir, warum sie bei der Spendenaktion im Namen ihres verstorbenen Mannes so gereizter Stimmung gewesen war. Möglicherweise verriet sie mir sogar, was genau mit ihrem Auto passiert war – ungefähr zur selben Zeit, als meines auf der Straße gerammt worden war.

Der Gottesdienst endete. Ich umarmte Arch. Tom küsste mich auf die Wange. Arch hatte den Samstag auf dem Snowboard verbracht und anschließend seinen Vater im Gefängnis besucht, nur um beim Nachhausekommen festzustellen, dass sein wissenschaftliches Projekt unbrauchbar geworden war. An diesem Nachmittag würde er mit einem neuen Experiment anfangen und die Zeilen von Spenser auswendig lernen, die er in der nächsten Woche in Englisch aufsagen musste. Tom würde ihn nach Hause bringen, bevor er selbst für einige Stunden in seine Dienststelle fuhr. Er wollte die Informationen, die ich ihm gegeben hatte, nachprüfen. Marla wollte wissen, welche Leckereien ich für die Bibliothek vorbereitet hatte. Ich beteuerte, dass alles köstlich und vor allem reichlich war. Was konnte ein Caterer mehr bieten? Sie meinte, sie würde sich als erste am Büfett anstellen, und ich fuhr los.

Unsere Kleinstadt-Bibliothek mit ihren Ziegelmauern, dem steilen Kupferdach und den beiden spitzen Türmen mit den Leseräumen bot einen bezaubernden Anblick. Aber in dieser Hinsicht stand ich ganz allein mit meiner Meinung: Hunderte von Protestbriefen hatten die Lokalzeitung erreicht, in denen die Leser das alte Gebäude als nicht in die Berge passend bezeichneten. Öffentliche Gebäude mussten wie Blockhütten aussehen, sonst wurden sie von der Bevölkerung nicht akzeptiert. Die einfallsreiche Marla riet in einem Brief, das Haus »Château de Volumes« zu nennen. Niemand griff den Vorschlag auf.

Ich blinzelte durch die Schneeflocken und war überrascht, ein sehr großes Banner über dem Eingang zu sehen: *WEIHNACHTSEMPFANG – KUCHENBÜFETT.* Genausogut hätten sie verkünden können: *KOSTENLOSE VERPFLEGUNG.* Allerdings hielt das dichte Schneetreiben die Horden, die das Büfett stürmen könnten, vielleicht davon ab, die eigenen vier Wände zu verlassen. Tom neckte mich oft damit, dass ich über zu viele Leute genauso unglücklich war wie über zu wenige.

Doch der Empfang verlief wunderbar. In zwei Stunden strömten etwa sechzig Förderer der Bibliothek in Anoraks, Stiefeln, Fäustlingen und Schals in den Leseturm, machten es sich am Gasfeuer bequem und taten sich an meinen Plätzchen und den Muffins gütlich. Marla schwärmte jedem einzelnen Besucher vor, dass dies das beste Gebäck im ganzen Universum sei. Die Leute bestätigten diese Ansicht voller Enthusiasmus. Mir wurde warm ums Herz, besonders als mich ein Dutzend Leute baten, ihre Weihnachtsfeiern auszurichten. Statt beschämt einzugestehen, dass mein Unternehmen von offizieller Seite geschlossen worden war – und ich deswegen meine Produkte nur verschenken, aber nicht verkaufen konnte –, behauptete ich, dass mich meine Arbeit als persönliche Köchin und die Fernsehsendung in Killdeer bis zum Neuen Jahr vollkommen in Anspruch nahmen. Und Marla setzte noch eins drauf, indem sie erklärte, ich würde gerade eine Warteliste für Februar zusammenstellen. Sie drängte die Bibliotheksbesucher: *Rufen Sie Goldy bald an und bestellen Sie Ihr spezielles Valentins-Dinner; sie liefert es Ihnen direkt ins Haus!*

Als ich ihr einen verblüfften Blick zuwarf, zwinkerte sie mir zu und hielt verstohlen den Daumen nach oben. Mindestens zehn Personen beteuerten, dass sie sich bei mir melden würden. Was würde ich ohne Marla tun?

Das einzig Merkwürdige an diesem Nachmittag geschah, als ich meine Sachen zusammenpackte. Eine der Bibliothekarinnen kam auf mich zu und erinnerte mich mit gesenkter Stimme, dass ich die Bücher nicht vergessen sollte, die ich bestellt hatte. Als ich erwiderte, ich hätte gar keine Bücher bestellt, meinte sie nur, die Bände lägen auf dem Pult für mich bereit. Das Material sei seit gestern Nachmittag da, fügte sie hinzu. *Vielleicht handelt es sich um Nachschlagewerke für Archs Experimente*, dachte ich. Ich brachte meine Sachen zum Rover, dann ging ich zum Ausgabepult.

»Da muss ein Irrtum vorliegen«, sagte ich zu der Bibliothekarin, als ich in den wattierten Umschlag schaute und zwei mit Gummiband zusammengehaltene Bücher sah, die beide ein Etikett mit meinem Namen trugen. »Ich habe sie nicht angefordert.«

»Bibliothekskarte bitte.« Ohne mich anzusehen, streckte die Frau die Hand aus. Ich kramte in meiner Brieftasche, gestand, dass ich die Karte nicht finden konnte, und wartete, während sie stirnrunzelnd etwas in ihren Computer eingab. Nach einer Weile fragte sie mich, ob ich Goldy Schulz sei, und nannte meine Adresse. Als ich bejahte, runzelte sie noch mehr die Stirn, tippte wieder etwas ein, dann sagte sie, ich hätte vermutlich vergessen, dass ich die Bücher und Zeitungsausschnitte angefordert hatte. Jedenfalls hätte ich bei der Bestellung meine Bibliothekskarte benutzt.

Verdammt. Ich schaute auf die Bücher in meiner Hand: *Lawinengefahr* und *Lockvogel-Morde.* Das Eine war ein Handbuch für Sicherheitsvorkehrungen in den Bergen, das andere schien eine Krinminalgeschichte nach wahren Begebenheiten mit grausigen Fotos von Leichen zu sein, die man auf Bostoner Parkplätzen gefunden hatte. Die »Lockvögel« waren offenbar Augenzeugen von Verbrechen gewesen, hatten die Kriminellen angezeigt und waren für ihre Zivilcourage hingemetzelt worden. Ich legte die Bücher beiseite und schlug den Ordner mit dem getippten Etikett *Goldy Schulz* auf. Auf zwei Klebezetteln in dem Ordner stand *Willst du sterben?* und *Freunde lassen nicht zu, dass sich Freunde selbst umbringen.*

Was um alles in der Welt hatte das zu bedeuten?

Ich blätterte sorgfältig die fotokopierten Seiten durch. Nirgendwo befand sich eine Notiz – es gab nicht den kleinsten Hinweis darauf, wer mir diese Sachen geschickt hatte. Die Artikel – etwa ein halbes Dutzend – stammten vom *Killdeer Courier,* dem wöchentlichen *Furman County Register,* der *Denver Post* und der *Mountain News.* Einige Absätze waren mit grünem Markierstift angestrichen. Ich blätterte zum Anfang zurück und fluchte leise: Womöglich hatte ich vorhandene Fingerabdrücke verwischt. Aber vermutlich war der Ordner schon durch die Hände vieler Bibliotheksangestellten gegangen. Und vielleicht litt ich allmählich unter Verfolgungswahn. Stellte es in irgendeiner Weise eine Bedrohung dar, wenn man für jemanden etwas in der Bibliothek hinterlegte? War es ein Eindringen in die Privatsphäre? Konnte man dafür belangt werden, wenn man Bücher für einen anderen bestellte? Ich kaute auf meiner Unterlippe, während ich den wahren Kriminalbericht betrachtete. Was immer das Ganze auch sollte, ich fühlte mich nicht besonders gut dabei.

Zur Bibliothekarin sagte ich: »Haben Sie eine Ahnung, wer das für mich hinterlegt haben könnte?« Sie schüttelte den Kopf und ich erkundigte mich, ob sie bereit wäre, die anderen Angestellten zu fragen, wer den Umschlag gebracht hatte – vielleicht erinnerte sich die Person daran, die ihn entgegengenommen hatte. Die Bibliothekarin nahm den Umschlag und verschwand; kurze Zeit später kam sie zurück und erklärte, dass eine der Volontärinnen den Umschlag am Morgen im Briefkasten gefunden hatte. Das hieß, dass ihn jemand nach dem Schließen am Samstag und vor dem Öffnen am Sonntag in den Kasten gesteckt haben musste. Ich klemmte mir den Umschlag unter den Arm, schob der Bibliothekarin als Dankeschön ein paar von den übrig gebliebenen Plätzchen zu und machte mich auf den Heimweg.

Tom hatte mir eine Nachricht auf dem Anrufbeantworter hinterlassen. Er entschuldigte sich, weil es länger dauerte, als erwartet: Sein Captain wollte ihn sprechen. Er würde sich das Footballspiel im Radio anhören und vielleicht zum letzten Viertel zu Hause sein. Ob ich wohl für uns beide schreien und jubeln würde?

Es war noch eine andere Nachricht auf dem Band, eine lange von Arthur Wakefield. Ich rief seine Weinliste und seine Essensvorschläge vom Computer ab, während ich zuhörte. Es war ihm gelungen, bis auf einen Wein alle vom Zoll abzuholen. Dennoch plante er, alle fünf Weinsorten vorzustellen, und ein Lieferwagen sollte den Sauvignon blanc am Sonntagnachmittag zu ihm bringen.

Er brauchte Verpflegung für zwölf Personen, fuhr er fort, da er noch vier weitere Personen eingeladen hatte. Er hatte nur Fisch, Hühnchen und Rindfleisch auf die Liste gesetzt – nicht sehr hilfreich –, deshalb wollte er mit diesem Anruf meine Fantasie ein wenig anstacheln. Aber ich sollte auf keinen Fall vergessen, dass *er* letzte Hand beim Essen anlegen wollte.

Das Schweinefilet, das ich ihm dagelassen hatte, hatte ihm wunderbar geschmeckt. Er hatte jetzt selbst ein paar Schweinefilets besorgt, damit ich dasselbe noch einmal zu seinem Châteauneuf-du-Pape zubereiten konnte. Ich sollte die Zutaten für die Marinade mitbringen und bei ihm in seiner Küche mit dem Rotwein mischen. Ich schrieb wie eine Irre mit.

Eine Menge Leute hätten ihn nach den lecker aussehenden Krabbenkuchen gefragt, die ich im Fernsehen vorgestellt hatte. Er wollte etwas Mexikanisches, aber keine Frühlingsrollen, da er bei der Vorspeise nicht ständig hin- und herlaufen wollte. Also bitte, meinte er vage, mach ein mexikanisches Gericht mit Hühnchen. Und ein Fischgericht. Er hätte in Denver ein paar frische Seezungen und Spinat besorgt – ob ich Seezunge Florentiner Art zum Chablis zubereiten könne? Ich nickte seiner Bandstimme zu und vervollständigte meine Notizen.

Als Letztes bat er mich, noch einmal die Ingwerplätzchen aus der Sendung zu backen. Er hätte den wundervollen, süffigen Sauternes und wollte den Plätzchen noch eine Chance geben. *Ob sich die Leute wohl auch nach den Plätzchen erkundigt haben?* überlegte ich. Davon erwähnte er zumindest nichts. Dafür sagte er allerdings, dass er meine Ausgaben übernehmen *und* mir vierzig Dollar die Stunde für meine Arbeit plus weitere hundert Dollar für meine Zeit und die bisherigen Fahrten bezahlen würde. Nicht schlecht. Ich ließ das Band zurücklaufen und spielte es noch einmal ab, um sicherzugehen, dass ich nichts überhört hatte. Ich würde morgen in seiner Küche alle Hände voll zu tun haben, kein Zweifel.

Ich legte Arthurs Instruktionen weg und nahm mir den Umschlag aus der Bibliothek vor. Ich überlegte gerade, wohin ich mich setzen sollte, um die Sachen zu lesen, als Arch in die Küche marschierte. Er fragte, ob er sein Experiment mit Zuckerwasser, das er auf ein Kuchenblech schüttete, machen dürfte. »Tolle Idee«, erwiderte ich. Jedenfalls war Zuckerwasser besser als Bleichmittel.

Um Arch seine Ruhe zu lassen, brühte ich mir einen Espresso auf und nahm ihn zusammen mit drei Plätzchen und den Zeitungsartikeln mit ins Wohnzimmer. Ich stellte den Ton des Footballspiels aus und starrte auf den Ordner. Hatte der Blödmann diese seltsame Ansammlung von Schriftstücken für mich hinterlassen? Mein Exmann hatte schon früher Möglichkeiten gefunden, mich vom Gefängnis aus zu terrorisieren.

Ich trank den dicken, schwarzen Kaffee, der an einem verschneiten Tag nach der Arbeit besonders gut tat, und las den ersten Artikel, der vor drei Jahren veröffentlicht worden war und die Überschrift trug: *DIE INSTABILE SCHNEEDECKE KÖNNTE ZWEI MENSCHENLEBEN IN KILLDEER GEFORDERT HABEN.* Ich las von dem Lawinenopfer Nate Bullock, dem Produzenten und Kameramann der PBS-Sendung *High Country Hallmarks.* Er war am Tag zuvor in einem gesperrten Gebiet von einer Lawine erfasst und getötet worden. Ein Informant, der namentlich nicht genannt werden wollte, behauptete, Nate wäre in das Tal gegangen, um den Luchs aufzuspüren. Aber Nate hatte nicht, wie ein Pilot es tun würde, eine Karte mit einer markierten Route hinterlassen, deshalb wusste niemand, nicht einmal seine Frau, was er vorgehabt hatte, als er ums Leben kam.

Am nahe gelegenen Bighorn Overlook sei, so hieß es in dem Artikel weiter, Fiona Wakefield – die Erbin des Wakefield-Maisöl-Vermögens und eine mittelmäßige Skifahrerin – bei einem Sturz über die schneebedeckten Felsen, die sich weniger als fünfzig Meter von der Absperrung entfernt befanden, zu Tode gekommen. Die Gerichtsmediziner schätzten, dass beide Opfer etwa um zwei Uhr nachmittags gestorben waren.

Ich runzelte die Stirn. Fiona Wakefield und Nate Bullock waren am selben Tag zur selben Zeit ums Leben gekommen? Davon war bisher nie die Rede gewesen. Jack Gilkey hatte lediglich erwähnt, dass an diesem Tag die Schneelage gefährlich gewesen sei.

Der nächste Artikel war überschrieben mit: *BEIDE TODESFÄLLE IN KILLDEER WERFEN FRAGEN AUF.* Es wurde berichtet, dass weder Fiona Wakefield noch Nate Bullock allein gewesen waren. Die Pistenwache fand Jack Gilkey mit blutender Wunde am Kopf bewusstlos vor und entdeckte anschließend seine Frau etwa dreißig Meter unter ihm auf den Felsen. Tot. Gilkey habe behauptet, er und seine Frau seien von einer kräftigen Person mit Skimaske angegriffen worden. Es sei zu einem Kampf gekommen, bei dem Jack bewusstlos geschlagen und Fiona die Felsen hinuntergestoßen worden waren. Bei dem Versuch, Fiona und Jack zu bergen, hatte die Pistenwache alle Spuren im Schnee verwischt.

Im Fall von Nate Bullock hatten die Pistenwache, Leute vom Forstdienst und vom Sheriff's Department eine zweite Fußspur neben der von Nate entdeckt. Das wusste ich bereits von der Pistenwachfrau Gail. Aber bei der Suche in den Schneemassen fand man lediglich Nates Leiche. Niemand sonst wurde als vermisst gemeldet.

Die Schlagzeile des dritten Ausschnitts lautete: *SNOWBOARD-SPUREN AM ELK RIDGE VERSCHWINDEN IM LAWINENGELÄNDE.* Es sei möglich, spekulierte der Zeitungsreporter, dass Nate Bullock ein Stück mit einem Snowboarder bergauf gewandert war. Die beiden hätten sich irgendwann getrennt, Nate war ins Tal gegangen, der Snowboarder zum Grat aufgestiegen. Hatte der Snowboarder die Lawine ausgelöst, die Nate das Leben gekostet hatte?

WAKEFIELD-WITWER VON DER POLIZEI VERNOMMEN – dieser Ausschnitt befasste sich mit Jack Gilkeys Aussage über die Umstände des tragischen Todes seiner Frau Fiona. Mehr Einzelheiten von Fionas letztem Tag waren ans Licht gekommen: Fiona hatte zum Mittagessen zu viel getrunken und geprahlt, sie könnte schneller als ihr Mann am Bighorn Overlook sein, einem gesperrten Gelände in Killdeers lawinengefährdetem Gebiet. Von dem Aussichtspunkt Bighorn hatte man einen Überblick auf die vom Skibetrieb ausgeschlossenen Hänge – inklusive des Elk Ridges, der jetzt als ausgewiesene Piste ins Auge gefasst werden sollte. Laut Jack Gilkey fuhr Fiona vor ihm und duckte sich unter dem Absperrungsseil hindurch. Als Fiona und Jack am Aussichtspunkt standen, wurden sie von jemandem, der durch den Wald gekommen war, angegriffen. Jack versuchte, seiner Frau zu helfen, und wurde selbst niedergeschlagen.

IM TODESFALL DER REICHEN ERBIN NOCH IMMER VIELE FRAGEN OFFEN. Laut Obduktionsbericht hatte Fiona genügend Alkohol im Blut gehabt, um als betrunken zu gelten. *GILKEY WEGEN FAHRLÄSSIGER TÖTUNG VERURTEILT* – das Gericht hatte als besonders belastend bewertet, dass Fiona einen von Jacks Fäustlingen in der Hand gehalten hatte. Er hatte nicht verhindert, dass sie betrunken einen Abhang hinunterfuhr, für den ihre Skifahr-Künste nicht ausreichten. Der letzte Nagel zu Jacks Sarg war die Aussage eines Pistenwachmanns, der ihn am Tag vor Fionas Absturz am Aussichtspunkt gesehen hatte. Der Pistenwachmann hatte ihm das Liftticket abgenommen und ihn ermahnt, die gesperrten Gebiete zu meiden. Doch am folgenden Tag waren er und Fiona *wieder* zum Bighorn im Schuss abgefahren …

Da laut Gesetz eine Person, die den Tod einer anderen verursacht hatte, keine Vorteile aus diesem Tod ziehen kann, war Jack Gilkey nicht der Erbe von Fionas Millionen. Aber auch Fionas Sohn Arthur kam nicht in den Besitz des Vermögens. Falls Jack aus irgendeinem Grund nicht als Erbe eingesetzt wurde, sollte Fionas Testament zufolge das Geld als Spende an das Public Broadcasting System gehen.

Der mit *WAKEFIELD-ERBE FICHT DAS TESTAMENT AN* überschriebene Artikel berichtete von Arthurs Behauptung, Jack Gilkey habe, was ihren Letzten Willen betraf, »unzulässigen Einfluss« auf Fiona ausgeübt. Vor Fionas zweiter Hochzeit sollte Arthur allein in den Genuss von Fionas Zwanzig-Millionen-Dollar-Vermögen kommen. Plötzlich war er vom Alleinerben eines immensen Vermögens zum Nutznießer eines vergleichsweise armseligen Treuhandkontos mit nur einer Million Dollar geworden. Arthur wollte natürlich unbedingt verhindern, dass die neunzehn Millionen an PBS gingen.

Die Pistenwache bestätigte, dass Arthur Wakefield eine Patrouille zum Bighorn geschickt hatte, damit sie seine vermisste Mutter suchte. Sie fanden sie, aber zu diesem Zeitpunkt war sie bereits tot. Sie hatte sich bei dem Sturz das Genick gebrochen.

Ich starrte auf den stummen Fernseher. Das Mile-High-Stadion war ein schweigendes Durcheinander von Orange und Blau. Die Broncos erzielten ein Feldtor; die Menge tobte, dann kam Werbung.

Wer hatte mir diese Artikel hinterlegt? Warum? Welche Verbindung bestand zwischen Fiona und Doug Portman? Oder hing das alles damit zusammen, dass ich Doug nach seinem Sturz entdeckt hatte? Portman hatte Jack Gilkeys Antrag auf vorzeitige Freilassung stattgegeben; Arthur Wakefield hatte Portman gehasst und verunglimpft. Und was hatte das alles mit der Lawine zu tun, die Nate Bullock unter sich begraben hatte?

Ich kramte noch einmal in dem Umschlag. *Die Lockvogel-Morde* bezogen sich auf nichts und niemanden, den ich kannte. War jemand ein Lockvogel? Wer?

Und dann war da das Buch über Lawinen. Ich blätterte es durch: *Prüfen Sie immer den Schnee, bevor Sie einen Hang überqueren. Wenn in Ihrer Nähe eine Lawine abgeht, klammern Sie sich an einem Baum, einem Felsen oder etwas Solidem fest. Tragen Sie ein Lawinenfunkgerät bei sich, wann immer Sie sich in unerschlossenem Gebiet bewegen.* Toll.

Vor drei Jahren waren Nate Bullock und Fiona Wakefield an ein und demselben Tag umgekommen, im selben Skigebiet, aber nicht am selben Hang. Vor zwei Tagen wurde Doug Portman, ein Mitglied des Ausschusses für Strafaussetzung, auf einer Piste in Killdeer umgebracht. Ein Exhäftling sprach Drohungen gegen die Polizei aus. Man war auf meinen Van von hinten aufgefahren, vielleicht mit Absicht. Konnte es einen Zusammenhang zwischen den Todesfällen von Fiona Wakefield, Nate Bullock und Doug Portman geben? Will mir das jemand mit diesem Material zu verstehen geben? Und wenn eine Verbindung bestand, dann welche, und wie konnte ich sie aufdecken? Auf eine andere anonyme Lieferung von der Bibliothek zu warten war nicht gerade eine flinke Methode, Kriminalfälle zu lösen.

Aus einem Impuls heraus tippte ich die Nummer von Arthur Wakefields Wohnung in das Telefon. Ich würde vorgeben, Unklarheiten wegen des Menus beseitigen zu müssen, ihn dann geradeheraus fragen, ob er meine Bibliothekskarte genommen hatte, und ihn dann nach Strich und Faden löchern.

Leider meldete sich nur sein Anrufbeantworter. Arthurs kehlige Stimme, mit Klaviermusik von Chopin untermalt, begrüßte den Anrufer. Er sei unterwegs, um den perfekten Pinot zu suchen, und wenn er ihn gefunden hatte, konnte, wer auch immer ihn sprechen wolle, auf ein Glas bei ihm vorbeikommen. Ich hinterließ eine kurze Nachricht und fragte ihn, ob er einen Salat zu all diesen Hauptgerichten haben wollte. Er solle mich zurückrufen.

Während einer ganzen Reihe von Downs, bei der Kansas City zur Zehn-Yard-Linie kam und dann alles vermasselte, schaute ich mir die beiden Bücher an und überflog noch einmal die Artikel. Meine Verwirrung wurde immer größer. Arthur hatte Verbindung zu Nate durch PBS und zu Doug Portman und verunglimpfte seine Arbeit im Ausschuss für Strafaussetzung. Jack Gilkey war mit Fiona verheiratet gewesen und von Doug Portman auf freien Fuß gesetzt worden. Wusste Jacks neue Liebe, meine alte Freundin Eileen Druckman, von all dem? War es meine Pflicht, ihr diese Informationen zuzutragen?

Ich schaute auf meine Uhr. Sonntagnachmittag – wo könnte Eileen im Moment sein? Möglicherweise auf dem Weg nach Aspen Meadow, damit Todd morgen früh zur Schule gehen konnte. Ob Jack sie begleitete? Nicht, wenn ich Glück hatte.

Ich rief in Eileens Wohnung im Country Club an und Eileen meldete sich nach dem ersten Klingeln. Nachdem wir ein wenig über die Elisabethanische Poesie, die die Jungs in der Elk-Park-Schule durchnahmen, und die Schweinerei mit den Physik-Experimenten geplaudert hatten – Todd hatte Steine auf einen Glastisch fallen gelassen und ihn so zertrümmert –, holte ich tief Luft und fragte sie, ob sie mir erzählen könnte, wie sie den verwegenen Jack Gilkey kennen gelernt hatte.

Eileen kicherte. »Durch John Richard.«

»Durch meinen Exmann?« Ich war baff. »Du hast Jack durch den *Blödmann* kennengelernt?«

»Ach, komm schon, Goldy.« Sie ging sofort in die Defensive. »Bin ich vielleicht eine Frau, die Gefängnisinsassen besucht, weil das die einzige Möglichkeit für sie ist, einem Mann zu begegnen?« Ich schwieg. »Erinnerst du dich nicht?« fuhr sie fort. »Im letzten Sommer? Tom versuchte gerade, deine Küche zu renovieren, und du hast mich ein paarmal gebeten, Arch zu John Richard zu fahren, weil es dir zuwider war.«

»Eileen. Tut mir Leid. Natürlich erinnere ich mich. Ich dachte nur, du hättest nie was mit ihm zu tun gehabt. Mit John Richard, meine ich.«

Ihr Tonfall wurde sanfter. »Goldy, ich *weiß,* dass sich John Richard dir gegenüber scheußlich verhalten hat.« *Scheußlich ist gar kein Ausdruck*, dachte ich. *Der Mann sitzt wegen Körperverletzung im Gefängnis*. Eileen fuhr fort: »Aber ich glaube, er hat sich geändert. Jedenfalls war John Richard schrecklich nett zu mir. Als ich ihm erzählte, dass ich ein Restaurant im Skigebiet eröffnen wollte, meinte John Richard, ich hätte Glück, denn zusammen mit ihm wäre ein Küchenchef im Gefängnis. Er sei von seinen Anwälten miserabel vor Gericht vertreten worden, sagte John Richard und meinte, ich solle ihn kennen lernen. Das tat ich und jetzt sind Jack und ich zusammen. Ich kann mich nicht erinnern, wann ich jemals so glücklich war.«

»Hast du die Fakten seines Falles gecheckt?«

Es entstand ein kurzes Schweigen, dann: »Danke, Freundin.« Eileens Stimme klang wieder hart. »Ich habe dir schon einmal gesagt: Jack hat Fiona nicht getötet. Ein anderer hat es getan. Ich glaube, ihr Sohn hat sie umgebracht, weil er hoffte, so an ihr Geld heranzukommen. Oder vielleicht hat er einen Killer angeheuert. Er wusste nur nicht, dass sie ihr Testament bereits geändert hatte und entweder Jack oder PBS das Vermögen hinterlassen wollte. Jetzt will er durchsetzen, dass das Gericht das Testament für ungültig erklärt. Er liebt PBS, deshalb arbeitet er praktisch umsonst für den Sender. Es würde ihm nichts ausmachen, wenn das Vermögen an den Sender ginge, aber in Wahrheit stünde es ihm zu. Bitte, Goldy, erspar mir das!«

»Eileen ...«

»Um Himmels willen, Goldy! Glaubst du wirklich, ich würde mit einem *Mörder* zusammenleben? Und meinen Sohn einer Gefahr aussetzen?«

»Wenn du nur ...«

»Ich glaube Jack. Er hat seine erste Frau nicht getötet. Er ist ein guter Mann und bemüht sich nach Kräften, sich ein neues Leben aufzubauen. Ich habe ihm sogar Geld angeboten, damit die Anwälte seinen Fall noch einmal aufrollen und eine neue Verhandlung erwirken können. Er lehnte ab. Er sagte: ›Auf diese Weise wird nichts wieder gutgemacht.‹«

Ich schüttelte den Kopf und beobachtete im Fernsehen einen gelungenen Spielzug der Broncos. »Hast du vor, ihn zu heiraten?« Am liebsten hätte ich hinzugesetzt: *Er scheint ja ältere, wohlhabende Frauen zu bevorzugen,* aber ich besann mich eines Besseren.

Eileen schnaubte. »Goldy! Um Himmels willen!« Sie erhob ihre Stimme um eine Nuance. »Hör mir zu. Ich sage dir, was für ein Mensch Jack ist.« Die Broncos schlugen ab und auf der Anzeigetafel des Stadions leuchtete *Defense! Defense!* auf. »Jack hat überhaupt kein Geld. Er *will,* dass Fionas Vermögen an den Sender geht. Sogar Doug Portman war überzeugt von Jacks Unbescholtenheit, deshalb ließ er ihn aus dem Gefängnis. Jack ist ein guter Mann und das kann der armselige, habgierige, betrügerische Arthur Wakefield einfach nicht ertragen.«

»Okay, ich wollte nur hören, wie du über diese Sache denkst ... Wir reden doch auch sonst immer über alles.«

»Tut mir Leid, Goldy, ich möchte nicht mit dir streiten. Ich war nur so ... unglücklich, bevor Jack in mein Leben trat. Wenigstens hast du nicht behauptet, dass Jack nur wegen meines Geldes bei mir ist und dass er sich eine Frau suchen würde, die halb so alt ist wie ich, wenn ich nichts hätte.«

»Du bist klug, geistreich und schön, Eileen. Was kann sich ein Mann mehr wünschen?«

»Ja, ja. Wenn Jack hinter Geld her wäre, dann hätte er mich längst gefragt, ob ich ihn heirate, meinst du nicht? Und wenn er wirklich vorhatte, Fiona etwas anzutun, um an Geld zu kommen, dann hätte er doch sicher vorher eine fette Lebensversicherung für sie abgeschlossen oder so was.« Sie seufzte. »Mach dir keine Sorgen, meine Liebe. Wie läuft die Planung für deine letzte Sendung?«

Ich lachte und gestand, dass bisher überhaupt nichts geplant war. Wir machten aus, uns diese Woche zu treffen, wenn unsere Söhne zusammen arbeiteten und ihre Experimente vor den Weihnachtsferien fertig stellten. Hoffentlich brannte keiner von ihnen dabei das Haus nieder. Als wir auflegten, waren wir wieder versöhnt. Gott sei Dank. Alte Freundschaften waren zu wichtig, um sie aufs Spiel zu setzen ... und schon gar nicht wegen vager Gerüchte und eines unbegründeten Verdachts. Apropos alte Freundschaften ...

Ich rief die Auskunft an und ließ mir Rorry Bullocks Nummer geben. Rorry schien sehr überrascht zu sein, von mir zu hören.

Ich sagte: »Wir haben heute in der Kirche für dich gebetet. Hast du Probleme mit deiner Schwangerschaft?«

»Noch immer im Club der Medizinerfrauen, Goldy?«, gab sie barsch zurück. »Die Plazenta hat sich nur ein wenig gelöst. Es geht mir gut.«

»Und sie sagten, dass etwas mit deinem Auto passiert ist.«

»Jemand hat es sich ausgeliehen und zu Schrott gefahren. Dieser Campingplatz ist, was die Sicherheit betrifft, der schlimmste Fleck in ganz Killdeer, dabei ist bei uns nichts zu holen.«

Ich murmelte, dass es mir Leid täte, und bot ihr an, ihr morgen ein paar fertig gekochte Gerichte vorbeizubringen. Wieder einmal bewirkte Essen Wunder. Rorry wurde augenblicklich zugänglicher und sagte, das wäre wunderbar. Sie fragte, ob ich sie, wenn ich zu ihr käme, zur Arbeit im Killdeer Lagerhaus fahren könnte. Ich war auf der Suche nach Arthurs Haus an den dunklen Scheunen, den Lagerhäusern der Killdeer Corporation, vorbeigefahren und versicherte Rorry, dass es kein Problem für mich wäre und ich sie gern hinbringen würde. Erst nachdem ich aufgelegt hatte, fiel mir ein, dass ich sie nicht gefragt hatte, was genau mit ihrem Auto geschehen war. Ich rief sie nicht noch einmal an, weil Tom in diesem Moment nach Hause kam.

Die Broncos führten im vierten Viertel zehn zu null. Zu meiner Überraschung schlurfte Tom schweren Schrittes ins Wohnzimmer und sah ohne großes Interesse zum Fernseher.

»Tom?«

Er setzte sich auf die Couch und legte drei Zeitungen auf den Tisch. Dann wandte er sich mir zu und nahm meine Hände in seine.

»Tom? Was ist los?« Sein Gesichtsausdruck machte mir Angst.

»Jemand ist in Doug Portmans Wohnung eingebrochen, und zwar an dem Tag, an dem er verunglückte. Er lebte seit seiner Scheidung von Elva allein, also war der Einbrecher eindeutig auf etwas aus, was *ihm* gehörte.« Tom seufzte. »Falls etwas fehlt, werden wir es wohl nie erfahren. Wir haben alle Akten und Ordner durchgesehen, die wir dort vorgefunden haben, und die Bank um Auskünfte gebeten. Wir untersuchen eine Reihe von Einzahlungen und prüfen nach, ob sie zeitlich mit seinen Empfehlungen für Strafaussetzung übereinstimmen, aber bisher haben wir nichts gefunden, was auf irgendwelche Unregelmäßigkeiten hindeutet.«

»Dann glaubt ihr also, dass er Bestechungsgelder angenommen haben könnte?«

Tom nickte. »Es liefen Ermittlungen gegen Portman. Eine ganze Anzahl von Gefängnisinsassen aus Cañon City und aus Furman County haben ausgesagt, dass er sie um Geld gebeten hat. Das tat er immer, wenn der Protokollführer nicht anwesend war. Er verlangte jedesmal, dass es ihm ein Freund oder Verwandter persönlich übergab. Und nach der Einrichtung in seiner Wohnung zu schließen, war der Bursche ziemlich gut bestückt. Selbst wenn er ganz gute Geschäfte mit den jährlichen Militaria machte und mit seinen Kritiken dazu verdiente, kann kein Mensch mit den sechzigtausend vom Ausschuss für Strafaussetzung so ein Leben führen.«

»Hat er denn nicht eine dicke Abfindung von Elva bekommen?«

»Dafür gibt es keine Unterlagen. Sie hatten keinen Ehevertrag. Sie verkaufte ihre Galerie und behielt den Erlös für sich. Sie soll gesagt haben, dass sie hofft, er müsste Gräben ausheben, um seinen Lebensunterhalt zu verdienen. Und er gab seinen Job bei Gericht auf, als er in den Ausschuss für Strafaussetzung berufen wurde.«

»Was ist mit Jack Gilkey?«, fragte ich. »Hast du eine Verbindung zwischen Doug und Jack gefunden?«

»Noch nicht. Wenn Gilkey Portman Geld für seine vorzeitige Entlassung gegeben hat, dann können wir das nicht belegen. Wir haben mit Jack gesprochen und mit Eileen – inoffiziell – und beide sagen, Portman hätte Jack wirklich gemocht und es sei kein Geld im Spiel gewesen. Wir haben Jacks Alibis für die Zeit, in der Portman umkam, und für die Zeit des Einbruchs überprüft. Es gibt jemanden, der während der Vorbereitungen fürs Mittagessen die meiste Zeit mit ihm zusammen war. Vier Leute arbeiteten in der Küche, während er kochte. Als Jack das Bistro verließ, war Portmans Wohnung bereits aufgebrochen gewesen. Die Empfangsdame des Wohnkomplexes sagte aus, ein Mann in Uniform hätte gegen Mittag seinen Ausweis gezeigt und behauptet, er müsse das Sicherheitssystem checken. Sie sah ihn nicht wieder hinausgehen, also nimmt sie an, dass er derjenige war, der in Portmans Wohnung eingebrochen ist. Eileen sagt, sie sei fast den ganzen Tag Ski gefahren. Aber sie war allein, es gibt also keine Zeugen.«

»Also ist ihr Alibi nicht wasserdicht«, stellte ich widerwillig fest. »Was ist mit Arthur Wakefield?«

Tom schüttelte den Kopf. »Er schwört, Ski gefahren zu sein – allein. Kein Alibi für die Zeit von Portmans Sturz, kein Alibi für die Zeit des Einbruchs.«

Ich dachte einen Moment nach. »Könnte Doug noch ein Büro, ein Apartment oder ein Haus gemietet haben, wo er

Unterlagen über die Zahlungen der Bestechungsgelder aufbewahrt hat? Viele Leute, die in Killdeer leben, haben irgendwo einen Zweitwohnsitz.«

»Dafür haben wir keinerlei Hinweise. Beim Ausschuss für Strafaussetzung hat er nur seine Wohnung in Killdeer als Adresse angegeben. Noch etwas ist eigenartig: Portman hat seinen Job bei dem Ausschuss nicht gekündigt, aber es sah aus, als würde er umziehen, weil die meisten seiner Sachen in Kartons waren. Seine Militaria befanden sich in stabilen Kisten mit der Aufschrift *Lager.* Ob er sie lagern oder an ein Lager verkaufen wollte, ist nicht klar. Wir forschen noch nach.« Ich nickte verwundert. Tom zog seinen Notizblock zu Rate. Schließlich fragte er: »Goldy, zu wie vielen Antiquitätenhändlern hast du Kontakt aufgenommen wegen der Skier?«

»Ich habe einen Typen in Lodo angerufen, zwei vom South Broadway und eine Frau in Vail. Keiner von ihnen hätte uns mehr als fünftausend Dollar gegeben und zudem wollten sie die Skier nur in Kommission nehmen. Aber alle meinten, sie seien mindestens zehntausend Dollar wert. Deshalb dachte ich, wir – *ich* müsste sie ohne Zwischenhändler an den Mann bringen können.«

»Also hast du sie Doug Portman angeboten. Weil du von früher wusstest, dass er sich für derlei Dinge interessiert.«

Ich nickte wieder, doch als ich Toms Gesicht sah, wurde mir unbehaglich zumute.

Er fuhr fort: »Aber du wolltest *mir* nichts davon sagen, dass Portman der Käufer ist, weil du dich ein paarmal mit ihm getroffen hast, bevor wir uns kennen lernten, richtig? Und du kamst dir komisch vor, als du Kontakt zu einem alten Bekannten aufnahmst, obwohl er nicht einmal dein Freund gewesen war.«

»Ich kam mir nicht komisch vor, sondern dumm.« Als Tom

nichts darauf erwiderte, murmelte ich: »Ja, irgendwas in der Art.«

»Du hast einen Preis für die Skier mit Portman ausgehandelt.«

»Er war bereit, achttausend Dollar dafür zu zahlen ...«

»Das war ungefähr so viel, wie er bei sich hatte, bevor der Wind die Scheine über die Hänge verteilte.«

»Tom! Was ist das Problem?«

Tom presste die Lippen zusammen und starrte auf den stummen Fernsehschirm. »Du wolltest wertvolle Skier ohne Zwischenhändler an ein Mitglied des Ausschusses für Strafaussetzung verkaufen. Derzeit sitzt dein Exmann im Gefängnis und kann damit rechnen, in nicht allzu ferner Zukunft mit Bewährung auf freien Fuß gesetzt zu werden. Denk mal darüber nach. Du verkaufst die Skier an einen Mann, der in der Lage war, dir einen Gefallen zu tun, indem er deinem Exmann die Freilassung *verwehrt.*«

»Aber zu diesem Zeitpunkt hatte ich keine Ahnung, dass Doug zum Ausschuss für Strafaussetzung gehört«, protestierte ich.

»Jemand könnte behaupten, dass du versucht hast, ihn zu beeinflussen.«

»Ich habe versucht, das Geld für neue Abflüsse aufzubringen ...«

Tom hielt eine Hand hoch. »Miss G., du hast nicht nur vorgehabt, die Skier an ein Mitglied des Ausschusses für Strafaussetzung zu verkaufen, sondern auch noch weniger als den Marktpreis von zehntausend Dollar von ihm verlangt. Du hast ihm einen Gefallen getan und bist um zweitausend Dollar heruntergegangen.« Seine grünen, schmerzerfüllten Augen musterten mich ernst. »Was meinst du, wie das aussieht?«

»Das ist mir egal. Das ist doch lächerlich!«, rief ich hitzig.

»Du kannst nicht allen Ernstes glauben, dass ich so etwas tun würde!«

Tom gab keine Antwort. Ich konnte den Anblick seines traurigen Gesichts nicht mehr ertragen und schaute zum Fernseher. Kansas City stand im Abseits, aber es gab keinen Strafpunkt.

»Miss G.«, sagte Tom schließlich. »Du hast *mich* nicht gewarnt, aber jetzt warne *ich dich*. Du solltest beten, dass das Sheriff's Department den Mörder von Doug Portman findet. Und das Motiv aufdeckt.« Er seufzte. »Deine Küche ist von offizieller Stelle geschlossen worden, bis die notwendigen Installationen angebracht sind. Jetzt bist du in etwas verwickelt, was man als zwielichtiges Geschäft ansehen könnte. Wenn die Presse Wind davon bekommt, wird sie es vielleicht ausschlachten, dann springen all deine Kunden ab. Für immer. Und du könntest deswegen vor Gericht gestellt werden ...« Er brach ab.

»Der Bezirksstaatsanwalt wird mich doch nicht anklagen, weil ich angeblich versucht haben soll, Einfluss auf Doug Portman zu nehmen, oder?«, wollte ich wissen. »Das ist absurd.«

Das Telefon in der Küche klingelte. Tom stand auf, um abzunehmen. »Das Geschäft mit Doug ist nie zustande gekommen – es ist unwahrscheinlich, dass du deswegen belangt wirst«, erwiderte er bedächtig. Dann zögerte er; das Telefon klingelte. »Aber, Goldy – es sieht sehr schlecht aus.«

Kapitel 14

Als ich in die Küche kam, saß Tom am Tisch und schrieb etwas auf seinen Spiralblock. Den Telefonhörer hatte er zwischen Schulter und Ohr geklemmt. Das Spiel war in die Verlängerung gegangen, doch das interessierte mich nicht. Ich war sauer, weil meine Küche geschlossen war, wütend, weil mein Van demoliert war, und zerknirscht, weil ich nicht den Mut gefunden hatte, Tom zu erzählen, dass ich seine Skier verkaufen wollte. Und warum war das alles geschehen? Weil ich mich vor Jahren ein paarmal mit Doug Portman getroffen hatte. Und dann bot ich ihm unverfroren ein Geschäft an. Ich hatte gedacht: *Doug ist der perfekte Käufer und das Geld löst all unsere Probleme, und zwar schnell.* Von wegen!

Ich sah mich in der Küche um. *Handeln ist besser als Nichtstun.* Oder so ähnlich. Ich stellte Archs noch feuchtes, mit Zuckerkristallen gemustertes Kuchenblech vorsichtig auf die andere Arbeitsfläche, dann nahm ich mir meinen guten alten Karteikasten mit den Rezepten vor. Tom telefonierte noch.

Ich blätterte die fleckigen Karteikarten durch, die ich in meiner Vor-Computer-Zeit ständig benutzt hatte. Was für Gerichte würden Rorry gut tun, wenn sie mit ihrem Neugeborenen aus dem Krankenhaus kam? Zwei verlässliche Rezepte aus den Tagen vor der Gründung meines Catering-

Unternehmens stachen mir ins Auge: Lasagne und schwedische Fleischbällchen. Auf einem Regalfach in der Kühlkammer hatte ich wundersamerweise frisches Oregano, Basilikum und Thymian gefunden. Fleischbällchen und Lasagne könnten meinen Ruf als Gourmet-Köchin schädigen, überlegte ich, während ich Hackfleisch, Ricotta, Fontina, Schlagsahne, Eier und Mozzarella aus der Kühlkammer holte. Rorry würde sicher niemandem davon erzählen, oder?

»Okay, verstanden. Schicken Sie's gleich. Danke.« Tom legte auf. »Wir wissen jetzt, mit welchem Opiat die Pflaster getränkt waren. Mit einem Medikament namens Duragesic.«

»O Mann.« Duragesic war ein starkes Schmerzmittel, das durch diese Schmerzpflaster verabreicht wurde. Die Wirkung des Medikaments ließ mit der Zeit nach und ein Krebspatient oder ein anderer mit chronischen Schmerzen konnte das Pflaster erneuern.

»Wenn du mehr als ein Pflaster zu gleichen Zeit aufklebst oder auch nur anfasst, kannst du sterben«, fügte Tom grimmig hinzu. »Aber *diese* Pflaster enthielten nicht genug davon, um jemanden umzubringen.«

»Warum sollte man einen Cop oder in diesem Fall den Vorsitzenden des Ausschusses für Strafaussetzung mit etwas bedrohen, was gar nicht wirksam ist?«

»Keine Ahnung«, sagte er. »Vielleicht dachte der Täter, dass es wirkt. Vielleicht wollte er sein Opfer aber auch nur zu Tode erschrecken.« Er ließ den Finger über eine Liste von Namen gleiten, die er in seinen Block geschrieben hatte. »Elf Personen, die ich in den letzten vier Jahren verhaftet habe, haben ihre Krebsschmerzen mit Duragesic bekämpft. Doug Portman hat fünf von ihnen die vorzeitige Entlassung verweigert. Einer von ihnen befindet sich in einer Rehabilitationsklinik in Lamar, einer arbeitet als Dachdecker in Pueblo, einer liegt in Colorado Springs auf der Intensivstation. Einer ist gestorben. Der letzte, Barton Reed, ein Mann von dreißig Jahren, wurde im vergangenen Juni von jemand anderem auf Bewährung freigelassen. Sein Antrag wurde zweimal von Portman abgelehnt. Aber Barton Reed verstieß drei Wochen nach seiner Entlassung gegen die Bewährungsauflagen, indem er einen Kerl im Red-Wings-Trikot verprügelte. Reed schwor Stein und Bein, dass ihn der Detroit-Fan mit spöttischen Bemerkungen provoziert hatte, aber er wanderte trotzdem noch einmal für sechs Monate ins Gefängnis.« Tom schüttelte den Kopf. »Er ist erst seit etwa vierzehn Tagen wieder draußen.«

Ich setzte Wasser für die Lasagneblätter auf. »Wie geht es ihm gesundheitlich?«

»Er ist jetzt in Behandlung. Im letzten Mai, als er noch im Gefängnis saß, hatte er so große Schmerzen, dass er mit Duragesic behandelt wurde.« Toms Fax klingelte, und gleich darauf spuckte die Maschine eine qualitativ hochwertige Kopie von einem Foto aus. Barton Reed, breitgesichtig und brutal, mit einem Dutzend Kreuzen und oval geformten Steckern in jedem Ohr, grinste von dem Blatt Papier. Das Foto zeigte eindeutig den Mann, den ich im vergangenen Sommer bei Aspen Meadows Health Foods gesehen hatte und den ich »Ohrring-King« getauft hatte. Im Juni hatte man eine Kräutermischung gegen seine Krankheit zusammengestellt und ihm verabreicht. Als Cinda am Freitag mit mir über ihn gesprochen hatte, war er damit beschäftigt gewesen, etwas anderes zusammenzustellen: einen Drohbrief mit einer Todesnachricht. Was hatte Jack Gilkey gesagt? *Der Kerl hatte nichts als Rache im Kopf und sogar im Herzen.*

Ich schüttete goldgrünes Olivenöl in eine Pfanne. Als es heiß wurde, gab ich geschnittene Zwiebeln und zerdrückte Knoblauchzehen dazu. Sie zischten und brutzelten und verbreiteten ein Aroma, das einem das Wasser im Mund zusammenlaufen ließ. »Und weshalb hat Reed ursprünglich gesessen?«

Tom zog eine seiner buschigen Augenbrauen hoch. »Wusstest du, dass unser Freund Barton ein toller Snowboarder war? Versteh mich nicht falsch – *das* hat ihn nicht in Schwierigkeiten gebracht. Er reiste hier und im Ausland herum und zeigte seine Freestyle-Kunststücke. Das kostet Geld – die Reisen, die Übernachtungen, Karten für die Halfpipes und Lifte, was auch immer. In den Wintern hatte er sein Hauptquartier in Killdeer. Im Sommer sah er sich in Aspen Meadow und in anderen noblen Gegenden des Furman County nach reichen älteren Damen im letzten Krebsstadium um.«

Ich gab das Hackfleisch in die Pfanne und bald duftete es nicht nur nach Knoblauch und Zwiebeln, sondern auch nach gebratenem Fleisch. Ich fühlte mich schon ein bisschen besser – vielleicht, weil ich kochte. Oder weil wir über die Probleme anderer sprachen und nicht über meine. »Reiche ältere Damen im letzten Krebsstadium?«, wiederholte ich. »Was hatte er mit ihnen vor?«

Tom las das Rezept für die schwedischen Fleischbällchen durch, wusch sich die Hände und verquirlte Eier mit Sahne. »Er bestahl sie. Er machte den Familien dieser Frauen weis, dass er einen Arzt in Mexiko kennt, ein amerikanisches Genie bester Herkunft. Reeds sehr überzeugende Geschichte war, dass dieses Doktor-Genie die Hoffnung aufgegeben hatte, dass die Zulassungsstelle für neue Arzneimittel sein hochwirksames Krebsheilmittel jemals für den Verkauf freigibt. *Warum lehnte die Zulassungsstelle es ab, wenn es so wirksam ist?* fragten diese Leute. *Weil die Ärztekammer nicht hinnimmt, dass ihre Onkologen arbeitslos werden,* erklärte Reed.«

»Um Himmels willen!«

»Barton versicherte seinen ›Kunden‹, dass ihre dem Tode geweihte Verwandte in dem luxuriösen Sanatorium des Doktor-Genies in Oaxaca geheilt werden würde. In sechs Monaten wäre sie wieder gesund und munter zu Hause. Er zeigte Fotos, Zeugnisse und Dankesbriefe von Geheilten – das ganze Programm. Früher war er ein Laienprediger gewesen und er war *wirklich* sehr überzeugend. Jede Familie gab ihm sechzigtausend Dollar – zehntausend pro Monat für das erste halbe Jahr in der Wunderklinik. Sie schickten die Oma mit Reed als Begleiter weg und das war's dann. Sie bekamen überschwängliche Berichte von dem Doktor-Genie, also von Reed, und sogar von einem angeblichen Kaplan, der im Sanatorium tätig sein sollte. Aber von ihren geliebten Großmüttern hörten sie nie auch nur ein einziges Wort.«

»Das hätte sie stutzig machen müssen.«

Tom nickte. »Schließlich fuhr einer der Verwandten hinunter, um nachzusehen, was dort vor sich ging. Die Frauen vegetierten unter grässlichen Umständen in einem heruntergekommenen Pflegeheim vor sich hin. Kein Telefon, keine medizinische Behandlung, kein Kaplan. Und – das brauche ich wohl nicht zu erwähnen – kein Doktor-Genie. Barton Reed war gezwungen, sein Snowboard an den Nagel zu hängen, weil er für drei lange Jahre hinter Schloss und Riegel sitzen musste.« Er verstummte kurz. »Wo ist das Piment?« Ich gab es ihm. »Und jetzt kommt die Ironie des Schicksals«, fuhr er fort. »Nach weniger als sechs Monaten hinter Gittern wurde bei Barton Reed Hodenkrebs diagnostiziert. Doug Portman vom Ausschuss für Strafaussetzung hatte kein Mitleid.«

»Oder Barton Reed hatte nicht genug Kohle, um das Feuer von Doug Portmans Mitleid zu schüren«, bemerkte ich säuerlich.

Tom zerkleinerte Cornflakes mit dem Mixer und mischte sie

zusammen mit getrockneten Zwiebelwürfeln unter das verquirlte Ei. »Unsere Jungs holen Reed gerade zu einer Vernehmung ab. Miss G. – ich will, dass du Reed fern bleibst. Der Mann ist gefährlich.« Tom würzte die Mischung und verknetete sie mit dem Hackfleisch in einer Schüssel. Seine großen, tüchtigen Hände formten köstliche Fleischbällchen. Er legte sie in Reihen in eine Pfanne und schob sie in den Ofen. Ich gab Tomaten, Rotwein und Kräuter für die doppelte Portion Lasagne in einen anderen Topf. Während die Sauce langsam köchelte, briet ich Hühnerschenkel in Olivenöl an und ließ sie zusammen mit Zwiebeln, Karotten und Lorbeerblättern schmoren. Das war die Grundlage für den Sonora Hühnchen-Strudel, der am nächsten Tag bei Arthurs Weinprobe angeboten werden sollte. Bald waberten die bekannten Düfte von Hühnerfleisch und würziger Tomatensauce durch unsere Küche. Himmlisch.

Ich schichtete die gekochten Lasagneblätter, geriebenen Käse und Tomatensauce in zwei feuerfeste Schüsseln – eine für uns, eine für Rorry Bullock –, dann deckte ich den Tisch. Als die Lasagne fertig war, rief ich Arch. Heute hatte er einen leisen Auftritt und nickte anerkennend, als er das Pasta-Gericht sah. Als Tom die Lasagne anschnitt, lief geschmolzener Fontina und Mozzarella über die leckeren Lagen von Ricotta und Tomaten-Hackfleisch-Sauce. Sauce und zerlaufener Käse durchtränkten die noch leicht knackigen Nudelblätter. Ich genoss jeden einzelnen Bissen. Das Beste war, Tom und Arch zuzusehen, wie sie dreimal nachfassten.

Nach dem Essen stand Arch auf und umarmte mich. »Hat toll geschmeckt, Mom.«

Diese unerwartete Zurschaustellung von Zuneigung und Begeisterung raubte mir fast den Atem. »Danke ...«

»Also ...«, begann Arch und man hörte an seinem Tonfall, dass dieser Einleitung eine Ankündigung folgen würde. »Letties Dad fährt uns beide morgen früh in die Schule, da wir die Beschreibungen unserer Physikexperimente zusammen verfassen. Ihr Vater holt mich um sieben ab.« Er schob sich die Brille höher auf die Nase und bedachte mich mit einem sehr ernsten Blick. »Wenn Lettie hier ankommt, Mom, frag sie bitte nicht, was sie sich zu Weihnachten wünscht. Okay?«

»Gar kein Problem«, entgegnete ich. »Wenn du willst, lasse ich sie nicht einmal ins Haus. Hat sie eine richtig warme Winterjacke, so dass sie im Freien auf dich warten kann?«

Mein Sohn überlegte. »Ich weiß es nicht. Aber du kannst sie in die Küche bitten.«

Tom lächelte augenzwinkernd.

Ich sagte: »Wenn Lettie reinkommt, sollte ich ihr wohl etwas zum Frühstück anbieten. Was meinst du, was sie haben möchte?«

»Hör auf damit, ja?«, flehte Arch.

Was hatte ich jetzt schon wieder falsch gemacht?

Der Montag begann eisig und finster. Um sechs Uhr tapste ich über unseren kalten Holzboden und warf einen Blick auf das Thermometer vor dem Fenster. Fünzehn Grad minus. Mit etwas Glück würde die Temperatur bis zum Nachmittag auf fünf Grad steigen.

Ich machte meine Yoga-Übungen, duschte, zog mich an und ging in die dunkle Küche. Ich fütterte Jake und Scout und gab ihnen frisches Wasser, dann überredete ich sie, nach draußen zu gehen, schnell wieder aus dem Schnee zurückzukommen und es sich dann auf ihrem Platz gemütlich zu machen. Ich setzte mich an den Eichentisch, trank Kaffee und listete die Lebensmittel und Gerichte auf, die ich vorbereiten und zusammenpacken musste.

Als Erstes wollte ich einen Salat machen, falls Arthur sich dafür entschied, dann würde ich mich auf den Weg zu ihm nach Killdeer machen, um den Hühnchen-Strudel und die Schweinefilets, die Krabbenkuchen und die Florentiner Seezunge zuzubereiten. Danach würde ich die Lasagne und die Fleischbällchen bei Rorry abliefern, mich um eine Versöhnung bemühen und auf ein paar Informationsbrocken hoffen. Ich überlegte, ob ich noch irgendwo eine Babydecke, ein Lätzchen oder andere Teile von Archs »Erstausstattung« hatte. Rorry Bullock gehörte nicht zum Ausschuss für Strafaussetzung; ich konnte ihr einen Gefallen tun, ohne in Schwierigkeiten zu geraten, oder?

Ich versuchte, mich zu erinnern, wo ich Archs Babysachen verstaut hatte, während ich weiche – nicht steinharte – Butter mit braunem Zucker schaumig rührte und Apfelessig, Eier – die ich ohne Missgeschick aufschlug – und Melasse untermischte, um die Ingwerplätzchen noch einmal zu backen. Ach ja: Die Decken und Kleider lagen in einer Kiste auf dem Dachboden. Ich mischte Mehl und Gewürze in den Teig, formte Bällchen und reihte sie auf dem Kuchenblech auf. Dann lief ich hinauf und suchte die Babysachen. Mit der Kiste stieg ich die Treppe wieder hinab und stellte sie in den Rover. Dann hastete ich zurück in die Küche, um die ersten Plätzchen aus dem Rohr zu holen. Sie waren flach und goldbraun geworden. Der Ingwerduft in der Küche schrie förmlich nach noch einer Tasse Kaffee und ich musste unbedingt eines der frisch gebackenen Plätzchen kosten. *Hmmm.*

Eigentlich schmeckten sie mehr nach Melasse als nach Ingwer und sie waren wunderbar weich, also auch für ältere Kunden geeignet, die Probleme mit ihrem Gebiss hatten – Arthur hatte mich darauf aufmerksam gemacht, dass nichts *zu* knusprig sein durfte. Ich aß noch eines, um mich zu vergewissern, dass die Konsistenz richtig war. Egal, ob Melasse- oder Ingwerplätzchen, ich sollte sie auf jeden Fall öfter zum Frühstück machen.

Das geschmorte Hühnchen und die anderen Zutaten für den Strudel waren schnell verpackt. Gleich daneben verstaute ich die Sachen für die Schweinefilet-Marinade und was ich sonst noch für den Fisch und die Krabbenkuchen brauchte. Erstaunlich, wie viel man leisten kann, wenn einem die Arbeit Spaß macht.

Um Punkt sieben fuhr Letties Vater mit seinem schwarzen Jeep vor. Lettie, ein Teenager mit blonden Zöpfen, einem süßen, hübschen Gesicht und perfekten Zähnen, marschierte selbstbewusst auf unser Haus zu. Sie trug eine weiße Bluse, einen roten Faltenrock, einen schwarzen Ledermantel und knöchelhohe schwarze Stiefel. Der Inbegriff eines Teenager-Models – was sie auch war.

»Hey, Mrs Schulz!«, rief sie vergnügt, als ich ihr die Tür öffnete. Ich habe bis heute noch nicht herausgefunden, wie die alte südliche Version von »Hallo« ihren Weg nach Westen gemacht hatte – aber das ist im Grunde auch gleichgültig.

»Hey«, erwiderte ich kumpelhaft. »Komm rein.«

Lettie trat über die Schwelle, schloss die Augen und sog tief die Luft ein. »Hier drin riecht es immer so toll.«

»Kann ich dir ein Plätzchen anbieten? Saft? Es ist alles da ...«

»Das klingt ...«

»Hey«, ertönte Archs knurrige Begrüßung von oben.

Lettie strahlte. »Guten Morgen, Arch.«

»Wie wär's mit einem Snack?«, wagte ich einen Vorstoß.

»Wir müssen gehen, Mom«, antwortete Arch scharf. Heute hatte er seine sackartige Khaki-Hose und ein übergroßes grünes Sporthemd an. Sein dunkelbraunes Haar war mit Gel nach hinten gekämmt und stand stachelig vom Kopf ab. Wenn ich ihn unvorsichtig umarmen würde, könnten meine Wangen aufgespießt werden. Selbstverständlich war ich nicht so gedankenlos, ihn an diesem Morgen in die Arme zu nehmen. Regel Nummer 32, wenn man einen halbwüchsigen Sohn hat: Niemals die Frisur berühren.

Ich eilte zurück in die Küche, steckte zwei Tüten Apfelsaft und vier eingetütete Plätzchen in Archs Rucksack, dann brachte ich ihn in den Flur. Ich raunte meinem Sohn zu: »Da sind Leckereien drin.« Arch funkelte mich böse an und schüttelte den Kopf: *Halt den Mund, Mom.* Lettie winkte anmutig, als sie zum Jeep liefen. Arch drehte sich nicht mehr um.

Ich überprüfte noch einmal die Sachen, die ich zu Arthur mitnahm, küsste Tom zweimal und machte mich auf den Weg.

Nachdem ich die Divide überquert hatte, wurde der Himmel heller. In der Nähe von Killdeer roch man bereits die Holzfeuer in der Luft. Um neun Uhr kam ich auf den Parkplatz am Elk Ridge Trail. Er war voll mit bunt gekleideten Skifahrern, die ihre Ausrüstungen aus den Autos holten. Wenn sie sich gegenseitig etwas zuriefen, stiegen weiße Dampfwölkchen aus ihren Mündern auf. Die meisten stapften munter in ihren Skistiefeln zur Bushaltestelle.

Ich steuerte den Rover vorsichtig über den Parkplatz, um in Arthurs Straße einzubiegen, und rollte an den gleißenden Schneebuckeln vorbei, die die Basis des Elk Ridge Trail kennzeichneten. Ich beneidete die Skifahrer. Dieser Dezembertag schien wie geschaffen fürs Skifahren zu sein: Die Sonne glitzerte auf den weißen Hängen, der Himmel war nun wolkenlos und tiefblau, eine leichte Brise brachte frische, süße Luft von den Gipfeln und fünfzehn Zentimeter Neuschnee lag auf der zwei Meter dicken Schneedecke. Was konnte man sich mehr wünschen?

Mal sehen, antwortete ich mir selbst, als ich in Arthurs Einfahrt stehen blieb. Ich würde mir einen freundlicheren Umgang mit meinem Sohn wünschen, bezweifelte aber, dass so etwas mit einem vierzehnjährigen Jungen möglich war. Was gäbe es sonst noch? Wie wär's mit einem neuen Van und der Wiedereröffnung meines Unternehmens? Und – o ja – mehr Klarheit über das, was mit Doug Portman geschehen war und warum man mir Zeitungsausschnitte über zwei Todesfälle hinterlegt hatte, die vor drei Jahren in Killdeer vorgekommen waren.

Der Türgong ertönte in Arthurs Haus. Mir wurde bewusst, dass ich allein in das Haus eines Mannes ging, mit dem ich zwar zusammenarbeitete, von dem ich jedoch im Grunde gar nichts wusste. Bei dem Gedanken an Toms Ermahnungen stellte ich die Kiste ab, die ich bei mir hatte – mein verletzter Arm heulte auf vor Schmerz – und holte das Handy aus der Tasche. Ich wählte die Nummer von Toms Anrufbeantworter im Sheriff's Department und sprach aufs Band, dass ich jetzt vor Arthur Wakefields Haus stand. Es war zwar kein echter Schutz, aber es war wenigstens etwas. Arthur öffnete die Tür. Wie gewöhnlich hielt er eine rosafarbene Flasche mit Magenmedizin in der Hand.

»Komm rein, komm rein«, sagte er.

»Guten Morgen, Arthur! Ich habe nur gerade meinem Mann, dem *Cop,* Bescheid gesagt, dass ich hier bin.«

Er bedachte mich mit einem eigenartigen Blick, entdeckte die Kiste zu meinen Füßen, steckte umständlich die Pepto-Flasche in seine Tasche und hob den Karton auf. »Ich liege telefonisch im Streit mit einem Lieferanten. Vielleicht muss ich nach Vail, um nach einigen Kisten Sauvignon blanc zu suchen.«

»Das tut mir Leid«, murmelte ich. Weinimporteur zu sein war offenbar nicht besonders lustig.

»Du kannst in der Küche schalten und walten wie du willst. Soll ich noch mehr hereintragen?«

»Schon okay, Arthur, ich komme allein zurecht.« Zum

Glück klingete gerade das Telefon. Arthur drückte mir den Karton in die Hände.

In der kaum benutzten, aber wunderschönen gelb-weißen Küche waren die Geräte und Utensilien – das Kochbesteck, die Backbleche, Schüsseln und Schneidebretter – nicht leicht zu finden. Aber wenigstens hatte mir Arthur genau aufgezeichnet, wo er was aufbewahrte, und ausführliche Notizen zu der Zeichnung gemacht. Jetzt musste ich ihm nur noch beibringen, wie er die Gerichte selbst fertig zubereiten konnte.

»Ich hab gehört, du hattest Ärger mit Boots Faraday«, sagte Arthur grimmig, als er in die Küche stürmte und das schnurlose Telefon auf die geflieste Arbeitsplatte knallte.

Was hatte Boots Faraday gemacht nach unserem Zusammentreffen? Den ganzen Nachmittag nur telefoniert, um sich bei allen Leuten über mich zu beschweren? »Ich habe deine Weinflasche abgeliefert und bin zum Essen geblieben. Leider schien sie mich nicht besonders zu mögen. Ach, übrigens, du hast mir nicht gesagt, dass du einen Artikel veröffentlicht hast, in dem ich als Hobby-Kriminalistin dargestellt werde, um Gottes willen.«

«'tschuldigung, das ist das Show-Biz. Werbung. Hör mal, ich rede mit Boots. Diese Bullock-Geschichte ist ein ausgesprochen heißes Eisen für sie. Rorry ist bis zum heutigen Tag überzeugt, dass Boots eine Affäre mit Nate hatte. Ich bin sicher, das stimmt nicht. Boots wollte Nate nur bei einigen geschäftlichen Unternehmungen helfen. Aber Rorry war so eifersüchtig, dass Nate fast verrückt wurde. Boots rief ihn nur noch von Telefonzellen aus an und gab verschlüsselte Nachrichten durch und das machte natürlich alles nur noch schlimmer. Sie wird wieder zur Vernunft kommen, keine Sorge. Ich bringe sie dazu, sich bei dir zu entschuldigen ...«

»Vergiss es, Arthur.« Ich zögerte einen Moment, dann

fragte ich: »Bei welchen geschäftlichen Unternehmungen hat Boots Nate geholfen?«

Doch Arthur zuckte nur mit den Schultern.

Ich hätte ihn zu gern über seine Hassliebe zu PBS ausgefragt. Aber ich konnte mir vorstellen, dass die Fernseharbeit neben seinem Weinhandel und der Anfechtung des Testaments seiner Mutter schuld an seinem übermäßigen Konsum von Magenmitteln war. »Also gut«, sagte ich freundlich. »Wir haben noch eine Menge zu tun. Sollen wir gleich anfangen? Was ist mit dem Salat? Ich habe Feldsalat mitgebracht, aber noch ohne Dressing.«

»Danke. Tut mir Leid, dass ich dich deswegen nicht zurückgerufen habe, Feldsalat wäre großartig. Aber denk dran – keinen Essig fürs Dressing.« Er deutete auf eine Reihe von Flaschen. »Leider habe ich nur eine Flasche Sancerre für eine Öl-und-Wein-Vinaigrette.« Er seufzte und blätterte seinen Terminkalender durch. »Es werden übrigens vierzehn Personen hier sein. Zwei meiner Kunden sind gerade aus Mexiko zurückgekehrt und wollen auch kommen. Das ist doch kein Problem, oder?«

Regel für Caterer: *Gerate nie in Anwesenheit eines Kunden in Panik. Besonders nicht am Tag des Events.* »Hm, vierzehn Personen«, wiederholte ich, um Zeit zu gewinnen. Ich hatte vier Hauptgerichte vorgesehen – Krabbenkuchen, Seezunge, Schweinefleisch und Hühnchen. Solange nicht mehrere Leute auf ein und dieselbe Sache allergisch waren, sollte es keine Probleme geben. »Prima«, meinte ich fröhlich. »Und diese Kunden sind ...?«

»Auch in der Branche. Es kommen zwei Großhändler.« Arthur zählte an seinen manikürten Fingern ab. »Neun sind die besten Kunden westlich der Divide. Und natürlich drei Einzelhändler, die die Bestellungen für ihre Kunden aufgeben werden. Zwei von ihnen haben eigene Weinläden, der dritte besitzt ein Restaurant, aber es ist *nicht* deine Freundin Eileen oder ihr grässlicher Küchenchef, wenn ich das sagen darf.«

»Jack Gilkey«, half ich ihm auf die Sprünge, und Arthur verzog das Gesicht. »Ich habe mich schon gefragt, ob du in der Stimmung bist, über ihn zu reden ...«

Er wandte sich ab und öffnete die Kühlschranktür. »Tut mir Leid, aber ich dachte, wir wollten über das Essen sprechen. Ah, da sind sie ja – zwei Schweinefilets.« Er nahm das in verknittertes Papier verpackte Fleisch und ein Paket Blätterteig heraus, legte beides auf die Arbeitsplatte und betrachtete dann stirnrunzelnd seine Weinflaschen, als wären sie Schachfiguren. Schließlich zog er eine hervor. »Hier ist der Châteauneuf du Pape ...«

»Warte. Wenn du die Gerichte später vollenden willst ...«

»Das hab ich dir doch gesagt«, fiel er mir ärgerlich ins Wort.

»Der Blätterteig kommt vorerst zurück ins Kühlfach.«

Er seufzte abgrundtief, stopfte das Paket zurück in das schmale Fach, dann drehte er behände den Korken aus der Flasche und stellte die Flasche lautstark auf die Arbeitsplatte. »Für die Schweinefleisch-Marinade. Es ist ein großer Roter aus dem südlichen Rhône-Tal, genau das Richtige für ein gehaltvolles Fleischgericht.«

»Okay. Bitte, Arthur, Jack Gilkey lebt mit einer meiner engsten Freundinnen zusammen. Ich muss wirklich mit dir über ihn sprechen.«

Arthur wirbelte herum. »Also hatte Boots doch Recht? Du willst die Leute nur *verhören«,* knurrte er.

»Arthur, beruhige dich. Wir beide, du und ich, sind doch Freunde. Jemand hat mir anonym Bücher und Artikel zukommen lassen – über die Bibliothek in Aspen Meadow. Warst du das? Die Artikel befassten sich mit dem Tod deiner Mutter.«

Arthur schnaubte und drehte sich wieder zu seinem Kühlschrank um. »Du glaubst, ich habe Zeit für solche Dinge? Wenn du was lesen willst, dann gebe ich es dir, Goldy.« Er holte ein in Wachspapier verpacktes Päckchen heraus und warf es neben das Schweinefleisch auf die Arbeitsplatte. »Das ist deine Seezunge.«

»Arthur, schließlich arbeiten wir zusammen. Bitte, sprich mit mir.«

Er wandte sich mir mit wutverzerrtem Gesicht zu. »Jack Gilkey ist nur auf Geld aus. Er hat meine Mutter wegen ihres Geldes geheiratet. Er war zwanzig Jahre jünger als sie, gut aussehend, aufmerksam und ein richtiger Charmeur. Er hat sie systematisch so weit gebracht, mich aus ihrem Testament auszuschließen, einen winzigen Treuhandfonds für mich einzurichten und sich selbst zum Alleinerben zu machen. Meine Mutter muss irgendwie ein schlechtes Gewissen deswegen gehabt haben, deshalb sollte das ganz große Geld, wenn Jack ihr vorzeitig den Garaus macht, an den Sender gehen.« Er verdrehte die Augen. »Das alles habe ich leider erst nach ihrem Tod erfahren. Aber Jack Gilkeys Pläne und seine Organisation funktionierten nicht, weil alles doch ein bisschen *zu* offensichtlich war. Ich bin nur froh, dass die Geschworenen bei Gericht seine Geschichte mühelos durchschaut haben. Damit ist dieses Thema abgehakt.«

»Glaubst du, er hat Doug Portman bestochen, um aus dem Gefängnis rauszukommen?«

Arthur lachte. »Ganz bestimmt.«

»Woher hatte er das Geld?«

Arthur stemmte die Hände in die Hüften. »Nun, Hobby-Kriminalistin, wessen liebe alte Freundin ist denn steinreich? Was meinst du, woher er das Geld hat?« Das Telefon klingelte und er schnappte sich den Hörer. Ich sah seinem Gesicht an, dass er keine guten Nachrichten hörte: Die Sancerre-Kisten waren nicht angekommen.

Eileen hatte Jack das Geld gegeben, um Portman zu bestechen? Das glaubte ich nicht. Ich wusch mir die Hände und nahm den verschlossenen Behälter mit dem geschmorten Hühnchen aus der Kiste. Ich löste die Knochen und die Haut vom Fleisch und betrachtete die Poster, die an den Wänden hingen.

Als Arthur auflegte, sagte ich: »Vergessen wir Jack Gilkey für den Moment, Arthur. Doug Portmans Tod hat mich in eine prekäre Lage gebracht. Ich war kurz davor, ihm wertvolle historische Skier zu verkaufen, und zwar für weniger als den eigentlichen Marktpreis. Er war Vorsitzender des Ausschusses für Strafaussetzung und jetzt sieht es so aus, als hätte ich versucht, seine Entscheidungen zu beeinflussen und mir einen Gefallen von ihm zu ›erkaufen‹.«

»Was für einen Gefallen?«

»Dass er meinen Exmann hinter Gittern läßt. Dabei wollte ich nichts anderes als diese Skier so schnell wie möglich verkaufen. Aber trotzdem sieht es nicht sehr gut aus.«

Arthurs dunkle Augen funkelten. »Und dabei hast du nicht mal einen Gewerbeschein als Großhändlerin.«

»Mach keine Witze.«

»Ich habe dir keine Bücher oder Artikel geschickt, Goldy. Aber Doug Portman *hat* hundertprozentig die Hand aufgehalten. Rate mal, was Portman zu mir gesagt hat.« Sein Tonfall wurde boshaft und er kniff die Augen zusammen. »Dass er Gilkey im Gefängnis schmoren lassen würde, aber das würde mich zwanzigtausend Dollar pro Jahr kosten. Das Problem war, dass die *Sesamstraße* die Millionen meiner Mutter bekommt und dass ich keine zwanzig Riesen im Jahr übrig habe.«

»In den Artikeln war von dem Treuhandfonds die Rede«, erklärte ich. »Außerdem stand dort, dass du das Testament anfechtest und behauptest, Jack hätte unrechtmäßigen Einfluss auf deine Mutter ausgeübt.«

»Und genau das hat er auch getan. Er hat meine Mutter gegen mich aufgehetzt, ihr ausgeredet, mich zu sehen, sie dazu gebracht, jede Woche ihre Telefonnummer zu ändern, den Familienanwalt zu feuern und so weiter und so weiter. Er dachte, er könnte sie umbringen und erben und kein Mensch würde jemals Wind davon bekommen. Er hat nicht im Traum daran gedacht, dass er erwischt werden könnte. Mutter hat sich von ihm beschwatzen und beschwindeln lassen, weil sie wollte, dass dieser aalglatte Vertretertyp sie liebte.«

Ich rührte saure Sahne, geriebenen Käse und pikante Sauce unter das Hühnerfleisch. »Umbringen und erben? ›Umbringen‹ ist ein hartes Wort.«

Arthur schien zu überlegen, wie er die Weingläser neben die Flaschenreihe anordnen sollte. »Ich benutze dieses Wort nicht leichtfertig. Ich wünschte, die Staatsanwältin hätte Jack vorsätzlichen Mord nachweisen können, aber es ist ihr nicht gelungen. Aber eines garantiere ich dir: Gilkey wird Eileen Druckman wegen ihres Geldes heiraten. Du solltest wirklich gut auf deine Freundin aufpassen.«

»Ich weiß. Es tut mir Leid, dass ich all die schmerzlichen Erinnerungen wach gerufen habe.«

Arthur seufzte. »Es ist ein Jammer, dass ich Portmans Anruf, bei dem er mich aufgefordert hat, dafür zu zahlen, dass Gilkey im Gefängnis bleibt, nicht auf Band aufgenommen habe. Jetzt ist er tot. Und ich muss beweisen, dass Portman Bestechungsgelder angenommen hat. Dann hätte ich ein starkes Argument bei der Anfechtung des Testamentes. Gilkey wird sich letzten Endes als Schurke erweisen, und dann kann ich ...« Er brach abrupt ab und schaute zu dem Poster an der Wand.

»Was kannst du dann?«, fragte ich leichthin, während ich die Zutaten für die Marinade abmaß. »Nach Frankreich fahren? Für immer in der Toskana leben? *Mein* Traum wäre, mich bei einer sechsmonatigen Wandertour durch ganz Italien zu essen. Die Bewegung würde die Kalorien verbrennen.«

Nach einem Moment sagte Arthur leise: »Mein Traum ist das.« Er deutete auf das Poster, auf das von Lavendelfeldern umgebene Dorf mit dem hohen Kirchturm.

»Nach Frankreich zu gehen? Dort zu leben?«

»Nicht einfach nur nach Frankreich, Goldy, sondern in einen ganz bestimmten Ort.« Er betrachtete verträumt das Poster. »Ich würde einen Weinberg in Bandol, in der Provence, kaufen. Hier, ich möchte, dass du etwas kostest.« Er fasste nach dem Korkenzieher, dann verschwand er aus der Küche. Als er fünf Minuten später zurückkam, hielt er eine Flasche Rotwein in der Hand. »Versuch den mal.«

»Arthur, bitte. Es ist gerade mal neun Uhr morgens.«

»Nur einen kleinen Schluck.« Er entkorkte die Flasche und goss nur je einen Schluck in zwei Gläser. Ich seufzte. Zwei Caterer-Regeln standen im Widerstreit: *Trink nie Alkohol bei der Arbeit, besonders nicht am Morgen* und *Je mehr du den Kunden brauchst, um so verrückter wird er sich aufführen.* Arthur reichte mir mit theatralischer Geste ein Glas; wir prosteten uns schweigend zu; ich trank ein winziges Schlückchen. Der Wein war köstlich. Sogar *ich* kannte mich gut genug aus, um diesen Roten als kräftig und würzig zu beschreiben und als wunderbaren Start für den Morgen anzusehen.

»Du trinkst gerade meine Zukunft«, erklärte Arthur ganz ernst. »Meine *verdorbene* Zukunft«, berichtigte er sich niedergeschlagen.

»Warum ›verdorben‹?«

Arthur legte den Kopf auf die Seite. »Was schmeckst du in dem Wein? Welche Gewürze?«

»Ich bin nicht gut in ...«

»Ich sag's dir.« Er stellte sein Glas ab. »Du schmeckst Lavendel, Rosmarin, Basilikum, Lorbeer – du schmeckst *Bandol.*« Er zeigte wieder auf das Poster. »Zumindest ein Stückchen davon.« Seine Stimme wurde brüchig. »Bandol ist ein hübsches provençalisches Dorf und dort hätte ich einen Weinberg für zwei Millionen Dollar kaufen können. Ich habe dieses Bild aufgehängt, damit ich mich immer daran erinnere, um was mich Jack Gilkey auf betrügerische Weise gebracht hat. Ich könnte meine Weinstöcke pflegen und mich jeden Abend mit Blick auf den See entspannen. Aber Jack Gilkey hat mir einen Strich durch die Rechnung gemacht. Und dein Kumpel Doug Portman hat den Killer aus dem Gefängnis gelassen.«

»Doug Portman war nicht mein Kumpel.« *Und das Sheriff's Department ist auch der Ansicht, dass er bestechlich gewesen war,* setzte ich im Stillen hinzu. Aber ich wusste nicht, wie viel von dem, was Arthur sagte, der Wahrheit entsprach, also hielt ich den Mund.

»Ja, ja. Das spielt jetzt keine Rolle mehr, stimmt's?« Er holte sein Pepto aus der Tasche. Gott sei Dank trank er nichts davon. Nachdem er das Fläschchen einen Moment angestarrt hatte, steckte er es wieder in die Tasche.

Ich hatte noch eine Frage an Arthur. »Wenn du versuchst, dem Sender das Vermögen deiner Mutter abzuluchsen, warum arbeitest du dann für ihn?«

Er leerte sein Glas. »Weil ich die Liebe meiner Mutter zum öffentlichen Sender teile. Ja, ich will das Geld. Aber ich kann nicht etwas, was meiner Mutter und mir lieb und teuer war, den Rücken kehren. Weißt du was? Ihre Lieblingssendung war Nates *High Country Hallmarks*. Und sie sind am selben Tag ums Leben gekommen.«

Ich stellte das Glas ab, murmelte etwas Mitfühlendes und

fragte mich, ob ich Arthur bitten konnte, uns seinen perfekten Espresso zu kochen. Mein Kopf schwirrte schon nach nur drei Schlucken Wein. Leider klingelte wieder das Telefon. Arthur füllte sein Glas nach, um sich gegen weitere katastrophale Neuigkeiten zu wappnen: Die Sancerre-Kisten, auch der Wein, den er für die heutige Party vorgesehen hatte, standen auf der Laderampe eines Lagerhauses in Glenwood Springs. Wenn Arthur ihn heute Abend in Killdeer brauchte, würde er selbst losfahren und die Kisten holen müssen. Er knallte den Hörer auf die geflieste Frühstückstheke.

»Ich muss weg«, sagte er wütend.

»Ich bin in zwei Stunden hier fertig. Ich sperre dann alles ordentlich ab«, versicherte ich ihm. Arthur seufzte und tastete die Pepto-Tasche ab. »Ich mache das immer, wenn die Kunden nicht daheim sind. Wir haben einen Vertrag und meine Sachen sind so was wie ein Pfand, Arthur.«

Er sah stirnrunzelnd zu den Lebensmitteln auf der Arbeitsfläche. »Na ja ... also gut. Wie man das Schweinefilet warm macht, weiß ich mittlerweile, aber was ist mit dem Rest?«

»Ich schreibe dir alles genau auf.«

Seine Miene entspannte sich. »Danke, Goldy.« Gleich darauf wurde er wieder unruhig. »Mach nur das Essen. Ich stelle die Weine selbst heraus, wenn ich nach Hause komme.«

»Okay, aber du kannst unmöglich vor fünf Uhr wieder hier sein und du solltest den Weißwein kühlen, deshalb könnte ich ...«

»Nein, danke«, unterbrach er mich schroff, als er Schubladen öffnete und sich suchend umsah. »Versteh mich bitte nicht falsch. Ich bin dankbar für das, was du für mich tust. Sieht so aus, als würde mein Scheckbuch im Auto liegen. Kann ich dich am Mittwoch bezahlen? Ich kann dich zum Lunch im Bistro einladen – der Mittwoch ist Gilkeys freier Tag. Dann können wir auch über die letzte Sendung sprechen. Halt dir den Donnerstag für Vorbereitungen frei. Ich möchte, dass du noch mal diesen Haferbrei machst, den du mir neulich mitgebracht hast, vielleicht auch ein Brot …«

»Klingt gut.«

»Danach könnten wir zusammen Ski fahren, wenn du willst.«

Ich lachte. »Klar. Aber ich bin eine strikte Langsamfahrerin auf blauen Pisten. Und ich trinke selten Wein zum Mittagessen.«

Sein verwirrter Blick fragte *Soll das ein Witz sein?* Aber er murmelte nur: »Wir sehen uns gegen Mittag im Bistro.« Dann griff er nach seinen Schlüsseln, prüfte, ob die Tür im Flur abgeschlossen war, schielte wie beim ersten Mal zu der Meissener Schäferin auf dem Tisch und machte sich davon.

Ich besah mir die drei »Muster«-Flaschen auf der Frühstückstheke genauer. Wieso war Arthur fast ausgerastet, als ich ihm angeboten hatte, die anderen Weine bereit zu stellen? Als sein Escalade aus der Einfahrt röhrte, fing ich mit dem Teig für die Krabbenkuchen an und dachte angestrengt nach. Möglicherweise wollte Arthur nicht, dass ich die Weine holte, weil die meisten Wein-Freaks ein großes Geheimnis um ihre Keller machten. Ich machte eine Kugel aus dem Krabbenteig und legte sie neben den Strudel in den Kühlschrank, dann spähte ich aus dem Fenster. Der Escalade war nirgendwo zu sehen.

Die Tür im Flur war tatsächlich verschlossen. Ich zögerte. Wenn ich im Haus herumschnüffelte, aber nichts stahl, setzte ich dann meinen Verdienst aufs Spiel? Wenn ich herumschnüffelte, Arthur zurückkam und mich dabei erwischte, würde er mir dann eine Weinflasche über den Kopf ziehen? Eine volle oder eine leere?

Ich will ja schließlich nichts stehlen, redete ich mir ein. *Falls er zurückkommt, sage ich ihm, dass ich nach den Wei-*

nen suche, weil ich ihm helfen und so viel Arbeit wie möglich ersparen will. Allerdings erwähne ich mit keinem Wort, dass mich die verschlossene Tür und sein eigenartiges Benehmen davon überzeugt hat, dass er mehr als nur Chardonnay in diesem Haus versteckt. Und dass mich eine solche Ahnung immer dazu treibt, mich zu vergewissern, ob ich Recht habe.

Als Erstes suchte ich in seiner Lederjacke nach dem Schlüssel. Sein »verlegtes« Scheckbuch steckte in einer Tasche. Ich erinnerte mich an seine Blicke auf die Meissener Schäferin. Ich nahm das zierliche Porzellanfigürchen in die Hand und fand einen kleinen Messingschlüssel darunter. Ich schloss die Tür auf und kam auf eine mit Teppich ausgelegte Treppe.

Mit angehaltenem Atem schlich ich hinunter und stand in einem langen Flur, an dessen Wänden lauter Farbfotos hingen. In diesem Untergeschoss befanden sich zwei Gästezimmer, ein Bad und noch eine Tür. Der Weinkeller?

Jemand, der Informationen, Wertgegenstände oder etwas anderes wollte, war in Doug Portmans Wohnung eingebrochen, und zwar an dem Tag, an dem Doug ums Leben kam. Das Sheriff's Department hatte keine Hinweise darauf entdeckt, dass Portman unter dem Tisch Geld angenommen hatte, aber bisher hatten sie die Kisten mit den Militaria noch nicht durchsucht. Wenn ein nicht katalogisiertes Kunstwerk oder eine antike Waffe in Reichweite gelegen hatte, könnte sie der Einbrecher mitgenommen haben. Auch Akten oder Unterlagen könnten entwendet worden sein. Zudem konnten alle Hinweise auf das, was Doug Portman im Schilde führte, bei dem Einbruch beseitigt worden sein. Wer brauchte etwas aus Doug Portmans Besitz? Brauchte es so sehr, dass er in die Wohnung eines toten Mannes eingebrochen war? Neunzehn Millionen Dollar lagen sozusagen ungenutzt herum, und wenn Sie an dieses Geld herankommen würden, sobald Sie einen Beweis für Portmans üble Machenschaften in den Händen halten, würden Sie sich dann nicht auch mal in der Wohnung umsehen? Und wenn Sie ihn umgebracht hätten, dann hätten sie nur wenige Stunden Vorsprung vor den Cops.

Ich schluckte schwer. Wie gut kannte ich Arthur wirklich? Er verhielt sich freundlich, wenn er kein Nervenbündel war, aber leider war er das die meiste Zeit. Hielt ich ihn für fähig, einen Mord zu begehen? Schwer zu sagen.

Ich drehte an dem Knauf der Tür am Ende des Flurs. Abgeschlossen. Trug Arthur den Schlüssel für den Weinkeller bei sich oder war er hier irgendwo versteckt? Der Schlüssel zum Keller hatte unter der Figurine auf dem Tisch im Flur gelegen.

Ich ging auf und ab, ähnlich wie ich es in der Killdeer-Galerie getan hatte. Hier waren also die Familienfotos, die man eigentlich oben erwarten würde. Alle waren mit Daten versehen. Einige zeigten den Arthur von vor zehn Jahren neben einer großen, gut aussehenden Frau, die ich nach den Fotos aus den Zeitungsausschnitten wiedererkannte: Fiona Wakefield. Sie lächelte mit ihrem Sohn von der Seufzerbrücke in Venedig, von den Stufen des Parthenon. Ein Bild aus den sechziger Jahren war vor dem Waldorf Astoria aufgenommen worden. Fiona hatte den Arm um einen attraktiven Mann gelegt – ich nahm an, dass das Arthurs Vater war.

Aber ein Foto weckte besonders meine Aufmerksamkeit. Die lächelnde Fiona trug eine Sonnenbrille und einen hellen Skianzug und stand auf einem verschneiten Berg. Offenbar hatte jemand neben ihr gestanden, aber das Foto war ordentlich abgeschnitten worden, sodass man nur noch die Spitzen eines zweiten Skipaars sah. Das Datum unter dem Bild deutete darauf hin, dass es vor etwa vier Jahren aufgenommen worden war.

Die abgeschnittene Person musste Jack Gilkey sein.

Die Fotografie steckte in einem Acrylrahmen. *Jack Gilkey hat mich auf betrügerische Weise um meine Zukunft gebracht*, hatte Arthur gesagt. Ich hob vorsichtig den Rahmen ein Stück von der Wand. Etwas fiel auf den Boden. Ich schaute hinunter. Ein glänzender Schlüsselring lag vor meinen Füßen. An dem Ring hingen ein Türschlüssel aus Messing und Schlüssel für ein Vorhängeschloss.

Sonora Hühnchen-Strudel

2 Esslöffel Pflanzenöl
3 Tassen entkernte und in Würfel geschnittene Tomaten
2 zerdrückte Knoblauchzehen
200 g klein geschnittene grüne Chili
$1\frac{1}{2}$ Tassen in Würfel geschnittene Zwiebeln
$\frac{1}{8}$ Teelöffel Kümmel
2 Tassen gekochtes, klein geschnittenes Hühnerfleisch
$1\frac{1}{4}$ Tasse geriebener Cheddar-Käse
1 Tasse saure Sahne
1 Teelöffel Salz
$\frac{1}{2}$ Pfund tiefgefrorener Blätterteig
$\frac{1}{3}$ Pfund zerlassene Butter

In einer großen Pfanne das Öl erhitzen. Die Flamme kleiner drehen, Tomaten, Knoblauch, Chili, Zwiebeln und Kümmel in das Öl geben und etwa 30 Minuten köcheln lassen, bis eine dicke Sauce entsteht. Gelegentlich umrühren. Beiseite stellen und ein wenig abkühlen lassen.

Den Backofen auf 220 Grad vorheizen und eine längliche feuerfeste Glasform buttern. In einer großen Schüssel das Hühnerfleisch mit Käse, saurer Sahne und Salz vermischen und in die Tomatensauce rühren. Das Ganze in die feuerfeste Form füllen.

Die Masse mit einer Lage Blätterteigscheiben belegen und dünn, aber gründlich mit zerlassener Butter bestreichen. Zum Schluss noch ein Blätterteigstück über alle anderen legen und auch mit Butter einpinseln. Mit einem scharfen Messer den Blätterteig in 9 gleich große Portionen einschneiden.

Das ganze 20 bis 30 Minuten backen, bis der Teig aufgegangen und goldbraun ist. Heiß servieren.

Rezept für 9 Portionen

Kapitel 15

Der Schlüssel passte, und die Tür ging ganz leicht auf. Dahinter befand sich eine mit Vorhängeschloss gesicherte Gittertür zum kalten, düsteren Keller. Ich öffnete das Vorhängeschloss, hängte es ab und stieß das knarrende Tor auf.

Ich tastete nach dem Lichtschalter; die Lampe an der Decke erhellte den Raum. Die Wände bestanden aus Flusssteinen. In Regalen und Gestellen lagen Hunderte von Weinflaschen. Meine Sohlen knirschten auf dem mit Stein gepflasterten Boden, als ich mich behutsam vorwärts bewegte. Der Keller war nicht quadratisch, nicht einmal symmetrisch: Er hatte viele Winkel und dunkle Ecken. Ich schauderte. Wie viel hatte es Arthur gekostet, diesen Vorratsbunker hier einzubauen? Durch diese dicken Mauern würde ich ihn bestimmt nicht hören, wenn er plötzlich zurückkam.

Ich sah mir rasch die Gestelle an, ob dort noch etwas anderes als Wein lagerte. Ohne auf die Kälte zu achten, ging ich zu einer Wand mit einem Regal, in dem ich zwei Aktenordner entdeckt hatte. Ich blätterte den ersten durch: Offenbar enthielt er eine Bestandsaufnahme und Listen von all den Weinen in diesem Keller. Der zweite Ordner war vollgestopft mit Papieren, auf denen Einzelheiten über Verkäufe vermerkt waren – an wen Arthur welchen und wie viel Wein geliefert hatte. Ich ging weiter zu einem Regal, das in eine Nische eingepasst war. Dort lagen nur leere Flaschen, auf deren Etiketten Namen und Daten gekritzelt waren. Die Schrift war schwer zu entziffern, aber sie schien zu dokumentieren, wann der Wein getrunken worden war. Arthur ging offenbar sehr weit in seiner Besessenheit. Auf dem Boden standen noch mehr leere, beschriftete Flaschen, als wäre Arthur der Platz für seine Souvenirs ausgegangen. Etwa dreißig Zentimeter von dem Regal mit den leeren Flaschen hing ein Plakat von Kalksteinfelsen an einem dunkelblauen See. Die Art der Aufnahme kam mir bekannt vor. Plötzlich wurde mir bewusst, dass dies eine andere Ansicht des französischen Dorfes Bandol war.

Ich habe dieses Bild aufgehängt, damit ich mich immer daran erinnere ...

Die vier Ecken des Posters waren mit Gummikleber an der Mauer befestigt. Ich zog die obere rechte Ecke ab, dann die linke und entdeckte, was ich vermutet hatte: Hinter dem Plakat befand sich eine Nische mit eingebautem Regal. Aus irgendeinem Grund hatte Arthur diese Regalfächer leer geräumt und die Flaschen auf den Boden gestellt, um ein Versteck zu schaffen. Warum?

Leider fand ich nur in einem der Fächer etwas: vier Briefe und ein UPS-Päckchen. Ich war keineswegs überrascht, als ich sah, dass all diese Sachen an Doug Portman adressiert waren. Und mich schockierte auch nicht, dass alle geöffnet und höchstwahrscheinlich auch begutachtet worden waren.

Ich nahm mir zuerst die Briefe vor. Die Poststempel verrieten, dass sie in den ersten beiden Dezemberwochen aufgegeben worden waren. Einer stammte von einem potentiellen Käufer aus Minnesota, der sich für Kugeln ohne Ummantelung aus dem Bürgerkrieg interessierte. Ein Anbieter wollte Doug ein Gewehr mitsamt Bajonett verkaufen. Der Brief, der das früheste Datum trug, kam aus Mexiko. Eine Juanita Martinez hatte ihn geschrieben und erklärte in förmlichem Englisch, dass Señor Portmans Gästevilla auf ihn wartete. Señor Portman könnte seinen Geschäften in der Stadt Puerto »Escondido« – das war spanisch und hieß »Versteck«, soviel wusste ich – nachgehen. Ich wusste auch, dass Puerto Escondido kein ausgesprochenes Urlaubsziel für amerikanische Touristen war.

In dem UPS-Päckchen mit dem Absender Copper Mountain Worldwide Travel befanden sich ein Ticket und ein Brief. Es war ein Rückreise-Ticket nach Puerto Escondido mit Ankunftsdatum »20. Dezember« und offenem Rückreisedatum. Auf dem handschriftlichen Briefchen stand: *Mr Portman. Zu dieser Jahreszeit ist ein Rückfahrt-Ticket viel billiger. Danke für Ihren Scheck.*

Mit klopfendem Herzen steckte ich die Briefe und das Ticket zurück in die Umschläge und legte alles so in das Regalfach, wie ich es vorgefunden hatte. Dann klebte ich das Poster wieder an die Wand. Ich floh förmlich aus dem finsteren Keller, löschte das Licht, verschloss alles und deponierte den Schlüssel an seinem Platz.

Als ich wieder in der Küche stand, pochierte ich die Seezunge und bereitete die leichte Florentiner Sauce zu. Dann rührte ich die Wein-Vinaigrette an. Zum Schluss notierte ich die Anweisungen für Arthur. Ich wies ihn darauf hin, dass er drei Blätterteigscheiben gut mit zerlassener Butter einpinseln und auf das geschmorte Hühnerfleisch legen musste. Ich schrieb auf, wie er die Krabbenkuchen und die Seezunge fertig kochen und den Salat mischen sollte. Schließlich räumte ich auf, packte meine Sachen, schloss die Haustür ab und ging zum Rover. Eine Unmenge Fragen wirbelten durch meinen Kopf.

Doug Portman wollte in Kürze Colorado verlassen und

mit einem Ein-Weg-Ticket in eine kleine Stadt an der Pazifikküste von Mexiko zu fahren. Er hatte das Reisebüro eines in der Nähe liegenden Urlaubsortes eingeschaltet, eine Villa für sich und offenbar ein Büro in der Stadt gefunden. Seine Sachen waren gepackt gewesen. Und Arthur Wakefield hatte all das entdeckt, als er am Mordtag in Dougs Wohnung eingebrochen war.

Arthur Wakefield kämpfte darum, das Testament seiner Mutter rückgängig zu machen. Er brauchte unbedingt Beweise dafür, dass Jack Gilkey unrechtmäßigen Einfluss auf seine Mutter ausgeübt hatte. Sicherlich glaubte er, er könnte beweisen, dass Jack Gilkey *alle* Beteiligten manipuliert hatte, und hätte damit ein starkes Argument für die Anfechtung des Testaments. Wenn neunzehn Millionen auf dem Spiel standen, wollte wohl *jeder* starke Argumente sammeln, oder etwa nicht? Also war Arthur in Portmans Wohnung eingedrungen, um zu sehen, was er dort finden konnte.

Warum wollte Doug Portman weg von hier? Hatte er Wind von den Ermittlungen gegen ihn und seine Machenschaften im Ausschuss für Strafaussetzung bekommen und beschlossen, Fersengeld zu geben? War es möglich, dass Arthur schon vorher von Dougs Reiseplänen erfahren – durch das Reisebüro oder eine andere Informationsquelle – und ihn getötet hatte? Aber warum dann der Einbruch? Könnte ein *anderer* Dougs Vorhaben aufgedeckt und ihn ein für allemal aufgehalten haben?

Ich wechselte den Gang und fuhr zum Campingplatz am Stadtrand von Killdeer. Vielleicht konnte mir Rorry Bullock über einige Leute ein bisschen mehr erzählen. Mir wäre jede kleinste Information willkommen. Je mehr ich mich bemühte herauszufinden, was in dieser Bergstadt vor sich ging, um so verwirrter wurde ich.

Doch als ich mich wieder einmal in den malerischen, kurvigen Straßen von Killdeer verfranzte, entschied ich, dass ich zuerst einmal dringend Koffein brauchte. Kochen, Wein-Probieren und Herumschnüffeln war selbst für eine »harte Nuss« zu viel für einen Morgen – schließlich war es noch nicht einmal elf Uhr.

Die Sonne und der frische Schnee hatten so viele Tagesausflügler angelockt, dass der Parkplatz an der Gondel voll war. Ich fuhr zurück zum Elk Ridge Parkplatz und ging dann zu Fuß zu Cinda. Es war ein schöner Spaziergang, wenn man keine Skistiefel trug. Zwanzig Minuten später drängte ich mich zur Bar und überlegte, ob ich mir heute einen Vierfachen statt eines Doppelten verdient hatte. Und wie wäre es mit einem dieser köstlichen Käse-Croissants dazu? Immerhin gab es heute für mich kein Mittagessen.

Cinda, die heute ihre pinkfarbenen Strähnen mit Gummibändern zusammengezwirbelt hatte, riss die Augen weit auf, als sie mich entdeckte. Sie winkte mit einer beringten Hand und flüsterte mir verschwörerisch ins Ohr: »Er ist *hier,* der Snowboarder. Barton Reed.«

»Hier, jetzt?« Dann fügte ich hinzu: »Könnte ich einen vierfachen Espresso und ein Käse-Croissant dazu haben, damit sich meine Sicht klärt?«

Cinda sagte: »Das ist der Bursche, der die Drohung ausgesprochen hat, erinnerst du dich? Mein anderer Kellner, Ryan, und ich haben gerade darüber gesprochen. Barton Reed war früher eine große Nummer im Snowboard-Zirkus, und er hat uns alle in den Wahnsinn getrieben mit seinen Launen. Dann wanderte er wegen Betrug ins Gefängnis. Jetzt ist er wieder da und die Polizei hat einige Karten mit Drohungen gefunden, die er geschrieben haben soll. Also, *ich* will nichts mit ihm zu tun haben.« Sie hastete davon. Da es später Vormittag und Kaffee- und Heiße-Schokolade-Zeit war, war das Café gerammelt voll. Trotzdem kam sie schnell zu mir zurück und balancierte ein Tablett mit meinen Leckereien: eine Tasse mit dampfendem, schaumigem Espresso und einen Teller mit einem heißen, lockeren, mit Ricotta gefüllten Croissant und einem Glas Pflaumenkompott. Ich trank einen Schluck Kaffee und sah mich in dem Café um. Das grobe Profil und die Ohrringe fielen mir sofort ins Auge: Barton Reed.

»Hat er was zu dir gesagt, als er reinkam?«, flüsterte ich Cinda zu.

»Ja. Die Cops haben ihn gestern aufgelesen«, erwiderte sie mit gedämpfter Stimme. »Aber sie haben ihn wieder laufen lassen. Seine Fingerabdrücke befanden sich nicht auf der Karte mit der Drohung und es war nicht seine Handschrift. Aber es sah aus wie seine Handschrift. Dann kam er schnurstracks hier herein und wollte wissen, ob *wir* den Cops verraten hätten, dass er einem von ihnen gedroht hat. Wir stellten uns alle dumm. Ein paar andere Ladenbesitzer haben mir erzählt, dass er in der ganzen Stadt seine Drohungen hinausposaunt. Also kann er nicht einmal ahnen, wer ihn verpfiffen hat.«

»Warum ist er jetzt hier?«

»Er sagt, er sucht jemanden. Er hält ein Kreuz in der Hand. Vielleicht wartet er auf einen Vampir.«

Ich nahm den ersten Bissen von dem knusprigen Croissant. Es schmeckte umwerfend. »Du sagst, er wartet auf jemanden? Könnte er auf Doug Portman warten? Weiß er schon, dass Portman tot ist?«

»Er muss es erfahren haben – jeder in der Stadt weiß es. Ich sage dir, der Kerl tickt nicht mehr richtig.« Sie tippte sich an die Stirn. In diesem Moment stand Reed auf und stampfte zum Ausgang. An der Tür blieb er stehen und drehte sich um. Er warf mir und Cinda einen kurzen, vernichtenden Blick zu.

»Wen könnte er suchen?«, fragte ich leise.

»Ich habe keinen blassen Schimmer.« Cinda schüttelte ihr Haar. »Und es ist ziemlich unwahrscheinlich, dass er in nächster Zeit noch einmal einem unserer Kellner sein Herz ausschüttet.«

Mich beschlich ein ungutes Gefühl. Ich dankte Cinda für den Kaffee, sagte »Bis bald« und verließ die Bar. Bevor ich zum Rover zurückging, schlenderte ich an den Schaufenstern, dem Liftkartenverkauf und dem Reparaturladen vorbei. Die Leute strömten in die und aus den Cafés. Kein Barton Reed ... Nein, Moment mal. Er stand vor der Gondel an. In der Menschenmenge konnte ich nicht sehen, ob er ein Snowboard bei sich trug. Hatte er die Person, die er gesucht hatte, gefunden oder aufgegeben?

Wenn das Sheriff's Department Barton Reed wieder freigelassen hatte, dann konnte und sollte ich nichts unternehmen. Ich fragte am Liftkartenschalter nach dem Weg zu Rorrys Campingplatz, dann spazierte ich zurück zum Rover.

Der West Furman County Mobile Home Court – so benannt, damit kein Mensch eine Verbindung mit Killdeer herstellen konnte – war von einem hohen verschneiten Maschendrahtzaun umgeben. Der ganze Zaun hing voll mit Parkverbotsschildern und der Eingang war flankiert mit Hinweisen, dass auf dem Platz nur Bewohner und ihre Gäste geduldet wurden; andere Fahrzeuge würden unverzüglich kostenpflichtig abgeschleppt und die Fahrzeughalter angezeigt. Ohne Zweifel dachten sich manche Skifahrer nichts dabei, wenn sie ihr Auto hier in der Niedrig-Mieten-Gegend abstellten.

Während sich durch den Rest von Killdeer pittoreske Straßen wanden, waren die schneebedeckten, ungeräumten Straßen um den Campingplatz gerade und angelegt wie ein Gitter. Ich blieb hinter einem roten Subaru-Kombi stehen. Wie die anderen Behausungen stand auch der Bullock-Wohnwagen rechtwinklig zum Straßenrand. Der grüne und weiße Lack unter dem Fenster blätterte ab und am unteren Rand des Wohnwagens befanden sich große Rostflecken. Nirgendwo war ein Anzeichen von Leben zu entdecken.

Ich stieg aus und ging zu Rorrys Auto – dem roten Subaru. Die vordere Stoßstange war eingedellt, der rechte Scheinwerfer fehlte. Ich tastete über das kalte Metall an der schadhaften Stelle. Rorry behauptete, jemand hätte ihren Subaru gestohlen und zu Schrott gefahren. Ich glaubte ihr. Es machte keinen Sinn, wenn eine schwangere Frau die Gesundheit ihres ungeborenen Kindes aufs Spiel setzte, um den Van einer Caterin zu rammen. Ich stakste über das Eis zurück zum Rover, nahm die Gerichte heraus, die ich gekocht hatte, und ging vorsichtig zu den wackeligen Holzstufen, die zu der unlackierten Aluminiumtür führten.

Es gab keine Klingel, aber die Tür öffnete sich in dem Moment, als ich das Gewicht der Kiste verlagerte, um mit einer Hand anklopfen zu können.

»Eine Pleite mit dem Auto, was?«, sagte Rorry wehmütig. »Es ist meine eigene Schuld. Ich hätte die Schlüssel nicht drin lassen sollen.« Sie trug ein dunkelblaues Umstandsstrickkleid mit ungeradem Saum. Ihre Haut hatte die Farbe von Kartoffelbrei; die hellbraunen Augen wirkten trüb. Das blonde, dünne Haar war leicht gewellt. Sie sah aus wie ein unglückliches, naives Mädchen. Hätte ich die Arme nicht voll gehabt, hätte ich sie an mich gedrückt. Sie zog die Tür so weit auf, wie es ging.

»Ja, eine echte Pleite«, stimmte ich ihr zu und warf einen Blick zurück auf den Subaru. Ich beschloss, nicht zu erwähnen, was mit meinem Van passiert war. Ich hatte gelernt, dass man eine schwangere Frau nicht unnötig aufregen sollte.

»Es ist schon das zweite Mal, dass ich auf diesem Platz zum Opfer eines Verbrechens wurde«, sagte Rorry bitter.

»Das *zweite* Mal?«, hakte ich nach, als ich ihr zu der winzigen Küchenzeile folgte.

Rorry öffnete das Gefrierfach in dem kleinen Kühlschrank. »Das erste Mal war kurz nach Nates Tod. Als ich beim Coroner saß, brach ein Jugendlicher hier ein und nahm den Fernseher und Nates Videokamera mit. Die Cops erwischten ihn mit dem Fernseher, aber er stritt ab, die Kamera gestohlen zu haben. Der kleine Mistkerl.«

»Um Himmels willen«, brummte ich, während ich die Behälter mit der Lasagne und den Fleischbällchen auf den einzigen von eisigen Stalagmiten und Stalaktiten freien Platz schob. Respekt vor fremdem Eigentum wurde in Killdeer nicht gerade groß geschrieben, wie es schien. Ich schüttelte den Kopf, drehte mich um und nahm Rorry in die Arme. Dann sagte ich, ich würde gleich wiederkommen, und ging noch einmal hinaus.

»Magst du immer noch Kaffee so gern?«, fragte sie, als ich mit den Babysachen zurückkam.

»Mehr denn je.«

Sie drückte auf den Schalter der altertümlichen Kaffeemaschine. Rorry hatte mich immer auf eine Tasse Kaffee eingeladen, auch als sie und Nate noch in dem winzigen Apartment in Aspen Meadow gewohnt hatten. Damals betrieb er ein kleines Unternehmen, das Videoaufnahmen bei High-School-Abschlussfeiern und Hochzeiten machte. Rorry und er hatten sich so sehr Kinder gewünscht, und jetzt ...

In der Küche lag ein aufgerissenes Päckchen Kräutertee, und daneben stand ein Becher mit einer grünlichen Flüssigkeit, die darauf hinwies, dass die werdende Mutter Koffein nicht vertrug. Außerdem entdeckte ich einen Kaffeebehälter aus Porzellan und eine Kaffeemühle von einem teuren Versandgeschäft. Meiner Erfahrung nach legten sich Leute mit niedrigem Einkommen immer ein paar Luxusartikel zu, die sie zeigen konnten, wenn jemand bei ihnen vorbeischaute.

Rorry deutete auf ihren Miniatur-Wohnbereich. »Bitte nimm Platz. Und danke für das Essen und die Babysachen.«

»Keine Ursache. Es hat Spaß gemacht, die Gerichte zu kochen und alles zusammenzusuchen. Und es ist schön, dass Archs Sachen noch gebraucht werden.« Ich ging in den mit Holz getäfelten Wohnbereich. Die Küche war mit Linoleum ausgelegt, hier bedeckte ein grüner Teppich den Boden. Eine durchgesessene grün-goldene Brokat-Couch, zwei fleckige goldene Stühle und ein Tisch mit Kirschholz-Furnier sowie ein Serviertisch, auf dem Bierdeckel gestapelt waren, standen hier. Die Möbel stammten aus den siebziger Jahren und waren damals als »mediterraner Stil« bekannt gewesen. *In diesem Jahrzehnt muss auch dieser Wohnwagen gebaut und als möbliertes Heim verkauft worden sein*, überlegte ich, als ich mich auf der Couch niederließ. Wenn es sich Killdeer leisten konnte, das Skigebiet auf angrenzende Hänge auszuweiten, wieso brachte es die Stadt dann nicht fertig, ihren Angestellten anständige Quartiere zur Verfügung zu stellen?

»Hier.« Rorry stellte einen großen Becher mit dampfendem Kaffee auf einen Bierdeckel. Sie zuckte leicht zusammen. »Schau dir den Teppich lieber nicht an. Mein ehemaliger Boss von Aspen Meadows Carpets würde einen Anfall bekommen.«

»Ich werde kein Wort sagen«, beteuerte ich, »wenn du meinen snobistischen Kunden nicht verrätst, dass ich dir Fleischbällchen mitgebracht hab.« Sie lachte und nippte an ihrem Tee. Ich trank von dem Kaffee und erklärte, dass er köstlich schmeckte.

Rorry strich das blaue Kleid über ihrem enormen Bauch

glatt und sagte: »Danke, dass du so nett zu mir bist, Goldy. Ich verdiene das gar nicht, nachdem ich neulich so bissig war.« Ihre hellbraunen Augen musterten mich. Sie waren mit Gold gesprenkelt und ein wenig aufgequollen vom Schlafmangel. Der Blick wirkte müde und reumütig. Und traurig.

»Zerbrich dir deswegen nicht den Kopf – ich kann schon was vertragen. Erinnerst du dich noch an die Präsidentin der Episcopal Church Women, die sich dagegen verwahrt hat, dass wir das Stück mit Hesekiel im Vestibül aufführen? *Die* war *wirklich* bissig.«

Rorry lächelte schwach und rutschte unbehaglich auf ihrem Stuhl hin und her. »Wir hatten ziemlich viel Spaß in der Sonntagsschule, nicht?« Als ich nickte, nahm sie ein kleines Fläschchen mit Lotion aus der Tasche, drückte etwas davon auf ihre rechte Handfläche und rieb sich die Hände mit nervösen Bewegungen damit ein. »Wir haben den Hesekiel trotzdem gezeigt, nachdem wir die Geschichte von Josua und den Mauern Jerichos aufgeführt haben«, erinnerte sie sich. »Wir waren damals ein ziemlich übermütiger Haufen.« Sie holte tief Luft. »Ich bin immer noch mit St. Luke's in Kontakt durch den Gebetszirkel. Es war eine großartige Gemeinde. In Killdeer gibt's nichts dergleichen. Hier gibt's nur die ganz Reichen und diejenigen, die ihnen dienen und in Wohnwagen am Stadtrand hausen. Rate mal, in welche Kategorie ich falle.« Sie lachte freudlos.

»Wenn's dir hier nicht gefällt«, platzte ich heraus, »warum bleibst du dann?«

»Wir sind so gern Ski gefahren.« Rorrys Ton war unerwartet trotzig. Was hatte sie neulich im Bistro gesagt? Sie sei *nur verwirrt.* Ihre Stimmungsschwankungen waren beunruhigend. Vielleicht auch nicht. Immerhin war sie im neunten Monat schwanger und, soweit ich sehen konnte, ganz allein.

»Ich vermute, du hast die Gerüchte gehört«, fuhr sie fort. »In dieser Hinsicht unterscheidet sich Killdeer nicht von Aspen Meadow. Die Klatschmäuler plappern rund um die Uhr.«

»Nee, ich habe nichts gehört. Und ich bin auch eine Dienerin, weißt du.«

»Aber du stirbst vor Neugier, genau wie jeder andere von PBS. Sie haben dich zu mir geschickt.«

»Niemand hat mich geschickt, Rorry«, gab ich zurück. »Ich habe dich am Freitag gesehen und ... und plötzlich fehlte mir unsere Freundschaft. Deshalb habe ich dich angerufen.«

Sie starrte an die niedrige fleckige Decke und redete weiter, als hätte ich gar nichts gesagt. »Die Fernsehleute wollen mir nichts erzählen. Oh, klar, sie denken jedes Jahr an Nate und machen eine Veranstaltung. Sie sammeln keine Spenden für *mich,* weil die Vorschriften besagen, dass sie nur Geld für sich selbst eintreiben dürfen. Für *Equipment*! Was für ein Witz!«

»Rorry, ich weiß nicht, was ...«

Sie knallte ihren Becher auf den verkratzten Kaffeetisch und funkelte mich an. »Nate ist der Vater des Babys, das ich unter dem Herzen trage.«

»Ah.« Entweder hatte sie sich künstlich befruchten lassen oder sie verlor allmählich den Verstand.

Sie deutete meinen Gesichtsausdruck richtig. »Als wir das erste Mal ein Kind zeugten, mussten wir Sperma einfrieren lassen und eine künstliche Befruchtung vornehmen. Ich war im sechsten Monat, als ich eine Fehlgeburt erlitt. Im letzten Jahr las ich einen Artikel über Frauen, die Anspruch auf das eingefrorene Sperma ihrer verstorbenen Männer erhoben. Also beschloss ich, das, was mir noch von Nate geblieben war, zu nutzen.« Ihre Augen blitzten vor Zorn. »Ich habe es genutzt, bevor seine *Freundin* es tun konnte ...«

Ich erstickte fast an meinem Kaffee und dachte daran, was mir Arthur über Rorrys Verdacht erzählt hatte, über ihre Behauptung, dass Nate eine Affäre mit Boots Faraday gehabt hatte. »Du glaubst, eine andere Frau würde ...«

Rorry hob eine Hand. »Nate sagte, er und Boots Faraday – die Collagen-Künstlerin ... Kennst du sie?« Als ich nickte, zog sie eine dünne, blonde Augenbraue hoch. »Nate sagte, Boots würde ihn in geschäftlichen Dingen beraten. Dann ging er in das gesperrte Gebiet, um etwas zu filmen, und *sie* behauptete, er wäre dem Luchs auf der Spur. Leider gibt die Population der Wildkatzen nicht viel her, und die Luchse sind bestimmt nicht so interessant, dass man Unmengen von Videokassetten verkaufen kann. Ich bezweifle, dass er die Idee hatte, *damit* viel Geld zu verdienen.« Sie schnalzte mit der Zunge und fragte: »Weißt du etwas über die Verfolgung von Wildtieren?«

»Nicht das Geringste, zum Glück.«

»Du erfährst, dass eins der Tiere gesichtet wurde«, fuhr Rorry in demselben aggressiven Ton fort, als wollte sie mir unbedingt etwas beweisen. »Du gehst dorthin, wo die Spur sein müsste, und suchst. Und wenn du was findest, fängst du an zu filmen.«

»Rorry, ich verstehe dich nicht ganz ...«

Sie erhob sich mühsam, ging zur Küchenzeile und nahm etwas aus einer Schublade. Wortlos warf sie mir einen Umschlag zu. Ich nahm einen verknitterten Zettel heraus und las: *Wir treffen uns um 2 Uhr am Ridge Trail. Achte darauf, dass Dich niemand sieht. Und vergiss Deine Ausrüstung nicht, Kumpel.* Es war eine feminine, leicht schräg geneigte Handschrift.

Rorry verkündete mit bitterem Triumph: »Luchse kaufen keine Videokassetten und sie verfassen keine solchen Nachrichten, egal wie gefährdet sie sind. Arthur Wakefield und die

Fernsehleute behaupten, Nate sei nicht in ihrem Auftrag unterwegs gewesen. Und sie hatten selbst keine Ahnung von seinem Vorhaben, deshalb haben sie sich eine Geschichte zusammengesponnen und den Mythos verbreitet, der seinen Ursprung in der Killdeer Künstlergesellschaft und Boots Faraday hat.« Sie erhob ihre Stimme zu einem spöttischen Falsett. »›Der beherzte Dokumentarfilmer verliert sein Leben bei der Erforschung der wildlebenden Tiere in Colorado.‹ So ein Blödsinn! Die einzigen Spuren, die man fand, waren die von einem Mann und die von einer Frau. Nate und seine Freundin Boots. ›Bring deine Ausrüstung mit‹ – von wegen! Sie haben sich in die Wildnis verdrückt, um ein ungestörtes Schäferstündchen genießen zu können.«

»Im Killdeer Valley gibt es kein Heu, in dem man sich wälzen könnte, Rorry.« Sie schüttelte abwehrend den Kopf. Ich blieb beharrlich. »Die Fußspuren sind auseinander gelaufen. Eine Spur führte bergauf, die andere bergab.«

»Also *hast* du von den Gerüchten gehört.« Ihre Augen sprühten Funken.

»Keine Gerüchte, nur Informationen. Von der Pistenwache. Nach der Spendenveranstaltung machte ich mir Sorgen um dich. Deshalb bat ich eine Frau von der Pistenwacht, mir mehr von der Lawine zu erzählen. Ich dachte, das könnte mir helfen, besser zu verstehen, was mit dir los ist. Das ist alles.« Ich atmete tief durch. »Aber wenn sich ihre Wege getrennt haben, hat er sie vielleicht nur ein Stück begleitet und ...«

»Vielleicht plante er, sie nackt am Fuß des Berges zu erwarten«, fiel sie mir hitzig ins Wort.

Ich biss mir auf die Unterlippe. Meine alte Freundin hatte offenbar drei lange Jahre ihre schlaflosen Nächte damit verbracht, sich den Kopf über Einzelheiten zu zerbrechen und die Stückchen zu einem großen Ganzen und einer plausiblen Theorie zusammenzufügen. Sie hatte nicht richtig getrauert, weil sie nie genau erfahren hatte, was geschehen war. Noch schlimmer – die vielen unbekannten Details hatten das Gefühl, betrogen worden zu sein, verstärkt, und das war vernichtender als Trauer.

»Rorry, diese Künstlergesellschaft von Killdeer behauptet, Nate hätte versucht, seine Produktionen zu erweitern, um mehr zu verdienen ...«

»Oh, erzähl mir nichts von dem Unsinn, den Boots Faraday verbreitet. Ich hab gehört, dass sie herumredet, Nate wollte Geld für uns sammeln, bla, bla, bla. Boots ist eine tolle Skifahrerin und Snowboarderin und eine erfolgreiche Künstlerin. Sie hat vor Nates Tod ständig hier angerufen und jedes Mal versucht, ihre Identität zu verschleiern. Warum? Sie ist ungeheuer sexy – das habe ich selbst gesehen, wenn ich mit Nate bei den Treffen der Künstlergesellschaft war. Sie hat mit allen geflirtet und wollte die Leute überreden, eine Petition zu unterschreiben, um Doug Portman loszuwerden. Du hast sie am Freitag bei der Spendenveranstaltung gesehen, oder? Sie kriegt Nate einfach nicht aus dem Kopf, verstehst du? Sie ist besessen. Ich glaube, sie ist diejenige, die mein Auto demoliert und es dann zurückgebracht hat, nur um mich zu quälen.«

»Rorry, du bist eine alte Freundin«, begann ich behutsam, »warum hast du dich *jetzt* entschieden, Nates Baby zu kriegen? Nach all den Jahren?«

Sie presste die Lippen zusammen und bemühte sich, ihre Emotionen im Zaum zu halten. Dann antwortete sie: »Ich habe ein Baby verloren, als er starb. Und ... ich vermisse Nate schrecklich, trotz ... all der ungeklärten Fragen. Das Baby ist für mich – für *uns*. Ich habe beschlossen, das Baby jetzt zu bekommen wegen allem, was Nate und ich hätten haben und sein können.« Ehe ich etwas darauf erwidern konnte, zog sie einen Ärmel zurück und schaute auf ihre Uhr. »Ich muss los. Würdest du mich trotzdem zum Lagerhaus fahren? Ich habe heute eine Doppelschicht. Ein Kollege bringt mich danach nach Hause.« Sie ließ mir keine Zeit, sie zu fragen, ob eine Doppelschicht in ihrem Zustand nicht zu anstrengend war, und ging, um sich frisch zu machen.

Ich seufzte leise, nahm unsere Becher und stellte sie in die kleine, schon fast volle Spülmaschine. Als Rorry zurückkam, hatte sie Stiefel, eine dicke Jacke und eine Mütze an. Wir machten uns auf den Weg zum Killdeer Lagerhaus.

Das riesige Gelände befand sich nur eine Viertelmeile von der Abzweigung zum Elk Path und Elk Valley entfernt. Ich wollte nicht, dass Rorry die Schilder sah, die zu dem Ort wiesen, an dem ihr Mann gestorben war. Um sie abzulenken, bat ich sie, mir etwas von ihrer Arbeit zu erzählen.

»Sie ist nicht sehr aufregend«, sagte sie mit einem Lachen. »Ich überprüfe nur die Lieferungen, die auf den Berg geschafft werden.« Wir blieben auf dem Parkplatz vor den riesigen, braun gestrichenen Lagerhäusern stehen. Zwei dick angezogene Arbeiter luden Kisten von einem Lastwagen mit dem Schriftzug eines Lebensmittelgroßhändlers aus Denver. Etliche Schilder verboten das Parken und das Betreten – hier durfte man eigentlich nichts außer schnell wieder verschwinden. »Das ist das Zentrallager für Naturprodukte, Fleisch und Konserven«, erklärte Rorry und deutete auf eine Reihe von Schneekatzen. »Dort hinten sind die Gleise und sie führen direkt zur Gondel und von der Bergstation aus sind Gleise zum Bistro verlegt. Es ist ziemlich effizient, ehrlich. Aber jetzt muss ich los.« Sie zögerte, bevor sie die Tür öffnete. »Goldy ... es tut mir Leid, dass ich dich mit all meinen Problemen belastet habe.«

Ich versuchte es ein letztes Mal: »Rorry, es ist möglich, dass alles ganz harmlos war, auch wenn Nate mit einem Snowboarder zum Grat gegangen ist. Er könnte irgendwo anders gefilmt haben und dann lief alles schief ...«

»Wo ist dann seine Kamera? Sony VX-Eintausend, Digital-Video, Standard für Außenaufnahmen Man braucht eine Kamera, wenn man Spuren oder Skifahrer filmen oder auch nur Aufnahmen von Bäumen machen will. Angenommen, der Jugendliche hat sie *nicht* gestohlen, als er unseren Fernseher mitgenommen hat. Wenn Nate die Kamera bei sich hatte, dann hätte die Suchmannschaft oder der Bestattungsunternehmer oder sonst jemand sie gefunden, oder nicht? Sie haben Nates Mütze fünzehn Meter entfernt von seiner Leiche gefunden. Sie haben sogar diese Nachricht, die ich dir vorhin gezeigt habe, in seiner Jackentasche gefunden.« Sie zog die Augenbrauen hoch und streckte die Hände aus. »Darauf kannst du dir keinen Reim machen, wie? Ich auch nicht. Und wenn seine Wanderung wirklich so harmlos war, warum hat dann seine Freundin nach dem Unglück nicht reinen Tisch gemacht? ›Wir hatten kein Schäferstündchen, wir sind nur gewandert und haben über die Arbeit beim Sender geredet. Dann ging er bergab und ich bergauf!‹«

»Rorry ...«

Sie löste den Sicherheitsgurt. »Danke für deine Fürsorge, Goldy. Mit dem Essen hast du mir wirklich sehr geholfen. Ich rufe dich an, wenn das Baby da ist.« Sie suchte nach den richtigen Worten. »Wenn ich Nates Tod in eine Lektion in Versöhnung für die Sonntagsschule verwandeln könnte, glaub mir, ich würde es tun. Aber ich kann nicht.«

»Rorry, wenn du nur diese Person ausfindig machen könntest ...«

Ihre goldenen Augen blitzten, und ihre Wangen röteten sich vor Ärger. »Ich *will* gar nicht mehr wissen, wer es war. Und sehen will ich diese Person schon gar nicht. Ich bin wieder schwanger. Ich darf mich nicht aufregen und muss die Ruhe bewahren. Mein Mann war mir untreu, ich habe kaum genug Geld zum Leben und mein Auto ist demoliert. Aber ich werde dieses Baby *nicht* verlieren. Ich bin nicht dumm, Goldy. Nates Freundin hat sich in all den Jahren nie gemeldet, weil sie nicht zugeben wollte, dass sie mit dem Mann einer *schwangeren Frau* gevögelt hat.«

Damit stieg Rorry aus und schlug die Tür zu. Sie ging schwerfällig, mit hängenden Schultern und gesenktem Kopf davon. Ich wusste, dass sie Tränen in den Augen hattc. *Du hast nicht alle Aspekte und Möglichkeiten durchdacht,* hätte ich ihr am liebsten nachgerufen.

Die Freundin – oder wer immer der Snowboarder in Nates Begleitung gewesen war – hatte eine Lawine ausgelöst. Die Snowboarderin hatte nicht geschwiegen, um eine Affäre mit einem verheirateten Mann mit schwangerer Frau zu vertuschen, sondern weil sie – oder er – eine Lawine ausgelöst hatte, die einen Mann mit einer schwangeren Frau *getötet* hatte.

Kapitel 16

Ich fuhr von Killdeer weg und fühlte mich so niedergeschlagen wie immer, seit der Gesundheitsinspektor meine Küche geschlossen hatte. Arme Rorry. Ich kannte diese Bitterkeit, die nach einem Betrug aufwallte. Ja, tatsächlich, überlegte ich, als ich über einen unasphaltierten Weg in Richtung Interstate steuerte, ein Ehemann auf Abwegen konnte jede Lebensanschauung vergiften. Und nicht nur das – ich verfügte auch über Erfahrungen aus erster Hand, was es hieß, ein kleines oder gar kein Einkommen und kein Auto zu haben. Aber ich konnte mich glücklich schätzen: Jetzt hatte ich einen Mann mit Einkommen und einen Freund, der mir sein Auto lieh. Rorry war wirklich im Pech. Hatte man ihren Wagen gestohlen und absichtlich verbeult? Warum sollte jemand so etwas tun? Hatte ihr Subaru den Van hinter mir gerammt? Oder wäre das ein zu großer Zufall? Jedenfalls behielt ich heute den Rückspiegel aufmerksam im Auge. Mehr als einen Katapultstart in den Abgrund pro Woche konnte ich nicht verkraften.

Als die Rover-Reifen über den Schnee in unserer Einfahrt knirschten, waren Arch und Todd draußen und bewarfen sich so konzentriert mit Schneebällen, als würden sie eine komplette militärische Schlacht ausfechten. Ich kurbelte das Fenster herunter und bat um einen Waffenstillstand, bis ich das Haus erreicht hatte. Arch schlurfte lässig auf mich zu und fragte, ob ich mich daran erinnerte, dass Todd heute bei uns übernachten würde. »Selbstverständlich«, erwiderte ich. Sie müssten das Gedicht *The Faerie Queene* auswendig lernen, erklärte Arch. Ihm und Todd war Auswendiglernen verhasst, deshalb versuchten sie es zu zweit. Und, fügte Arch hinzu, Tom wolle mit mir sprechen.

Ich sprang aus dem Rover. »Ist er daheim?«

»Ja. Die Rohre für die Küche sind geliefert worden und er baut sie ein.« Mein Sohn drehte sich um und machte Riesenschritte durch den Schnee, um seine Position auf dem Schlachtfeld wieder einzunehmen.

»Wie war übrigens die Arbeit mit Lettie?«, rief ich ihm nach.

»Prima!«, brüllte er zurück, bevor er eine weiße Granate auf seinen Freund abfeuerte. So viel zu unseren ungezwungenen Plaudereien.

Tom lag auf dem Küchenboden auf dem Rücken. Um seine Beine herum waren zwei Dutzend Werkzeuge und Stücke des auseinander genommenen Kirschholzschrankes verteilt. Die obere Hälfte seines Oberkörpers war unter der Spüle versteckt.

Ich bückte mich. »Wie läuft's, du Multitalent?«

Mit einem Grunzen rutschte er nach vorn und setzte sich auf. Sein Gesicht und die Arbeitsklamotten waren dreckig. Dessen ungeachtet grinste er breit – weiße Zähne in einem verschmierten Antlitz.

»Deine Rohre und Abflüsse sind da.« Er stand auf. »Ich habe im Moment keinen Fall, deshalb konnte ich meinen Boss dazu überreden, mir zwei Tage frei zu geben, damit ich sie einbauen kann.«

Ich umarmte ihn ganz fest. »Danke!« In meinem Enthusiasmus stolperte ich über einen Schraubenschlüssel und hätte beinahe Archs zweites Experiment umgeschmissen – das Kuchenblech mit dem eingetrockneten Zuckerwasser. »Aber warum können wir nicht einen Klempner damit beauftragen? Es gibt keinen Grund, warum du ...«

Tom zwinkerte, stellte mich wieder aufrecht hin, dann ließ er sich wieder auf den Boden nieder. »Du vertraust mir nicht, wie?« Er rutschte unter die Spüle. Seine Stimme klang gedämpft, als er hinzufügte: »Ich mache das, weil ich *genau* wissen will, was für Installationen wir haben. Ich bin in ein paar Stunden fertig.«

»Verrat mir, was dein Herz zum Abendessen begehrt. Ich erfülle dir jeden Wunsch.«

»Ah, Miss G., ich bin in der richtigen Stimmung für ein Curry. Ich habe ein paar große Shrimps gekauft – fix und fertig, ohne Schale. Ich hatte gehofft, dass du mich fragst, was ich will. Aber du wirst zum Waschbecken im Bad gehen müssen. Soll ich dir helfen?«

»Natürlich nicht. Also: Shrimps-Curry. Allerdings muss ich dir unbedingt was erzählen ...«

»Und ich will mir das anhören. Aber bevor ich's vergesse«, dröhnte seine hohle Stimme aus der Tiefe, »du sollst deinen Kumpel, diesen Weinfritzen, noch vor sechs Uhr anrufen.«

Oh. War Arthur dahintergekommen, dass ich mich in seinem Keller umgesehen hatte? Und was würde mein Mann von meinen unterirdischen Forschungsarbeiten halten?

»Tom, genau genommen muss ich mit dir über Arthur Wakefield reden, und ...«

»Ruf ihn zuerst zurück, ja? Ich hab's ihm versprochen.«

Es war halb sechs. Ein längeres Gespräch mit Arthur würde die Zubereitung des Curry unmöglich machen. Ich wusch mir die Hände im Bad, dann spülte ich die Shrimps und ein halbes Pfund frischer Champignons gründlich ab. Nachdem die Pilze geschnitten waren, hackte ich Schalotten, Zwiebeln und Knoblauch klein, streute sie in eine große Pfanne mit siedendem Öl und rührte das ganze Gemüse dazu. Ein köstlicher Duft verbreitete sich im Haus. Sobald das Gemüse weich war, gab ich Currypulver und ein bisschen Mehl darüber und rührte die Mischung durch. Dann nahm ich die Pfanne von der Platte, würzte mit getrocknetem Thymian und goss mit selbst gemachter Hühnerbrühe, Sahne und trockenem weißen Wermut auf. Ich unterdrückte ein Lächeln. Nur ein echter Wein-Freak würde darauf bestehen, einen Grand Cru Chablis für fünfzig Dollar pro Flasche in ein Fisch-Curry zu schütten. Ich legte die Shrimps in die dicke, würzige Sauce und fand, dass dieses Gericht genau die richtige Belohnung für Toms anstrengende Arbeit war.

Er erinnerte mich noch einmal daran, Arthur anzurufen. Ich versprach ihm, mich ans Telefon zu setzen, sobald ich den Rosinenreis auf den Herd gestellt hatte. Ich schwenkte den Reis in zerlassener Butter und rührte ihn, bis die Körner goldbraun waren, dann gab ich eine Handvoll Rosinen dazu und goss mit Hühnerbrühe auf, ehe ich die Flamme kleiner stellte und einen Deckel auf den Topf legte.

»Es riecht fantastisch«, lautete Toms Kommentar unter der Spüle.

»Danke.« Ich tippte Arthurs Nummer ein, klemmte den Hörer zwischen Ohr und Schulter und sammelte das Kochgeschirr ein, um es im Bad zu spülen. Arthur meldete sich nach dem ersten Klingeln.

»Ich erwarte meine Gäste in zehn Minuten«, erklärte er gehetzt. »Ich habe alle Weine bereit gestellt. Dein wunderbares Essen ist warm gestellt. Danke für alles«, sprudelte er hervor.

»Keine Ursache, Arthur.« Verglichen mit seinem Benehmen am Nachmittag kam er mir verdächtig zugänglich vor.

»Ich fühle mich schrecklich, weil ich dich noch nicht bezahlt habe. Die Verabredung zum Mittagessen am Mittwoch gilt noch, oder?«

Mich beschlich Unbehagen. »Allerdings ...«

»Am Mittwoch vor drei Jahren war die Beerdigung meiner Mutter«, unterbrach er mich trübselig. »Ich ... ich will dir die Stelle zeigen«, fügte er rasch hinzu und legte auf.

Die Stelle, an der sie beerdigt worden war? Die Unfallstelle? Also *das* war wirklich ein echter Ansporn, sich auf das Mittagessen zu freuen.

»Tom«, rief ich, »kann ich mit dir über diese Killdeer-Sache sprechen?«

»Ja«, ertönte seine in den Installationen widerhallende Stimme.

Ich füllte saure Sahne, gehackte Erdnüsse, Chutney, Kokosnussraspeln, Ananasstücke, klein geschnittenes, hart gekochtes Ei und noch mehr Rosinen in kleine Schüsseln. »Doug Portman wollte in Kürze nach Puerto Escondido umsiedeln. Das ist eine Kleinstadt an der Pazifikküste von Mexiko. Ich, äh ... ich habe sein Flugticket in einem Versteck in Arthur Wakefields Weinkeller gefunden. Deshalb habe ich ein klein bisschen Angst davor, mich am Mittwoch mit Arthur zum Mittagessen zu treffen.«

»*Was*?« Etwas stieß gegen Metall und Tom stöhnte, als er sich aus seinem Verschlag befreite. Ich deckte den Tisch fertig und er lehnte sich über die Marmorplatte und musterte mich argwöhnisch. »Was hast du getan? Ich möchte alles ganz genau wissen.«

Ich schaute im Kühlschrank nach, ob noch Bier – unser bevorzugtes Getränk zum Curry – und alkoholfreie Sachen für die Jungs da waren. »Ich weiß, dass ich nicht in Arthurs Haus herumschnüffeln sollte, aber der Mann ist besessen von dem Portman-Fall.«

»Ich weiß, ich weiß, alle in der Abteilung Strafvollzug haben die Nase voll von Arthur Wakefield und seinen Briefen wegen Portman. Aber *du* hast bei ihm herumgestöbert.«

»Ich habe nichts mitgenommen.« Tom seufzte, und ich fuhr fort: »Hör mal, für ihn stehen neunzehn Millionen Dollar auf dem Spiel. Wenn man ein Testament anficht, weil man davon überzeugt ist, dass jemand unrechtmäßig Einfluss auf die vermögende Mutter ausgeübt hat, dann *muss* man praktisch versuchen, diesen einflussreichen Typen schlecht aussehen zu lassen. Richtig schlecht. In diesem Fall geht es um Jack Gilkey, der von Doug Portman auf Bewährung freigelassen wurde. Also setzt Arthur alles daran, so viel Negatives wie möglich über Doug Portman herauszufinden. Wenn er beweisen kann, dass Portman Bestechungsgelder für Gilkeys Freilassung angenommen hat, dann hat er die besseren Chancen, dass das zweite Testament seiner Mutter für ungültig erklärt wird. Natürlich hat er Portmans Post gestohlen, weil er dachte, die Briefe könnten ihm helfen, Doug auf die Schliche zu kommen. Wenn du der Sache nachgehen willst: Das Ticket wurde von der Copper Mountain Worldwide Travel ausgestellt.«

»O Miss G., warum tust du mir das an? Tickets beweisen an sich gar nichts. Willst du deine Konzession als Caterin verlieren? Hast du daran schon mal gedacht?« Aber er fasste nach dem Telefonhörer.

»Ich habe das Ticket nicht an mich genommen«, wiederholte ich eigensinnig.

Tom gab keine Antwort. Er fragte Marla mit seiner Anrufbeantworter-Nachrichten-Stimme, ob sie mich am Mittwoch um elf Uhr in Killdeer treffen könnte, um ein bisschen Ski zu fahren und zum Mittagessen zu gehen. Er würde später noch mal anrufen, um die Verabredung perfekt zu machen.

»Was tust du da?«, wollte ich wissen. »Marla hasst Ski fahren.«

Tom legte auf und sah mich durchdringend an. »Ja, aber sie fährt sehr gut, ich habe sie selbst gesehen. Ich möchte, dass sie bei dir ist.«

»Warum?«

»Weil ich nicht möchte, dass Arthur Wakefield unerwartete Dinge mit einer Caterin anstellt, die in seinen Weinkeller eingedrungen ist und seine Sachen durchstöbert hat. Du solltest beten, dass er nicht entdeckt, was du gemacht hast«, bemerkte Tom, bevor er ins Badezimmer ging.

»Arthur wird nie davon erfahren, wenn du es ihm nicht erzählst«, rief ich ihm nach.

Entmutigt kratzte ich den feuchten, weich gekochten Reis aus dem Topf auf eine Wärmeplatte und deckte sie zu. Dann rührte ich in dem Curry und rief Arch, Todd und Tom, der frisch geduscht, umgezogen und wohl duftend erschien. Er schien mir meine Eskapade vom Vormittag verziehen zu haben. Wenn nicht, dann zeigte er es zumindest nicht.

Alle bedienten sich selbst. Ich streute Erdnüsse über mein mit Chutney verfeinertes Curry und aß einen Bissen. Die Kombination aus knusprigen Nüssen und den saftigen Shrimps in der würzig-scharfen Sauce war nicht von dieser Welt. Arch verkündete ein wenig dramatisch, dass er und Todd uns heute Abend das Gedicht aufsagen würden. Sie würden, so informierte er uns, die Strophen aufteilen. Ich sah Tom an, er grinste. Sie wollten gleich nach dem Essen anfangen, schloss Arch, würden aber mit dem Rücken zu uns stehen, weil sie mit Publikum noch nicht zurechtkamen.

Als wir fertig waren, räumte Tom das Geschirr ab und bestand darauf, es selbst im Bad zu spülen. Während ich so tat, als würde ich ein Kochbuch durchblättern, beobachtete ich verstohlen, wie Todd und Arch die Nasen in Spensers *Gesamtwerk* steckten.

Todd hatte Arch während der schlimmsten Phasen meiner Auseinandersetzung mit dem Blödmann beigestanden, im Gegenzug hatte Arch Todd zum Übernachten bei uns eingeladen, als Eileen ihren Mann mit einem Tritt aus dem Haus befördert hatte. Todd war kleiner, aber kräftiger als Arch, hatte noch immer bezaubernde Pausbacken, die jetzt kurz vor der Vorstellung tief gerötet waren. Sein ungleichmäßig geschnittenes schwarzes Haar hatte nichts mit Stil zu tun, sondern war lediglich das äußere Anzeichen seiner unbewussten Angewohnheit – die er nach der Aufdeckung der Machenschaften seines Vaters entwickelt hatte –, ständig an seinen Locken zu zerren. Aber er riss sich die Haare jetzt nicht mehr aus, das hatte Arch mir versichert. Ich schaute auf das Kochbuch, dann spähte ich wieder zu den Jungs. Obwohl die beiden vom Rad fahren über Rollenspiele zum Snowboarden gewechselt hatten, waren sie immer noch die besten Freunde und darüber war ich froh. Freundschaft war etwas Wunderbares, daran sollten wir immer denken. Voll des schlechten Gewissens dachte ich an Rorry.

Tom kam zurück. Das Geschirr war in der Badewanne eingeweicht. Arch erklärte, dass sie bereit waren.

»Buch fünf, Lied zwei, Strophe neununddreißig«, begann Todd steif – er stand mit dem Gesicht zum Herd. Er räusperte sich zweimal, dann rezitierte er hölzern:

»Of things unseen how canst thou deem aright,
Then answered the righteous Artegall,
Since thou misdeem'st so much things in sight?
What though the sea with waves continual
Do eat the earth, it is no more at all...«

Er drehte sich um und nickte Arch unbeholfen zu. Ich hielt die Luft an und sah Tom an. Sollten wir die Kinder bestärken und Beifall klatschen? Tom schüttelte warnend, aber kaum merklich den Kopf. Arch stellte sich mit dem Gesicht zum Herd auf und begann:

»Nor is the earth the less, or loseth ought,
For whatsoever from one place doth Fall,
Is with the tide unto another brought:
For there is nothing lost, that may be found, if sought.«

»Ausgezeichnet, Arch! Todd, wow! Fantastisch!«, schwärmten Tom und ich und applaudierten begeistert. Todd kratzte sich den zerzausten Kopf, dann fiel ihm ein, dass er das nicht tun durfte. Statt dessen schnappte er sich die Baseballkappe, die er gewöhnlich trug, aber aus Höflichkeit zum Essen abgelegt hatte. »Danke, Mrs Schulz. Meiner Mom hat es auch gefallen. Sie meinte, ich müsste heute Abend gar nicht mehr mit Arch lernen, aber ich habe ihr gesagt, dass es nötig ist.« Ich erinnerte mich an Archs Bemerkung, als Jack uns bei Eileen zum Essen eingeladen hatte. Arch hatte damals gesagt, Todd wäre so oft bei uns, weil er Jack Gilkey nicht mochte. Wie würde es Todd ergehen, wenn Eileen Jack heiraten sollte? Hoffentlich kam der arme kleine Todd besser zurecht als seinerzeit Arthur Wakefield.

Die Jungs polterten davon und versprachen, noch weiter zu üben. Tom verschwand und brachte nach einiger Zeit das saubere Geschirr. Er trocknete es ab und stellte alles in die Schränke. Dann nahm er sich Rechnungen vor und überprüfte, ob all das Klempnerzubehör angekommen war, das er bestellt hatte. Ich betrachtete die glänzende silberne und weiße Marmorarbeitsplatte, die dunkel schimmernden Kirschholz-Schränke und den buttergoldenen Eichenboden. Ich hatte beruflich nichts in dieser Küche zu tun.

Ich seufzte. Wenn ich ein großes Event vorzubereiten hatte, beklagte ich mich immer. Wenn ich keine Arbeit hatte, sehnte ich mich danach.

Ich bereitete mir eine Tasse Kakao. Unglücklicherweise machte der gehaltvolle Schokoladentrunk das plötzliche Gefühl der Leere nicht zunichte. *Keine Arbeit* fühlte sich an wie *kein Leben.* Wann immer meine Hände bis zum Ellbogen in Schokoladenkuchenteig steckten, träumte ich von den Häkelarbeiten, die ich eines Tages machen würde, und von den Stränden, an denen Tom und ich irgendwann spazieren gehen würden. Und jetzt hatte ich so viel freie Zeit, wie ich mir immer gewünscht hatte, und meine größte Sorge war, dass halb neun zu früh sein könnte, um ins Bett zu gehen.

Draußen schneite es wieder. Ich suchte meine Skiausrüstung zusammen, packte sie in den Rover und wünschte Tom eine gute Nacht. Die Jungs, die die Elisabethanische Poesie gegen Rockmusik eingetauscht hatten, bedankten sich bei mir für das Abendessen, beteuerten, dass sie die Verse im Schlaf aufsagen konnten, und versprachen, bald ins Bett zu gehen. Ich nahm eine lange, heiße Dusche und fiel ins Bett.

Aber ich fand keinen Schlaf. Die Stunden schlichen voran, während ich durch das Fenster die Schneeflocken beobachtete, die um die Straßenlaterne tanzten. Die hämmernde Musik verstummte. Tom schlüpfte neben mir ins Bett. Irgendwann muss ich doch eingeschlafen sein, denn als das Klingeln des Telefons in mein Bewusstsein drang, schien es von weit her zu kommen.

Ich sah blinzelnd auf den Wecker. War das das Geschäftstelefon? Um Viertel nach sechs an einem Dienstagmorgen? Jemand musste sich verdammt dringend ein Feiertagsmenü wünschen.

Tom seufzte. »Soll ich rangehen? Es ist vielleicht meine Dienststelle ...«

»Sie rufen nie auf dieser Leitung an.« Ich tastete nach dem Hörer und murmelte meine Geschäftsbegrüßung.

»Goldy Schulz von Goldilocks' Catering? Hier ist Reggie Dawson vom *Furman County Register.*« Die Stimme klang hoch und scharf, fast schrill. Reggie *Dawson*? Ich war keine regelmäßige Leserin vom *Register,* also sagte mir der Name nichts. Die Zeitung bezahlte schlecht, deshalb wechselten die Mitarbeiter ständig, das wusste ich. Hin und wieder hatte ich eine Low-Budget-Party zum Abschied eines Reporters ausgerichtet.

»Haben Sie reguläre Arbeitszeiten, Mr Dawson?« zischte ich. »Könnten Sie mich später noch mal anrufen? Ich nehme im Moment keine Catering-Aufträge an ...«

»Nach allem, was ich gehört habe, Mrs Schulz, könnten Sie ganz und gar aus dem Geschäft sein.«

Jetzt hatte er meine Aufmersamkeit. Ich wünschte verzweifelt, wir hätten eine Einrichtung zur Anrufer-Identifikation an unserem Apparat. »*Was* sagen Sie da?«

»Vor vier Tagen kam Doug Portman beim Skifahren in Killdeer ums Leben. Sie haben seine Leiche entdeckt und Sie waren früher mit Portman bekannt.«

»Ja – und?«

»Wir haben Informationen, dass Sie Ihre Beziehung zu Portman erneuern wollten. Können Sie das bestätigen? Oder weisen Sie es zurück?«

Also, wirklich! Ich hatte schon ein paar Pressekonferenzen mitangesehen. »Das weise ich entschieden zurück«, erwiderte ich vehement.

»Hatten Sie sich mit Portman verabredet, weil Sie wollten, dass er etwas für Sie tut?«

»Was zum Beispiel?« Meine Gedanken rasten und ich

schauderte in der morgendlichen Kälte. Gab es eine galante Möglichkeit, dieses Gespräch zu beenden? War es besser, mit einem unangenehmen Journalisten zu sprechen, oder sollte man ihn abwimmeln? *Goldy Schulz, Ehefrau des Ermittlers vom Morddezernat Thomas Schulz und Besitzerin eines Catering-Unternehmens, deren gewalttätiger Exehemann Dr. John Richard Korman wegen Tätlichkeiten im Gefängnis sitzt, weigerte sich, Fragen über ihre geheime Beziehung zu Doug Portman, dem verstorbenen Vorsitzenden des Ausschusses für Strafaussetzung, zu beantworten...* So etwas Ähnliches könnte bald in der Zeitung zu lesen sein.

Reggie Dawson blieb beharrlich. »Haben Sie Portman bestochen, damit er Ihren Exmann weiter im Gefängnis schmoren läßt?«

»Nein. Natürlich nicht. Hören Sie, könnten Sie mich später zurückrufen...«

»War das der Gefallen, den er Ihnen tun sollte?«

»Er sollte mir gar keinen *Gefallen*...«

»Weiß Ihr Ehemann, der Top-Cop Tom Schulz, von Ihrer außerehelichen Beziehung?«

»Es gibt keine, es gab keine außereheliche...«

»War Ihre Beziehung zu Portman wieder ein Versuch, Kriminalfälle in Furman County zu lösen?«

Ich antwortete nicht sofort, weil ich nicht noch einmal unterbrochen werden wollte. Zu meiner Überraschung wartete der Reporter diesmal auf meine Stellungnahme. Schließlich brach ich das Schweigen und sagte entschieden: »Ich war mit Doug Portman Ski fahren. Punktum.«

»Also versuchen Sie jetzt, Ihre Beziehung zu Doug Portman zu verschleiern?«

Ich dachte an die historischen Skier und den zu niedrigen Preis dafür. »Es gibt absolut nichts zu verschleiern.«

»Haben Sie irgendeinen Deal mit Portman gemacht, damit Sie aus Ihrem maroden Catering-Unternehmen aussteigen können?«

»Hören Sie zu, Mr Dawson, es *gibt kein* marodes Unternehmen. Ich habe einen Fernseh-Job in Killdeer...«

»Mrs Schulz! Nach allem, was Sie in Killdeer erlebt haben, halten Sie es da nicht für gefährlich, überall herumzuschnüffeln, während Ihr Sohn allein mit dem Snowboard unterwegs ist?«

Eisige Angst durchfuhr mich. Ich machte den Mund auf, kein Ton kam heraus. Mir gingen die Rechtsbegriffe *implizite Drohung* und *explizite Drohung* durch den Kopf.

Ich sagte. »Hören Sie, Sie...«

Aber die Leitung war tot.

Jetzt war an Schlaf gar nicht mehr zu denken. Mit zitternden Fingern blätterte ich im Telefonbuch: keine Reggie oder R. Dawson oder Dausson (auch kein ähnlich lautender Name) im ganzen erweiterten Bezirk von Denver oder in Furman County. Tom brachte mir einen Stift und ein Blatt Papier und drängte mich, die Unterhaltung wortwörtlich aufzuschreiben. Während ich das tat, rief er im Department an, um nachzufragen, ob wir eine Fangschaltung bekommen könnten. Sie versprachen, alles zu versuchen.

Tom kochte mir einen Kaffee, dann briet er Speck für die Jungs. Ich fühlte einen Kloß im Hals und konnte nicht einmal den Kaffee hinunterschlucken. Als die Jungs Speck und Toast verschlangen, nahm Tom meine Hände in seine.

»Miss G., sollen die Jungs zu Hause bleiben, während ich die Installationen fertig stelle?«

Die Jungs protestierten lautstark. Hier gab es für sie nichts zu tun und in der Schule musste das Klassenzimmer für die

Weihnachtsfeier dekoriert werden. Ich sagte zu Tom, dass sie in die Schule gehen könnten, wenn er es für sicher hielt. Tom rief noch mal im Department an und man versicherte ihm, dass zur Sicherheit ein Deputy in die Schule geschickt werden konnte. Tom würde den Sicherheitsmann auf die mögliche Gefahr aufmerksam machen und ihn instruieren, beim ersten Anzeichen von verdächtigen Aktivitäten sofort das Sheriff's Department anzurufen. Okay?

»Ja, danke.« Ich hörte selbst die Zweifel in meiner Stimme. Kurz vor acht fuhren Tom und die Jungs durch den wirbelnden Schnee davon. Sobald sie weg waren, rief ich die Redakteurin des Ressorts »Essen und Trinken« des *Furman County Register* an. Es arbeitete kein Reggie Dawson bei der Zeitung. Dawson könnte höchstens freiberuflicher Journalist sein, setzte meine Freundin hinzu. Aber sie bezweifelte es.

Ich bezweifelte es auch. Ich legte eine CD mit Weihnachtsliedern auf und suchte all die Geschenke zusammen, die ich noch einpacken musste. Aber es fiel mir schwer, *nicht* an die Ereignisse in Killdeer zu denken. Wer war mein morgendlicher Anrufer? Wieso hatte er mir Fragen über mein Verhältnis zu Doug Portman gestellt? Hatte er wirklich eine Drohung gegen Arch ausgestoßen? Oder hatte ich ihn missverstanden?

Ich rollte Geschenkfolie aus, legte bunte Bänder bereit und fing an zu schneiden, zu falten und Schleifen zu binden. War sich Arthur Wakefield bewusst, dass sein Artikel über mich und die Kochsendung so grausige Reaktionen hervorrufen würde? Könnte es sich bei dem Anrufer sogar um Arthur gehandelt haben? Falls Rorry Recht hatte und sich die Gerüchte in Killdeer tatsächlich immer wie ein Lauffeuer verbreiteten, dann dürfte mittlerweile jeder wissen, dass mein Unternehmen auf dem Spiel stand, dass Arch in

Killdeer Snowboard gefahren war und dass mein Exmann im Gefängnis saß.

Ich hängte kleine Etiketten an die Geschenke für Tom, Arch und Julian und deponierte sie unter den Betten und in anderen Verstecken. In der Küche stellte ich Butter, Zucker, Mehl und Vanille-Extrakt bereit, um die Plätzchen für die Nachbarn zu backen. Doch die Fragen von »Reggie Dawson« gingen mir einfach nicht aus dem Kopf.

War Ihre Beziehung zu Portman wieder ein Versuch, Kriminalfälle in Furman County zu lösen? Lächerlich, dachte ich, als ich Butter und Zucker schaumig schlug. Natürlich nicht. Doug Portman wurde getötet, bevor ich mit ihm reden, ihm die Skier verkaufen oder etwas aus seinem Wagen holen konnte, was ich Tom zeigen sollte.

Als ich alle Zutaten vermengt und den Teig ausgerollt hatte, hielt ich plötzlich inne. Moment mal. Konnte jemand auf die Idee gekommen sein, dass *ich* über Doug Portmans Machenschaften Bescheid wusste? Hatte jemand den Verdacht, dass ich mich mit Doug wegen einer ganz anderen Sache treffen wollte? Welcher Sache? Um als Mittelsmann des Police Deparments zu fungieren? Um Portmans Bestechungssystem aufzudecken?

Ich verdrängte diese Gedanken, während ich Plätzchen ausstach – Sterne, Glocken, Nikoläuse und Weihnachtsbäume. Bald wehte in der Küche der vertraute Duft nach backendem Zuckerteig. Nachdem die Plätzchen abgekühlt waren, glasierte und verzierte ich sie, legte je ein Dutzend davon auf zehn Weihnachtsteller, wickelte die Teller in Zellophan und brachte sie den Nachbarn. Meine Stimmung hellte sich auf, als sich die Nachbarn mit heißem Cidre und Umarmungen bedankten.

Als ich wieder heimkam, klingelte das Telefon. Ich nahm ab, nur um schwere Atemzüge und dann ein Klicken zu hören. Ich tippte eine Nummer ein und versuchte vergeblich, den Anruf zurückzuverfolgen. Dann legte ich mit einem Seufzer auf.

Tom hatte Recht gehabt, ich musste vorsichtig sein: Jetzt war ich überzeugt davon, dass der Unfall mit dem Van gar kein Unfall, sondern der vorsätzliche Versuch gewesen war, mich auszuschalten.

Kapitel 17

Am nächsten Morgen bestieg ich kurz nach zehn die Gondel. Der gestrige Tag war ohne Missgeschicke oder weitere mysteriöse Anrufe vergangen. Trotzdem hatte ich mir auf dem Weg nach Killdeer die ganze Zeit Sorgen um Arch und um seine Sicherheit in der Schule gemacht. Und ich überlegte, ob »Reggie Dawson« irgendwo in Killdeer auftauchen, mich bedrohen oder mir etwas antun würde. Tom hatte beteuert, dass solche Anrufe gewöhnlich jemanden davon abhalten sollten, weitere Nachforschungen zu unternehmen. Da sich der Anrufer hauptsächlich nach meiner Beziehung zu Doug Portman erkundigt hatte, wusste ich nicht, von welchen Nachforschungen er mich abschrecken wollte.

Als die Gondel den Berg hinauf schwebte, lächelte ich meinen Mitfahrern, fünf schick gekleideten Skifahrern aus Virginia, freundlich zu und dachte über all das nach, was ich bisher über die Todesfälle in Killdeer in Erfahrung gebracht hatte. »Reggie Dawson« mochte versucht haben, mich vom Portman-Fall wegzubringen, aber jede einzelne seiner neugierigen Fragen konnte negative Storys über mich zur Folge haben. Eine solche Publicity würde die Wiedereröffnung von Goldilocks' Catering unmöglich machen – mit oder ohne ordentliche Installationen.

Vor drei Jahren waren Fiona Wakefield und Nate Bullock

in diesem Ort ums Leben gekommen – innerhalb weniger Stunden. Beide Todesfälle hatten sich unter mysteriösen Umständen ereignet. Jack Gilkey war wegen Mitwirkung an der Tötung von Fiona verurteilt worden. Ein Snowboarder, der (oder die) Nate Bullock ein Stück des Weges begleitet hatte, war wie vom Erdboden verschluckt.

Aus dem Gondelfenster sah ich weit unten den Steg am Ende der Hot-Rodder-Piste. Die Hot-Rodder-Piste. Vor vier Tagen war dort Doug Portman, ein nicht ganz unumstrittener Kunstkritiker und Vorsitzender des Ausschusses für Strafaussetzung, umgekommen. Auch Portmans Unfall hatte sich unter eigentümlichen Umständen zugetragen, nicht zuletzt, weil ihm jemand eine Todesdrohung auf einer Karte hatte zukommen lassen.

Portman musste geahnt haben, dass die Justiz ihm auf der Spur war und von seinen kleinen profitablen Nebeneinkünften wusste. Er hatte geplant, nach Mexiko zu flüchten... aber jemand war ihm zuvorgekommen, hatte die Piste abgesperrt und ihn getötet.

Andere seltsame Vorkommnisse könnten mit den drei Todesfällen im Zusammenhang stehen – oder auch nicht, überlegte ich, als wir über den letzten verschneiten Hang schwebten. Kurz nach dem Mord an Portman hatte jemand Rorry Bullocks Subaru gestohlen und später wieder zurückgebracht. Möglicherweise wurde ihr Auto bei dem Versuch, mich in den Abgrund zu stürzen, benutzt. Aber warum ausgerechnet Rorrys Wagen? War das die einzige Verbindung?

Doug Portman hatte einem Exhäftling, dem Krebspatienten Barton Reed, die Freilassung auf Bewährung verweigert und Reed hatte in aller Öffentlichkeit Drohungen gegen ihn ausgesprochen. Ein anderer Exhäftling, Jack Gilkey, hatte entsetzliche Angst, dass sich Portmans Tod auf seine Zukunft auswirken könnte. Arthur Wakefield, der Sohn eines der früheren Opfer, war wütend auf Portman, weil Jack Gilkey auf freien Fuß gesetzt worden war, und tat alles, was in seiner Macht stand, um das Testament seiner Mutter außer Kraft zu setzen. Arthur hatte auch Portmans Umzugspläne aufgedeckt und war in Portmans Wohnung eingebrochen, um seine Post zu stehlen, unter der sich auch das Ticket nach Mexiko befunden hatte.

Die Tür der Gondel ging auf. Ich wartete, bis die fröhlichen Urlauber draußen waren, bevor ich ausstieg, meine Skier nahm und mit knirschenden Schritten über den fest gestampften Schnee ging, der die Bergstation umgab. Ich steckte die Stöcke in die harte weiße Oberfläche und stieg in die Bindungen. *Lass das Grübeln,* befahl ich mir. Um mich herum riefen sich begeisterte Skifahrer irgendetwas zu und rasten den Hang hinunter. Ich hatte vielleicht keinen Schimmer, was die bisherigen Ermittlungen im Mordfall Portman ergeben hatten, was mit Nate Bullock im Elk Valley oder mit Fiona Wakefield am Bighorn passiert war, aber ich war heute hier. Ich steckte in einem grauen Skianzug aus dem Secondhand-Laden von Aspen Meadow, hatte die Kapuze auf dem Kopf, und kein Mensch würde mich erkennen. Es war kurz vor Weihnachten und ich machte mir heute ein Geschenk: den Spaß beim Skifahren!

Das Montagswetter hatte sich nach Osten verzogen und die grelle Sonne schien hin und wieder durch die über den Himmel fegenden Wolkenfetzen und brachte den Schnee zum Glitzern. Die kalte Bergluft verursachte ein Prickeln auf meiner Haut. Ich fuhr eine blaue Piste und fühlte die Geschwindigkeit. Linksschwung, Rechtsschwung, links, rechts ... Die Skier gehorchten und glitten mühelos durch den Schnee. Ich kam mir vor, als könnte ich fliegen. Im besten Fall sind Skier, Körper und Geist eins. Wenn die Gedanken wanderten, dann taten das auch die Skier, und der Körper musste es büßen.

»Hey, Mädchen! Nicht so schnell!«

Der Ruf kam von hinten. Ich schwang ab und wirbelte eine hohe Schneewolke auf das gelbe Absperrungsseil neben dem Wegweiser zur Jitterbug-Piste.

»Goldy, um Himmels willen!«, kreischte die Stimme. »Ich will dich nicht schlagen!«

Marla blieb neben mir stehen. Ich lachte und umarmte sie ungeschickt.

»Du hast also vor, für heute mein Bodyguard zu sein. Ist Skifahren eine gute Freizeitbeschäftigung für Herzpatienten?«

»Mein Kardiologe schwört, dass Bewegung gut für mich ist.«

»Und alpines Skifahren ist okay?«

»Es ist besser als Skateboarden, was, wie ich ihm sagte, meine erste Wahl wäre.« Marlas Outfit für die Piste war heute Morgen ein ultraschimmernder purpurroter, einteiliger Anzug mit glitzernden gelben Quadraten. Dazu trug sie eine purpurrot und gelb gemusterte Skimütze, eine stromlinienförmige gelbe Skibrille und maßgefertigte Stiefel. Ihre Skier schienen nagelneu zu sein.

Ich fragte: »Woher wusstest du, wo du mich findest?«

»Ich habe mich an die Route erinnert, die wir letztes Jahr gefahren sind. Außerdem sagte Tom, dass du aussiehst wie Granit in deinem Skizeug.« Sie grinste. »Und wann soll jetzt dieses gefährliche Mittagessen stattfinden? Ich bin am Verhungern. Oh, und ich habe Eileen angerufen. Nach dem Essen leistet sie uns auf ihrem *Snowboard* Gesellschaft. Wir sollen um zwei Uhr im Bistro sein.«

O Mann! »Wird Jack auch da sein?«

Marla rümpfte die Nase und rückte die Brille zurecht.

»Weiß nicht. Hoffentlich nicht. Ich will keinen Topskifahrer dabei haben, der mir das Gefühl gibt, alt zu sein.«

»Also, dann lass uns fahren, du Greisin.«

Wir machten unsere Schwünge im Rhythmus eines Riesenslaloms. Marla war wirklich eine großartige Skifahrerin. Sie fuhr selbstbewusst, machte vollendete Schwünge und überwand die Buckel mit aggressiver Eleganz. Ihre Haupteinwände gegen diesen Sport waren die Kälte und die Menschenmassen. Da heute keines von beidem ein Problem war, konnten wir hemmungslos fahren, lachen, den blauen Himmel, die sanften Hänge und die Geschwindigkeit genießen. Schließlich blieben wir neben einem schwarzen Schild stehen, das den nächsten Pistenabschitt kennzeichnete.

»Um die Wette!«, rief Marla.

»Kommt nicht in Frage.«

»Auf die Plätze, fertig, *los*!«

Zwei Minuten später fielen wir im Tal in den Schnee. Marla hatte mit Leichtigkeit gewonnen. Wir kicherten den ganzen Weg über den Steg zur Gondel.

Auf dem Weg nach oben bekamen wir eine Gondel für uns allein und ich erzählte Marla in aller Kürze, was ich über die Bullocks in Erfahrung gebracht hatte – von der künstlichen Befruchtung und Rorrys Verdacht, dass Nate sie betrogen hatte. Marla bezweifelte das – so weit sie wusste, hatte Nate keine Affäre gehabt. Allerdings hatten sich Marla und die Bullocks nicht in denselben Kreisen bewegt.

»Also soll ich dich heute hauptsächlich vor der schwangeren Rorry beschützen, oder?«, wollte sie wissen. »Hat mich Tom deshalb gebeten, nicht von deiner Seite zu weichen?«

Ich lachte. Da wir mit Arthur zu Mittag essen würden, konnte ich ihr nicht von meinem widerrechtlichen Eindringen in seinen Weinkeller berichten – mir war das Risiko, dass sie sich verplapperte, zu groß. »Tom sorgt sich seit dem

Autounfall sehr um mich. Außerdem macht Arthur uns beide ein bisschen nervös.«

»Ich passe schon gut auf dich auf«, versicherte Marla und stürzte sich den Hang hinunter.

Wir fuhren noch dreimal ab, ehe wir uns ins Bistro begaben. Ich hatte Marla gewarnt, dass Arthur sie nicht erwartete und dass er deswegen vielleicht nicht gerade freundlich zu ihr sein würde. Aber als wir die Holztür aufstießen und hineinstapften, lehnte Arthur an der Wand neben der Garderobe, an der man die Skistiefel abgab, und grinste breit.

»Mögen Sie Wein?«, fragte er Marla eifrig, nachdem ich die beiden miteinander bekannt gemacht hatte.

»Ich habe sehr gern Wein getrunken, aber jetzt bekomme ich Herzmedikamente, die sich nicht mit Alkohol vertragen«, erwiderte sie mit einem strahlenden Lächeln. »Aber wenn Sie mir einen edlen Tropfen empfehlen, bestelle ich eine Kiste für meinen Kardiologen.«

»Wollen wir?«, sagte Arthur und führte uns an den Tisch, den er für uns ausgesucht hatte. Marla raunte er zu: »Sagen Sie mir Bescheid, wenn ein Weinhändler in Aspen Meadow ...«

Die Kellnerin kam an den Tisch, und Marla bestellte *Shrimps brochettes* ohne Öl und Butter. Arthur entschied sich für dasselbe, aber mit Fett. Er zog vergnügt einen großen silbernen Flachmann aus seinem Rucksack, während ich vegetarisches Chili in ausgehöhltem Brot orderte. Für jemanden, der an einen tragischen Tod vor drei Jahren dachte, war er ziemlich vergnügt, fand ich.

»Arthur«, begann ich, »ich weiß, dass der heutige Tag eine große Bedeutung für dich hat – ich meine, deine Mutter ...«

»Moment mal – ich *kenne* Sie!«, rief Marla. Die Leute an den Nachbartischen drehten sich neugierig zu uns um. Aber

Marla fuhr unbeeindruckt fort: »Ihre Mutter war Fiona Wakefield. Fiona und ich gingen früher zu demselben Friseur in Denver.«

Arthur öffnete den Flachmann. »Wann war das?«, erkundigte er sich tonlos.

»Vor vier Jahren.« Marla überlegte einen Moment, dann plauderte sie weiter: »*Sie* sind also derjenige, der mit Goldy zusammen an der PBS-Show arbeitet?«

Arthur nickte und schenkte Rotwein in zwei Weingläser, die auf dem Tisch standen. »Ein kräftiger Côtes du Rhône«, verkündete er ehrfürchtig und stellte eins der Gläser vor mich. Diesmal musste ich wohl oder übel eine Ausnahme machen und doch Wein zum Mittagessen trinken. Der Kunde ist König, wie man so schön sagt.

Marla erklärte: »*Jetzt* bringe ich alles zusammen. Fiona hat mir von Ihrer Arbeit erzählt und in letzter Zeit hält mich Goldy auf dem Laufenden. Ich habe das nur nicht in Zusammenhang gebracht.«

Arthur erhob sein Glas. »Auf meine verstorbene Mutter Fiona«, sagte er.

Marla nahm sich ihr Wasserglas. Wir drei stießen feierlich an. Der Wein war ausgezeichnet. Arthur beschrieb ihn als *fruchtig, perfekt für ein Picknick*. Nach ein paar Schlucken schwand sogar Arthurs Gabe, mich zu irritieren. Ich hatte plötzlich die Vision, dass wir zu dritt durch Frankreich fuhren und überall Wein probierten. Noch ein oder zwei Schlucke, und ich bildete mir ein, ich könnte Marla bei der nächsten Abfahrt schlagen.

»Wie gut kannten Sie meine Mutter?«, wollte Arthur von Marla wissen.

»Nicht besonders gut«, antwortete Marla. »Ich erinnere mich aber, wie stolz sie auf Sie war. Fiona erwähnte einmal, es gäbe nur eine Handvoll Menschen, die einen

Wein bei einer Probe so genau bestimmen können wie ihr Sohn.«

Arthur wurde rot. Warum hatte ich nie daran gedacht, meinem Wein importierenden Aufnahmeleiter ein bisschen Honig um den Bart zu schmieren? Marla war in ihrem Element, keine Frage. Sie flirtete mit Arthur und das war ihre Art, den Bodyguard zu spielen.

Ich lächelte ein wenig zu breit, und auf einmal kam der Kopfschmerz wie aus dem Nichts. Unglücklicherweise stand kein Brot auf dem Tisch. Ich war viermal bis ins Tal abgefahren und hatte ein ganzes und ein halbes Glas Rotwein auf nüchternen Magen in mich hineingeschüttet. Ein Schwips war offenbar die Folge von Dummheit.

Das brachte mich auf die Frage, wie viel Wein Fiona wohl vor drei Jahren getrunken hatte, bevor sie ums Leben kam. Ich überlegte, wie groß die Chancen waren, dass Arthur mir *diese* Information preisgab.

»Arthur?«, fragte ich und zwang mich, meine Konzentraton auf das Geschäftliche zu richten. »Wolltest du nicht mit mir über die letzte Sendung sprechen? Aber wir sollten lieber nicht über die Ereignisse in der vergangenen Woche reden, als alles so unorganisiert war und später Doug Portman ...«

»Wir können am Freitag nicht aufzeichnen. Das ist der Heilige Abend.« Er schenkte sich mehr Wein ein, hielt aber mittendrin inne. Ich legte die Hand auf mein Glas.

»Keine Aufzeichnung am Heiligen Abend«, wiederholte ich. »Ist klar. Und ...?«

»Morgen Nachmittag«, erwiderte Arthur. Er riss den Blick von Marla los. »Wir fangen um vier an. Du solltest also spätestens um halb vier hier sein. Schaffst du das? Außerdem wollte ich dir unbedingt noch sagen, wie gut meine Weinprobe verlaufen ist.« Er kramte wieder in seinem Rucksack und reichte mir einen Umschlag. »Das ist dein Scheck.«

Ich dankte ihm, steckte den Scheck in meine Anoraktasche und zog den Reißverschluß zu. »Also morgen«, drängte ich ihn. »Und was sollen wir kochen?«

»Wir möchten die Leute nicht dazu treiben, noch in letzter Minute einen Truthahn zu besorgen. Könnten wir ein schlichtes Feiertagsfrühstück zubereiten? Keine gekochten Eier, keine Aufläufe. Ein einfaches Brotrezept, wenn's geht. Und dein wunderbarer Haferbrei. Dann kannst du deine Hüften wiegen, wenn du eine Schüssel Obstsalat und brutzelnden kanadischen Speck zeigst. Voilà! Fröhliche Weihnachten.«

»Kein Problem«, entgegnete ich, obwohl mir momentan kein *einfaches Brotrezept* einfiel. Aber ich hatte gelernt, Arthur gegenüber keine Bedenken zu äußern. Ich sah mich nach der Kellnerin um, weil ich ein wenig Brot bestellen wollte. Sie war nirgendwo zu sehen. Aber mein Blick fiel auf jemand anderen, und ich bekam eine Gänsehaut.

Barton Reed saß gebeugt an einem Tisch neben einem der Fenster. Er starrte hinaus zur Gondel und zu den Leuten, die zum Bistro kamen. Genau wie neulich in Cindas Cinnamon Shop hielt er etwas in der Hand und schien auf jemanden zu warten – auf jemand ganz speziellen. Als er sich umdrehte, um sich im Restaurant umzuschauen, duckte ich mich.

Die Kellnerin brachte heiße Spieße mit gebratenen Shrimps, Kirschtomaten und Zwiebelringen für Marla und Arthur und ein ausgehöhltes Brot mit dampfendem Chili für mich. Als sie einen Korb mit Brötchen auf den Tisch stellte, schielte ich verstohlen zu Barton, dessen Ohrringe im Licht funkelten. Er hatte sich mexikanisches Bier aus der Flasche in ein großes Glas gegossen und trank, ohne den Blick vom Fenster und der Szene dahinter zu wenden. Eine von »Reggie Dawsons« Fragen schoss mir durch den Kopf. *Hatten Sie sich mit Portman verabredet, weil Sie wollten, dass er etwas für Sie tut?*

Was führte Barton Reed im Schilde?

»Eigentlich«, sagte Arthur zu Marla, »wollte ich Goldy nach dem Essen zu der Stelle bringen. Möchten Sie mitkommen?«

Ich versuchte, Marlas in Flötentönen gegebene Antwort, es würde ihr so viel bedeuten, teilhaben zu können, zu ignorieren. Ich aß ein paar Löffel von dem Chili. Es war eine herzhafte Mischung aus Mais, Pinto-Bohnen, schwarzen Bohnen und Tomaten in scharfer Sauce. Ich überlegte, ob ich das nachkochen konnte.

Und es passte ziemlich gut zum Côtes du Rhône, das musste ich zugeben, obwohl ich klug genug war, nicht noch mehr von dem fruchtigen Wein zu trinken. Ich trank Wasser, während ich das Chili vertilgte, und Marla erzählte Arthur von ihrem Urlaub in der Provence nach ihrem Herzanfall. Arthur hörte hingebungsvoll zu, erkundigte sich, ob sie dies oder das gegessen oder den einen oder anderen Wein probiert hatte. Wir bestellten Kaffee, als Arthur von einer Rheinfahrt berichtete, bei der er mit anderen Weinexperten die deutschen Weine gekostet hatte.

»Lass dich von dem Kerl nicht einwickeln«, raunte ich Marla zu, während wir unsere Skistiefel holten. »Ich bin nicht überzeugt, dass er aufrichtig ist.«

Sie zog ihre gelbrote Mütze über die Locken. »Mach dir keine Sorgen! Ich versuche nur, dich zu beschützen!«

Arthur gesellte sich zu uns, bevor ich etwas darauf erwidern konnte. »Wo hab ich meine Skier abgestellt?«, fragte er, als er aus dem Bistro kam.

In diesem Augenblick stürmte eine Horde von Sechsjährigen auf uns zu. Marla taumelte zurück, als sich zwei Kinder an uns vorbeidrängten. Arthur streckte die Hände aus, um Marla zu helfen, das Gleichgewicht zu bewahren. Unglücklicherweise schätzte er die Wucht falsch ein, bemühte sich nach Kräften, nicht auf die Kinder zu fallen und prallte dafür gegen mich. Mit polternden Skistiefeln, herumfliegenden Mützen, Skibrillen und Handschuhen fielen Arthur, Marla und ich Hals über Kopf die Metallstufen hinunter.

Die Kinder grölten ausgelassen.

Arthur beschimpfte den Skilehrer der Gruppe, der seine Schützlinge rasch wegscheuchte, bevor noch mehr Unheil passierte.

»Vielleicht hättest du noch einen Kaffee trinken sollen«, sagte ich zu Arthur. »Nach all dem Wein ...«

»Vielleicht sollte dieser Skilehrer besser auf seine Gruppe aufpassen!«

»Arthur ...«

»Lasst uns gehen.« Wie um zu beweisen, dass er sich nicht weh getan hatte, machte er große zielstrebige Schritte auf den Skiständer zu.

Sobald wir die Skier angeschnallt hatten, verkündete Arthur, dass wir über eine schwarze Piste zum Bighorn-Aussichtspunkt hinunterfahren mussten, und setzte hinzu, wir könnten von dort vielleicht zu einer grünen – einer leichten – Abfahrt namens Easy-as-Pie überwechseln. Zu meiner Überraschung fuhr er fachmännisch im Schuss zum Aussichtspunkt und winkte uns, damit wir ihm folgten.

»Solange wir um zwei an der Big Map sind«, schrie Marla ihm nach.

Die Piste zum Bighorn war buckelig und so steil, dass man das Gelände nicht weit überblicken konnte. Irgendwann machte die Abfahrtsstrecke eine Biegung nach rechts. Dicke Seile markierten die abgesperrten Hänge und bewaldeten Gebiete. Als ich die vielen Buckel überblickte, kam mir der traurige Gedanke, dass jeder von ihnen den Grabhügel eines Skifahrers symbolisieren könnte.

Arthur bewegte sich flink durch die Buckellandschaft. Er

sprang und schwang, als hätte er den größten Spaß dabei. Ich wusste, wie viel Kraft es kostete, die Skier immer parallel zu halten wie er und den Stockeinsatz immer in der Mitte des Hügels zu machen. Er war ein Experte, daran bestand kein Zweifel.

Auf Pisten wie dieser gab es meistens ganz am rechten und linken Rand einen schmalen, glatten Weg ohne Hügel. Mit bösen Ahnungen machte ich mich hinter Marla auf den Weg und wir fuhren beide mit kleinen raschen Slalomschwüngen auf der rechten Seite des Hanges. Fiona und Jack, überlegte ich, als mir der eisige Wind ins Gesicht fegte, mussten sehr gute Skifahrer gewesen sein.

Schließlich fuhren wir um die Biegung und erreichten einen leeren Hang. Arthur wartete auf uns und sah uns mit einem unheimlichen triumphierenden Blick entgegen. Auf einmal war ich sehr froh, dass Tom Marla gebeten hatte, mich zu begleiten. Dem rätselhaften Arthur Wakefield, einem erstaunlich guten Skifahrer, war nicht zu vertrauen. Seine Hand zerrte an dem Absperrungsseil. Er war nicht im entferntesten außer Atem.

»Hier entlang, meine Damen«, sagte er und deutete auf einen schmalen Weg, der sich durch den Wald wand. »Es sind nur wenige Meter, dann haben wir den Aussichtspunkt erreicht.« Er zeigte auf einen breiteren, nicht mehr so steilen Weg, auf dem Baumstämme aufgeschichtet waren. »Die Pistenwache hat den alten Weg blockiert.«

»Es ist nicht erlaubt, hier zu fahren«, bemerkte ich, als wir uns unter dem Seil hindurchduckten. »Schon mal was vom Skier Safety Act gehört, Boss? Man könnte uns die Skipässe wegnehmen und uns für einen Tag von den Pisten verweisen. Oder es kommt noch schlimmer.«

»Ich weiß«, erwiderte Arthur grimmig. »Wer könnte das besser wissen?«

Ich bemühte mich um einen entschiedenen Tonfall. »Würdest du bitte vorangehen?« Er bedachte mich mit einem argwöhnischen Blick, dann fuhr er auf dem etwa einen Meter breiten Pfad los.

Marla kam neben mich. Sie atmete schwer und betrachtete fassungslos den vor uns liegenden Weg. »Was soll das sein – ein verdammter Hindernisparcour?«

Auf dem Weg wechselte Tiefschnee mit Eisplatten und Buckeln ab. Ich rutschte behutsam über die Hügel – die Skibrille hatte ich auf der Nase, weil die wenigen Sonnenstrahlen im Wald ein eigenartiges Zwielicht verbreiteten. Ich hatte mich bereit erklärt, mit hierher zu kommen, weil ich mehr über Arthur und die Todesfälle vor drei Jahren in Erfahrung bringen wollte. Aber ich war auf der Hut und hatte die Absicht, äußerst vorsichtig zu sein.

Der Wald endete bald an einem Felsvorsprung. Ich kam rutschend zum Stehen. Als ich entdeckte, dass ich kaum fünf Meter vom Abgrund entfernt war, schlug mir das Herz bis zum Hals. Ich atmete tief durch, um mich zu beruhigen; ich nahm die Brille ab und meine Augen tränten sofort, weil ein eisiger Wind aufkam. Trotz der nahen Gefahr war der Rundblick auf die schneebedeckten Gipfel, die bewaldeten Täler und die vereisten Schluchten atemberaubend. Die Skifahrer in der Senke links unter uns sahen aus wie Mücken, die in die Tiefe schwebten.

»Wow«, schwärmte Marla, »ich wusste gar nicht, dass man von hier aus einen solchen Blick hat.«

»Die Pistenwacht hat etwas dagegen, dass die Leute davon erfahren«, machte Arthur ihr klar. »Deshalb haben sie den alten Weg gesperrt.« Er deutete zu einem Hügel zu unserer Rechten – dort stand ein kleines Haus, aus dessen Kamin Rauch aufstieg. Das kleine helle Gebäude hatte offenbar einmal mitten im Wald gestanden; jetzt war es von Baumstümpfen umgeben. »Das ist das Gelände, auf das das Skigebiet ausgedehnt werden soll. Die Banken haben strikte Fristen gesetzt, so dass hier Tag und Nacht gearbeitet werden muss, um die Wälder zu roden. Killdeer muss mit dem Bau des Lifts im Frühjahr beginnen. Da drüben«, setzte er hinzu und richtete den Finger auf eine kleine Hütte am Rand des gerodeten Gebiets, »hat Killdeer Corp eine Sicherheitswache postiert, nur für den Fall, dass sich Umweltschützer mit Gewalttaten gegen die Erweiterung zur Wehr setzen.«

Er zog die Augenbrauen hoch und wies auf den Gipfel rechts vom Erweiterungsgebiet. Dort wuchsen ein paar Bäume, die einen jähen, felsigen Abgrund säumten. »Das ist der Elk Ridge«, erklärte Arthur. »Das steile Stück unter den Bäumen ist vom Wind abgewandt.« Er beschrieb mit der Hand eine Geste nach unten zum teilweise bewaldeten, sanft gewellten Tal. Es sah aus wie eine Postkartenidylle mit jungfräulich weiß verschneiten Wiesen. »Von da oben kam vor drei Jahren die Lawine herunter, die Nate Bullock unter sich begrub.« Arthur ging langsam auf den Felsvorsprung. Ich blieb, wo ich war, und deutete Marla mit einer Geste an, dasselbe zu tun.

»Keine Angst«, flüsterte sie und behielt den gefährlichen Abgrund im Auge. Arthur bewegte sich immer weiter.

»Vorsichtig, Arthur«, rief ich unwillkürlich. Mütterliche Gewohnheiten sind schwer abzulegen.

Arthur ging in die Knie und zeigte den Abgrund hinunter. »Da«, sagte er, »stieß Jack Gilkey meine Mutter hinunter. Vor Gericht behauptete Jack steif und fest, *ich* hätte ihr zu viel zu trinken gegeben und dass jemand – damit meinte er *mich* – aus dem Wald kam und ihn mit einem Stein bewusstlos schlug. Und dann soll dieser große Unbekannte meine Mutter in den Abgrund gestoßen haben.« Er sah uns an. »Kann man allen Ernstes glauben, dass jemand einen starken

Mann unschädlich machen und gleich darauf eine sportliche Frau so ohne weiteres in die Tiefe stürzen kann?«

»Es ist möglich«, sagte ich düster und dachte an all die schrecklichen Geschichten über Misshandlungen und Mord, die ich in den Jahren gehört hatte, in denen ich von dem Blödmann loskommen wollte. Arthur funkelte mich an.

»Nein, Arthur, Goldy glaubt bestimmt auch nicht, dass eine einzige Person so etwas fertig bringt«, warf Marla hastig ein. »Gehen wir wieder zurück.«

Ich fragte mitfühlend: »Wie viel Wein hat Jack deiner Mutter während des Mittagessens gegeben, Arthur?«

Er zuckte mit den Schultern. »Drei Gläser Riesling Spätlese – ich hatte diesen Wein empfohlen. Und nein, ich hätte ihnen keine Flasche gegeben, wenn ich gewusst hätte, dass er sie dazu übereden wollte, ein Wettfahren hierher zu veranstalten. Hier ein *Wettfahren*? Warum sollte jemand etwas so Törichtes vorschlagen?«

Ja, warum eigentlich? Ich murmelte, dass ich das auch nicht wüsste, und dachte an Jacks Behauptung, *Fiona* wäre auf die Idee gekommen, um die Wette zu fahren. Und ich hatte seinen Erklärungen Glauben geschenkt: dass seine Frau zu viel getrunken hatte, dass sie ihn, ihren jungen, sportlichen Mann, herausgefordert hatte, mit ihr zu dieser gefährlichen Stelle ein Wettrennen zu machen, weil sie vielleicht beweisen wollte, dass sie auch jung, sportlich und sexy war und Risiken eingehen würde.

Wieder bekam Arthur diesen eigenartig triumphierenden Gesichtsausdruck. »Möchtest du nicht selbst sehen, wovon in diesen Artikeln die Rede war, Goldy? In den Artikeln, von denen du glaubst, ich hätte sie für dich hinterlegt?«

»Das will sie nicht«, erklärte Marla entschieden. »Und wenn sie auch nur noch einen Schritt näher an den Abgrund geht, bekomme ich meinen zweiten Herzanfall.«

Arthur schaute noch einmal mit steinerner Miene in die Tiefe, dann erhob er sich, ging rasch an uns vorbei und stieg zur Piste auf. Als wir ihn einholten, spähte Arthur nach allen Seiten, um sicherzugehen, dass keine Pistenwachleute in der Nähe waren, dann begaben wir uns wieder in Richtung Piste. Er zeigte uns, wie wir zur Easy-as-Pie gelangten. »Eine Sache von Minuten«, sagte er und wandte sich wieder den Absperrungsseilen zu. »Ich gehe noch mal zurück und bleibe ein bisschen.«

Marla und ich schüttelten die Köpfe... mitfühlend und erstaunt zugleich. Er bat mich noch, ihn am Abend anzurufen, damit wir die Einzelheiten der Menufolge der Sendung festlegen und er die Inserts in Auftrag geben konnte. Dann machte er sich davon und verschwand zwischen den Bäumen.

»Der Kerl ist verrückt«, stellte Marla fest, als sie ihre Skibrille aufsetzte. »Und außerdem hat er zu viel getrunken.«

Eileen erwartete uns an der Big Map; sie winkte begeistert, als sie uns entdeckte. Sie trug einen hautengen blauen Skianzug und eine rotblaue Mütze mit Quaste. Sie sah reizend aus. Egal, was Arthur Wakefield von Jack Gilkey hielt, Eileen hatte sich durch ihn positiv verändert.

»Kommt, kommt, wir haben nicht viel Zeit«, zwitscherte sie munter. »Jack erwartet uns um zwanzig vor drei im Bistro. Ist der Mission Hill für euch okay? Das ist eine ziemlich glatt gewalzte mittelschwere Abfahrt.«

Marla und ich erklärten uns mit dem Mission Hill einverstanden. Wir verstauten unsere Skier in dem Gestell an der Gondel, legten Eileens Snowboard auf die freien Sitze und fuhren den Berg hinauf. Sobald wir alles wieder ausgeladen hatten und auf der Piste waren, lachten und schrien wir alle drei, bespritzten uns mit Schnee und kreischten jedes Mal, wenn eine an der anderen vorbeifuhr.

Jack Gilkey gesellte sich zu uns, als wir zum zweiten Mal mit der Gondel oben ankamen. Marla flüsterte mir zu: »Ich hatte ganz vergessen, wie niedlich der Junge aussieht.« Jack trug einen modischen beige und schwarzen Skianzug und eine Bommelmütze. Er begrüßte uns herzlich, schien aber mir und Marla gegenüber ein bisschen scheu zu sein. Seine Fürsorge und Zuneigung zu Eileen war offensichtlich. Ich bekam mit, wie er sie streng ermahnte, langsam zu fahren.

Eileen konnte Snowboard fahren, das musste ich ihr lassen. Sie musste seit Jahren täglich trainiert haben, um so springen und drehen zu können wie an diesem Nachmittag. Marla und ich lachten über ihre Kapriolen, während Jack wachsam mit seinen Skiern hinter ihr herfuhr. Vielleicht war das Bedürfnis, sportlich und agil zu wirken, ein verbreitetes Phänomen in Mai-September-Beziehungen. Wer weiß? Sie amüsierten sich prächtig. Wir alle amüsierten uns.

Ein Negatives hatten mittelschwere Pisten: Überall wurde geschrien. Kinder riefen ihren Eltern zu, dass sie auf sie warten sollten, und umgekehrt. Männer und Frauen brüllten sich an, schneller oder langsamer zu fahren. Skilehrer bemühten sich, ihre Gruppe in einer geordneten Reihe hinter sich zu halten, und riefen Instruktionen. Die Gruppen sahen aus wie Raupen, deren Kopf dem Schwanz Befehle erteilte.

Einige Skifahrer hatten einen Walkman auf den Ohren, obwohl das verboten war. Sie wollten den Lärm ausblenden oder im Rhythmus zu Walzerklängen oder *Three Dog Night* den Hang hinunterwedeln. Ich hatte keinen Walkman, aber ich ignorierte die Schreie. Sie lenken nur ab und provozieren Stürze.

Deshalb hörte ich nicht die laut gebrüllten Warnungen. Zumindest nicht die ersten.

»Vorsicht! Weg! Aus dem Weg!« Irgendwann wurde ich doch aufmerksam. Ich wischte den Schnee von meiner Brille, konnte jedoch immer noch nicht erkennen, worum es eigentlich ging. Ich rutschte zur äußersten Seite des Hangs. Noch mehr Schreie ertönten, als ich nach oben schaute und auszumachen versuchte, was die Aufregung verursachte.

Marla in ihrem grellen Anzug war leicht zu erkennen. Sie stand auf der anderen Seite des Hangs. Eine Skischulgruppe war stehen geblieben. Eine Horde Snowboarder mit umgedrehten Baseballkappen raste an mir vorbei. Weiter oben sauste ein einzelner Snowboarder den Hang herunter. Er steuerte direkt auf ein Paar zu, das nicht weit von mir entfernt war ...

Die beiden Menschen fuhren erschrocken in eine, dann in die andere Richtung, um dem blitzschnellen Snowboarder auszuweichen. Jedes Mal, wenn sie schneller wurden und einen Schwung machten, um aus seiner Bahn zu kommen, änderte auch er die Richtung. Es war, als würde man ein Torpedo beobachten, das sein vorprogrammiertes Ziel suchte.

Plötzlich begriff ich voller Entsetzen, dass dieses Ziel Eileen und Jack waren.

»Eileen!«, kreischte ich. »Jack! Aus der Bahn! Schnell!« Was konnte ich tun? »Hey, Snowboarder!«, brüllte ich. »Bleib stehen!«

Eileen und Jack wendeten wieder und rutschten auf die Bäume zu. Der Snowboarder wurde immer schneller und schneller. War er betrunken? War er verrückt?

Er raste mit der Wucht einer Bowlingkugel in Eileen und Jack hinein. Zwei Menschen flogen durch die Luft. Der große Snowboarder kämpfte um sein Gleichgewicht und fuhr weiter abwärts. Als er näher kam, fürchtete ich einen Augenblick lang, er würde auch mich niedermähen. Dann merkte ich, dass er langsamer wurde.

Er blieb wenige Meter vor meinen Skispitzen stehen. Dann fiel er fast wie in Zeitlupe erst zur Seite, dann nach hinten in den Schnee. Vorsichtig näherte ich mich ihm, um ihm die dunkle Skibrille abzunehmen, und erkannte Barton Reed. Seine Augen waren geschlossen.

Ein Jaulen wurde laut. Jack Gilkey heulte und schrie verzweifelt um Hilfe. Er beugte sich über die blau gekleidete, im Schnee liegende Gestalt.

Eileen.

Kapitel 18

Die Pistenwache brachte Eileen und Barton mit Ackjas ins Tal. Uns berichtete man lediglich, dass Eileen bewusstlos war. Barton hatte sich ein Bein gebrochen. Wie schnell der Boarder gefahren war, wollte die Pistenwache wissen. *So schnell wie die Leute bei einem Abfahrtsrennen, die man im Fernsehen sehen kann,* antwortete ich. *Dies war nicht eine von den Kollisionen, bei denen jemand nur Schnee aufwirbelt und andere einstäubt. Es war ein Zusammenprall, bei dem reglose – leblose – Körper zurückblieben.*

Die Pistenwache ließ uns nicht zu Jack, der von zwei weiteren Wachleuten wegen eines Schocks behandelt wurde. Marla und ich erhielten die Erlaubnis, den Unfallort zu verlassen und zur Talstation zu fahren. Während wir unsere Ausrüstung in den Autos verstauten, erzählte ich Marla, was ich über Barton Reed wusste. Dass er im Gefängnis gesessen hatte und wegen einer Krebserkrankung frei gelassen worden war. Dass er einen möglicherweise tödlichen Hass auf Doug Portman empfand und er es offensichtlich auch auf Eileen oder Jack oder beide abgesehen hatte.

Wir fuhren im Konvoi nach Osten – Marla in ihrem vierradgetriebenen Mercedes hinter dem Rover. Über uns donnerten zwei Rettungshubschrauber ebenfalls in östliche Richtung. Die Pistenwache hatte uns in Kenntnis gesetzt, dass Eileen und Barton ins Lutheran Medical Center nach Wheat Ridge im Nordwesten von Denver gebracht wurden. Ich versuchte, die Straße im Auge zu behalten, während ich unsere Privatnummer in das Handy eintippte.

»Eileen wurde angefahren«, begann ich ohne lange Vorrede, als Tom sich meldete. »Auf der Piste. Ich hab's kommen sehen. Ich konnte nichts…« Meine Stimme wurde brüchig. »Ich konnte nichts tun.«

»Ganz ruhig, Miss G. Jemand hat Eileen angefahren? Was war es – ein Skiunfall? Ist sie verletzt?«

»Sie ist bewusstlos. O Tom. Barton Reed hat sie einfach umgemäht. Er hat Ausschau nach ihr gehalten und sie dann umgefahren. Mit seinem Snowboard. Es war Absicht. Ich hab's gesehen.« Meine Kehle wurde eng und ich rang um Fassung, dann sagte ich: »Der Hubschrauber bringt sie jetzt ins Lutheran. Reed auch. O Tom, warum hat er so was getan?«

»Ich weiß es nicht. Hör mal, Wheat Ridge ist in Jefferson. Ich rufe beim Jefferson County Sheriff's Department an und bitte jemanden, euch im Krankenhaus zu erwarten. Meinst du… glaubst du, ich sollte Todd von der Schule abholen und hinunterfahren? Was ist mit Arch?«

Natürlich sollte Todd jetzt bei seiner Mutter sein und das sagte ich Tom auch. »Aber ich muss euch vorwarnen – sie sah schrecklich aus. Ganz schlaff. Würdest du…« Ich konnte es kaum aussprechen. Tränen schossen mir in die Augen. »Würdest du dafür sorgen, dass… dass der Priester vom St. Luke's auch in die Klinik kommt?« Am besten bereitete man sich auf das Schlimmste vor.

Neunzig Minuten später stellten Marla und ich unsere Autos nebeneinander auf dem Krankenhausparkplatz ab. Erst jetzt fiel mir auf, dass ich meine Skistiefel ausgezogen und in den Rover geworfen hatte und in Socken nach Wheat

Ridge gefahren war. Als ich meine Schuhe anzog, öffnete Marla die Tür des Rover und schaute herein.

»Goldy? Können wir hinein *gehen,* statt zu rennen? Ich spüre, dass mein Blutdruck steigt.«

»Du solltest gar nicht hineingehen. Bleib einfach hier und entspann dich ein bisschen.«

»Machst du *Witze*? Der günstigste Aufenthaltsort bei einem Herzanfall ist ein Krankenhaus.«

»Marla!«

»Das war nur Spaß.« Wir überquerten die Straße mit der festgefahrenen Schneedecke. Dunkle Wolken hingen tief am Himmel. Marla fragte: »Hast du gesehen, was passiert ist?« Ich nickte, und sie fuhr fort: »Ich habe auf dem ganzen Weg hierher darüber nachgedacht, hab es vor mir gesehen wie in Zeitlupe.« Sie schauderte. »Es war nicht so, wie es ausgesehen hat.«

Die automatischen Türen glitten auf. Warme, antiseptische Luft empfing uns, als wir die Krankenhaus-Lobby betraten. Wir gingen auf das Informationspult zu, und ich hakte nach: »Was war nicht so, wie es aussah?«

Marla wandte sich mir zu. »Dieser Snowboarder – du hast gesagt, dass du ihn kennst ... er heißt Barton Reed, nicht? Er hatte es eigentlich auf *Jack* abgesehen, nicht auf Eileen.«

»Und wieso hat er ihn verfehlt?«

»Wer weiß? Ich habe es von Anfang an gesehen. Reed lauerte ganz oben an der Piste. Eileen war auf die eine Seite gefahren, Jack überquerte den Hang. Reed *fuhr* auf Eileen zu, aber er stand auf einem Snowboard. Um auf dem Board Geschwindigkeit aufzunehmen, musste er schnell in eine Richtung fahren, dann einen Schwung in die andere machen und über den Hang schießen, um Jack zu erwischen. Jack war zu weit entfernt von Reed, er konnte nicht in der Falllinie auf ihn zurasen.« Wahrscheinlich sah ich Marla vollkommen verwirrt an, denn sie fügte hinzu: »Goldy, hör mir zu. Ein Snowboard ist etwas ganz anderes als Skier. Um Geschwindigkeit zu gewinnen, hätte er, wenn er auf Eileen abgezielt hätte, nach *links,* nicht nach *rechts* fahren und dann eine Wende machen müssen, um sie zu treffen.«

Ich strengte mich an, mir die Szene wieder ins Gedächtnis zu rufen. Ich wusste nicht genug übers Snowboardfahren, um analysieren zu können, mit welchen Absichten Barton Reed die Piste heruntergekommen war. Hatte Jack die Gefahr erkannt? Ich *dachte,* er hätte die Richtung geändert, um Eileen zu beschützen oder um sie zumindest aus der Gefahrenzone zu bringen. Hatte er stattdessen versucht, seine eigene Haut zu retten?

Die Frau am Informationspult erklärte uns, dass Eileen Druckman in einem kritischen, aber stabilen Zustand auf der Intensivstation lag. *Was hat sie? Innere Verletzungen, Kopfverletzungen?* wollte ich wissen. Darüber hatte die Frau keine Informationen. Aber Eileen könnte schon bald Besuch von Familienmitgliedern empfangen – höchstens zwei Personen für zehn Minuten pro Stunde. Als Marla und ich mit dem Aufzug zur Intensivstation fuhren, versuchte ich erneut, die Erinnerung an die Ereignisse heraufzubeschwören. Wenn man nicht viel über die Technik des Snowboardfahrens wusste – und ich wusste gar nichts –, dann konnte man unmöglich deuten, welche Absicht hinter dem Manöver gesteckt hatte. Um ehrlich zu sein, ich hatte nicht einmal eine Ahnung, ob Marla genügend Kenntnisse besaß, um ein Urteil abgeben zu können.

Und was wusste ich schon über die Beziehung zwischen Barton Reed und Jack Gilkey? Als ich Arch am Samstagmorgen zu Eileen brachte, hatte Jack bei dieser Gelegenheit von Reeds Urteil, den durch Doug Portman abgeschmetterten Anträgen auf Freilassung und seiner Krebserkrankung erzählt. Ich hatte nicht daran gedacht, ihn zu fragen, wie er von all dem erfahren hatte.

Tom und Arch standen im Warteraum vor der Intensivstation, als wir ankamen. Todd war allerdings nirgendwo zu sehen. Ich war so glücklich, Arch zu sehen, dass ich ihn umarmte, bevor er Protest erheben konnte.

»Mom. Bitte, hör auf.«

»Ich habe mir Sorgen um dich gemacht.«

»Warum? Ich war nicht Ski fahren. Ich war in der Schule.« Ich muss niedergeschlagen ausgesehen haben, denn sein Ton wurde sanfter und beruhigend. »Es ist alles okay. Eine Schwester war gerade hier; sie hat uns gesagt, dass Eileen aufgewacht, aber noch sehr schwach ist. Sie hat eine Gehirnerschütterung. Todd ist bei ihr. Oh, und Tom sagt, dass Todd bei uns bleiben kann. Auf unbegrenzte Zeit. Bis es seiner Mom besser geht.«

»Selbstverständlich kann er das.«

Arch lächelte erfreut. Er liebte es, Gesellschaft zu haben. Dann schnaubte er, sah mich mit hochgezogenen Augenbrauen an und sagte: »Jack ist auch bei ihr. Er weint wie ein großes Baby. Dabei ist er nicht einmal ein Familienmitglied.«

»Na ja, Schätzchen ...« Mir fiel nichts ein, was ich sagen könnte.

Tom kam mir zu Hilfe. »Ich könnte eine Umarmung gebrauchen.« Er nahm mich in die Arme. Ich war grenzenlos erleichtert, ihn bei mir zu haben. »Der Priester war in einer Kirchenratssitzung und konnte nicht kommen. Aber ich habe ihm versprochen, anzurufen und ihn auf dem Laufenden zu halten.« Ich murmelte etwas davon, dass das gut so wäre. Da Eileen wieder bei Bewusstsein und in besten Händen war, machte ich mir nicht mehr so viel Sorgen.

»Hey, Arch, alter Junge«, warf Marla ein. Ich hatte beinahe vergessen, dass sie auch hier war. »Ich habe so viel Zeit hier im Lutheran Hospital verbracht, dass ich ganz genau weiß, wo man Süßigkeiten, Plätzchen und Limo bekommt. Außerdem«, fügte sie hinzu, als sie ihre lederne Geldbörse aus einer Tasche zog und mit dem Kleingeld klimperte, »habe ich die Mittel, um mir Zugang dazu zu verschaffen. Aber ich brauche Begleitung.«

Arch versuchte mit wenig Erfolg, ein Lächeln zu unterdrücken. »Gut.« Tom und mir erklärte er: »Ich bringe Todd auch was mit.«

Sobald sie gegangen waren, berichtete ich Tom von Marlas Theorie über den Unfall.

Er schürzte nachdenklich die Lippen. »Glaubst du, dass Barton es auf Jack abgesehen hatte?« Ich erwiderte, ich wüsste nicht genug über die Dynamik eines Snowboards. Tom holte sein Handy aus der Tasche und tippte eine Nummer ein. »Gefängnis«, hauchte er mir zu. Während er telefonierte, betrat eine spanisch sprechende Familie das Wartezimmer. Alle wirkten nervös und besorgt. Ich zählte die Kinder und Erwachsenen sowie die freien Stühle – eine alte Gewohnheit der Caterer – und merkte, dass nicht alle einen Sitzplatz haben würden, weil Todd und Arch ihre Bücher, Schultaschen, Jacken und andere Habseligkeiten großzügig verteilt hatten.

Da Tom noch am Telefon war, sammelte ich die Sachen der Jungs zusammen. Es war eher zweifelhaft, dass die beiden etwas für die Schule tun würden, solange wir hier waren. Als ich versuchte, die Riesenladung zu unserer Couch zu hieven, fiel das getrocknete Zuckerwasser aus einer Tüte. Tausend Stücke von Zuckerkristallen spritzten nach allen Seiten. Ein Körnchen traf das Auge eines etwa zwanzigjährigen Jungen und er schrie auf. Ich schnappte mir ein paar Papiertaschentücher, murmelte ein paar spanische Sätze und sagte: *Lo sien-*

to, lo siento.« Es tut mir Leid. Er grinste und wischte sich über das Auge. Mein Spanisch war sehr eingerostet, aber mir schien, seine Familie schalt ihn aus, weil er überreagiert hatte, und einige erklärten, Diego wäre furchtbar wehleidig. Ich beteuerte noch einmal, wie Leid es mir tat, und Diego erwiderte in perfektem Englisch: »Kein Problem. Ich bin nur furchtbar erschrocken.«

Okay. Ich ging zur Couch zurück.

Tom, der noch immer das Telefon an sein Ohr drückte, wurde schließlich mit der Person verbunden, die er sprechen wollte, und erkundigte sich, wann und wo Jack Gilkey und Barton Reed inhaftiert gewesen waren. Er nahm seinen Spiralblock zur Hand, schrieb etwas auf, bedankte sich für die Auskunft und beendete das Gespräch.

»Vor vier Jahren«, berichtete Tom mit gedämpfter Stimme, »war Cañon City bereits überbelegt. Damals trat Reed seine Haftstrafe wegen Betrugs an, und da im staatlichen Gefängnis kein Platz für ihn war, kam er ins Furman-County-Gefängnis. Und dass Jack Gilkey nach seiner Verurteilung vor zwei Jahren auch dorthin kam, weißt du ja bereits. Sie waren beide in derselben Abteilung, am selben Gang wie John Richard Korman.« Er machte seinen Notizblock zu. »Du kannst dir also vorstellen, dass Jack Gilkey nicht nur gerüchtehalber von Reeds abschlägig beschiedenen Gesuchen gehört hat. Die beiden kannten sich persönlich. Und ich gehe jede Wette ein, dass der ehemalige Snowboard-Champ nicht gerade begeistert war, als Jack auf freien Fuß kam.«

»Verdammt«, brummte ich. »Wenn die Furman County Cops doch nur Beweise finden könnten, dass Portman Dreck am Stecken hatte. Der Kerl *muss* doch Buch geführt haben. Na ja, vielleicht auch nicht. Aber wenn Barton Reed mehr über Jack Gilkey oder Doug Portman weiß und wir das aus ihm herausbekommen können, haben wir sicher ein paar

Antworten mehr.« *Und ich könnte mehr mit den versteckten Andeutungen von »Reggie Dawson« anfangen,* setzte ich im Stillen hinzu.

Tom zog die buschigen Augenbrauen hoch. »Unsere Jungs durchsuchen sechsundvierzig Kisten mit Militaria, Miss G. Das ist eine Menge Zeug, und es gibt einen Haufen Verstecke für Akten oder Disketten.«

»Ich weiß, ich weiß. Aber je mehr ich darüber nachdenke, was mit Doug Portman passiert ist, um so mehr Fragen werfen sich auf. Wie ist Fiona Wakefield in *Wahrheit* gestorben?« Ich schaute aus dem Fenster des Warteraums. »Wer hat die Lawine ausgelöst, die Nate unter sich begraben hat? Wurde sie überhaupt von einem Menschen losgetreten? Wenn ja, wo und wer ist diese Person? Warum hat Barton Reed heute versucht, jemanden umzubringen? Und *wen* wollte er überhaupt umbringen? Verdammt!«

Tom schüttelte den Kopf. »Ich hab vergessen, dir zu erzählen, dass diese Collage-Künstlerin heute angerufen hat. Boots Faraday. Sie will dich sehen, wenn du das nächste Mal nach Killdeer kommst. Du solltest sie zurückrufen.«

»Na toll. Ich kann es kaum erwarten.« Ich dachte nach. »Haben eure Jungs schon mit Barton Reed gesprochen?«

»Weiß ich nicht.«

»Darf ich ihn besuchen? Ist es erlaubt, dass ich zu ihm gehe?«

Tom spitzte die Lippen und überlegte. Schließlich sagte er: »Du kannst ihn besuchen. Aber er hat einen komplizierten Beinbruch und ziemlich viel Blut verloren – er ist in keiner guten Verfassung. Er kann sich kaum rühren, also ist er auch nicht imstande, dir etwas anzutun. Aber ich will auch nicht, dass *du* ihm was antust.« Ich bedachte ihn mit einem verdrießlichen Blick. »Wenn es Reed besser geht, wird er sich vermutlich wegen tätlichen Angriffs vor Gericht verantworten müssen.« Er machte eine Pause. »Ein Jefferson-Deputy hält Wache vor seiner Tür. Zimmer zehn-neunzehn. Der Deputy kennt mich. Sag ihm, dass du meine Frau bist. Er hat Anweisung, nur *Jack Gilkey* nicht zu ihm zu lassen.«

Ich brauchte keinen weiteren Ansporn. Tom versprach, sich um Arch und Marla und besonders um Todd zu kümmern, wenn sie zurückkamen.

Vor der Tür von 1019 stellte ich mich dem jungen Deputy vor und bat, zu Barton Reed vorgelassen zu werden. Der Deputy verlangte, dass ich mich auswies, betrachtete gewissenhaft meinen Führerschein und erklärte dann, dass ich hineingehen konnte. Ich klopfte leise an und hörte ein Stöhnen von drinnen.

Wenn Reed keinen Besuch haben wollte, würde ich sofort wieder gehen. Sogar aggressive Snowboardfahrer und Exhäftlinge verdienten Privatsphäre im Krankenhaus. Ich stieß die überraschend schwere Metalltür auf.

Eine kleine Lampe beleuchtete die Gestalt im Bett. Barton Reeds rechtes Bein war dick bandagiert und hing in einer Vorrichtung, die über dem Bett angebracht war. Auch sein Kopf und sein linker Arm waren verbunden. Getrocknetes Blut klebte an seiner Stirn und an der Wange. Man hatte ihm seinen gesamten Schmuck abgenommen. Winzige dunkle Löcher zierten seine Ohrläppchen. Die Ohrringe lagen in einer Schüssel auf einem Metalltisch. Obenauf sah ich ein silbernes Kreuz an einer matt gewordenen Kette.

»Barton?«, flüsterte ich.

Er atmete schwer. »Hmm?«

»Möchten Sie, dass ich wieder gehe? Ich bin hier, um Sie zu besuchen.«

Er murmelte etwas, das klang wie: »Wer sind Sie?«

»Goldy Schulz«, antwortete ich. Ich ging näher zum Bett,

so dass er mich sehen konnte. Eines seiner Augenlider war dunkel verfärbt und zugeschwollen. Das andere Auge war trüb und blau und betrachtete mich verständnislos. Ich redete weiter: »Zum ersten Mal habe ich Sie im letzten Sommer gesehen, bei Aspen Meadow Health Food. Sie bekamen eine Krebsbehandlung mit einer Kräutermischung.« Er schüttelte den Kopf und ich fragte mich, wie viel Schmerzmittel sie ihm gegeben hatten. »Und ich war heute in Killdeer. Ich habe den Unfall beobachtet.«

Er stöhnte laut. »Sie sind von ... von der Kirche?«

Die Frage machte mich stutzig. »Der Kirche?«

Sein Gesicht war mit einem Schweißfilm bedeckt. »Ich werde sterben.«

»Natürlich nicht«, versicherte ich erschrocken. »Ich rufe einen Arzt.«

»Nee.« Das blaue Auge fixierte mich. »Warum sind Sie hier?«

»Ich wollte Sie nur besuchen ...«

Er seufzte. »Ist sie tot?«

Ich schluckte. »Wer?«

»Die Frau, die ich umgefahren habe.« Das Auge sah mich fragend an.

Die Frau, die ich umgefahren habe? Also kannte er Eileen Druckman nicht? Hatte er es doch nicht auf sie abgesehen gehabt? »Nein. Sie ist verletzt und sie liegt auch in diesem Krankenhaus.«

»Ist er ... tot?«

Ich zögerte wieder, war hin- und hergerissen. Einerseits wollte ich mehr erfahren, andererseits versuchte ich, Nächstenliebe zu üben – schließlich hatte ich einen Mann vor mir, der glaubte, sterben zu müssen. »Wer?«

»Himmel! Sind Sie schwer von Begriff?« Diese Frage rief einen krampfartigen Hustenanfall hervor.

»Gilkey?«, hakte ich nach, als der Anfall abebbte. »Wollten Sie Jack Gilkey umfahren?«

Reed fing wieder an zu husten. »Ist er tot?«, keuchte er.

»Meinen Sie Jack Gilkey? Nein, er ist nicht tot. Meinen Sie Doug Portman? Ja, er ist tot. Haben Sie ihn auch umgefahren wie die Frau?«

»Ich sterbe«, wiederholte Barton Reed dumpf. »Es gibt keine Hoffnung.«

»Es gibt immer Hoffnung.«

Er drehte den Kopf weg.

Da er offenbar nicht über Jack Gilkey oder Doug Portman sprechen wollte, sagte ich munter: »Sie sind ein ausgezeichneter Snowboarder. Vielleicht, wenn es Ihnen besser ...«

»Sie würde es in der Halfpipe nicht mehr schaffen. Sagte, sie war verletzt, aber das war ... Quatsch. Hatte nur Schiss.«

Ich war klug genug, um nicht zum dritten Mal *Wer?* zu fragen. Statt dessen beschloss ich, die Rogers-Technik zu versuchen – das war eines der wenigen Dinge, an die ich mich von meinem hauptsächlich nutzlosen Psychologiestudium erinnerte. Der berühmte Psychiater Carl Rogers hatte empfohlen, immer das zu wiederholen, was der Patient sagt, und abzuwarten, wohin das führt. Ich wiederholte pflichtbewusst: »Sie sagte, sie war verletzt.«

»Sie war die Beste. Verletzte sich. Wollte berühmt sein. Hat es nie geschafft.«

»Hat es nie geschafft.«

»Ist hier drin ein Echo?« Barton wandte sich vom Fenster ab und richtete sein gutes Auge auf mich. Ein verwirrter Ausdruck zeichnete sein Gesicht. »Ist er tot? Ich muss das wissen.«

Ich faltete meine Hände und überlegte, was ich sagen sollte. Barton Reed war vollkommen durcheinander. Er war überzeugt, auf der Schwelle des Todes zu stehen. Er hungerte nach Information oder Absolution oder irgendwas, und ich hatte keine Ahnung, wie ich ihm das, was er sich wünschte, bieten konnte.

Er stöhnte. »Sind Sie von der Kirche?«, wiederholte er.

»Ja.«

Ich nahm seine bandagierte Hand in meine. *Egal wie, gebt, was ihr habt,* hatten Rorry und ich unseren Sonntagsschülern immer eingeschärft. Gott kann aus zwei Fischen und fünf Laib Brot ein Festmahl machen und Gott steht einem auch bei, wenn man mit einem verwirrten Kriminellen, der körperlichen und seelischen Schmerz empfindet, betet.

»Vater unser«, begann ich; er sprach fast das ganze Gebet mit mir. Als wir fertig waren, schlief er ein und ich war kein bisschen schlauer. Ich wusste nicht, wer »er« war, nach dem er so eindringlich gefragt hatte: *Ist er tot?* Ich nahm mir vor, am nächsten Tag wiederzukommen und ihm noch einen Besuch abzustatten. Vielleicht war er dann mehr bei Verstand.

Aber ein zweiter Besuch war nicht mehr möglich. Am nächsten Morgen erhielten Tom und ich einen Anruf: Barton Reed war in der Nacht an Herzversagen gestorben.

Kapitel 19

Nach dem Anruf betete ich an diesem Donnerstagmorgen für Barton Reed. Dann klärte ich mein Bewusstsein und machte meine Yoga-Übungen, bevor ich unter die Dusche ging. Ich konnte mich auf nichts konzentrieren. Immer und immer wieder sah ich Barton Reed vor mir, wie er gebeugt den Hang herunterschoss und Eileen umfuhr. Am Abend zuvor hatte ich Eileen nicht sehen dürfen. Der Arzt hatte Todd gesagt, seiner Mutter ginge es schon wieder so gut, dass sie heute wahrscheinlich von der Intensivstation auf eine normale Station verlegt werden konnte. Todd war niedergeschlagen und verängstigt gewesen, als er mit zu uns nach Hause gefahren war. Er hatte die Nacht in Archs Zimmer, in Julians altem Bett verbracht.

Jack Gilkey – mit roten, verschwollenen Augen – hatte uns erklärt, dass *er* die Nacht über im Krankenhaus bleiben würde. Er bat Tom, im Bistro anzurufen, damit ein anderer seine Schicht am nächsten Tag übernehmen konnte. Bevor wir gingen, nahm sich die spanisch sprechende Familie des armen Jack an. Sie erzählten, dass der Großvater ihres Clans einen Autounfall gehabt hatte und sie auch die Nacht im Warteraum verbringen würden. Diego bot Jack scharfe, selbstgemachte Tamales an. Als ich mich verabschiedete, hielt Jack ein Tamale in der einen und ein Dos Equis in der anderen Hand.

Als ich mich jetzt abtrocknete, fragte ich mich, wie es ihm ging. Auf einer Couch zu schlafen, erschien einem immer bequem, bis man sechs oder acht Stunden dort gelegen hatte. Ich schlüpfte in warme Kleider und ging hinunter in die Küche. Tom brütete über einem Klempner-Handbuch, legte es aber weg, als er mich sah, und bereitete für mich einen doppelten Espresso mit einem Klecks Schlagsahne zu. Ich trank ihn und schaute aus dem Erkerfenster meiner nicht mehr kommerziellen Küche. Zu viel hatte sich ereignet. Zu viele Menschen waren verletzt worden. Kein Lichtstreifen schimmerte am Horizont. Draußen hatte während der Nacht Schneefall eingesetzt, als wollte das Wetter meine trübe Stimmung aufgreifen, und ich erkannte keine Anzeichen dafür, dass es sich aufhellen würde.

»Ich bringe die Jungs zur Schule«, verkündete Tom. »Sie wollen vorher bei McDonald's frühstücken. Soll ich dir was mitbringen?«

»Nein, danke. Wollen sie *wirklich* außer Haus frühstükken? Ich muss für die Aufzeichnung der Sendung heute Nachmittag ein paar Gerichte zusammenstellen und ich kann ihnen in etwa einer halben Stunde etwas Gutes anbieten...«

Tom berührte meine Schulter. »Todd will nicht herumsitzen. Er hat den Arzt gebeten, ihn in der Schule anzurufen, wenn ein Notfall eintritt.« Tom lächelte schelmisch. »Und beide Jungs sind scharf darauf, ihre Gedichte aufzusagen, damit sie ihre Weihnachtsfeier genießen können. Nichts lockt mehr als Weihnachtsplätzchen.«

»O Gott!«, rief ich. »Ich habe vergessen, etwas zu backen...«

Tom nahm einen mit Folie abgedeckten Teller von der Marmorplatte und hob eine Ecke der Folie hoch. Darunter lagen knusprige, mit getrockneten Kirschen, gerösteten

Mandeln und dunklen Schokoladestreuseln verzierte Schokoladenplätzchen.

»Was um alles ...«

»Miss G., du wolltest doch, dass dein Rezept ausprobiert wird, oder? Nachdem ich die Rohre installiert hatte ...

»Tom! *Du* hast die gebacken?«

»Ja, du ungläubiger Thomas.« In diesem Moment stürmten die Jungs in die Küche und berichteten, dass sie die Tiere gefüttert hatten. Sie verlangten nach Frühstücks-Burritos. Todd und Arch schien es besser zu gehen; offenbar machten sie sich gegenseitig Mut und steigerten sich in die Begeisterung über die bevorstehenden Ferien hinein. Sie wollten nicht über Eileens Zustand reden und baten mich lediglich, ihnen für ihr Gedicht die Daumen zu halten. Ich versprach, dass ich an sie denken würde.

Tom legte zwei Plätzchen auf einen kleinen Teller und stellte ihn neben meinen Espresso. Die knusprige Mandel, die Kirsche und die köstliche Schokolade weckten meine Lebensgeister. Ich beschloss, das geplante Fernsehmenu »Energiefrühstück« zu nennen. Gebratene Speckscheiben, eisgekühlter Vanillejoghurt und frischer Obstsalat passten perfekt zu den Getreideprodukten, die ich vorstellen wollte – den leckeren Schweizer Haferbrei und ein selbstgebackenes Brot. Um halb acht rief ich den Frühaufsteher Julian an und er fühlte sich sehr geschmeichelt, weil ich ihn bat, mir sein neues Rezept für das Fünf-Korn-Brot zu faxen. Ich bedankte mich bei ihm, dann setzte ich Hefe an und maß die Getreidesorten ab. In den Haferbrei gehörten eine Orange, indonesischer Zimt und getrocknete Kirschen.

Um Viertel nach neun summte ich vor mich hin – ein sicheres Zeichen dafür, dass mich das Kochen wieder einmal in die Lage versetzt hatte, mein Leben in die richtige Perspektive zu rücken. Mir fiel auf, dass ich noch eine halbe Stunde Zeit hatte, bis Arch und Todd ihren Vortrag begannen. Ich sah nach, ob der Brotteig richtig aufgegangen war, und schickte den Jungs aufmunternde Gedanken.

Das Telefon klingelte. Aus Angst, dass es die Klinik sein könnte, nahm ich ab, ehe der Anrufbeantworter ansprang. Es war niemand vom Krankenhaus, sondern Boots Faraday.

»Hören Sie, Goldy«, sagte sie ohne Vorrede, »Arthur Wakefield findet, dass ich mich bei Ihnen entschuldigen muss.«

»Was?«

»Arthur ist ein alter Freund und er wollte keinen Schaden anrichten, als er den Artikel über Sie in die Zeitung gesetzt hat.« Sie machte eine Pause und kämpfte, wie ich vermutete, um den angemessen zerknirschten Tonfall. »Ich ... ich habe das von Ihrer Freundin Eileen Druckman und diesem schrecklichen Barton Reed gehört. Und Sie waren dabei, als es passierte.«

Warum rief sie mich an? Nun, vielleicht wollte sie gestehen, dass sie die schlechten Kritiken dazu getrieben hatten, Doug Portman umzubringen.

»Da ist etwas, was ich Ihnen nicht erzählt habe«, fuhr Boots fort. »Ich ... ich weiß nicht, ob es relevant ist. Aber ... ich habe beschlossen, es Ihnen trotzdem zu sagen. Es spielt jetzt ohnehin keine Rolle mehr.« Sie atmete bebend durch. »Ich weiß, was Nate an dem Tag, an dem er starb, vorhatte. Er war nicht den Luchsen auf der Spur. Das war die Geschichte, die ich nach seiner Anweisung verbreiten sollte, wenn er jemals erwischt wird.«

»Erwischt? Wobei?«

»Dass er in den gesperrten Gebieten von Killdeer filmt. Er ... er glaubte natürlich nicht, dass er dabei ums Leben kommen würde.« Sie seufzte. »Er versuchte, Geld zu verdienen, bevor das Baby geboren wurde. Er drehte ein Sport-Video.«

»Ein *was*?«

»Einen Sportfilm – haben Sie noch nie einen gesehen? Sie können sie sich in Sportkanälen anschauen. Am beliebtesten in dieser Gegend sind extreme Snowboard-Videos. Sie zeigen Boarder, die von Felsen springen, sich drehen und so weiter. Snowboarder, die ihr Leben für eine Abfahrt riskieren.«

»O ja«, sagte ich und dachte an den Bildschirm in Cindas Laden. »Aber ... wie konnte er hoffen, damit Geld zu machen?«

Sie lachte über meine Naivität. »Das *große* Geld. Die guten Filme kann man für fünfzig- bis hunderttausend Dollar verkaufen. Für die ganz Tollen bekommt man zweihundertfünfzigtausend bis eine halbe Million.«

»Sie machen Witze!«

»Nein. Nate hat mit einem Verleiher, einem Freund und Kunden von mir, gesprochen. Der Verleiher wollte einen Rohschnitt von einem extremen Snowboardfilm sehen. Aber Nate wollte Rorrys Hoffnungen nicht hochschrauben, also bat er mich, niemandem etwas davon zu erzählen.«

»War Barton Reed der Snowboarder, der bei ihm war?«

»Ich ... weiß es nicht.«

»Waren Sie die Snowboarderin?«

Sie stöhnte. »Selbstverständlich nicht. Ich gehöre nicht zu den Typen, die waghalsige Dinge tun. Das schließt übrigens auch das Abenteuer, mit verheirateten Männern zu schlafen, mit ein – das nur für den Fall, dass Rorry Ihnen ihren paranoiden Quatsch aufgetischt hat.«

»Warum erzählen Sie mir das alles?«

»Hören Sie«, erwiderte sie schroff, »ich habe drei Jahre lang versucht, Nates Ruf, ein braver Junge zu sein, zu schützen. Meinen Sie nicht auch, dass es besser klingt, wenn man sagt, er ist auf der Spur der Luchse gestorben, statt bei dem Versuch, extra Kohle zu machen? Aber ich möchte, dass Sie die Wahrheit kennen, obwohl ich nicht weiß, ob das alles irgendwie mit Ihren Problemen in Zusammenhang steht.«

Oder mit deinen Problemen, dachte ich – zum Beispiel mit meinem Verdacht, dass du die Lawine ausgelöst und deshalb drei Jahre lang gelogen hast. Nach einem Moment fragte ich. »Kannten Nate oder Rorry Doug Portman?«

»Nate wusste durch die Künstlervereinigung von Portman. Ich weiß nicht, ob Rorry Portman kannte oder nicht. Ich wollte nur, dass Sie die Wahrheit über Nate erfahren. Weil Arthur mich gebeten hat, mit Ihnen zu reden«, setzte sie förmlich hinzu. »Und Arthur ist ein guter Freund.«

»Danke, Boots.« Ich erkundigte mich nicht: *Und ist das die Wahrheit?* oder *Ist Arthur vielleicht zufällig mehr als ein guter Freund?* Ich sagte nur: »Über Doug Portman wissen Sie nicht mehr, oder?«

»Nur, dass er ein richtiges Kunstwerk nicht erkannt hätte, wenn man ihn mit der Nase darauf gestoßen hätte.« Sie knallte den Hörer auf, bevor ich einen Kommentar dazu abgeben konnte.

Ich schob das Brot in den Ofen, stellte die Zeituhr ein und kochte etwas von dem Zimt-Orangen-Haferbrei, um ihn zu probieren. Ich aß einen Bissen davon mit einer Kirsche. Himmlisch. Ich wollte die ganze Portion aufessen, als das Telefon wieder klingelte. Boots, der noch mehr Wahrheiten eingefallen waren, nahm ich an.

»Ich höre, Sie versuchen immer noch, in Killdeer herumzuschnüffeln«, ertönte die rauhe Stimme von »Reggie Dawson«.

Ich explodierte. Genug war genug. »Wer sind Sie? Sie sind kein Journalist. Das habe ich überprüft. Was wollen Sie?«

»Wenn Sie nicht möchten, dass Ihrem Sohn etwas zustößt,

sollten Sie ab jetzt lieber in Vail Ski fahren, Caterer. Hören Sie auf, sich wichtig zu machen.«

»Sie lassen meine Familie in Ruhe!«, brüllte ich, aber der Anrufer hatte bereits aufgelegt. Ich drückte auf ein paar Tasten, um die Nummer des Anrufers herauszufinden. Ich betete, dass der Zentralcomputer der Telefongesellschaft das Gespräch registriert hatte. Dann rief ich Toms Voice-Mail an und berichtete ihm, dass ich wieder einen Drohanruf erhalten hatte. Ich bat ihn, das Telefonat zurückverfolgen zu lassen.

Meine Nerven vibrierten, als ich die Nummer der Elk Park Schule wählte. Ja, versicherte man mir. Arch Korman und Todd Druckman waren gesund und munter. Kein Eindringling hatte versucht, in die Schule zu kommen, erklärte mir die Telefonistin, das wäre auch schwer möglich bei all den Videokameras, die im Sommer zur allgemeinen Sicherheit installiert worden waren. Aber als sie die Angst in meiner Stimme hörte, bat sie mich, in der Leitung zu bleiben, bis sie nachgesehen hatte, wo genau sich Arch derzeit aufhielt. Als sie zurückkam, sagte sie, Arch und Todd würden gerade in den Englisch-Unterricht gehen. »O ja«, erwiderte ich ganz benommen vor Erleichterung. Der Gedichtvortrag stand in einer Viertelstunde an. Ich bedankte mich bei der Telefonistin und legte auf.

Der tröstliche, heimelige Geruch nach frisch gebackenem Brot wehte durch die Küche. Draußen schneite es. Arch war in Sicherheit, und Tom würde den Drohanrufer ausfindig machen. Und ihn schnappen.

Um Viertel vor zehn drückte ich die Daumen für die beiden Jungs. Ich versuchte, Arch telepathisch den Rat zu übermitteln, nur die Kinder anzuschauen, von denen er wusste, dass sie *nicht* lachen würden. Ich stellte ihn mir bildlich vor, wie er selbstbewusst vor der Klasse stand und laut und deutlich seine Strophen aufsagte ... Ich starrte hinaus auf den fallenden Schnee ... Moment mal!

Ich hatte unzählige Male gehört, dass eine Lawine als »tödliche Flut« bezeichnet wurde. Eine Woge aus Schnee, die den Berg herunterkommt.

Ich dachte an Archs Physik-Experiment. Das meiste von dem Zuckerguss hatte sich auf dem Kuchenblech verteilt, aber einige Tropfen waren weggespritzt. Das war auch im Krankenhaus passiert, als Diego ein Stück davon ins Auge gesprungen war. Das ist Quantenmechanik. Oder Quantenphysik, wenn Ihnen das lieber ist.

Er hat ein Sport-Video gedreht, hatte Boots gesagt.

Seine Kamera wurde zusammen mit dem Fernseher gestohlen, hatte Rorry behauptet. Aber man hatte nur den Fernsehapparat wiedergefunden.

Bei der »tödlichen Flut« der Lawine waren vielleicht einige Gegenstände – einer im Besonderen – dem Muster gefolgt, das man bei der Quantenphysik beobachten kann, und weit weg geflogen.

Ich wählte die Hauptnummer von Killdeer. Nach einer Ewigkeit, in der ich abgefragt wurde, was ich wollte und immer die Eins oder die Zwei zur Antwort drücken musste, wurde ich endlich mit einer Frau vom Killdeer Sicherheitsdienst verbunden.

»Ich rufe wegen eines verlorengegangenen Gegenstands an«, begann ich.

»Ich schalte mich in das Programm für verlorene und gefundene Gegenstände ein«, sagte sie freundlich. Ich hörte, wie sie etwas auf der Computertastatur tippte. »Wie lange ist der Gegenstand schon verloren?«

»Drei Jahre.«

Sie lachte. »Wir behalten die Sachen nur sechs Tage, Ma'am. Dann werden sie bei einer Polizeiauktion verkauft oder gehen an ein Heim. Tut mir Leid.«

»Warten Sie«, rief ich. »Ich habe noch eine andere Frage.

Was wird aus all den Sachen, die eine Lawine mitgerissen hat und später gefunden werden? Sie wissen schon, abgesehen von Steinen und Holz. Sagen wir, eine Person geriet in eine Lawine, aber man findet nur die Leiche, nicht die Skier. Finden Sie jemals Skier? Im Frühling vielleicht?«

»Hmm.« Die Ärmste versuchte so zu tun, als würde sie ernsthaft über meine Frage nachdenken, aber ihr Ton verriet, dass sie mich für verrückt hielt. »Na ja ...«

»Hören Sie«, sagte ich geduldig. »Die Lawine geht nieder und reißt, sagen wir mal, ein Haus mit. Liegen dann die Ziegel und die Möbel am Fuß des Berges? Wie und wann räumen Sie den Abfall weg, den eine Lawine hinterläßt?«

»Eine Lawine verstreut derlei Dinge im ganzen betroffenen Gelände.«

»Und wie wird der Abfall weggeschafft?«, beharrte ich. »Ich meine, nicht nur nach einem Lawinenabgang, sondern im gesamten Skigebiet.«

Sie seufzte. »Wenn unsere Jungs von der Wartung die Hänge im Frühling pflegen, nehmen sie alles mit, was sie finden. Brieftaschen, Schmuck, Mützen, Handschuhe – egal, was. Diese Dinge bewahren wir sechzig Tage in unserer Fundstelle auf. Sie erwähnten eine Lawine. Wo ist sie niedergegangen?«

»Im Elk Valley. Vor drei Jahren.«

Ihre Stimme wurde abweisender. »Ich verstehe.« Nach kurzem Schweigen fuhr sie fort: »Das Elk Valley ist im Winter ein gesperrtes Gebiet, aber im Sommer gibt es dort einen Wanderweg. Jedes Jahr, bevor der Weg freigegeben wird, säubert unser Team das Tal. Die Sachen, die sie dort aufstöbern, landen in der Fundstelle. Dort bleiben sie sechzig Tage. *Alle* Gegenstände werden in eine Liste eingetragen und wieder ausgetragen, wenn sie für wohltätige Zwecke weitergegeben werden.« Unsicher fügte sie hinzu: »Es sei denn, es handelt sich um etwas sehr Wertvolles. Schmuck bleibt länger in unserem Safe. Etwa ein Jahr.«

»Und wie lange gehen Ihre Listen zurück?«

»Fünf Jahre.«

»Können Sie in Ihrem Computer nach einem ganz bestimmten Eintrag suchen?«, fragte ich und mein Herz fing an zu rasen. »Ich suche nach einer ...« Was hatte Rorry gesagt? »Einer Sony VX-Eintausend. Das ist eine Videokamera.« *Quantenmechanik*, rief ich mir ins Gedächtnis. Die Kamera könnte überall gelandet und irgendwann gefunden worden sein. »Vielleicht ist sie ja im Laufe der letzten drei Jahre aufgetaucht. Falls sie weggegeben oder bei einer Polizeiauktion verkauft wurde, könnte ich ihre Spur verfolgen. Ich muss nur wissen, ob Sie sie *jemals* hatten.«

Sie tippte. »Okay ... vor drei Jahren war nichts.« Wieder tippte sie. »Im letzten Jahr auch nicht.« Sie schwieg eine Weile und tippte weiter. »Hmm«, machte sie gedehnt. »Wie wär's damit?«

»Womit?«

»Unsere Arbeiter haben im September in dem neuen Skigebiet Bäume gefällt. Sie fanden eine Kamera in der dazugehörenden Tasche unter einem Baum. Sie wurde hier abgegeben.«

»Ist es eine Sony ...?«

Sie ließ mich nicht ausreden. »Also gehört sie Ihnen? Wurden Sie von einer Lawine erfasst?«

»Ich ... ich ... das ist doch nach dieser langen Zeit nicht mehr wichtig, oder?«

»Doch. Auf der Tasche befinden sich Initialen. Können Sie sie mir nennen?«

Das Herz klopfte mir bis zum Hals. »*N.B.*«

Sie sagte: »Ja. Sind Sie das?«

»Nein. Es war Nate Bullocks Kamera. Er kam in der Lawine ums Leben.«

»Okay«, sagte sie unbekümmert. »Bringen Sie Ihren Ausweis mit, damit wir überprüfen können, ob Sie eine Angehörige sind. Sie können die Kamera täglich zwischen neun und vier Uhr hier abholen.« Sie hängte ein.

Meine Haut war eiskalt. *Bringen Sie Ihren Ausweis mit, damit wir überprüfen können, ob Sie eine Angehörige sind.* Ich versuchte, Tom zu erreichen, aber die Funkverbindung zu seinem Handy kam nicht zustande. Selbst wenn ich die Leute von der Fundstelle irgendwie beschwatzen könnte, mir die Kamera auszuhändigen, würde sie nach dieser langen Zeit überhaupt noch funktionieren? ... Julian! Julian kannte sich in solchen Dingen aus, schließlich hatte er einen Filmkurs belegt. Ich fasste wieder nach dem Hörer.

»Hey!«, rief Julian. »Zweimal an einem Morgen. Wie ist das Brot geworden?«

Ich schaltete das Licht im Backofen ein und betrachtete den aufgegangenen goldgelben Laib. »Es ist fast fertig. Und der Duft ist himmlisch.«

»Prima«, sagte er zufrieden.

»Hör zu«, bat ich. »Ich habe eine ganz andere Frage an dich – es geht um eine Videokamera.«

»Schieß los«, sagte er und lachte.

»Eine Kamera lag drei Jahre im Freien, allerdings steckte sie in einer Tasche. Und meine Frage ist, ob Kassetten, die sich so lange Zeit in der Kamera oder in der Tasche befanden, noch brauchbar sind.«

»Mann, Goldy – erst das Brot, jetzt alte Kameras. Dir fällt wirklich immer was Neues ein.« Er überlegte ein paar Sekunden. »War die Tasche geschützt?«

»Sie lag unter einem Baum.«

»Moment, ich frage meinen Zimmergenossen.« Er legte

den Hörer hin und nahm ihn nach einigen Minuten wieder auf. »Okay. Der Film müsste noch in Ordnung sein, es sei denn, die Kamera ist zugerostet oder in den Apparat ist Feuchtigkeit eingedrungen. Die Kälte an sich dürfte nichts ausmachen. In Colorado bewahren einige Leute ihre Kameras in Garagen auf – vielleicht wollen sie sie frisch halten. Aber ... warum willst du das alles wissen? Hast du vor, eine Kochsendung im Schnee zu drehen?«

»Ich erzähle dir alles, wenn du zu Weihnachten hier bist.«

Er lachte wieder. »Auch gut.«

Ich legte auf und dachte nach. Ich musste beweisen, dass ich eine Angehörige von Nate war. Ich wählte die Nummer von Rorrys Wohnwagen. Sie nahm ab, ließ aber offenbar den Hörer fallen, dann fauchte sie heiser und verschlafen: »Wer immer Sie auch sind, Sie sollten einen *sehr guten* Grund dafür haben, dass Sie mich wecken.«

Ich nannte meinen Namen und entschuldigte mich überschwänglich. Natürlich war es ärgerlich, wenn man nach einer Doppelschicht, die auch die Nacht einschloss, geweckt wurde.

»Ist schon okay«, erwiderte sie missmutig. »Goldy, ich bin froh, dass du anrufst. Ich hab ein Stück von deiner Lasagne in der Mikrowelle heiß gemacht. Fantastisch! Dem Baby hat es so gut geschmeckt, dass es in meinem Bauch richtige Freudentänze aufgeführt hat. Ich dachte, die Wehen würden einsetzen.«

Ich lachte, dann fragte ich ernst: »Rorry, könnte ich heute Nachmittag bei dir vorbeikommen? Ich habe vielleicht einige Antworten auf deine Fragen über Nate. Aber ... zuerst musst du in der Killdeer Fundstelle Nates Kamera abholen.«

»Man hat seine *Kamera* gefunden? Sie liegt nach *drei Jahren* in der Fundstelle?«

»Im Herbst haben Arbeiter im Erweiterungsgebiet die Kamera unter einem Baum gefunden und abgegeben. Da es ein Wertgegenstand ist, wurde sie bis jetzt aufbewahrt.«

»Ich ... ich kann das nicht.«

»Bitte, Rorry.« Ich versuchte, beruhigend auf sie einzureden. »Bitte, hör mir zu. Du musst gar nichts mit der Kamera tun. Aber *ich* brauche sie, weil ich das Band sehen möchte, das Nate als Letztes aufgenommen hat.« Da sie schwieg, fuhr ich fort: »Vier Menschen sind nach Unfällen in diesem Skigebiet gestorben. Nate, Fiona Wakefield, Doug Portman und jetzt auch Barton Reed ...«

»Der Snowboarder? Der Typ, der im Gefängnis saß?«

»Er starb letzte Nacht im Lutheran an Herzversagen. Er war in einen schrecklichen Unfall mit dem Snowboard verwickelt.«

»Aber wie kann ein Video, das drei Jahre alt ist, irgendwelche Hinweise geben?«

»Ich weiß nicht, ob es Hinweise enthält«, gestand ich. »Aber jedes Mal, wenn ich versuche dahinterzukommen, was eigentlich vor sich geht, tauchen Fragen nach dem auf, was an Nates Todestag geschehen ist ...«

»Hast du herausgefunden, wer seine Freundin war?« unterbrach sie mich.

»Nein. Wenn er überhaupt eine hatte. Aber ich habe erfahren, dass er ein Sport-Video drehen wollte.«

»Ein Sport-Video? Wovon sprichst du überhaupt?«

»Ich weiß selbst nicht genau ...«

»Ich bin nicht sicher, ob ich mir diesen Film anschauen will«, fiel sie mir ins Wort. »Ich meine, wenn überhaupt noch was zu sehen ist. Nicht so kurz vor der Geburt ... Es ist, als würde ich Nate heute noch nachspionieren – meinem toten Ehemann. Ich kann das nicht.«

»Rorry. Bitte. Es ist wichtig. Ich kannte Doug Portman und

wollte ihn nach der Spendenveranstaltung treffen und deshalb stellen mir jetzt alle möglichen Leute hässliche Fragen. Möglicherweise kann ich mein Unternehmen nie wieder eröffnen, wenn ich nicht aufdecke, was hinter all dem steckt – was in Killdeer *noch immer* vor sich geht. Mein Unternehmen aufzugeben ist nicht so schlimm wie das, was du durchgemacht hast, als Nate starb, aber es tut auch sehr weh. Und ich muss auch an ein Kind denken.« Sie stöhnte, aber ich ließ mich nicht beirren. »Du brauchst nur mit mir zur Fundstelle zu gehen und die Herausgabe der Kamera zu verlangen. Den Rest übernehme ich. Du musst dir den Film nicht ansehen.«

Sie schwieg und mir sank der Mut. Bestimmt würde sie mir die Bitte abschlagen.

»Okay«, sagte sie zu meinem Erstaunen. »Wann bist du hier?«

Ich versprach ihr, gegen ein Uhr bei ihr zu sein, dann könnten wir zusammen zur Fundstelle fahren. Ich erinnerte mich an den Zustand ihres Autos und erklärte, dass ich sie anschließend zur Arbeit fahren würde.

»Du zeichnest die PBS-Show um vier auf?«, fragte sie.

»Ja, der Termin wurde vorverlegt wegen des Heiligen Abends. Aber ich muss nicht vor halb vier im Bistro sein.«

»Warum übernachtest du anschließend nicht hier? Dann müsstest du so spät abends nicht mehr nach Aspen Meadow fahren. Du könntest dir das Video ansehen und mich dann zu meiner Schicht, die um vier anfängt und um zwölf endet, fahren. Ich habe jemanden, der mich nachts nach Hause bringt. Du machst deine Sendung und kommst danach hierher. Du hättest den Wohnwagen für dich allein, bis ich um Mitternacht Feierabend habe.« Sie holte Luft. »Es sei denn natürlich, du willst nicht in meinem schäbigen Wohnwagen übernachten.

Ich schluckte und dachte an »Reggie Dawson«. Es störte mich nicht, im Wohnwagen zu schlafen, aber ich machte mir Sorgen um Arch. Und dann musste ich noch vor dem Heiligen Abend so viel vorbereiten. Aber Rorry tat Gesellschaft bestimmt gut, besonders so kurz vor den Feiertagen. Wenn Tom sich bereit erklärte, Arch nicht aus den Augen zu lassen, würde ich bei Rorry bleiben. Ich konnte morgen bei Tagesanbruch losfahren und früh genug zu Hause sein, um den Truthahn aufzutauen und die Strümpfe zu füllen, die wir immer am Kamin aufhängten. »Ich würde sehr gern bei dir übernachten. Danke. Wir sehen uns also um eins.«

Ich hinterließ eine Nachricht auf Arthurs Anrufbeantworter und teilte ihm mit, was auf dem Menü-Insert stehen und welche Vorbereitungen getroffen werden mussten. *Alles ganz problemlos,* versicherte ich ihm zum Schluss. *Also dann, bis halb vier.*

Es würde ein anstrengender Tag werden und ganz bestimmt hatte ich keine Zeit, etwas Anständiges zu Mittag zu essen, deshalb bereitete ich Sandwiches mit Erdnussbutter und Kirschgelee für Rorry und mich. Wenn das Baby die Lasagne gemocht hatte, dann würde es bei den Sandwiches ausflippen. Während ich den Proviant in Butterbrotpapier verpackte, wählte ich Toms Nummer. War er mittlerweile im Sheriff's Department eingetroffen? Hatte er eine Besprechung? ... Ein Wunder geschah, er meldete sich persönlich.

»Hey, Miss G., ich wollte dich gerade anrufen. Keine Panik. Also, ich habe die Jungs abgeliefert und es ist alles in Ordnung mit ihnen. Außerdem hab ich im Lutheran angerufen. Eileen geht es schon viel besser. Sie haben sie in ein eigenes Krankenzimmer gebracht und sagen, dass sie sich gut erholt. Die Krankenschwester erzählte mir, dass Jack die Klinik schließlich verlassen hat und nach Killdeer zurückgefahren ist«, setzte er hinzu. »Also schläft er nicht mehr auf der Couch im Warteraum. Und was diese seltsamen anonymen Anrufe betrifft: Sie kommen von einer Telefonzelle in Killdeer, wie mir unsere Jungs berichten.«

Verdammt. Ich erzählte ihm von meinem Vorhaben, die Sendung aufzuzeichnen und danach die Nacht über bei Rorry zu bleiben. In Anbetracht des Wetters hielt Tom das für eine blendende Idee. Und ja, er würde Arch und Todd abholen und er würde sie keinen Moment aus den Augen lassen, bis ich nach Hause kam.

Ich berichtete Tom außerdem von meiner Entdeckung – bei der Fundstelle in Killdeer. Er tippte mit einem Stift gegen den Hörer – das *Klick, Klick, Klick* klang nicht unbedingt nach Anerkennung.

»Was ist?«, hakte ich nach. »Ich bringe dir die Kamera, die Tasche und was immer drin ist gleich morgen.«

»Ich überlege, ob der Film als Beweisstück gewertet werden könnte. Wenn ja, dann solltest du die Finger davon lassen.«

»Falls es ein Beweis für eine strafbare Handlung oder irgendwas sein sollte, dann hast du ihn morgen früh in den Händen. Aber ich bin diejenige, der man anonym Zeitungsartikel über die Todesfälle hinterlegt hat, und *ich* bekomme Drohanrufe. Ich habe mehr Anspruch als du, herauszufinden, was sich in Wirklichkeit abspielt.«

»Und ich habe die Pflicht, meine Frau zu beschützen. Zählt das gar nicht?«

»Hör mal, Tom, ich tue nichts weiter, als mir den Film anzusehen, falls es überhaupt einen Film gibt. Dann mache ich die Sendung und komme morgen in aller Herrgottsfrühe heim.«

Seine Besorgnis war nicht zu überhören. »Ist heute jemand die ganze Zeit bei dir, dem du trauen kannst?«

»Ich bin erst bei Rorry, dann mit den PBS-Leuten zusammen, danach fahre ich zurück zu Rorry. Und morgen komme ich nach Hause.«

»Sieh zu, dass dich jemand nach der Show zum Rover begleitet. *Nicht* dieser Weinexperte, er ist vielleicht dahintergekommen, dass du das Ticket gefunden hast, das er aus Portmans Wohnung gestohlen hat. Ruf mich in dem Moment an, in dem du in Rorrys Wohnwagen bist. Und verschließ alle Türen.«

»Tom, es ist ein Wohnwagen. Da gibt es nur eine Tür. Und es ist ein Skiort, nicht eine gefährliche Stadt!«

»In der vergangenen Woche sind im Skiort Killdeer mehr ungeklärte Unfälle mit Todesfolge passiert als im berüchtigtsten Viertel in Denver.«

Ich sagte: »Das ist mal eine richtig wohltuende Statistik.«

Kapitel 20

Windböen wirbelten Schnee an die Windschutzscheibe, als ich Aspen Meadow hinter mir ließ. Ich fuhr ganz langsam. Wegen seiner Höhe schwankte der Rover bei jedem Windstoß. An der abschüssigen Stelle vor dem Eisenhower-Tunnel tauchte plötzlich ein quietschender Lastzug vor mir auf, und ich trat auf die Bremse. Der Rover schlingerte, stieß gegen den Randstein, und der Motor starb ab.

Ich ließ den Motor wieder an und überlegte, ob die Gondel in Killdeer überhaupt bei dem Wind und dem Schnee fahren würde. Aber als ich aus dem Tunnel fuhr, ließ der Wind nach, und dicke Schneeflocken rieselten sanft vom Himmel.

Rorry hielt am Fenster des Wohnwagens nach mir Ausschau. Sie kam die Stufen herunter und watschelte durch das Schneetreiben zum Rover. Sie trug einen rosafarbenen mit Pelz gefütterten, sehr weiten Skianzug. Sie sah aus wie ein Osterhase.

»Ich will die Sache so schnell wie möglich hinter mich bringen«, sagte sie bitter, als sie sich auf den Beifahrersitz setzte und die Tür zuschlug.

»Die Schwangerschaft oder das Abholen der Kamera?«

»Beides.«

»Kopf hoch. Ich habe dir Sandwiches mitgebracht.«

Wir mampften die Sandwiches und tranken Wasser aus der

Flasche, während ich vorsichtig zur Talstation fuhr. Da es nach wie vor heftig schneite, parkte ich so nah wie möglich an den Häusern. Das war das Mindeste, was ich für Rorry tun konnte, die schwerfällig die Ladenstraße entlang ging und bei Cinda halt machte, um die Toilette zu benutzen.

Ein plötzlicher Sturm trieb die meisten Skifahrer nach Hause oder in die Cafés, wo sie sich bei einem Tequila oder einer heißen Schokolade labten – nur die hartgesottensten ließen sich nicht von dem schlechten Wetter beeindrucken. Cindas Café war gerammelt voll. Die Leute tranken und sahen sich dabei eines von Warren Millers Extrem-Ski-Videos an. Cinda, deren Haarfarbe gut zu Rorrys Skianzug gepasst hätte, bot uns einen Wiener Kaffee mit einem Schuss Rum an.

»Oder mit Rum-Aroma«, sagte sie zu Rorry. »Das ist vielleicht besser für das Baby.« Rorry lehnte das Angebot ab. Ich versprach Cinda, zur Feier des Tages einen Bacardi-Kaffee – mit viel Bacardi – bei ihr zu trinken, wenn ich meine letzte Show am Nachmittag hinter mir hatte. Sie wünschte mir Hals- und Beinbruch.

Rorry und ich zeigten die Skipässe und bestiegen die Gondel. Als wir in der Luft waren, frischte der Wind bedenklich auf, und die Schneeflocken fielen wie Konfetti. Unsere Gondel zitterte und schwankte. Als der Wind ein wenig nachließ, konnte man ein paar Skifahrer und Snowboarder auf den Pisten erkennen, die sich ins Tal kämpften. Die Bäume zwischen den Pisten schimmerten weiß vom Schnee und bogen sich im Wind.

Rorrys Gesicht wirkte verzerrt, die Ringe unter ihren Augen waren dunkler und tiefer geworden. Sie wand sich auf dem kalten Metallsitz. Ich erinnerte mich nur zu gut an den letzten Monat meiner Schwangerschaft. Man hatte nicht nur gelegentlich Schmerzen, sondern fühlte sich konstant unwohl, ob beim Gehen, Stehen, Sitzen oder Schlafen. Ich konnte mir nicht einmal *vorstellen,* wie unangenehm die Fahrt mit einer wankenden Gondel in Rorrys Zustand sein musste.

Als unsere Kabine bebend zum Halten kam, stöhnte Rorry, hievte sich auf die Füße und quälte sich durch die Schiebetür. Ich hatte ein schlechtes Gewissen, weil ich sie bitten musste, bis zur Lodge zu Fuß zu gehen, um die Herausgabe von Nates Kamera zu verlangen. Am liebsten hätte ich ihr den Ausweis abgenommen, um allein zur Fundstelle zu stapfen. Vielleicht könnte ich damit durchkommen. Aber noch ehe ich den Gedanken in Worte fassen konnte, marschierte sie unbeholfen los, und ich watete durch den Neuschnee, um sie einzuholen.

Eine Horde Skifahrer drängte sich vor dem Eingang zur Lodge. Rorry drehte sich zu mir um und sah mich beunruhigt an. Ich deutete auf das Bistro. Es war vielleicht lästig, durch das Restaurant zu gehen, aber bestimmt unbeschwerlicher, als sich durch eine Menschenmasse zu drängen.

Die Gerüche im Restaurant waren verführerisch. Gebratenes Fleisch, gewürzt mit Estragon und Rosmarin, und frisch gebackenes Brot. Einige Gäste saßen vor Suppentellern, in denen sich offenbar Spargelcremesuppe mit gegrillten Krabben befand. Meine mit Erdnussbutter besänftigte Psyche heulte auf.

Mein Blick fiel als Erstes auf Jack Gilkey. Er hatte die hohe Kochmütze verwegen schief auf dem Kopf, sein hübsches Gesicht war mit einem Schweißfilm bedeckt und er stellte Teller mit der köstlichen Suppe in die Durchreiche. Ein halbes Dutzend Kellner und Serviererinnen rief ihm Bestellungen zu und hastete mit den vollen Suppentellern davon. Jack entdeckte mich, lächelte breit und deutete mit dem Daumen nach oben – die Geste bezog sich entweder auf Eileens besseren Gesundheitszustand oder auf seine Vorbereitungen für die Sendung am Nachmittag; dann teilte er weiter Essen aus.

»Du bist mit dem Küchenchef befreundet?«, erkundigte sich Rorry in gedämpftem Ton.

»Er lebt mit einer alten Freundin von mir zusammen, Eileen Druckman. Ihr gehört das Bistro.«

Rorry schnaubte angewidert. »Er ist ein *Idiot.*«

Wir gingen durch die Seitentür und den Flur zur Fundstelle. »Wie kommst du zu diesem Urteil?«

»Jack Gilkey«, erwiderte Rorry hitzig, »ist wie ein Lehrer, der nett zu den Eltern ist und die Kinder wie Dreck behandelt. Wenn er meint, dass du etwas hast, was er haben möchte, oder dass du ihm überlegen bist, ist er honigsüß. Wenn du für ihn arbeitest, bist du ein Nichts für ihn. Ein paar unserer Jungs, die die Transportbehälter ausladen, wollen nicht mehr heraufkommen, weil Gilkey *ihnen* die Schuld gab und sie anschwärzte, als er vergessen hatte, Hackfleisch für einen Tag zu bestellen. Er versuchte sogar dafür zu sorgen, dass sie gefeuert werden. Wenn Gilkey etwas vermasselt, sucht er immer nach jemandem, dem er die Hölle heiß machen kann.« Ihre Stimme klang gepresst vor Wut.

In der Fundstelle wurden wir von niemand anderem als Joe Magill begrüßt, dem unfreundlichen Sicherheitsmann, der mich nach Doug Portmans Tod mit Fragen gelöchert hatte. Rorry suchte in der Tasche ihres Osterhasen-Anzugs nach ihrer Brieftasche, während sich Magill erkundigte, was wir wünschten. Ich deutete auf das *Verloren – gefunden-*Schild und sagte, ich hätte schon angerufen wegen einer Kamera in der Tasche. Die Tasche trüge die Initialen *N.B.* Magill tippte argwöhnisch etwas in seinen Computer ein, starrte auf den Bildschirm und tippte noch etwas. Er wollte gerade etwas sagen, als Jack Gilkey den Kopf durch die Tür streckte. Er hielt einen Teller mit gegrilltem Filet mignon, Butterkartoffeln und grünen Erbsen und ein Schälchen mit Salat – Kirschtomaten und junger Mais – in den Händen. Ah!

»Hier ist dein Mittagessen, Joe«, sagte er zu Magill.

»Du bist der Beste«, erwiderte Magill und nahm die Sachen entgegen. »Das ist zu gut, um wahr zu sein.« Er funkelte uns an. *Wenn ihr beide endlich die Fliege machen würdet, könnte ich in Ruhe essen,* sagte sein Blick.

Jack wandte sich an mich. »Haben Sie die guten Neuigkeiten über Eileen gehört?« Als ich nickte, sagte er: »Ich besuche sie heute Abend. Möchten Sie mitkommen?«

»Ich kann nicht, tut mir Leid. Ich muss die Sendung machen und dann ...«

»Okay, da ist noch etwas, worüber ich mit Ihnen sprechen muss«, unterbrach er mich. »Ihr Fünf-Korn-Brotteig geht gerade auf, und ein Laib bäckt bereits. Das Getreide steht im Kühlschrank in einer grünen Plastikschüssel.« Er verzog das Gesicht. »Arthur Wakefield hat mir die Menüfolge und Zutatenliste gebracht. Er isst heute hier mit einer seiner Weinkundinnen.«

Ich dankte ihm und er zog sich eilends zurück. Zu Rorry hatte er kein Wort gesagt, nicht einmal Notiz von ihr genommen. Sie zog viel sagend eine Augenbraue hoch und signalisierte mir: *Siehst du? Ein Nichts.*

»Meine Damen«, sagte Magill mit einer Spur von Ungeduld. »Ich finde Ihre Kamera nicht in unserer Bestandsliste.«

»Das ist unmöglich! Ich habe heute Morgen mit dem Sicherheitsdienst von Killdeer telefoniert und die Auskunft erhalten, dass die Kamera verzeichnet ist.«

»Hat man Ihnen gesagt, dass sie *hier* ist«, erwiderte Magill mit übertriebener Höflichkeit, »oder könnte sie im *Safe* der Fundstelle im *Tal* liegen?«

»Mist«, brummte Rorry, als sie sich abwandte. Ich war so sauer, weil mir die Frau am Telefon nichts davon gesagt hatte, dass ich lieber den Mund hielt. *Reißt man einem Bürokraten den Kopf ab, wachsen drei andere nach.*

Am Haupteingang tummelten sich immer noch Skifahrer und es war kein Durchkommen. Das bedeutete, dass Rorry und ich denselben Weg zurückgehen mussten, den wir gekommen waren. Pech nur, dass ich Arthur Wakefield direkt in die Arme lief, als ich die Tür zum Bistro aufstieß. Und ich meine im wahrsten Sinne des Wortes *in die Arme*.

Arthur taumelte nach hinten, schaffte es aber, seinen silbernen Flachmann festzuhalten. Mein erster paranoider Gedanke war, dass er mich durch die Scheibe in der Tür beobachtet hatte und dass er schlicht und ergreifend nicht schnell genug zurückgewichen war, als ich die Tür aufstieß. Er richtete sich würdevoll wieder auf und bat uns, kurz an seinen Tisch zu kommen. Noch mehr Pech: Arthur aß mit Boots Faraday. Boots lächelte mich an und nickte Rorry linkisch zu – Rorry erstarrte bei ihrem Anblick.

»Und was treibt ihr beide hier oben? Die Vorbereitungen für die letzte Sendung? Oder habt ihr hier gegessen?« Arthur schien sich der Feindseligkeit zwischen den beiden Frauen nicht bewusst zu sein und stellte Fragen, während er den Flachmann öffnete und Weißwein in zwei Gläser goss. Ich spähte sehnsüchtig auf ihre Teller mit dem Gemüse-Strudel mit cremiger Sauce – wahrscheinlich eine Béarnaise. Arthur beugte sich zu mir, schnüffelte und rief triumphierend: »Ich rieche Erdnussbutter!« Er sah uns beide erwartungsvoll an. »Wie wär's mit einem zehn Jahre alten Grand Cru Chablis?«

Rorry stöhnte angewidert. »Ich fasse es nicht – ich bin im neunten Monat schwanger und alle bieten mir nichts anderes als *Alkohol* an.«

Boots Miene sagte: *Hab ich Sie nicht gewarnt? Diese Frau ist schwierig.* Laut sagte sie: »Haben Sie meine Nachricht erhalten, Goldy?«

»Ich habe keine Nachricht von Ihnen bekommen, ich habe nur vor ein paar Stunden mit Ihnen telefoniert...« Ich verstummte, als Boots mir einen strengen Blick zuwarf. Aha – sie erkundigte sich durch die Blume, ob ich Rorry die Geschichte erzählt hatte, dass Nate an seinem Todestag ein Extrem-Sport-Video gedreht hatte.

»Ist schon okay.« Rorrys Wangen waren gerötet und sie blitzte Boots an. »Sie brauchen Goldy keine verschlüsselten Botschaften zukommen zu lassen – ich kenne Ihre Masche von den morgendlichen Anrufen bei Nate. Damals hat einmal klingeln lassen bedeutet: *Ruf mich zurück.* Zweimal klingeln: *Wir treffen uns zum Lunch.* Er hat es mir irgendwann selbst gesagt, müssen Sie wissen.« Rorrys Ton war gereizt und zugleich triumphierend. Boots war offenbar die Spucke weggeblieben. »Er hat geschworen, dass alles ganz harmlos war. Dass Sie nur Angst vor meiner Eifersucht hätten. Wenn es wirklich so harmlos war, wie kommt's dann, dass meine Telefongesellschaft Ihre Anrufe zu einer *Telefonzelle* vor der Kunstgalerie zurückverfolgt hat? Wieso haben Sie nicht von zu Hause aus angerufen? Fürchteten Sie, ich besäße eine Vorrichtung zur Identifizierung der Anrufer?« Sie wirbelte zu Arthur herum. Erschrocken drückte er die Weinflaschen an sich. »Sind Sie verheiratet, Arthur? Boots steht auf verheiratete Männer.«

Arthurs Stimme klang schrill. »Rorry, bitte! Boots Faraday ist eine Kundin von mir!« Boots presste die Lippen zu einer dünnen Linie zusammen. Arthur schluckte, stellte die Flasche ab und runzelte die Stirn. Er wiederholte seine Frage: »Was machst du hier oben mit Rorry, Goldy?«

Zum Glück beherzigte Rorry meine inständige Bitte, niemandem etwas von der Kamera zu sagen. Ich behauptete, ich wollte nur sichergehen, dass Jack und seine Leute die letzte Show ordentlich vorbereiteten. Arthur nickte und Rorry meinte, wir müssten gehen. Auf der Gondelfahrt ins Tal hörte ich mir Rorrys endlose Beschwerden über Boots Faraday an, die, wie Rorry steif und fest behauptete, alles darangesetzt hatte, ihre Ehe zu zerstören.

»Boots hat wirklich eine hübsche Figur für eine ältere Frau«, schloss Rorry, als die Kabinentür in der Talstation aufging. »Ich dachte sogar, dass Nate einen Pornofilm mit ihr dreht und dass sie Standfotos davon für ihre blöden Collagen benutzen würde.«

»Das werden wir bald herausfinden«, bemerkte ich, als wir das Gebäude ansteuerten, das ein Schild als *Sicherheitsdienst – Büro* auswies. Wir gingen gleich zum Fundbüro. Rorry fühlte sich nicht gut und bestand darauf, sich hinzusetzen.

»Bist du in Ordnung?«, fragte ich verzweifelt.

»Ja, es ist nur diese verdammte Frau«, antwortete Rorry, während sie sich auf einem gepolsterten Stuhl niederließ. »Sie macht mich krank.«

»Gegenstand?«, fragte der Mann hinter dem Pult. Es war Hoskins! Diese Sicherheitsleute scheinen im Sechs-Tage-Rhythmus von Dienststelle zu Dienststelle zu wechseln, dachte ich. Mein Helfer vom Tag, an dem Doug Portman verunglückte, erkundigte sich, ob es mir und meinem Sohn gut ging. Ich versicherte ihm, dass wir beide wohlauf wären, aber dass meine Freundin und ich dringend seine Hilfe brauchten, weil wir etwas suchten. Hoskins fragte ernst: »Um welchen Gegenstand handelt es sich?«

»Um eine Kameratasche mit Kamera.« Rorry hob die Hand, um ihren Ausweis auf das Pult zu legen. »Mit den Initialen *N.B.* Man hat uns telefonisch mitgeteilt, dass sie im Safe liegt.«

Hoskins machte sich am Computer zu schaffen, verschwand und kam mit einer schmutzigen, verknitterten Tasche aus festem, grauem Stoff zurück, der an manchen Stellen ausgefranst war. Als Rorry die Tasche sah, schrie sie überrascht und erschrocken auf und fing an zu weinen. Verdammt, hatte ich das Falsche getan? Sie streckte die Hände aus und ich gab ihr die Tasche. Sie drückte sie an ihren riesigen Bauch, wiegte sich vor und zurück und schluchzte herzzerreißend.

»Rorry«, sagte ich sanft und kauerte mich neben ihren Stuhl. »Es tut mir Leid. Was kann ich ...«

»Soll ich einen Sanitäter rufen?«, fragte mich Hoskins. »Es scheint ihr nicht gut zu gehen.«

»Sie hat keine Wehen. Könnten Sie ihr bitte nur ein Glas Wasser holen?«

»Nimm die Kamera«, wimmerte Rorry, als Hoskins gegangen war. »Schau nach, ob die Kassette drin ist, sieh sie dir irgendwo an und dann lass uns von hier verschwinden. Für heute habe ich wirklich genug. Bitte, Goldy.«

Als Hoskins mit dem Wasser für Rorry zurückkam, fragte ich ihn, ob es in einem der anderen Büroräume einen Videorekorder gab, weil ich mir nur schnell etwas ansehen wollte. Er schüttelte den Kopf und hakte noch einmal skeptisch nach: »Sind Sie sicher, dass Ihre Freundin zurechtkommt?«

»Ja, ich denke schon. Diese Kamera gehörte ihrem verstorbenen Mann, und ... Es ist eine lange Geschichte.«

»Sie brauchen einen Videorekorder?«

»Ja.«

Hoskins deutete mit dem Kinn zu dem breiten Fenster. »Cinda hat mehrere Videos in ihrem Laden. Warum versuchen Sie's nicht bei ihr?«

Natürlich! Ich dankte ihm und ging zurück zu Rorry. Ich zog den Reißverschluss der Tasche auf und sah mir die Kamera an, die Rostflecken aufwies. Der Schriftzug *Sony* war noch zu erkennen. Ich schloss die Tasche wieder, tätschelte Rorrys Schulter und versicherte ihr, dass ich gleich wiederkommen würde.

Auf dem Weg zu Cinda merkte ich, dass der Schneefall ein wenig nachgelassen hatte. Im Café herrschte immer noch Hochbetrieb und auf dem großen Video-Bildschirm konnte man einen Wettbewerb in Freestyle-Snowboarden verfolgen, der den begeisterten Zuschauern hin und wieder ein *Ah* oder *Oh* entlockte. Ich musste schreien, um Cinda, die Milch für einen Milchkaffee aufschäumte, meine Bitte verständlich zu machen. Ob sie im Hinterzimmer noch einen Rekorder hatte, auf dem ich mir einen Film ansehen könnte?

Sie sah mich verwundert an, dann brüllte sie laut: »Klar!« und raunte dem Kellner, den ich als Ryan wiedererkannte, etwas zu. Er deutete auf eine Tür und ich kämpfte mich durch die lärmende Menge, um zu ihm zu gelangen.

»Sie brauchen Hilfe mit dem Videorekorder?«, fragte Ryan.

»Ja, meine Freundin ist schwanger und kurz vor der Niederkunft. Mein Lamaze-Lehrer hat mir vor einiger Zeit ein Geburtsvideo mitgegeben«, improvisierte ich vergnügt, »allerdings muss ich mich erst einmal vergewissern, ob es in einigermaßen gutem Zustand ist, bevor ich es ihr zeige.«

Ryan zuckte mit den Achseln, als wäre meine Lüge das Lächerlichste, was er je gehört hatte – und das war sie wahrscheinlich auch. Er schaltete den Rekorder ein, während ich mich damit abmühte, die Kamera zu öffnen – erst mit den Fingernägeln, dann mit einer Schere von Cindas Schreibtisch. Als die Klappe schließlich aufsprang, war die Schere zerbrochen.

Ryan nahm die Kassette und zeigte mir, wie Cindas Rekorder funktionierte. Zunächst war auf Nate Bullocks Band nur grellweißer Grieß. Als der Film mit der ersten Einstellung begann – man sah das mit Schnee bedeckte rustikale Schild zum Elk Valley und zum Elk Ridge –, riss ich Ryan die Fernbedienung aus der Hand und drückte auf *Stop*.

Ryan wandte sich an mich. »Lamaze in einem Skiort? Was ist das – eine ›Cliffhanger‹-Geburt?«

Ich öffnete die Tür und scheuchte ihn hinaus. »Das ist reine Frauensache. Kein Ort, an dem Sie sein möchten, Ryan.«

»Das können Sie laut sagen«, murmelte er und trollte sich.

Ich holte tief Luft und drückte auf *Play*.

Nate Bullocks leicht verfälschte, aber noch erkennbare PBS-Stimme jagte mir einen Schauer über den Rücken. Ich konnte kein Wort verstehen, aber dem Tonfall entnahm ich, dass er eine Einführung gab. Nach dem Schild kam der Weg dahinter in Sicht, als Nächstes schwenkte die Kamera auf eine Person, die ich nicht einordnen konnte. In einem Punkt hatte Rorry Recht: Es war eine Frau. Sie trug ein Snowboard unter dem Arm. Nate wechselte von einer Total- zu einer Nahaufnahme.

Ich stieß einen kleinen Schrei aus. Ein konservativer dunkelblauer, engsitzender Skianzug, kein schillerndes Outfit. Kurzes braunes Haar, keine pinkfarbene Lockenmähne. Kein Schmuck. Aber die sportliche Figur, das hübsche Gesicht mit der sommersprossigen Nase, das strahlende, etwas schiefe Lächeln: Das alles war unverkennbar.

Cinda Caldwell.

Barton Reeds Worte im Krankenhaus dröhnten mir wieder in den Ohren: *Sagte, sie war verletzt, aber das war … Quatsch. Hatte nur Schiss.* Natürlich, Cinda war die bekannteste Snowboarderin in Killdeer. Jung, hübsch und geschickter mit dem Snowboard als irgendjemand sonst. *Sie war die Beste. Verletzte sich. Wollte berühmt sein. Hat es nie geschafft.*

Nein, sie hat es nie geschafft, dachte ich, während ich den Film weiter verfolgte. Nate machte einen fachmännischen Schnitt, dann kamen wieder Aufnahmen vom Tal. Cinda befand sich schon weit oben am rechten Rand des Elk Ridge. Nate zoomte sie näher heran, als sie einen sanften Schwung von rechts nach links machte, dann am steilen Hang einen von links nach rechts. Cindas flüssige Bewegungen erschienen mir mühelos und so atemberaubend wie das Surfen auf hohen Wellen.

Nates verfälschte Stimme ertönte wieder; wieder ein Schnitt. Dann sah man Cinda noch weiter oben nahe am Gipfel der steilen, von Bäumen gesäumten Senke, auf die Arthur am Tag zuvor Marla und mich aufmerksam gemacht hatte. Nate zoomte sie näher. Cinda stand unerschrocken auf dem Grat über der Senke, ihr Gesicht hatte einen glücklichen, aber entschlossenen Ausdruck. Plötzlich weckte etwas anderes ihre Aufmerksamkeit. Sie starrte gebannt in die Ferne. Entsetzen huschte über ihre Züge und sie gestikulierte zur Kamera.

»Da drüben!« Ich konnte die Worte von ihren Lippen ablesen. Sie deutete und schrie noch einmal. Nate senkte die Kamera. Man hörte ihn schreien. Dann hob er die Kamera wieder an und schwenkte sie bebend zur Seite. Ich blinzelte und begriff, dass ich jetzt hinter den Baumwipfeln den Bighorn-Aussichtspunkt sah. Cinda schrie in der Ferne. Ihre Stimme klang, als wäre sie unter Wasser.

Ein leises Geräusch ließ mich zusammenzucken. Die Bürotür war aufgegangen. Cinda – ihr pinkfarbenes Haar leuchtete im grellen Licht des Cafés – stand stocksteif auf der Schwelle und starrte auf die Initialen der Kameratasche in meiner Hand, dann hob sie den Blick und sah mir in die Augen.

Sie fragte: »Was hast du damit vor? Willst du zulassen, dass man auch *mich* noch umbringt?«

Kapitel 21

»Nein«, erwiderte ich prompt. »Wenigstens versuche ich, das nicht zuzulassen. Hast du das Snowboard wegen dieses Films an den Nagel gehängt? Du hattest Angst?«

»Ja. Ich habe immer noch Angst. Ganz zu schweigen von den Schuldgefühlen wegen Nate.«

Ich atmete tief durch. »Und du hast Angst, weil du gesehen hast, wer Fiona Wakefield in den Abgrund gestoßen hat?«

Sie seufzte. »Ja. Aber ich konnte nur kämpfende Menschen am Bighorn-Aussichtspunkt erkennen. Sieht man auf dem Video, was passiert ist?«

»So weit bin ich noch nicht.«

Cinda machte die Tür zu, die Geräusche drangen nur noch gedämpft aus dem Café zu uns. »Was willst du jetzt tun?«

Ich zuckte mit den Schultern und sah auf meine Uhr. So neugierig ich auch auf den Rest des Videos war, hielt mich meine Furcht vor einer Unterbrechung und mein Wunsch, ein Beweisstück zu schützen – ganz zu schweigen von der Pflicht, meine letzte Show aufzuzeichnen – davon ab, gleich jetzt mein Interesse zu befriedigen. Ich musste herausfinden, was Cinda wusste, und sobald wie möglich von hier verschwinden. »Ich habe keine unmittelbaren Pläne«, antwortete ich zurückhaltend.

»Goldy, bitte. Bring die Kassette nicht zur Polizei. Das

wäre mein Ende. Ich hatte gehofft, dass du herausfindest, was passiert ist, und mich aus dem Spiel lassen könntest.« Sie biss sich auf die Lippe.

»Wovon sprichst du eigentlich?« Ich starrte sie an. »Dich aus dem Spiel lassen? Du wolltest, dass ich den Dingen auf den Grund gehe – du hast mir die Zeitungsartikel, die *Lockvogel-Morde* und das Buch über die Lawinen zukommen lassen, stimmt's?« Sie nickte niedergeschlagen. »Um Himmels willen, Cinda, du hast mir meine verdammte Bibliothekskarte geklaut?«

»Sie ist vor ein paar Wochen aus deiner Brieftasche gefallen. Ich wollte sie dir zurückgeben. Aber dann wurdest du in die Ermittlungen nach Portmans Tod verwickelt. Und ich dachte: Ja, Goldy ist diejenige, die Kriminalfälle lösen kann, soll sie auch diesen hier lösen.«

»Hast du mich angerufen und so getan, als wärst du ein Journalist namens Reggie Dawson?«

Sie schnitt eine Grimasse. »Selbstverständlich nicht.« Sie seufzte wieder. »Hör mal, ich weiß, dass du wütend bist, aber denk bitte daran, was ich seit dem Lawinenunglück durchgemacht habe. Dieser Tag hat mein ganzes Leben verändert – zum Schlechteren. Wer hat Fiona Wakefield umgebracht? Und hat der Mörder *mich* auf dem Elk Ridge gesehen? Hat Nate irgendjemandem erzählt, dass er *mich* filmen wollte? Weiß jemand, dass *ich* die Lawine ausgelöst habe, die Nate Bullock das Leben gekostet hat?«

»Was glaubst du?«, fragte ich sie. Mir war bewusst, dass die Kassette noch immer in ihrem Rekorder steckte. Außerdem wurde mir plötzlich klar, dass ich Cinda Caldwell nicht traute.

»Ich habe Jack Gilkeys Gerichtsverfahren verfolgt«, sagte sie. »Meiner Ansicht nach wusste Gilkey nicht, dass ich im gesperrten Gebiet mit dem Snowboard unterwegs war. Aber

Gilkey – oder wer immer Fiona Wakefield in den Abgrund gestoßen hat – *wusste,* dass jemand auf dem Elk Ridge war. Das stand nach Nates Tod in den Zeitungen. Im Gefängnis freundete sich Gilkey mit meinem alten Kumpel Barton Reed an. Vielleicht wollte er nur freundlich sein, vielleicht steckte auch mehr dahinter – jedenfalls stellte Gilkey Barton viele Fragen nach den besessensten Snowboardern in Killdeer. Barton erzählte mir in einem Brief von seinem neuen Freund und schrieb, dass sie beide bald freigelassen würden – dann könnten wir zu dritt snowboarden. Ich schrieb zurück, dass ich seit einer Knieverletzung vor einem Jahr nicht mehr auf dem Brett gestanden hatte.

»Warum hast du mir letzte Woche nichts von all dem gesagt, als du dich so über Bartons Morddrohung aufgeregt hast?«

Die sommersprossige Haut um ihre Augen wurde faltig und sie blitzte mich zornig an. »Ja, klar. Und dann schwirren die Cops hier an und fragen: ›Wie kommt's, dass Sie so viel über Fiona Wakefields Tod wissen, Miss Caldwell?‹ Und ich sage: ›Na ja, Officer, ich glaube, ich habe etwas beobachtet, kurz bevor ich eine Lawine im gesperrten Gebiet losgetreten habe, eine Lawine, die einen Fernsehstar getötet hat!‹ Meinst du, so ein Geständnis würde mir das Gefängnis ersparen?«

Rorry wartete auf mich – wie lange war ich schon weg? Wie schaffte ich es in weniger als einer Stunde zum Bistro? »Hör zu, Cinda, ich muss gehen ...«

»Ich *muss* dir noch erzählen, was Barton gesagt hat!«, fuhr sie aufgeregt fort. »Glaubst du, ich hätte gar kein Gewissen? Barton hatte Krebs, er war halb verrückt und wollte einen Cop umbringen. Ich wollte nicht für *zwei* Tode verantwortlich sein. Warum lässt du das Band nicht weiter laufen? Dann wissen wir Bescheid.«

»Nein«, sagte ich entschieden und nahm die Kassette aus dem Rekorder, steckte sie zurück in Nates Kamera und machte den Reißverschluß der Tasche zu. »Ich muss gehen. Cinda, ich rate dir dringend, dich zu melden und mit der Polizei zu sprechen. Dieses Video kann helfen, die Dinge zu erhellen, und du musst auch helfen. Wir *müssen* herausfinden, wer Fiona getötet hat...«

»Wenn es Jack war, dann kann er nicht zum zweiten Mal für ein und dasselbe Verbrechen verurteilt werden«, gab sie eigensinnig zurück.

»Ich weiß, aber Eileen Druckman ist eine meiner besten Freundinnen. Wenn Jack seine Frau wirklich kaltblütig ermordet hat, dann muss Eileen davon erfahren. In diesem Fall muss sie ihn zum Teufel schicken, bevor es zu spät ist. Falls Arthur der Mörder ist, muss er festgenommen und seiner Strafe zugeführt werden. Wenn es Barton Reed war, dann ist der Fall abgeschlossen. Und Boots Faraday kann sich darauf vorbereiten, im Gefängnis Kunstunterricht zu geben, wenn sie es war.«

»Ich *kann* das nicht«, erwiderte Cinda. »Ich werde für den Rest meines Lebens hinter Gittern sitzen.« Sie streckte die Hand aus. »Gib mir das Band, Goldy.«

»Nein.«

In diesem Moment ging die Tür auf. Cinda und ich erstarrten. Rorry Bullocks riesiger Bauch wurde zuerst sichtbar. Sie schaute verständnislos von Cinda zu mir. Ryan tauchte hinter Rorry auf und spähte über ihre Schulter.

»Hey, Boss«, rief er verzweifelt. »Da draußen sitzen vier Leute, die nach einem Vanille-Milchshake schreien, und ich kann den Extrakt nicht finden – die alte Flasche ist leer.«

Ich verkündete: »Höchste Zeit aufzubrechen.« Dann packte ich entschlossen die Kameratasche. Cinda würde sich vor Ryan keine Blöße geben und sie würde mir auch in

Rorrys Gegenwart nicht die Tasche aus der Hand reißen. Sie wusste, dass ihr dann ein Kampf bevorstand, den sie verlieren würde.

Rorry, die hochschwangere Witwe des Mannes, dessen Tod Cinda unabsichtlich verursacht hatte, sagte: »Goldy, ich muss zur Arbeit. Und du hast deine Sendung«, erinnerte sie mich.

»O ja, deine Sendung«, sagte Cinda.

Verdammt. »Bis später«, rief ich, als ich mich an Cinda vorbeidrängte und Rorry hinausführte. »Danke, dass ich deinen Rekorder benutzen durfte.«

»Und?«, flüsterte Ryan vernehmlich, als wir uns einen Weg zum Ausgang bahnten. »Haben Sie gesehen, was Sie brauchen?«

Ich war mir Cindas Anwesenheit bewusst – sie bekam jedes Wort mit. »Noch nicht«, erwiderte ich laut. »Vielleicht ist das Band zu verkratzt.«

Ich musste Zeit gewinnen.

Die Sonne kämpfte sich durch die aufreißenden Wolken, als Rorry und ich durch den Neuschnee zum Wagen stapften. Die Fragen sprudelten nur so aus ihr heraus. »Hast du gesehen, wer die Snowboarderin war?« – »Nein« – » Hat Nate wirklich ein Sport-Video gedreht?» – »Ja.« – »Wie ist die Lawine entstanden?« »Das weiß ich nicht«, erwiderte ich knapp. »Wahrscheinlich durch den Baulärm an diesem Tag.« Rorry schwieg eine Weile, dann fragte sie mit leiser, rauher Stimme: »Hast du gesehen, wie er gestorben ist?« – »Nein«, antwortete ich aufrichtig. »Ich muss mir das Band wirklich noch einmal ganz ansehen«, setzte ich bitter hinzu, »und die Polizei muss es analysieren.«

Als ich Rorry am Lagerhaus absetzte, erkundigte ich mich noch einmal, ob es ihr gut genug ging. Es war ein erfolgreicher, aber anstrengender Ausflug gewesen. »Ja, ja«, beteuerte sie schnell, »sehr gut«. Sie gab mir den Zweitschlüssel für ihren Wohnwagen und erklärte, dass ein Kollege sie gegen Mitternacht nach Hause bringen würde. Dann verschwand sie in dem Gebäude. Es war schwer zu sagen, ob sie zufrieden mit meinen Antworten auf die Fragen war. Wahrscheinlich nicht, nahm ich an, weil die Hälfte von ihnen Lügen waren.

Als ich wegfuhr, überlegte ich, wie ich am besten zum Bistro kam. Der frische Schnee war zu tief, um mit dem Rover über die Nebenstraße hinaufzufahren. Ich würde heute nicht mit Skiern abfahren, also musste ich hin und zurück die Gondel benutzen. Aber wie konnte ich mich Cindas Blicken entziehen? Sie konnte von dem Café den Weg zur Talstation einsehen.

Ich beschloss, den Rover auf dem Elk Ridge Parkplatz abzustellen. Dann konnte ich durch das Wäldchen zum Creek gehen und den Hang zur Big Map überqueren. Ich hatte dicke, wasserdichte Leggings und gute Stiefel an und kam vermutlich ziemlich schnell vorwärts. Aber Cinda war jünger und sportlicher als ich. Verletzte Knie oder nicht – ich wollte mich nicht mit ihr anlegen.

Ich warf einen Blick auf die Kameratasche. Was sollte ich mit der Kassette anfangen? Ich konnte es nicht riskieren, das Video im Rover zu lassen, deshalb steckte ich es in einen kleinen undurchsichtigen Plastikbeutel und dann in die Tasche, in der ich meine Kochausrüstung transportierte.

Der Parkplatz war zu drei Vierteln belegt und leerte sich allmählich. Die Leute hatten genug vom Skifahren. Sie würden sich durch den Weihnachtsverkehr nach Denver quälen. Ich erinnerte mich an Toms Rat, mich immer in der Nähe anderer Personen aufzuhalten. Um zur letzten Sendung von *Kochen auf dem Gipfel!* zu kommen, würde ich die am wenigsten öffentlich benutzte Route nehmen.

Das Schild, das Nate für die erste Einstellung seines Films

auserkoren hatte, war heute mit Verbotshinweisen versehen. Auf die Pfeile zum Elk Ridge und zum Elk Valley waren Schilder *Im Winter geschlossen – kein Zugang* genagelt. Aber noch etwas fiel mir auf...

Ein orangefarbenes Schild verkündete *Nur für Wald- und Bauarbeiter!!!* und markierte offenbar den Anfang eines Feldweges, auf dem ein Schneepflug gefahren sein musste. Führte dieser Weg zur Gondel? Sollte ich mein Glück versuchen?

Vom Rover aus konnte ich erkennen, dass an dem gepflügten Weg Sicherheitsvorkehrungen getroffen worden waren: Große Pfähle hielten die Schneewehen rechts und links zurück und Ketten, die von einer Seite auf die andere gespannt und mit Vorhängeschlössern gesichert waren, sollten zweifellos verwegene Skifahrer und Snowboarder davon abhalten, zum Elk Ridge aufzusteigen. Aber der Projektmanager, der die Anbringung der Pfähle beaufsichtigt hatte, hatte eines nicht bedacht: Pfosten – egal ob von Briefkästen, Wegweisern oder Metallzäunen –, die einfach nur in den Boden gerammt und nicht einzementiert waren, lockerten sich bei den Temperaturschwankungen, wenn der Boden gefror und wieder auftaute. Hier hatten die klimatischen Verhältnisse ihre Kräfte bereits eingesetzt und einer der Pfähle neigte sich gefährlich über die Straße. Dadurch war eine Lücke entstanden, die ganz bestimmt groß genug war, dass sich eine kleine, allerdings etwas mollige Caterin hindurchzwängen konnte.

Ich schulterte resolut meine Tasche, stieg aus dem Rover, sperrte ihn ab und sah mich um. Dann steuerte ich den Weg für die Arbeiter an. Gott sei Dank hatte ich mir für heute nicht vorgenommen, mit Skiern abzufahren, und brauchte keine schwere Ausrüstung mitzuschleppen. Nach einer kurzen Wegstrecke machte ich eine überraschende, unglückselige Entdeckung. Der Weg gabelte sich – musste ich nach links, um zur Gondel zu gelangen? War ich bereit, das auszukundschaften? Ich hatte nicht die Zeit dazu.

Der rechte Zweig wand sich bergauf und wurde später zu dem Weg, der zum Elk Ridge und zum Elk Valley führte. Früher war er nur ein Trampelpfad gewesen, doch jetzt hatte man ihn verbreitert, sodass zwei Autos bequem aneinander vorbeifahren konnten. Ich konnte mir vorstellen, wie empört Naturliebhaber und Wanderer auf diese Veränderung reagieren würden, aber es war sicher nach wie vor eine hübsche Route. Die Lifte und Pisten würden längst fertig sein, wenn der Sierra Club so weit war, Killdeer im Frühsommer vor Gericht zu bringen. Kein Wunder, dass Killdeer einen dicht gedrängten Arbeitsplan für den Winter erstellt hatte.

Ich hatte also ein Problem: Es war zehn vor drei und ich musste spätestens um halb vier im Bistro sein. Da ich offensichtlich über die neue Straße nicht zur Talstation der Gondel kam, musste ich doch durch die Stadt gehen. *Verdammt!*

Ich ging schleunigst zum Parkplatz zurück und bog in die Hauptstraße ein. Die Boutiquen und Geschäfte in Killdeer waren vollgestopft mit Last-Minute-Weihnachtseinkäufern. Ich tauchte in der Menge unter. Ich achtete darauf, Cindas Café nicht zu nahe zu kommen und mich immer hinter anderen zu verstecken. Schließlich saß ich neben einem Skifahrer, der sich über den ausgiebigen Schneesturm beklagte, in der Gondel. Uns gegenüber hatten es sich drei Teenager, die die Wetterverhältnisse mit Gleichmut hinnahmen, bequem gemacht und sangen Weihnachtslieder. Der Wind wehte nach wie vor heftig, aber der Schneefall hatte deutlich nachgelassen. Neue dunkle Wolken rollten über den Himmel, teilten sich und lösten sich im Westen auf. Wenn ich Glück hatte, war es am Morgen klar und die Interstate war bis Aspen Meadow vom Schnee geräumt.

Als ich aus der Gondel stieg, richtete ich den Blick auf das Bistro. Rauch kräuselte sich aus zwei Kaminen. Skifahrer strömten heraus, um ihre letzte Abfahrt an diesem Tag anzutreten. *Bleib immer in der Nähe von anderen.* Es wäre nicht besonders klug, die Videokassette geradewegs ins Restaurant mitzunehmen. »Reggie Dawson« oder eine andere zwielichtige Gestalt könnte mich überfallen oder das Video aus meiner Tasche klauen, dann war das Beweisstück für immer verloren. Ich kaute nachdenklich auf meiner Unterlippe, dann machte ich mich auf den Weg zu dem Eingang, durch den man die Lagerräume erreichte. Zu dieser Tageszeit müssten Arbeiter da unten sein, die den Abfall sortierten und in den Containern verstauten. Es würde ihnen nicht eigenartig vorkommen, wenn eine Angestellte den Eingang für die Angestellten benutzte, oder?

Die großen Holztüren, die von einem Raum zum anderen führten, standen offen. Als ich mit meiner Tasche hereinkam, sahen mich zwei ungeschlachte, angegraute Arbeiter mit hochgezogenen Augenbrauen an. Beide waren mit Schals, Mützen, dicken Handschuhen, mehreren Sweatshirt-Schichten und wattierten Hosen vermummt, sodass man kaum etwas von ihnen sehen konnte.

»Ich bin eine der Köchinnen«, erklärte ich einem, als ich mich am ersten stinkenden Container vorbeidrängte. Der Mann nickte gleichgültig und machte sich wieder an die Arbeit, während ich meinen Weg durch den tunnelartigen, mit Neonröhren beleuchteten Flur fortsetzte. Es war feucht und kalt. Mich überraschte die deprimierende Atmosphäre hier unten und ich war entsetzt, wie erschöpft und zerlumpt die Arbeiter waren. Die Lagerräume des Bistros waren ein schäbiger Arbeitsplatz und der Campingplatz von Killdeer war ein ebenso schäbiger Wohnort. Ich huschte in den von Tiefkühltruhen gesäumten Raum und versteckte die Kassette zwischen den Kartons mit den eingefrorenen Schokoladenkuchen. Ich fragte mich, ob die reichen Leute, die sich draußen auf den Pisten vergnügten, auch nur im entferntesten ahnten, unter welch grausigen Bedingungen sich andere abschuften mussten, damit sie ihre Ferien und die Freizeit genießen konnten. Das waren die Schattenseiten von Killdeer: Arbeiter, die sich Tag und Nacht abmühten, ärmlich gekleidet und schlecht ernährt waren und in eisigen Wohnwagen am Stadtrand hausen mussten. Darauf konnte kein Skiort stolz sein.

Ich lief die Treppe hinauf und stürmte keuchend in die Küche, in der das Sechs-Personen-Team für den Abend darüber klagte, dass einer der Kühlräume nicht funktionierte. Es würde doppelt so lange dauern, das Abendessen vorzubereiten, beschwerten sie sich, als sie klein geschnittenen Lauch, Karotten, Zwiebeln und Sellerie in den Riesentopf kippten, in dem die Gemüsesuppe gekocht werden sollte. Ich stellte meine Tasche ab und fragte einen der Köche, ob Jack Gilkey im Haus war. Nein, Jack besuchte Mrs Druckman im Krankenhaus. Die Lebensmittel für die Sendung stünden auf der Anrichte bereit, fügte er hinzu. Er deutete auf die Arbeitsfläche. Die anderen fingen an zu kichern, und ich glaubte zu hören, dass einer sagte: »Wenigstens kann er heute einmal nicht die Lorbeeren für unsere Arbeit selbst einheimsen.«

Ich schlüpfte in meine Uniform, dann inspizierte ich die von Jack – oder seinen Untergebenen – eindrucksvoll angerichteten Speisen. Alles war ordentlich beschriftet: Ein Laib von Julians knusprigem, gold-braunem Fünf-Korn-Brot stand neben der Hefe, der Melasse und anderen Zutaten. Der Haferbrei und die Zutaten dafür waren alle vorhanden. Daneben stand eine Platte mit gebratenen kanadischen Speckscheiben und kleinen Würstchen. Und als Letztes hatten die Köche frisch geschnittene rote Erdbeeren, goldene

Ananasscheiben und grüne Kiwistücke in konzentrischen Kreisen auf einem großen Kristallteller angeordnet. Über das »Gemälde« waren Blaubeeren und Himbeeren gestreut. Ich dachte an die Erdnussbutter und das Kirschgelee, die ich mir schon vor langer Zeit einverleibt hatte, und mein Magen gab knurrende Laute von sich. *Später,* versprach ich mir selbst.

Jack hatte mir einen kleinen Gruß hinterlassen: *Goldy – ich richte Eileen Grüße von Ihnen aus. Hals- und Beinbruch! J.* Ich nahm an, dass ich eine der Personen war, zu denen Jack aufschaute – oder er wollte etwas von mir, wie Rorry behauptet hatte. Ich hätte nichts dagegen, eine Zeit mit ihm zusammenzuarbeiten, wenn ich sicher sein könnte, dass er ein anständiger Kerl war.

Hoffentlich konnte mir Nates Video Aufschluss darüber geben.

Ich hastete mit dem ersten Tablett, auf dem die Zutaten standen, zur »Hot Line«. Würden die Zuschauer im Bistro enttäuscht sein, weil ihnen heute nichts anderes als Haferbrei, Brot, Speck und frische Früchte für die neun Dollar Eintrittsgeld geboten wurde?

Boots Faraday, die offenbar zur Stammzuschauerin geworden war, saß am Kamin – neben Cinda Caldwell. Mein Herz setzte einen Schlag aus.

Arthur kam mit seinem Klemmbrett in der Hand auf mich zu. Er bedachte mich mit einem strengen Blick und ich spürte, dass ich rot wurde. Schließlich sagte er: »Du weißt wahrscheinlich schon, dass der Küchenchef die Besitzerin im Krankenhaus besucht.« Das klang fast so, als wäre er der Ansicht, dass *ich* schuld an Eileens Klinikaufenthalt war.

»Keine Angst, Arthur. Jack hat für alles gesorgt.«

Arthur kniff skeptisch die Augen zusammen, dann reichte er mir den Text für das Insert mit der Menufolge. Da war zunächst das übliche PBS-Logo, dann folgte:

Energiefrühstück für die Feiertage

Salat aus Erdbeeren, Kiwi, Ananas, Himbeeren
und Blaubeeren
Schweizer Haferbrei
Gebratener kanadischer Speck
Dicke Scheiben getoastetes Fünf-Korn-Brot
Butter, Marmelade
Champagner, Kaffee

»Es muss heißen: ›Julian Tellers Fünf-Korn-Brot‹.«

»Dies ist ein öffentlich-rechtlicher Sender«, erwiderte Arthur abweisend. »Da gibt's keine Werbung.« Ehe ich Protest erheben konnte, fuhr er fort: »Hast du die Absicht, mir zu erzählen, was Rorry Bullock heute hier oben *wirklich* zu suchen hatte?«

Erschrocken antwortete ich: »Sie hat sich angesehen, wie die andere Hälfte der Menschheit lebt, Arthur.« Er schnaubte und ich tippte auf die Menüfolge. »Schreib ›Julians Fünf-Korn-Brot‹ – ohne den Nachnamen ist es keine Werbung. Wenn du das nicht machst, erwähne ich den Champagner mit keinem Wort. Er ist ohnehin zu trocken für süße Speisen.«

Arthurs ungehaltenes Stöhnen machte die Leute auf uns aufmerksam. Dann brummte er seine Zustimmung und wandte sich bekümmert ab. Noch fünfzehn Minuten bis zum Drehbeginn. Ich brachte alle Sachen, die ich brauchte, zur Hot Line. Die Zuschauer wurden mit jeder Minute lebhafter. Ein Techniker drückte mir das Mikro-Kabel in die Hand, und ich fädelte es durch meine Jacke. *Ich hab's fast geschafft,* dachte ich, und auf einmal empfand ich richtiges Bedauern. So anstrengend Arthur und diese Fernsehauftritte auch gewesen waren, der Gedanke daran, dass ich nach Silvester in den Abgrund der Beschäftigungslosigkeit springen musste, schnürte mir die Kehle zu.

Ich moderierte die Sendung ohne ein einziges Missgeschick. Mir wurde bewusst, dass ich mir kein einziges sexy Wortspiel ausgedacht hatte, aber mir fiel spontan ein, dass Melasse in manchen Kulturen als Aphrodisiakum galt und Haferbrei auf den britischen Inseln sehr beliebt war – und wussten die Briten nicht über lustvolles Essen Bescheid? Schließlich knabberte ich an einer Brotscheibe, wackelte mit den Hüften und verdrehte die Augen, als ich einen Löffel von dem Haferbrei kostete. Ich strahlte in die Kamera und flötete: »Dieses Frühstück ist eine Wohltat und ein Trost für uns alle. Und wünscht sich nicht jeder zu dieser Jahreszeit Trost und Liebe?«

Zu meinem Erstaunen und Arthurs Bestürzung applaudierten die Zuschauer spontan. Tränen traten mir in die Augen, als ich in die Kamera lächelte und Arthur wild gestikulierte: *Cut!* Die Aufzeichnung war zu Ende. Einige der Zuschauer brachen auf, andere blieben, um sich die zubereiteten Speisen zu Gemüte zu führen. Ich lief in die Küche – ich wollte nur noch ins Tal, in Rorrys Wohnwagen eine heiße Dusche nehmen und ein Glas Wein trinken, den Arthur ohne Zweifel angewidert zurückweisen würde.

Das Küchenpersonal hatte Probleme mit einem Ofen. Ich nahm die Leute kaum zur Kenntnis, als ich mich in den kleinen Raum neben der funktionsuntüchtigen Kühlkammer zurückzog, um mich umzuziehen. Mit einem Gefühl des Triumphes nahm ich die Schürze ab und knöpfte die Jacke auf. Als ich mich bückte, hörte ich ein Geräusch hinter mir. Mir gefror das Blut in den Adern. *Bleib immer in der Nähe...*

Etwas Hartes und Schweres traf meinen Kopf mit solcher Wucht, dass ich Blitze sah. Erschrocken riss ich den Mund auf, um zu schreien. Der schwere Gegenstand sauste wieder auf meinen Kopf nieder. Meine Knie gaben nach und ich schlug auf dem Boden auf. Etwas Klebriges wurde mir auf den Mund gedrückt. Isolierband? Als mich kräftige Arme in die Kühlkammer zerrten, konnte ich nichts sehen. Nichts verstehen. Meine Wange traf auf den harten, kalten Fußboden auf. Ich erinnere mich an unbändige Wut und grenzenlose Trauer um Arch und Tom. Dann an gar nichts mehr.

Schweizer Haferbrei

1 Tasse Haferflocken
1 Teelöffel ganz fein geschnittene
Orangenschale
1/2 Teeflöffel Zimt
2 Esslöffel getrocknete Kirschen
2 Tassen Milch
Brauner oder weißer Zucker
Sahne, Butter oder Milch

Am Abend zuvor die Haferflocken in einer Glasschüssel gut mit der Orangenschale, dem Zimt und den Kirschen vermischen, dann die Milch unterrühren. Die Schüssel mit Folie abdecken und über Nacht in den Kühschrank stellen.

Am Morgen den Haferbrei in einen mittelgroßen Topf geben und zum Kochen bringen. Die Flamme kleiner stellen und den Brei unter ständigem Rühren 4 bis 6 Minuten köcheln lassen, bis die Haferflocken weich geworden sind und ein dicker Brei entstanden ist. Sofort servieren und braunen oder weißen Zucker, Sahne, Butter oder Milch dazu reichen.

Rezept für 4 Müslischalen

Julians Fünf-Korn-Brot

2 Tassen Fünf-Korn-Getreidemischung
2 1/3 Tassen Wasser
2 Esslöffel Butter
3/4 Tasse dunkle Melasse
3/4 Tasse Milch
1 Teelöffel brauner Zucker
5 Teelöffel Trockenhefe
2 Esslöffel Brotbackhilfe
4 Tassen normales Mehl (falls nötig, zusätzlich eine Tasse Mehl zum Kneten)
2 Tassen Vollkornmehl

Zwei Laibformen buttern.

Die Getreidemischung in eine große Schüssel geben. Wasser, Butter und Melasse zum Kochen bringen und über die Getreidemischung schütten. Zur Seite stellen und auf etwa 35 Grad abkühlen lassen. Milch und braunen Zucker auf etwa 35 Grad bringen und in einer Schüssel mit der Hefe verrühren, 10 bis 15 Minuten ruhen lassen.

Das abgekühlte Getreide mit der angerührten Hefe vermengen. 3 Tassen Mehl und das Vollkornmehl mit der

Masse verkneten, bis ein glatter Teig entsteht. Den Teig in eine mit Öl bestrichene Schüssel geben und umdrehen, damit er ganz mit einem Ölfilm bedeckt ist. Die Schüssel mit einem sauberen Küchentuch abdecken und den Teig an einem zugfreien Ort bei Zimmertemperatur gehen lassen, bis er das doppelte Volumen hat (etwa 1 Stunde).

Soviel von dem restlichen Mehl verkneten, wie nötig (der Teig darf nicht so klebrig sein, dass man ihn nicht kneten kann). Auf einem mit Mehl bestäubten Brett weiter kneten, bis der Teig weich und seidig ist.

Den Teig in zwei Hälften teilen und in die Formen geben. Mit einem Tuch bedecken und noch einmal auf das doppelte Volumen aufgehen lassen.

Den Ofen auf 220 Grad vorheizen. Das Brot 50 bis 60 Minuten backen, bis die Laibe goldbraun sind und hohl klingen, wenn man daran klopft. Das Brot aus den Formen nehmen und auf einem Gitter ganz auskühlen lassen.

Rezept für 2 Brotlaibe

Kapitel 22

Nachhallender Schmerz war das erste Anzeichen dafür, dass ich das Bewusstsein wiedererlangt hatte. Roter Nebel trübte meine Sicht. Meine Brust verkrampfte sich beim Husten und ich musste würgen. Mein Mund war fest verklebt. Ich fror erbärmlich, mir war kalt bis ins Mark auf dem eisigen Boden. Wieder blieb mir ein Husten in der Kehle stecken. Ich spürte, wie mir alles hochkam, und kämpfte gegen die Panik an.

»Wo ist es?« fragte eine heisere Stimme dicht an meinem Ohr.

Das Klebeband auf meinem Mund machte jede Antwort unmöglich. Plötzlich und ohne jede Vorwarnung erhellte sich die kalte Dunkelheit. Eine Tür neben mir ging auf. Das Licht einer weit entfernten Glühbirne schmerzte in meinen Augen. Ich stöhnte. Starke Hände packten mich unter den Achseln und hievten mich unsanft aus der dunklen Kammer. Ich kämpfte mich auf die Knie; meine Hände waren mit Klebeband gefesselt. Ich befand mich in der Bistro-Küche. Der Himmel vor dem Fenster war pechschwarz. Es war Nacht und bestimmt hielt sich außer uns kein Mensch mehr in der Lodge auf.

Wie aus dem Nichts tauchte eine Hand auf und schlug mir ins Gesicht. Ich taumelte. Das war ein Schlag, wie ich ihn von

John Richard kannte. Eine Hand zerrte an meinem Haar, damit ich den Kopf in den Nacken legen musste, während die andere so grob das Klebeband von meinem Mund riss, dass meine Wangen bluteten.

Ich spuckte Jack Gilkey einen Mund voll Erbrochenes entgegen. Er schrie und wirbelte zu mir herum. Ich duckte mich weg – das hatte ich in den Jahren mit dem Blödmann gelernt.

Das schimmernde schwarze Haar fiel lose und wild, sein hübsches Gesicht wirkte bedrohlich und grau in dem trüben Licht. Er nahm mich in einen Würgegriff. Sein Mund strich über mein Ohr. »Wo ist das Band, Miststück?«

Mein Kopf pochte. Das Gebäude schien die Vibrationen zurückzuwerfen. »Das Videoband«, knurrte Jack.

»Wenn ich es Ihnen sage«, stieß ich hervor, »lassen Sie mich dann gehen?«

Er verstärkte den Griff an meinem Hals und schüttelte mich. Schwarze Punkte tanzten vor meinen Augen. Ich gab einen quietschenden, unterwürfigen Laut von mir.

»Haben Sie es hier? In diesem Gebäude?«

»Ja«, sagte ich, als er mich wieder schüttelte. *Denk nach.* »Ja, ja. Ich bringe Sie hin.«

»Nein.«

»Es würde Stunden dauern, bis Sie es finden. Vielleicht noch länger.«

Er antwortete nicht. Panik ergriff mich. »Stehen Sie auf«, befahl er harsch und mit einer Spur von Zweifel. Das tröstete mich ein wenig. Augenscheinlich hatte Mr Gut-Organisiert keinen Plan, wie er seine Forderung durchsetzen konnte. *Denk nach.* Wie konnte ich von ihm wegkommen? Die Kopfschmerzen machten eine mentale Arbeit unmöglich.

»Bitte machen Sie das Klebeband von meinen Händen ab«, flüsterte ich. Ich spürte, wie mir das Blut über die Wange rann. »Ich falle hin, wenn ich die Balance nicht habe.«

»Kommt nicht in Frage«, fauchte er. Dann hob er sein Flanellhemd hoch und zeigte nicht nur den flachen Bauch, sondern auch eine kleine Pistole, die hinter seinem Hosenbund steckte. Er nahm die Waffe in die Hand. »Keine Bewegung, es sei denn, ich sage es Ihnen – nicht fallen, nicht rennen, nicht schreien. Wenn Sie nicht spuren, bringe ich Ihren Sohn in Aspen Meadow um, sobald ich Ihren Mann aus dem Haus gelockt habe. Verstanden?«

»Ja«, sagte ich und strengte mich nach wie vor an, mir etwas einfallen zu lassen. Ich kam auf die Füße und schlurfte durch die lange, düstere Küche. Warum waren die Fernsehleute gegangen, ohne nach mir zu sehen? Wahrscheinlich hatten sie angenommen, dass ich mit der Gondel abgefahren war. Ich hätte wirklich ständig jemanden bei mir haben sollen. Wieso hatte ich Toms Warnung nicht beherzigt? Zu spät ... »Was haben Sie mit mir vor?«

»Ein Kinderspiel. Sie prallen gegen einen Baum und sterben. Sie haben das Bistro verlassen, die Orientierung verloren und *bumm*! Bis Morgen schneit es noch beträchtlich, kein Mensch wird merken, dass es kein Unfall war. *Bewegen Sie sich.*«

Ich taumelte benommen durch den Flur, der zur Treppe in die Lagerräume führte. *Denk nach. Was raten die Cops für Fälle wie diesen? Mit dem Verbrecher reden. Ihn immer wieder mit Namen ansprechen.*

»Jack«, bat ich. »Eileen ist meine Freundin. Ich habe nur versucht, ihr zu helfen ...«

»Ja, klar«, sagte er und bohrte mir den Pistolenlauf in den Rücken, um mich vorwärts zu schubsen. »Ich wusste, dass Sie nach etwas suchen, und vermutete, dass es etwas mit Nate zu zun hat, weil Sie heute mit Rorry hier waren. Ich habe Magill ausgequetscht, bis er mir von der Kamera erzählte, dann war mir klar, was Sie im Schilde führen.« Seine Stimme wurde eindringlicher. »Sie stehen nicht auf Eileens Seite. Sie arbeiten mit den Cops zusammen – deshalb sind Sie überhaupt hergekommen. Um mich auffliegen zu lassen und Portmans Machenschaften aufzudecken. Sie werden mir Eileen nicht wegnehmen oder ihr erklären, wie ich Fiona umgebracht habe.«

»Reggie Dawsons« Worte dröhnten mir in den Ohren: *War Ihre Beziehung zu Portman wieder ein Versuch, Kriminalfälle in Furman County zu lösen?*

»Aber Sie haben es getan, oder? Sie haben Fiona umgebracht. Das sieht man auf dem Video. Wie haben Sie Doug Portman getötet? Ich dachte, Sie würden das Mittagessen vorbereiten, am Freitag ...«

Er lachte und schubste mich vorwärts. »Man muss dem Personal nur genügend zu tun geben, dann bekommen sie gar nicht mit, ob man da ist oder nicht.«

»Jack, haben Sie meinen Van auf der Interstate gerammt?«

Er öffnete die Tür zu den Lagerräumen. Er brauchte mir keine Antwort zu geben; natürlich hatte er versucht, mich kalt zu stellen. Die Sache war nur beim ersten Mal schiefgegangen. »Los, die Treppe runter«, kommandierte er.

»Jack«, sagte ich leise, »wusste Eileen, dass Sie Portman bestochen haben, um früher aus dem Gefängnis zu kommen?«

»Sie wusste es und wusste es auch wieder nicht«, erklärte er triumphierend. »Ich brauchte zehntausend Dollar im Monat – seit einem halben Jahr, aber sie hat mich nie gefragt, wofür ...« Er schob mich vorwärts. *»Alimente?«* Noch ein Schubs. *»Kindesunterhalt?«* Schubs. *»Doch nicht für Schmiergelder, Jack?«* Er lachte bitter. »Stell keine Fragen, dann bekommst du keine Antworten.«

Wir erreichten den ersten Treppenabsatz. Der üble Geruch

des Abfalls empfing uns. »Bitte, Jack«, flehte ich, »bitte bleiben Sie stehen, ich muss mich ausruhen.« Ich lehnte mich gegen die Wand und schloss die Augen. »Also haben Sie Barton Reed etwas angehängt? Ihrem alten Kumpel aus dem Gefängnis? Sie wussten, dass er Krebs hat und dass er mit Duragesic behandelt wird, und Sie wussten, dass er wütend auf Portman ist, stimmt's?«

Jack zuckte mit den Achseln. Er sah so umwerfend gut aus, dass ich kaum fassen konnte, welche Bosheit in ihm steckte. »Portman sagte, er hätte so eine Ahnung – die Cops würden gegen ihn ermitteln. Er wollte abhauen. Was, wenn sie ihn mit dem Geld erwischt hätten, das ich ihm bezahlt hatte? Er wäre im Gefängnis gelandet – und ich mit. Ich musste ihn loswerden. Es so aussehen zu lassen, als hätte Reed es getan, war eine ziemlich gute Idee – Reed hatte ohnehin nicht mehr lange zu leben. Reed kam dahinter, dass ich es war. Zu schade. Er versuchte, es mir heimzuzahlen und mich auf der Piste niederzumähen. Und er hätte Eileen beinahe getötet. Dafür hätte ich ihn umbringen können … ich war noch nicht mit ihr verheiratet.«

»Und Sie brauchten das Geld, das Sie nicht von Fiona geerbt haben, von Eileen?«

Jack zuckte mit den Achseln, dann stieß er mich wieder mit der hässlichen kleinen Pistole an. »Los, weiter.«

Die Pistole war eine .22er. Zielgenau nur auf kurze Distanzen. Sechs Schuss, es sei denn, Jack hatte Ersatzmunition dabei. Wir kamen zu der Rampe, über die man zu den Containern gelangte. Ich musste weglaufen, mich verstecken, hinausrennen und hoffen, dass ich ihm entkam … Ich musste auf jeden Fall etwas unternehmen, sonst würde ich sterben wie alle, die Jack im Weg standen. Ich musste *handeln*.

Ich spannte meine Beinmuskeln an und trat Jack mit aller Kraft in den Waschbrettbauch. Er schnappte nach Luft vor

Schmerz und Schreck und prallte gegen die Wand. Dann versetzte ich ihm noch einen Tritt in den Rücken. Ich rannte unbeholfen, aber so schnell ich konnte, los. Ich lief um mein Leben. Die Stufen hinunter. Den Flur entlang. In den Raum mit den Containern. Ich hörte, dass Jack hinter mir die Treppe runterstolperte und fluchte. Fünf Container standen auf den Schienen bereit. Wann kam die Nachtschicht? Keine Ahnung. Ich drückte mich an der Wand entlang und überlegte, in welchem Container ich untertauchen sollte. Natürlich in dem, der am weitesten von Jack weg war. Der Behälter stand direkt vor der großen Doppeltür, und er war halb voll mit Abfall. Dahinter war alles dunkel, nur silbriger Mondschein setzte einige Konturen. Ich kletterte linkisch über die Seitenwand, ließ mich in den Container fallen und tauchte in den Müll. Ich hatte alle Mühe, ein Würgen zu unterdrükken.

Ich hörte einen Schuss. Jack feuerte auf die Container. Ein Schuss, zwei, drei. *Das war's dann wohl*, dachte ich und betete für Arch und Tom. Meine Hände waren nach wie vor zusammengeklebt und ich musste mich winden, um mich so tief wie möglich in den Abfall zu graben. Ich hatte das Gefühl, mich wieder übergeben zu müssen.

Plötzlich ertönte ohne jede Vorwarnung ein lautes metallisches Klirren und Krachen und der Container zitterte heftig. Ich hörte Männerstimmen in der Ferne. Die Nachtschicht? Kamen die Arbeiter? Um mich herum waren nur faulende Salatblätter und Fleischfett. Konnten mich die Arbeiter hören, wenn ich mich wieder aus dem Abfall wand? War es zu riskant, nach ihnen zu rufen, solange Jack – mit einer Waffe – sich so nahe bei den Containern herumtrieb? Ja. *Klirrwumm.* Die Türen der Müllcontainer wurden zugeschoben, dann folgte das Säuseln der abfahrenden Gondel.

Hinter mir ein Schuss. Jack feuerte auf meinen Container.

Ich hörte, wie Jack ein Heulen ausstieß, dann fuhr mein stinkender Container los – ins Freie.

Die Nachtluft war eisigkalt. Aber ich war Jack entronnen. Ich wusste, dass die Mechaniker am Gipfel die Gondel stoppen konnten, aber sie konnten die Kabinen nicht *zurückholen.* Das war nur möglich, wenn man am Schaltpult in der Talstation saß. Selbst wenn Jack wüsste, in welchem Container ich mich versteckt hatte – aber das konnte er nicht ahnen –, war es ihm unmöglich, mich zurückzuholen. Auf einmal hörte der Container auf, über die Schienen zu rumpeln, und schwankte hin und her – jetzt war ich endgültig außer Reichweite für Jacks kleine, tödliche .22er. Würde er den Arbeitern etwas antun? Das bezweifelte ich. Heute Nacht hatte er nur ein Ziel: mich.

Ich rutschte zwischen zwei Tüten mit betäubend stinkendem Unrat hin und her. Mein Kopf schmerzte höllisch, meine Wangen brannten – alles tat weh. Der Gestank war unerträglich. *Ich bekomme diesen Geruch nie mehr aus den Haaren*, dachte ich und kicherte irre. In den Seitenwänden und im Deckel des Containers befanden sich Löcher und ich sah ein Licht in der Ferne schimmern. Der Container bebte; ein fast voller Mond kam in Sicht.

Ich schwebte in die Tiefe. Vor meinem geistigen Auge sah ich den glänzenden Behälter, der einige Meter über dem Boden hing und durch die Nacht fuhr.

Ich musste das Klebeband von den Händen bekommen. Meine einzige Chance war, mit der Zunge nach dem Anfang zu tasten. Dann knabberte ich mühsam mit den Zähnen an den Ecken, um das Tape langsam abzuziehen. Das Blut, das mir übers Gesicht lief, erleichterte mir die Aufgabe kein bisschen. Aber schließlich biss ich das letzte Stück auf und zog das Band ab, Zentimeter für Zentimeter. Die Anstrengung lenkte mich von der Kälte, dem Geruch, dem Schwanken und

Knarren des Containers und dem heftigen Wind hier in den Bergen ab.

Als ich meine Hände frei bekommen hatte, rumpelte der Container auf die Schienen und rollte ächzend in Richtung Lagerhaus. Ich hatte wieder festen Boden unter mir, aber wo genau war ich? Wie lange hatte die Fahrt gedauert? Zehn Minuten? Zwanzig? Was trieb Jack? Ich wusste, dass er seine Skiausrüstung im Bistro hatte. Würde er versuchen, bei Mondschein abzufahren? Wie lange brauchte er, um sich anzuziehen, die Ski anzuschnallen – fünf, sechs Minuten? Und wie lange dauerte eine Schussfahrt vom Bistro ins Tal? Ich hatte es einmal in sechs Minuten geschafft, aber ich war keine annährend so gute Skifahrerin wie Jack.

Plötzlich wackelte der Container heftig und blieb stehen. Ich watete durch den Abfall zur Tür. Mein Herz rutschte mir in die Hosentasche. Ich spähte durch die Löcher meines Käfigs und erkannte im Licht des Mondes, dass ich erst auf halbem Wege nach Killdeer und das Lagerhaus noch nicht einmal in *Sicht* war. Jack musste den Lift angehalten haben. Verdammt.

Ich linste durch die Löcher und sah die Berge, den Wald in der Nähe und etwas, was aussah wie ein Steg oder ein geräumter Weg. Das Blut rauschte in meinen Ohren, als ich gegen die Containertür stieß. Sie schwang auf.

Ich sprang und landete auf dem Boden.

War Rorry schon zu Hause und hatte sie Tom angerufen, um ihm zu sagen, dass ich nicht im Wohnwagen war? Würde sie Leute alarmieren, die mich suchten?

Ich versuchte, mich zu orientieren. Die geräumte Strecke war kein Steg. Ein orangefarbener Plastikzaun begrenzte sie an einer Seite … Die Straße für die Wald- und Bauarbeiter! Wenn ich ihr folgte, würde ich zum Rover gelangen. Zum Glück hatte Julian immer den Zweitschlüssel in der Radkappe.

Ich watete zur Straße und fing an zu rennen. Innerhalb von Sekunden brannten meine Lungen von der Anstrengung und der Kälte. War da ein Geräusch? Ich blieb keuchend stehen, betrachtete den mondbeschienenen Hang und entdeckte eine einsame Gestalt auf Skiern. Ich wirbelte herum und sprintete weiter. Schaffte ich es bis zum Rover, bevor mich Jack eingeholt hatte? Ich verfluchte meine lahmen Beine. Wie weit war es noch bis zum Parkplatz? Vielleicht noch fünfzehn Minuten, wenn ich dieses brutale Tempo beibehalten konnte. Ich rannte und rannte und nach einer Ewigkeit erreichte ich die Weggabelung – ein Zweig führte zum Parkplatz, der andere zum Elk Ridge. Hechelnd blieb ich stehen und versuchte zu Atem zu kommen.

Ratsch-ratsch. Gleichmäßige Kratzgeräusche näherten sich. Ich warf einen Blick zurück. Jack wedelte gekonnt auf seinen Skiern den schneebedeckten Weg entlang. Er war vielleicht noch fünfzehn Meter von mir entfernt. *Verdammt.* Ich bewegte meine Beine, so schnell ich konnte. Aber ich wusste, dass ich es niemals bis zum Auto schaffen würde, ehe er mich eingeholt hatte.

Und er hatte mindestens noch zwei Schuss übrig.

Ich entschied mich spontan, bergauf in Richtung Erweiterungsgebiet zu laufen. Auf Skiern konnte Jack zwar schnell bergab fahren und, so sportlich wie er war, flaches Gelände schnell überqueren, aber den Berg hinaufzusteigen würde ihm Schwierigkeiten bereiten – es sei denn, er war Superman. Ich musste zu der Hütte der Wachleute und ich musste sie vor Jack erreichen.

Niedrig hängende Wolken, die der Mond in silbernes Licht tauchte, zogen über den Himmel. Wie weit war es bis zur Hütte? Verlief der Weg gerade durchs Tal? Eine halbe Meile? Eine Meile? Jack würde stehen bleiben, seine Ski abschnallen und die Stiefel ausziehen müssen. Kein Mensch konnte mit den klobigen Stiefeln schnell durch den Schnee laufen. *Du kannst es schaffen, Goldy,* machte ich mir Mut. *Du musst nur rennen.*

Ich spähte über die Schulter. *Ratsch-ratsch.* Jack holte auf. Ich glaubte sogar, ein Lächeln in seinem Gesicht zu erkennen.

»Goldy!«, rief er beschwichtigend. »Bleiben Sie stehen. Lassen Sie uns reden!«

Ja, klar. Ich lief weiter bergauf. Plötzlich verschluckte mich die Dunkelheit und ich wurde langsamer. Hohe Fichten standen rechts neben dem Bauzaun und warfen schwarze, schwankende Schatten auf den Weg. *Lauf,* befahl ich mir. *Du darfst nur nicht fallen. Das würde deinen Tod bedeuten.*

Ich hörte, dass Jack seine Skier abschnallte. Verdammt. Ich konnte nicht glauben, dass er mich weiter verfolgte. Er konnte nicht noch einmal für den Mord an Fiona verurteilt werden. Wieso machte er sich nicht einfach davon, statt zu riskieren, dass sein Verbrechen öffentlich bekannt wurde? Weil er mir gestanden hatte, dass er Doug Portman umgebracht hatte. Weil er unbedingt Eileens Vermögen an sich bringen wollte. Das Video würde Eileen und der ganzen Welt zeigen, dass Jack seine erste Frau in den Tod gestürzt hatte, um ihr Geld zu erben. Eileen würde ihn zum Teufel schicken, er wanderte wegen des Mordes an Portman ins Gefängnis und müsste sich für den Tod des Lieferwagenfahrers verantworten, der in den Abgrund gestürzt war, als Jack versuchte, mich von der Straße zu drängen.

Ich kam zu der Stelle, an der sich die Straße bergauf wand und wieder zum alten Wanderweg wurde. Ich hatte keine Ahnung, wie weit es noch bis zur nächsten Abzweigung war – ein Pfad ging dann zum Elk Ridge, der andere hinunter ins Tal. Während ich weiter rannte, blinzelte ich in die Finsternis. War das schwache Licht, das ich weit oben am Hang entdeckte, die Wachhütte? Oder spielten mir meine Augen einen Streich?

Der Wind flüsterte in den Bäumen. Fichtenäste lagen auf dem Weg – der Sturm musste sie abgerissen haben. Ich musste aufpassen, dass ich nicht auf die Zweige trat – das Knak-ken würde Jack verraten, wo ich war. Hatte er den Weg schon gefunden? Wie schnell kam er in Strümpfen vorwärts? Er war fast zehn Jahre jünger als ich und ein Sportler. Grimmig beschleunigte ich meine Schritte.

Minuten später, als ich in der Dunkelheit keuchte und ächzte, überlegte ich, ob ich dic Abzweigung zum Elk Valley verpasst haben könnte. Noch während ich gegen die aufkommende Panik ankämpfte, kam unvermittelt die Gabelung in Sicht. Ich blieb abrupt stehen. Der alte Wanderweg nach links war komplett mit haushoch aufgestapelten Baumstämmen blockiert. Ein großes Schild, das an den Stämmen angebracht war, warnte: *Achtung – Lawinengebiet – Kein Zutritt!* Ich bekam noch mehr Angst. Konnte ich über die Stämme klettern? ... Der Stapel war etwa zweieinhalb Meter hoch. Aber durch das Tal erreichte ich am schnellsten die Hütte der Sicherheitsleute.

Mir fuhr der Schreck in die Glieder, als mir klar wurde, dass die neue Waldarbeiterstraße *über* den Elk Ridge verlief. Für einen kurzen Moment ließ das Rauschen des Windes nach. Das leise Keuchen hinter mir verriet, dass mir Jack nach wie vor auf den Fersen war.

Ich flüsterte ein Gebet. Dann ging ich einfach bergauf.

Wie lange noch bis zur Hütte? Zwanzig Minuten? Ich versuchte, alle Gedanken auszuschalten. *Lauf nur noch bergauf.* Keine Zeit zum Ausruhen, nur hinauf, hinauf ... ich bekam furchtbares Seitenstechen, blieb aber nicht stehen.

Zehn Minuten später befand sich links von mir die breite Senke und der Grat, an dem Cinda ihre todbringende Fahrt auf Nates Video begonnen hatte. Die Hänge glitzerten atemberaubend schön im Mondlicht, die Senke sah aus wie eine riesige Zuckerschale, steil und hart gefroren. Und quer über die Hänge der Senke führten etwa ein halbes Dutzend Skispuren. Dort, wo die Skispuren auf der anderen Seite der Senke endeten, entdeckte ich das gelb erleuchtete Fenster der Hütte zwischen den Bäumen. Ich konnte sogar den Verlauf der Straße erkennen. Ich rannte durch den Wald, dann im Zickzack bergab zu einem Parkplatz für die Arbeitsfahrzeuge.

Ich schaute zurück. Jack war etwa dreißig Meter hinter mir und lief gleichmäßig – trotz der Socken, trotz des eisigen Schnees.

Denk nach. Am schnellsten kam ich zu der Hütte, wenn ich den Skispuren durch die Senke folgte. Aber das war viel zu gefährlich, besonders bei den Massen von Neuschnee. Aber es würde mich zu viel Zeit kosten, über den bewaldeten Kamm zu steigen. Selbst wenn ich auf der Straße schneller vorankam, würde Jack eine direkte Linie wählen und mir den Weg abschneiden.

Bleib im Schutz der Bäume, befahl ich mir. *Über der Senke und unterhalb der Straße. Das ist die einzige sichere Route. Du bleibst im Dunkeln neben der Straße, und wenn du in die Nähe der Hütte kommst, kannst du um Hilfe rufen.* Ich lief los.

Als ich den Kamm erreichte, wagte ich einen Blick nach unten. Jack hatte die Straße verlassen und lief bei den Skispuren durch die Senke; er war immer noch etwa dreißig Meter hinter mir. Aber er wusste genau, wohin ich wollte, und er beabsichtigte, vor mir dort zu sein. Und ... er hatte Schuhe an! Offenbar hatte er sie in den Taschen seiner Skijacke bei sich gehabt, zusammen mit der Pistole. Der Mann ließ sich durch nichts abschrecken.

Ich aber auch nicht. »Hilfe!«, kreischte ich, als ich die Straße entlang stürmte. Noch gute fünfhundert Meter! »Hilfe! Wache! Kommen Sie aus der Hütte! Hilfe! Auf der Straße über der Hütte! Hilfe!« Rauch stieg aus dem Metallrohr-Kamin, aber kein Mensch ließ sich am Fenster blicken und die Tür öffnete sich nicht. Mein Herz hämmerte wie wild. Verdammt! War der Kerl taub?

Jack hatte zwei Drittel des Hangs überquert. Er rannte so hurtig wie Merkur, wie Pan, wie jeder griechische Gott, der jemals für seine Geschwindigkeit bekannt war. Ich war beinahe am Ende, sammelte aber meine letzten Kräfte, um nicht langsamer zu werden. Noch vierhundert Meter bis zur Hütte. Der Wind hatte wieder aufgefrischt. Es machte keinen Sinn mehr, um Hilfe zu schreien – niemand würde mich retten. Ich war dazu bestimmt, auf diesem Berg zu sterben. Genau wie Nate, Fiona und Doug.

Peng. Jack, der nur noch zwölf, dreizehn Meter weit weg war, hielt die Pistole mit ausgestreckten Händen und schoss auf mich. Ich versuchte, im Zickzack zu laufen, aber jeder Schritt brachte mich ihm näher. Wir beide liefen bergab und von verschiedenen Richtungen auf einen Schnittpunkt, die Hütte, zu.

Kurz vor der Hütte verließen mich meine Kräfte, ich war vollkommen außer Atem, blieb stehen und klammerte mich keuchend an einen Baum.

»Sie entkommen mir nicht, Goldy!«, brüllte er zornig, rannte weiter auf mich zu und zielte auf mich. Er stand keine fünf Meter entfernt fast am Rand der Senke. Ich hielt mich hilflos an dem Baumstamm fest und er schoss wieder.

Die kalte Luft grollte und vibrierte bei der Explosion. Ich kniff die Augen fest zu und meine Kehle war wie zugeschnürt vor Entsetzen und Angst.

Ich sah Rorry und mich in der Sonntagsschule vor mir. Die

Mauern von Jericho. *Josua.* Ich sah auf: Der Mond blinzelte trunken durch die Äste. War ich getroffen? Der Schuss hallte in meinem Kopf wider. *Die Hebräer bliesen die Trompeten* ... Die Erde bewegte sich, der Mond schwankte am Himmel. *Die Mauern stürzten ein.* Ich klammerte mich noch fester an den Baum und drehte den Kopf zu dem ächzenden, bebenden Hang. Eine riesige Eisplatte und Tonnen von Schnee hatten sich vom Berg gelöst. *Josuas Männer machten den Lärm.* Die Lawine war unvorstellbar mächtig – es war, als würde ein Wolkenkratzer in sich zusammenfallen. Schneenebel brannte in meinen Augen. *Die Mauern stürzten ein.* Meine Knie gaben unter mir nach, während ich mich krampfhaft an dem Baumstamm festhielt. Eine fünfzehn Meter breite Woge aus Schnee donnerte bergab, auf uns zu.

Eine immense Nebelwolke spritzte nach oben. Jack Gilkey schrie und fiel, dann saugte ihn die tödliche weiße Welle auf. Die Lawine raste an mir vorbei und riss Jack mit sich.

Kapitel 23

Ein Hubschrauber brachte mich heraus. Beim Tosen der Lawine war der Wachmann, der in der Hütte ein Footballspiel im Radio verfolgt hatte und deshalb taub für meine Hilferufe gewesen war, ins Freie gestürzt. Dann holte er per Funk Hilfe.

Auf dem Flug nach Denver erzählte ich zwei Deputies alles, was ich über Jack Gilkey und seine todbringenden Beziehungen zu Fiona Wakefield, Doug Portman und Barton Reed wusste. Die Sanitäter bestanden darauf, dass ich ins Krankenhaus gebracht, auf Frostbeulen, Verletzungen und Schock untersucht wurde. Ich versicherte ihnen immer wieder, dass mir nichts fehlte, aber sie glaubten einer heftig zitternden Frau nicht, deren Gesicht und Kleider mit Blut und Abfall verschmiert waren.

»Lady«, sagte einer von ihnen, »in diesem Zustand könnten Sie nicht mal eine Fahrkahrte nach Hause kaufen. Der Knöchel sieht ziemlich böse aus. Sind Sie gefallen, als Sie sich an dem Baum festgehalten haben?«

Ich nickte benommen und sah hinunter auf die verschneite Continental Divide, die funkelnden Reihen winziger Autos, die nach Osten und Westen fuhren – rote Lichter auf der einen, gelbweiße auf der anderen Seite.

Sie können sich keine Fahrkarte nach Hause kaufen. Das

war das eigentliche Problem, nicht? Der Versuch, sich den Weg zu irgendwas zu kaufen. Jack hatte versucht, sich aus dem Gefängnis zu kaufen, indem er Doug Portman geschmiert hatte; Fiona Wakefield und Eileen Druckman hatten sich eingebildet, ihr Geld würde ihnen einen gut aussehenden jungen Mann sichern, der sie wirklich liebte und schätzte. Nate Bullock hatte versucht, seiner geliebten schwangeren Frau einen besseren Lebensstandard zu schaffen, indem er ein Video drehte, das ihn das Leben kostete. Selbst ich war nicht immun mit meinen unrechtmäßigen Versuchen, mit Ohrringen und Süßigkeiten meinem lieben Arch eine Freundin zu kaufen. Und hatte mich die Verlockung des Geldes nicht dazu gebracht, meine Skrupel zu missachten und Toms Skier an Doug Portman zu verkaufen?

Den Rest dieses und am nächsten Tag, dem Freitag, wurde ich verhätschelt, bandagiert, mit Medikamenten versorgt, befragt und ausgescholten. Tom hatte Arch und Todd Druckman gepackt und war zur Notaufnahme des Lutheran gerast. Todd eilte sofort davon, um seine Mutter zu besuchen; Arch holte mir Getränke aus dem Automaten und hatte (Gott segne ihn!) einige von Julians belebenden Fondants mitgebracht. Tom brachte mich aufs Laufende und rief Rorry an, um ihr zu sagen, dass ich okay war. Ich erfuhr, dass Killdeers Lawinensuchtrupp Jack Gilkeys Leiche ausgegraben hatte. Arthur Wakefield wurde beschuldigt, sich widerrechtlich und gewaltsam Zugang zu einer fremden Wohnung verschafft und Post gestohlen zu haben. Arthur hatte sich einen Anwalt genommen, der Abstinenzler war, erzählte Tom.

In einer Pause zwischen den Röntgenaufnahmen besuchte ich meine alte Freundin Eileen. Ich hatte die Untersuchungsbeamten gebeten, diejenige sein zu dürfen, die ihr die schlechten Nachrichten über Jack brachte. Und das tat ich auch, ganz behutsam.

Todd tröstete sie. Sie tätschelte ihm den Kopf und schluchzte immer wieder, dass es ihr *so Leid tat*. Todd meinte, *ihm* ginge es gut! Und außerdem hatten ihm die Krankenschwestern zugesichert, dass er Weihnachten bei Eileen auf einem Gästesofa in ihrer Krankensuite verbringen dürfe. Daraufhin weinte Eileen noch ein bisschen mehr, aber diesmal vor Freude.

Am Heiligen Abend hinkte ich bandagiert, schwach und ungeschickt mit meinen Krücken in die Kirche und setzte mich in eine Bank neben den überraschten Julian und Marla. Tom und Arch gesellten sich zu uns. Hinter uns standen drei meiner ehemaligen Sonntagsschüler und kicherten in ihren selbst genähten Hirtenkostümen. Sie tippten mir auf die Schulter und drehten sich, damit ich sie bewundern konnte. Ich hielt den Daumen nach oben. Tom küsste mich auf die Wange, Marla verteilte klebrige Süßigkeiten-Schnüre an die Kinder, und Julian zwinkerte jedermann zu. Sogar Arch lächelte. *Du kannst nicht alles kaufen, was du dir wünschst,* überlegte ich. *Manches kommt als Geschenk*.

»Ich habe drei Neuigkeiten«, flüsterte Tom, als der Organist sich für das Präludium zu den Weihnachtsliedern aufwärmte. »Bereit?« Ich atmete tief ein, genoss den Geruch nach Tannenzweigen und Kerzen und nickte. »Erstens«, sagte er, »wir haben eine Computerdiskette mit Portmans Aufzeichnungen über die erhaltenen Zahlungen gefunden. Sie steckte in einer Zigarrenkiste, die einmal einem General aus dem Bürgerkrieg gehört hat. Zweitens, Nates Videokassette war noch in der Gefriertruhe im Bistro, in die du sie gelegt hast. Cinda Caldwell hat gestanden, dass sie mit Nate im gesperrten Gebiet war, als er ums Leben kam.« Er legte den Kopf zur Seite, und ich nickte. »Sie weinte die ganze Zeit und sagte, sie würde sich bei allem schuldig bekennen, was wir ihr zur Last legen. Der Bezirksstaatsanwalt dankte ihr, aber das Vergehen, sich in gesperrtem Gebiet bewegt zu haben, sei verjährt. Und zu ihrer Überraschung gilt es nicht als Verbrechen, wenn man eine Lawine auslöst und jemand, der sich selbst in einem gesperrten Gebiet aufhält, darin ums Leben kommt. Sie beteuerte, dass sie ab jetzt Wintersportlern Vorträge über verantwortungsbewusstes Verhalten in den Bergen und Sicherheit halten und einen Teil des Gewinnes, den ihr Café abwirft, Lawinenopfern in aller Welt spenden wolle. Ich denke, die Frau ist *fromm* geworden.« Er holte tief Luft und nahm ein zusammengefaltetes Stück Papier aus seiner Jacketttasche. »Und das, Miss G., ist das Zertifikat des Inspektors von der Gesundheitsbehörde. Du hast es geschafft. Der Inspektor ist entzückt von deinen neuen Abflüssen. Fast so entzückt wie von dir.«

Ich umarmte ihn so fest, dass er brummte wie der Nikolaus. Der Gottesdienst begann und die Leute, die sich dicht an dicht in der Kirche drängten, sangen. Wir beteten und hörten uns die Lesung aus der Bibel an. Während der Fürbitten reichte der Messdiener dem Priester einen Zettel. Der Priester las, was darauf stand, und strahlte die Gemeinde an.

»Ein früheres Gemeindemitglied«, berichtete er, »hat einen sieben Pfund schweren Jungen zur Welt gebracht. Rorry Bullock hat heute Nachmittag um fünfzehn Uhr dreißig Joshua Nathan Bullock das Leben geschenkt.«

Alle lächelten und klatschten. Die winzigen weißen Lichter an dem hohen Christbaum funkelten und glitzerten. Ich umarmte Arch und zu meiner Überraschung erwiderte er die Zärtlichkeit mit Enthusiasmus.

»Das ist die beste Neuigkeit«, flüsterte ich ihm zu.

»Fröhliche Weihnachten, Mom«, flüsterte Arch zurück, und ich drückte ihn noch fester an mich.

Was für ein Geschenk, einen Sohn zu haben, dachte ich.

Verzeichnis der Rezepte